契诃夫

短篇小说选

套中人

В Человек футляре

Антон Чехов

[俄罗斯]安东·契诃夫——著

童道明 苏玲——译

译林出版社

图书在版编目（CIP）数据

套中人 ： 契诃夫短篇小说选 /（俄罗斯）安东·巴甫洛维奇·契诃夫著 ； 童道明，苏玲译. -- 南京 ： 译林出版社，2025. 5. --（套子里的人 ： 契诃夫文集）.
ISBN 978-7-5753-0555-6

Ⅰ. I512.44

中国国家版本馆CIP数据核字第2025MW6442号

套中人：契诃夫短篇小说选 ［俄罗斯］安东·契诃夫／著　童道明　苏　玲／译

责任编辑　张　晨
装帧设计　吴　悠
校　　对　施雨嘉
责任印制　颜　亮

出版发行　译林出版社
地　　址　南京市湖南路1号A楼
邮　　箱　yilin@yilin.com
网　　址　www.yilin.com
市场热线　025-86633278
排　　版　南京展望文化发展有限公司
印　　刷　南京新世纪联盟印务有限公司
开　　本　787毫米 ×1092毫米 1/32
印　　张　12
插　　页　2
版　　次　2025年5月第1版
印　　次　2025年5月第1次印刷
书　　号　ISBN 978-7-5753-0555-6
定　　价　45.00元

契诃夫1904年于雅尔塔

目录

译者序

1

契诃夫是19世纪80年代初开始写作的，那时他还是莫斯科大学医学系的学生，作品以幽默小品居多，都用笔名发表，用得最多的笔名是安·契洪特，因此也有学者把契诃夫创作的第一个时期称作“契洪特时期”。

这个时期也有公认的几篇传世佳作，如《小公务员之死》（1883）、《胖子和瘦子》（1883）。这两部尽管篇幅不长但人物形象刻画得极为鲜明的作品，也凸显了青年契诃夫的一项道德诉求——“在人群中应该意识到自己的尊严”（1879年4月6日致弟弟米沙的信）。

“一个小官”在一位将军面前的恐惧，一个“瘦子”在一个“胖子”面前的谄媚，都是“在人群中”丢掉了“自己的尊严”。契诃夫怀着悲悯之情，摹写了两个小人物在所谓的大人物面前丧失“自己的尊严”的过程，让人悯笑，也让人思索。

2

契诃夫小说创作的新阶段是以哪一部作品作为标志的？学界大致有两个选择。

一种观点是把《猎人》（1885）视为新阶段的开端。

这篇小说，一反先前的幽默小品笔法，开始有了气韵生动的抒情。《猎人》的开头是一段情景交融的文字：

“一个酷热难耐的中午，空中没有一点云彩……被太阳晒枯了的青草，神情愁苦、绝望……森林默默地挺立着，纹丝不动，好像是用树梢往某处眺望着，或是在期待着什么。”

文学前辈格利戈罗维奇（1822—1899）读过《猎人》后，于1886年3月25日给契诃夫写信，对契诃夫的才华表示激赏，这是俄国文坛前辈对契诃夫的头一次眷顾和“发现”。

另一种观点是把《苦恼》（1886）视为契诃夫创作的转折点。《苦恼》一出现，人们发现：先前撰写幽默故事的契洪特，变成了咀嚼人类苦恼的契诃夫。

《苦恼》的题词来自《圣经》:“我向谁去诉说我的痛苦?”小说主人公马车夫姚纳的儿子刚死去不久，他要把心中的丧子之痛向人倾诉，但竟然没有一个人愿意倾听他心中的苦恼，于是，姚纳最后不得不把他的全部痛苦诉说给那匹他饲养的小母马听。小说的结尾，竟是这样一句：

“小母马嚼着草，倾听着，朝自己主人的手上喷着热气……姚纳讲得出了神，把所有要说的话，统统讲给了它听。”

“人与人的隔膜”，后来成了20世纪文学的一个重要主题。契诃夫是这一文学主题的开启者。

3

契诃夫生于1860年，俄罗斯的现代化的初级阶段开始了。比契诃夫小三岁的斯坦尼斯拉夫斯基在自传《我的艺术生活》中这样开篇 :“我于1863年出生于莫斯科，那正是两个时代交接的时期……我亲眼看到在俄罗斯出现了铁路……”

俄罗斯的现代化是从修铁路开始的。小说《灯火》(1888)的主人公阿纳尼耶夫就是个修铁路的工程师，而第一人称的“我”正“身处于一条刚刚开工修建的铁路线上”，那一片满地狼藉的工地“被黑暗染成一种最单调的颜色，给这片大地平添了一种奇怪的、野蛮的景象……”

修铁路就需要枕木，就需要砍树。俄罗斯的森林在这个现代化过程中遭遇到了空前的劫难，随之而来的，是河流枯竭、鸟兽绝迹。而契诃夫最早通过文学作品发出了生态危机的警告。从这个意义上说，《牧笛》(1887) 也是一篇标志性的作品。

《牧笛》写一个田庄管家和一个会吹牧笛的老牧人在树林里的相遇，他们你一言我一语地诉说自然环境的不断恶化——树木少了，河水小了，鸟兽不见了。小说最后以悲凉的牧笛声终结：

“当牧笛的最高音颤抖地在天空中飘过，宛如一个哭泣着的人的悲鸣，他（即田庄管家）感到无比地痛苦，也为大自然的无序感到委屈。”

4

伴随着自然界的生态危机的，还有人的精神危机。契诃夫发现了一个当时还很少有人说清楚的道理：在这个世界上，有人因为贫穷而痛苦，但也有人因为拥有财富而痛苦。小说《出诊》(1898) 就写了一个人因为拥有财富而痛苦的故事。

医生柯罗廖夫去一个拥有五座厂房的工厂主家“出诊”，工厂主的千金小姐丽扎得了个怪病，任凭吃什么药都不见效。医生在这个工厂里盘桓了几天后终于明白，“她应该尽快摆脱这五座厂房和她可能继承的百万家产，应该摆脱那个每晚都监视着她的魔鬼……”

在表现物质与精神的冲突方面，《醋栗》（1898）也是一部代表作。它写了一个因沉溺于世俗的物质享受而丧失了精神追求的庸人。这位名叫尼古拉·伊万内奇的庸人，把一生的追求定位在能吃到自己庄园生长出来的醋栗。最后他如愿以偿了：“尼古拉·伊万内奇笑了，他默默地瞧了醋栗一分钟，含着眼泪——由于激动，他一时说不出话来，然后他把一颗醋栗放进嘴里……得意地说：‘多么好吃！’”

5

1890年，契诃夫做了一次艰辛的远行——到流放犯人聚居地萨哈林岛逗留考察了三个月零两天。带着从人间地狱归来的印象，他写作了《第六病室》（1892）。这个收治精神病人的“第六病室”，就是一个从精神到肉体奴役着良善的社会精英的“人间地狱”。

《第六病室》也许是契诃夫写作的调子最为灰暗的小说，这是因为必须让这个社会看清自己，为自己的黑暗害怕。少年列宁读完《第六病室》之后，甚至感觉到自己似乎也置身于这个“第六病室”。

从地狱般的萨哈林岛归来之后，契诃夫更加感受到自由的可贵。

《套中人》（1898）也许是契诃夫最有知名度的小说。那个“即便在阳光灿烂的日子出门，也穿上套鞋，带上雨伞”的别里科夫，给读者留下了深刻印象。“套子”是个象征，象征着一切束缚着人的陈规陋习，这个“极力把自己的思想藏在套子里”的“套中人”，实际上也是一个最最不自由的人。

万幸，别里科夫后来死了，“套中人”的死亡，伴随着小说收尾时唱出的自由之歌：“啊嘿，自由，自由！甚至仅仅是对自由的某种暗示，甚至是对自由的微小希望，都能给灵魂插上翅膀，难道不是这样？”

6

契诃夫一般不给自己的作品做评价，但蒲宁的回忆录里却记录了一段契诃夫偏爱《大学生》（1894）的自白：“我算什么‘忧郁的人’……我算什么‘悲观主义者’？要知道在我自己的作品中，我最喜欢的短篇小说就是《大学生》。”

大学生伊万归家途中，走进了一个由母女两个村姑经营的菜园子。在烧得正旺的篝火旁，伊万给她俩讲了耶稣受难的故事。母女二人听完都受到了感动，流出了眼泪，大学生因此受到了鼓舞，因为他由此想到“过去与现在是由一连串连绵不断、由此及彼的事件联系起来的”，想到那一千九百年前曾“指引过人类生活的真与美，直到今天还在连续不断地指引着人类生活”。

这是契诃夫的乐观主义。

7

契诃夫早期小说的知名主人公都是男性，从1885年起，他便越发关注女性形象的塑造，而且还说出了关于如何描写女人的心得体会：“应该这样描写女人，让读者感觉到您是敞开了背心，解掉了领带在写作。描写大自然也应如此。请把自由交给自己！”

诺贝尔文学奖获得者索尔仁尼琴用“如此的光明，如此的柔情”来形容契诃夫的形象特征。难怪契诃夫能写出像纳金卡（《玩笑》，1886）、米修司（《带阁楼的房子》，1896）等心灵如此美好的少女。还有那个让人爱怜的索菲娅（《大小瓦洛佳》，1893），还有愿意将“别人的不幸”当成自己的不幸的薇罗奇卡（《别人的不幸》，1886），更不要说那个已经向着光明的新生活迎面走去的《未婚妻》（1903）的女主人公了。

随着女性形象的涌现，爱情题材也出现了。契诃夫的作品中少有美满的爱情结局，像独幕剧《求婚》中喜剧性的大团圆结局，在小说中很少见。

契诃夫写得最让人动情的，倒是一些“有情人难成眷属”的故事。如《薇罗奇卡》（1887）、《带阁楼的房子》等。

如果要说契诃夫倾全力抒写爱情的小说，那就是《牵小狗的女人》（1899）了。但契诃夫并没有描写男女主人公之间的肌肤之亲。他着力要表现的，是当真正的爱情在人的心中萌生之后，人的精神会发生什么样的升华。

《关于爱情》（1898）写了一个未获正果、暗恋在心的故事。男女主人公只是到了要分手的时候，才相互表白了爱情。这时，主人公才“怀着心中的灼痛终于明白：所有那些曾经妨碍我们相爱的东西，是多么的渺小，多么的不必要，多么的自欺欺人……当你爱着，对于这份爱情，你就得超越所谓的幸福或不幸、罪孽或善行的世俗观念，去做更高层次的思考，或者干脆不思考”。

8

1960年，全世界都在纪念契诃夫诞辰一百周年。俄罗斯作家爱伦堡写了本名叫《重读契诃夫》的书。爱伦堡从契诃夫那无与伦比的谦虚的秉性说起，认为契诃夫简洁的文风和他谦逊的人格不无关系。

然后又说起契诃夫的无往而不可爱的善良，把“文如其人”的理念发挥到了极致；爱伦堡断言：“如果契诃夫没有那少有的善良，就写不出后来他写出来的那些作品。”

1960年我初读《重读契诃夫》，并没有十分在意爱伦堡的这句断言，20年后当我重读《重读契诃夫》，才意识到了这句话的弥足珍贵。因为的确是这样的：不管我们阅读契诃夫的什么作品，我们都能感觉到在这些文字背后，有一个可爱的作者的存在，感觉到有一颗善良的心在跳动。

童道明

小公务员之死

在一个美妙的夜晚，一个同样美妙的庶务官伊万·德米特里奇·契尔甫雅柯夫正坐在剧院池座第二排的座椅上，举着望远镜，观赏《科尔涅维利的钟声》，他看着演出，心旷神怡，但突然间——在小说里，常常能遇到“但突然间”。小说家自有道理，生活中充满着意外呀！但突然间他皱起眉头，连呼吸也停住了——他把望远镜移开，弯下腰去……阿嚏！他打了个喷嚏。无论是什么人，无论在什么地方，打喷嚏都不犯法。庄稼汉打喷嚏，警官打喷嚏，有时连三等文官也打喷嚏，人人都打喷嚏，契尔甫雅柯夫并不感到尴尬，他用手帕擦拭了一下脸面，像一个有教养的人那样，四下看了看：他的喷嚏是否打扰了什么人。这一看倒真让他感到尴尬了，他看到坐在他前边的一个老头，正在用手帕擦他的秃头和脖子，嘴里还在嘟囔着什么，契尔甫雅柯夫认出这老头是文职将军伯利兹若洛夫，在交通部任职。我的唾沫星子喷到他了，契尔甫雅柯夫这样想。他虽然不是我的顶头上司，但总归不妥当，得道个歉。

契尔甫雅柯夫咳了一声，身子往前倾斜，凑近将军的耳朵小声说：“大人，请原谅，我的唾沫星子喷着您了……我不小心……”

“没有关系，没有关系……”

“看在上帝的分上，请您原谅。要知道，我不是故意的。”

“啊嘿，您坐下吧，让我听戏。”

契尔甫雅柯夫很尴尬，傻乎乎地笑了笑，继续看舞台上的演出，但先前心旷神怡的感觉已经无影无踪，不安开始折磨他。中场休息的时候，他走近伯利兹若洛夫，在他跟前来回磨蹭，终于鼓起了勇气，惴惴不安地说：“大人，我的唾沫星子喷着您了……请您原谅……我不是故意的……”

“啊嘿，够了，我已经忘记了。您还一个劲儿唠叨。”将军说着，下嘴唇不耐烦地抽动着。

“说是忘记了，可他的眼睛却透着怒气，”契尔甫雅柯夫忧心忡忡地瞅着将军这样想，“他还不想说话，得向他解释解释，我完全不是故意的……这是人的生理本能，否则他会想我是有意朝他打喷嚏，他现在不这样想，过后就会这样想……”

回到家里，契尔甫雅柯夫把自己失礼的事告诉了妻子，他觉得妻子对事态的严重性估计不足，她先是慌张了一下，后来得知将军来自别的部门，也就完全放心了。

“不过你还是去一下，赔个不是，”她说，“否则他会以为你在公共场合不懂规矩。”

“问题就在这里，我道过歉了。但他的反应奇怪得很……一句实在的话也不说。当然也没有说话的时间。”

第二天，契尔甫雅柯夫穿了一身新的制服，理了个发，去向伯利兹若洛夫做解释……

走进将军的接待室，里边已有不少来此求见的人，将军就坐在他们的中间。他已经开始接见，询问了几个来访者之后，将军抬头见到了契尔甫雅柯夫。

“大人，如果您还记得，昨天在阿尔卡季娅剧院，”庶务官开始报告，“我无意之中打了个喷嚏……喷到了您……请原谅……”

“什么鬼名堂……真是天晓得！你有什么需求？”将军把脸转向下一位求见者。

“他不想理我，”契尔甫雅柯夫想，脸都白了，“这么说他生气了……不，这可不行，我得向他解释清楚……”

将军和最后一位来访者谈过后，正要朝内室走去，契尔甫雅柯夫尾随着他，喃喃地说：“大人，如果我斗胆再次打扰您，完全是出于一种可以称之为悔恨的感情！我不是故意的，恳求您相信！”

将军哭丧着脸，摆了摆手：“先生，您这是在跟我开玩笑吧！”将军说着走进了内室。

“这怎么是开玩笑呢？”契尔甫雅柯夫想，“这没有一点开玩笑的意思啊。将军理解不了。既然如此，我再也不在这号高傲的贵人面前赔礼道歉了！见鬼去吧！给他写封信完事。再也不来了！真的再也不来了！”

他这样想着，回到了家。他没有给将军写信，左思右想，怎么也想不出这封信该怎么写。只好第二天再去登门拜访。

“我昨天打扰过大人，”他小心翼翼地说，将军向他投去疑惑的目光，“这不是如您说的开玩笑，我向您道歉，是因为我打了个喷嚏，唾沫星子喷到您了……我可没有开玩笑。我敢开玩笑吗？如果我能这样开玩笑，就谈不上对人的尊重……我们绝不……”

“滚出去！”将军突然大吼一声，脸色铁青，浑身发抖。

“什么？”契尔甫雅柯夫轻声问道，吓得目瞪口呆。

“滚出去！！”将军跺着脚又喊了一声。

在契尔甫雅柯夫的肚子里，似乎有样东西断裂了，他什么也看不见，什么也听不见，退到门口，走上街头，步履蹒跚……他恍恍惚惚地走回家里，还没有脱下制服，就躺倒在沙发上，便……死了。

一八八三年

胖子和瘦子

在尼古拉铁路线的一个车站上，两个朋友相遇了：一个是胖子，一个是瘦子。胖子刚刚在车站里用了午餐，两片嘴唇还油光闪闪，宛如熟透了的樱桃。身上也散发着葡萄酒和香橙花的味道。瘦子刚下火车，带着一些皮箱、包袱和硬纸匣，身上冒出肉肠和咖啡的气味。他身后站着一个瘦女人，下巴很长，是他的妻子；还有一个眯缝着眼的中学生，是他的儿子。

“波尔菲里！”胖子见到瘦子，高喊，“是你吧？我的好朋友！多年不见啦！”

“天哪！”瘦子惊叫，“是米沙！童年的伙伴！你这是从哪儿来？”

两个朋友拥抱着接了三次吻，互相对视着，眼睛里闪烁着激动的泪光。两人都惊喜不已。

“我亲爱的！”接吻过后瘦子说，“真没有想到！真是喜出望外！喏，好好看看我！你还是像从前那样漂亮！还是那样帅气！

啊，上帝呀！你怎么样？发福了？结婚了？你看得出来，我已经结婚……这就是我的妻子，露伊莎，娘家姓瓦茨巴赫……新教徒……而这是我的儿子，纳法尼亚，读三年级。纳法尼亚，这位可是我童年的伙伴！一道上的中学！”

纳法尼亚想了想，脱下了帽子。

“中学校友！”瘦子继续说，“你还记得，当年大家是怎么戏弄你的吗？给你起了‘纵火犯’的绰号，因为你用烟卷把公家的一本书给点着了。而给我起的绰号是‘小奸细’，因为我爱打小报告。哈哈……那时我们还是孩子！纳法尼亚，别害怕，你过来，离他近一点……这是我妻子，娘家姓瓦茨巴赫……新教徒。”

纳法尼亚想了想，还是躲到了父亲身后。

“喏，朋友，生活得怎么样？”胖子热情地盯着朋友，问，“在哪儿供职？当官了吧？”

“亲爱的，我是在衙门当差，我已经当了两年八等文官，还得了一枚斯坦尼斯拉夫勋章。薪水不多……那倒也没什么……妻子教音乐课，我业余用木头做烟盒，很精致的烟盒呢！一个烟盒卖一个卢布，如果有人买十个或十个以上，我会给买家打个折扣。日子将就着还过得去。我原本在一个衙门当差，现如今升任科长了，干的还是老本行，我也就在那里干下去了。你呢？怕是已经当上五等文官了吧，是吗？”

“不，我亲爱的，你再往高处想想。”胖子说。

“我已经是三等文官了……已经得到了两枚星级勋章。”

瘦子顿时脸色发白，呆若木鸡，但他很快把他的笑脸撑大了，扭曲了，他的面孔上和眼睛里仿佛放出了火星。而他的身子一下子缩小了，佝偻了，压扁了……他的皮箱、包袱、硬纸匣也缩小了，像是起了皱纹。他那位妻子的下巴拉得更长了。而儿子纳法尼亚挺起胸膛做出立正的姿势，制服上的纽扣全都扣上。

“我，阁下……非常高兴！朋友，可以说是童年的朋友，突然间成了位大人物！嘿，嘿，嘿……”

“得了！”胖子皱起眉头，“干吗用这种腔调说话。你我是童年的朋友，干吗要说这类官场上的客套话！”

“多多包涵……您大人……”瘦子哧哧地笑着，身子缩得更小了，“您的这番体贴关怀……犹如天降甘霖……大人，这是我的儿子纳法尼亚……这是我的妻子露伊莎，算是个新教徒……”

胖子本想数落他几句，但看到瘦子脸上那谦卑的丑态，这位三等文官不禁要呕吐出来。他背对着瘦子，伸出手来与他告别。

瘦子握住三个指头，低低地弯下身子鞠了一躬，卑微地发出“嘿——嘿——嘿”的叫声。妻子微笑着，纳法尼亚把鞋跟一碰，帽子掉到了地上。三个人兴奋得心惊肉跳。

一八八三年

猎人

一个酷热难耐的中午，空中没有一点儿云彩……被太阳晒枯了的青草，神情愁苦、绝望：即便下点雨水，它也不会变绿……森林默默地挺立着，纹丝不动，好像是用树梢往某处眺望着，或是在期待着什么。

在林子的边上，出现一个高个子、窄肩膀的男人，四十岁的样子，穿一件红衬衣，一条打了补丁的老爷裤，脚蹬一双大皮靴。他蹒跚地走着，懒洋洋的。他就这样沿路走着，右边是绿色的树林，左边是金色的麦浪，一直延伸到了地平线上……他脸色通红，满头是汗，在他那漂亮的、浅黄色头发上，压着一顶带有骑手专用帽檐的白色鸭舌帽，这分明是某位慷慨的老爷的礼物。他的肩上搭着一个存放猎物的袋子，袋里放着一只缠好了的野鸡。这个男人手持一支双管枪，扣起了扳机，眯缝着眼睛瞄着那条瘦瘦的老狗，猎狗跑在前边，正在灌木丛中嗅着寻找猎物。周遭一片寂静，没有一点声响……所有的活物都在躲避炎热。

"叶戈尔·弗拉西奇！"猎人突然听到一个轻轻的声音。

他哆嗦了一下，回过头去，皱起眉头，好像是从地底下长出来的一样，在他身边站着一个脸孔白净的女人，三十岁的样子，手里握着一把镰刀。女人急切地瞧着他的面孔，羞涩地微笑着。

"啊，彼拉吉雅，是你！"猎人说，他停住了脚步，放下了扳机，"呜！……你是怎么到这里来的？"

"我们村里的娘儿们在这里干活，我就跟着她们一起来了……来打工，叶戈尔·弗拉西奇。"

"噢……"叶戈尔·弗拉西奇哼了一声，继续慢慢地往前走。

彼拉吉雅尾随着他，他俩整整地走了二十步。

"我已经好久没有见到您了，叶戈尔·弗拉西奇……"彼拉吉雅说，温情地看着猎人耸动着的肩膀和肩胛骨；"自打您复活节在我们家里喝过一次矿泉水之后，就再也没有见到过您……复活节那天您来了一小会儿，天知道是怎么回事……您喝醉了……骂了一通，打了人，就走了……我等呀，等呀……眼睛都望穿了……哎呀，叶戈尔·弗拉西奇，叶戈尔·弗拉西奇！您哪怕来一次呢！"

"我到你那里去能干什么事？"

"当然，没有什么事要您做……但总还有家务事……看看家里怎么样了……您可是一家之主……瞧您的，打到了一只野鸡，叶戈尔·弗拉西奇！您该坐下来，歇一歇……"

彼拉吉雅是笑嘻嘻地说这一番话的，像个傻丫头，眼睛朝上看着叶戈尔的脸……她的面孔洋溢着幸福……

“坐下？好……”叶戈尔漫不经心地说，在两棵松树之间选择一个位子坐下，“你干吗站着？你也坐下！”彼拉吉雅坐在稍远的太阳地里，高兴得有点觉得难为情，用手遮住了笑开了的嘴，在沉默中度过了两分钟。

“哪怕能来家看一次。”彼拉吉雅轻声说。

“为什么？”叶戈尔叹了口气，摘下鸭舌帽，用手擦拭晒红了的额头，“没有任何必要。过来一两个小时，纯粹是浪费时间，只能搅得你不得安宁，而让我常住农村——我的灵魂受不了……你自己也知道，我是一个要过舒服日子的人……我需要一张单人的床铺，有好茶喝，能和有文化的人聊聊天……我需要有档次的生活，而你的村子里，又穷又脏乱……我一天也过不了。如果上边下道命令，非得要我与你生活在一起，我就放把火把房子烧了，或者开枪自杀。我从小就娇生惯养，没有办法。”

“那您现在住在哪里？”

“住在德米特里·伊万内奇老爷家，给他打猎，给他的餐桌供应野味……他是为了图享受收留了我。”

“叶戈尔·弗拉西奇，您这生活并不上档次……别人打猎是为了找乐子，而在您这儿成了手艺活儿……成了正经的事儿……”

“你不明白，傻丫头，”叶戈尔说，神往地望着天空，“你生来就不理解我是个什么样的人，你一辈子也理解不了……你以为我是个不走正道的人，而在明白事理的人眼里，我是全县最好的射手。老爷们都这么看我，他们还在杂志上夸奖我。就打猎技术来说，谁也比不过我……我看不起你们的农家活儿，不是因为我游手好闲，不是因为骄傲自满。你也知道，离开了猎枪和猎狗，我还没有干过其他活儿。要是夺走了猎枪，我用钓竿去钓鱼，要是夺走了钓竿，我用双手去抓。我也干过贩马的行当，有了钱，我也到集市上去转悠。你也知道，只要一个男人干上了打猎或贩马的行当，他就不再去沾农活儿。一旦人有了自由的精气神，就休想把它连根挖掉。一样有道理，如果有位老爷当上了戏子，或是其他行当的艺人，他就既不会再想当官，也不想当地主。你是女人，你不懂，但应该懂。”

“我懂，叶戈尔·弗拉西奇。”

“既然你想哭，就说明你不懂……”

“我……我不哭……”彼拉吉雅转过身去，说，“罪孽，叶戈尔·弗拉西奇！你哪怕能跟我这个可怜的女人住上一天。我嫁给你已经十二年了……啊……我们没有做过一次爱！……我……我不哭。”

“爱……”叶戈尔搓搓手，小声说，“不可能有任何的爱。只有名分，我是丈夫，你是妻子，而我们当真是一对夫妻吗？我在你眼里，是个野性十足的男人；你在我眼里，是个不懂事理的农家妇女。我们般配吗？我是个自由自在、闲散惯了的男人，你是个下地干活、直不起腰来、跟脏泥巴过日子的女人。我自以为是猎人圈里的第一把手，而你却看我可怜……这相配吗？”

“但我们正式办过婚礼，叶戈尔·弗拉西奇！”彼拉吉雅抽噎着说道。

“这婚礼是强加给我的……你难道忘了？你得谢谢谢尔盖·巴

甫雷奇伯爵……还有你自己，伯爵是出于妒忌，妒忌我的枪法比他好，他用葡萄酒灌我灌了整整一个月，而一个喝得烂醉如泥的人，不用说骗他与人结婚，就是让他改信邪教也能办得到。为了报复，他让我这个醉鬼娶了你……猎人要了个小女人！你也看好了，我喝醉了，你为什么还要嫁给我？你不是个女奴，你可以不答应！一个小女人嫁给一个猎人倒是很有面子，但你也得动脑子好好想想呀，到了现在，你痛苦了，流泪了。伯爵在笑，而你在哭……恨不得用脑袋撞墙……"

出现了沉默，林子上边飞过三只野鸭。叶戈尔用眼睛紧盯着它们，直到它们变成三个黑点消失在远处的森林后边。

"现在靠什么生活？"他问，把目光从野鸭移到了彼拉吉雅身上。

"我现在出工干活，冬天从育婴堂抱个小孩回来喂养，每月能领到一个半卢布。"

"噢……"

又出现沉默。从收割过的庄稼地里传来轻轻的歌声，但刚一开头就停住了。热得歌也唱不下去……

"听说您给阿库丽娜盖了间新房。"彼拉吉雅说。

叶戈尔不吱声。

"这么说，您喜欢她……"

"这是你的运气，你的命！"猎人伸着懒腰说，"忍着吧，苦命的。但也该说再见了，我说多了……傍晚之前我得赶到博尔托沃村去……"

叶戈尔站起身来，伸了伸懒腰，把猎枪搭在肩头。彼拉吉雅也站了起来。

“您啥时到村里来？”她轻声问道。

“没有必要了吧。我清醒着是不会去的，而喝醉了去对你没有什么好处。我一喝醉就穷凶极恶……再会！”

“再会，叶戈尔·弗拉西奇……”

叶戈尔把鸭舌帽扣住后脑勺，叫起猎狗，继续走自己的路。彼拉吉雅原地站着，目送着他……她看着他那耸动着的肩胛骨，他那漂亮的后脑勺，他那懒洋洋的、无拘无束的脚步，她的眼睛里充满了忧愁和柔情……她的目光投向丈夫又瘦又高的身躯，爱抚着他，温暖着他……他似乎感觉到了这个目光，停住脚步，转过头来……他没有说话，但从他的面部表情，从他耸起的肩膀，彼拉吉雅看出来，他要对她说点什么，她怯生生地走近他，用哀求的眼睛看着他。

“给你！”他转过身来说。

他递给她一张皱巴巴的面值一个卢布的钞票，很快走开了。

“叶戈尔·弗拉西奇，再会了！”她说，机械地接过了那张钞票。

他沿着那一条长长的，直得像绷紧了的皮带一样的道路走去……她，这个面色苍白的女人，像一座石雕那样一动不动地站着，用目光打量着他的每一步。而他衬衣的红色已经与他长裤的黑色融化在一起了，他的脚步也看不清了，那条狗与那双皮靴也分辨不清了。只有那顶鸭舌帽还能看得见，但是突然间叶戈尔往右边来了个急转弯，走进了树林子，就是那顶鸭舌帽也消失在绿荫中了。

“再会，叶戈尔·弗拉西奇!”彼拉吉雅嗫嚅道，她踮起了脚尖，为的是能够再看一次那顶白色的鸭舌帽。

一八八五年

没有希望的人

地方自治管理局主席叶戈尔·费多雷奇·什玛兴站在窗子旁，用手指恶狠狠地敲击着窗子的玻璃。一个小时又一个小时，一分钟又一分钟，时光如此缓慢地流进永恒，这让他产生了可恶的绝望感……他躺到床上两次，又两次醒来，吃了两顿午饭，喝了五次茶，而白昼才刚刚向黄昏靠近。

眼前展开的景色，他认为是灰色的和乏味的。透过花园里那些光秃秃的树枝望去，能见到一条陡峭的土岸……离岸半俄尺许，一条自由的河在奔流。河水湍急，奔腾向前，好像生怕有人把它拉回，重新被锁上冰冻的镣铐。偶尔也有未及融化的白色冰凌，在什玛兴的眼前闪过，那冰凌也在朝前奔流，不肯回头。

“坐在这块冰凌上，任它漂流到什么地方去……也就是到魔鬼那里去……”

更夫安德里昂手执长长的渔叉，沿着河岸低头疾行，时而停下脚步，无精打采地瞧一眼河水。在树林旁，有一头黑色的母牛慢慢地走着，一边闻着去年的枯叶……这一幅小小的图画，连同什玛兴和他的庄园，都被一片沉重而静止的云彩覆盖着，好像戴着一顶硕大的毛茸茸的帽子，然而从其间也透露出春天的信息……什玛兴很寂寞和气闷。他站在窗前，瞧着那令人生厌的景象，同时也想到，今晚管理局常务委员梁勃科夫家有牌局，玛丽雅·尼古拉耶芙娜今天要给她的彼佳过生日……要是他能坐上马车到其中的一家去助兴，他也就不会觉得时间过得如此乏味了……但他怎么能坐上马车出行？涨潮的河水已经淹没了所有的道路，他的庄园已被融化的雪水和注满了水的山沟团团包围。什玛兴觉得自己像是置身于监牢之中……他久久地站在窗前……终于他受不了啦，因为他猜想，梁勃科夫家的没有他参与的牌局已经开始，玛丽雅·尼古拉耶芙娜家里的客人已经围坐在桌旁喝茶，在谈论霍乱和域外风光。

“真讨厌！”他朝天气骂了一句，离开窗口，坐到了圆桌旁。在桌子上的台灯和烟灰缸旁，放着一个相册。什玛兴已经一百万次看过这个相册，但因为无聊他又把它拿了起来，第一百万零一次地翻看里边的照片。姐姐妹妹，大姨大姑，瘦腰的军官，戴着白色压发帽的祖母，叶费米耶神父夫妇，一个身穿毛衣的女演员，他本人，怀里抱着哈巴狗的他的已故的妻子——一一从他眼前闪过……他的目光一下子停留在了妻子身上……稍稍扬起的眉毛，惊异的眼睛，沉重的发髻，胸前的饰针——所有这一切都勾起了他的思念……

“真讨厌！”

时钟敲响，已经六点半钟。什玛兴从沙发上站起，从一个墙角踱步到另一个墙角，然后又毫无目的地站在了房间中央。“如果在火车站上坐着、等着，”他想道，“好歹也有希望能等到一列火车进站，你就可以走了，而在这里没有什么好等的……没有尽头……简直要上吊，见鬼了……要不吃晚饭！不行，时间还早，也不想吃……现在倒可以吸一会儿烟……”

他走向装有烟草的铁盒子，往墙角扫了一眼，发现在小圆桌上有个棋盘。

“要不玩玩跳棋？啊？”

把黑色和白色的棋子在棋盘上摆好，什玛兴在小圆桌旁坐下，开始下棋，自己和自己下，右手和左手互为对手。

“你这么下的……嘿……兄弟，停一下……而我这么走！得了……咱们走着瞧……”

他左手知道右手的思路，很快，什玛兴也弄不清该哪只手出手了，棋局也就乱了套。

“伊留什卡！”他喊了一声。

走进来一个又高又瘦的年轻人，穿着一件沾有油污的旧礼服，脚蹬一双破了的靴子，套着老爷用过的靴筒。

“你在那里干什么？”老爷问。

“没有干什么……在木箱上坐着……”

“跟我下一盘跳棋！坐下！”

“您这是怎么啦？”伊留什卡笑着说，“这合适吗？……”

“过来，傻瓜！坐下！”

“没有关系，咱站着就行……”

“叫你坐下，你就坐下！你以为你像一根棍子似的戳在那儿，我就舒服了？”

伊留什卡依旧笑嘻嘻的样子，他小心翼翼地坐到了椅子的边沿上，不好意思地眨着眼睛。

“走棋！”

伊留什卡想了想，用小手指把棋子推出一步。

“你是这么走棋……”什玛兴用手托着下巴，沉思着，“你是这样走……而我这样走！走呀，毛毛虫！”

伊留什卡又走了一步。

“这样……咱们知道，你这个坏家伙想干什么……咱们知道……不过，你嘴里的葱味太臭！你这样走，而我……这样走！”

棋局在进行着……在序盘中，什玛兴占优……他吃了对方好几个子，自己有个棋子已经成了可以随处移动的王棋，但有一个无法摆脱的想法干扰着他集中注意思考棋局。

“与一个地位相同的人下棋，赢了才痛快，”他想，“因为此人的社会地位与你相当……而我赢了伊留什卡又有什么乐趣？赢他也罢输他也罢，都一样的没有意思……哟，他拿起棋子在笑！赢了老爷多来劲！当然啰！他嘴里满是葱臭味，可他乐得看到老爷出丑！”——“滚开！”什玛兴喊道。

“什么？”

“滚开！”什玛兴涨红了脸喊道，“在这坐够了，这个浑蛋！”

伊留什卡的棋子从手中掉了下来，他吃惊地瞧着老爷，倒退着走出了客厅，什玛兴看了看挂钟，才六点五十分……到晚餐，到夜晚还有五个小时……大颗的雨珠击打在窗子上……那头黑色母牛在花园里忧伤地叫着，声音已经嘶哑，奔腾的河水声，像一个小时前一样单调和惆怅，什玛兴挥了下手，无意识地往自己的书房走去，身子碰上了门框。

“我的上帝！”他想，“别的人烦闷了，就去锯木头，练招魂术，拿蓖麻油给农民治病，写日记，只有我这个不幸的人，没有任何专长……我现在能做些什么？什么？我，地方自治管理局主席、荣誉民事法官、地主……却找不到消磨时间的办法……要不读点什么书？”什玛兴走到书架前，那上边乱七八糟地堆放着一些书刊。有各种各样的司法指南，旅行手册，已经破损但还没有裁开的《园艺》杂志，有关美食的书，宗教传道的书，旧的杂志……什玛兴犹豫不决地拿过一本1859年的《现代人》杂志，开始翻找……

“《贵族之家》……谁写的？啊！屠格涅夫写的！我读过……记得……忘了是写什么的了，那么可以再读一读……屠格涅夫文笔很好……是的……”什玛兴躺在沙发上开始读书……他愁苦的灵魂在这位伟大的作家身上找到了慰藉。十分钟后，伊留什卡蹑手蹑脚地走进书房，把一个枕头垫在老爷头下，并从他的胸前取走了一本打开了的书……

老爷打鼾了……

一八八五年

苦恼

我向谁去诉说我的痛苦？[1]

暮色苍茫，大块的湿雪懒洋洋地在刚刚点亮的路灯四周飘舞。一层薄薄的、软软的雪覆盖到了屋顶上、马背上、人的肩膀和帽子上。马车夫姚纳·帕塔波夫全身银白，像一个幽灵。他弯着身子，弯到一个活的躯体可以弯曲到的最大限度。他坐在驭座上，纹丝不动。哪怕有大块的雪团落到他身上，他也觉得没有必要把它抖落掉……他的那匹瘦马也是白色的，也一动不动。它呆立不动，骨瘦如柴，细腿像棍子一样僵直，甚至有点像一块不值多少钱的马形蜜糖饼。这马好像陷入了沉思。要是有谁被人从犁地的田间、从熟悉的灰色图景里拉走，被扔到这个五光十色、喧闹不休、川流不息的旋涡中，那么它就不可能不想心事……

1 引自宗教诗《约瑟夫的哭泣和往事》。

姚纳和他的瘦马已经很长时间没有动窝了。他们午饭之前就从车马大院里出来，至今没有拉到一个活儿。眼看着夜色笼罩了这个城市，惨淡的路灯变得更加耀眼，街头的嘈杂声也变得更加喧腾。

“车夫，到维堡去！”姚纳听到喊声，“马车夫！”

姚纳抖动了一下身子，透过沾满雪花的眼睫毛，看到一个穿着带风帽的灰色军大衣的军人。

“到维堡去！”军人重复道，“你是睡着了吧？到维堡去！”

姚纳为了表示同意，拉动了马缰。于是，一片片雪花从马的背上、人的肩上落了下来……军人坐上雪橇。车夫咂吧着嘴唇，伸长他天鹅般的颈项，稍稍抬起身子，与其说是出于必要，毋宁说是出于习惯地挥动了马鞭。马儿同样伸长颈脖，弯曲了棍子一样的细腿，迟疑不决地往前挪步。

“妖怪，你往哪儿跑！”姚纳立刻听到从周遭黑压压的人影里传出的叫骂声，“鬼东西往哪儿赶呢？靠右边走！”

“你不会赶车！靠右边走！”军人也生气了。

一个坐在四轮轿式马车上的车夫也在骂娘，而一位正在赶路、肩膀碰着马脸的行人，恶狠狠地瞪着他，抖落了衣袖上的雪。

姚纳局促地坐在驭座上，像是坐在针尖上，他把胳膊肘向两边撑开，翻转着两只眼睛，像是被煤气熏了似的。他好像不知道自己在哪里和为什么在那里。

“都是些浑蛋！”军人打趣道，“他们有的往你身上撞，有的往马蹄上扑。他们好像都是串通好的。”

姚纳回头看了一眼乘客，动了动嘴唇……看来，他想说点什么，但喉咙里只是吐出一些沙哑的声音。

“什么?”军人问。

姚纳一笑把嘴撇歪了，他让自己的喉咙使出劲儿来，沙哑地说：

“老爷，我的……儿子这个星期死了。”

“噢……得什么病死的?”

姚纳把整个身子转向乘客，说：

“谁知道呢！大概是热病……在医院躺了三天就死了……这是上帝的旨意。”

“拐弯呀，死鬼！”黑暗中传来喊声，“老狗，你眼睛瞎了？用眼睛看看！”

“赶车走吧，走吧……”乘客说，“照这样我们明天都到不了。快走吧！”

马车夫又伸长脖子，把身子微微抬起，用一种沉重而优雅的动作挥舞着马鞭。此后，他几次转过头来看看乘客，但他闭着双眼，看样子不想再听他说什么了。把乘客送到维堡之后，他把马车停在一家饭店旁，坐在驭座上弯着腰，又是一动不动……湿雪又把人和瘦马染白了。过去了一小时，两小时……

人行道上走着三个年轻人——其中两个长得又高又瘦，另一个是个矮子，还有点驼背。他们嘴里骂骂咧咧的，脚上的套鞋踩出一片声响。

“马车夫，去警察大街！”驼子用颤声嚷嚷说，“三个人……二十戈比！”姚纳抖动一下缰绳，咂吧一下嘴唇。二十戈比的车钱太少了，但他对车钱已经无所谓……一个卢布也罢，五个戈比也罢，现在对他都一样，只要有乘客就行……

年轻人互相推搡着，说着粗话，走近雪橇。三个人全都往车座上挤。需要解决一个问题：哪两个可以坐，哪一个只能站着。

经过一番争执、胡闹和责难，终于做出决定：应该让驼子站着，因为他个儿最矮。

“喏，快赶车吧！”驼子沙哑地喊着。他站着，朝姚纳的后脑勺哈气：“快跑！老兄，瞧你这顶破帽子！在彼得堡找不到比这更破的帽子……”

“嘿，嘿……”姚纳笑笑，“就这么顶破帽子……”

“喏，你，就这么顶破帽子，快赶车吧！你就这样走一路，是吗？要给你脖子上打一拳吗？”

“脑袋都要炸裂了……”一个高个子说，“昨天我俩和瓦斯卡一起在杜克马索夫家喝了四瓶白兰地。”

“我不明白，你为什么要撒谎！”另一个高个子生气地说，“像畜生一样撒谎。”

“上帝惩罚我好了，这是实情。”

“这要是成了实情，那虱子能咳嗽也是实情了。”

“嘿，嘿！”姚纳笑了，“享福的老爷！”

“你见鬼了！……”驼子愤怒地说，“老不死的，你到底走不走？难道就这么磨磨蹭蹭？抽它一鞭子！见鬼！喏！狠狠抽它一鞭子！”

姚纳感觉到背后那个驼子扭动着的躯体和颤抖的嗓音。他听到有人骂他，看到了很多人，他的孤独感在他心中有所消解。驼子一直骂着，一直骂到他的稀奇古怪的谩骂和连声咳嗽让他喘不过气来。两个高个子说出一个名叫纳杰日达·彼得罗芙娜的女人。姚纳转过头去看了看他们。等到了一个他们说话的短短间隙，他又转过头去，喃喃地说：

“这个星期，我儿子死了。”

“谁都会死的……”驼子咳嗽之后抹了抹嘴唇，叹了口气说。

“喏，快走！快走！先生们，绝对不能再这样赶路了！他什么时候才能把我们送到？”

“你稍稍刺激他一下……朝他的脖子来一拳！”

“老不死的，听到了吗？我要揍你的脖子……和你们这种人讲客气，还不如干脆下车走路……你听到了没有，毒蛇？你还是不把我们的话当一回事？”

姚纳与其说是感觉到了，不如说是听到了他后脑勺上啪的一声。

“嘿……嘿，”他笑着说，“享福的老爷……上帝赏赐你们健康！”

“赶车的，你有老婆吗？”高个子问。

“我？嘿，嘿……享福的老爷！现在我只有一个老婆，那就是潮湿的土地……哈哈哈……那就是一个坟墓！儿子现在也死了，就我一个人活着……怪事儿，死神认错了门……该来找我的，奔孩子去了……”

姚纳转过身去，想说说儿子是怎么死的，但驼子轻轻地喘了口气，说，感谢上帝，他们终于到了目的地。姚纳收起二十戈比之后，还久久地瞅着那几个去寻欢作乐的乘客，看着他们消失在乌黑的门洞里。

他又孤单单一人了，寂静又向他包围过来……刚刚平静了片刻的苦恼，又一次向他袭来，而且变本加厉地折磨着他的心。姚纳惶恐的眼睛痛苦地扫视着沿街道两旁来回穿梭的行人：在这上千的行人里能够找到哪怕一个愿意倾听他诉说的人吗？但人群在疾行，既看不见他这个人，也看不见他的苦恼……这苦恼是巨大的，没有边际的。要是姚纳的胸膛裂开，苦恼从中流出来，那么，这苦恼像是能把整个世界淹没，但这苦恼却偏偏不被人看见。这苦恼装进了这样一个渺小的躯壳里，甚至白天举了火把都看不见……

姚纳看见一个看门护院的仆人，手里拿着纸袋子，就决定去和他说说话。

“亲爱的，现在几点了？”他问。

“九点多……你把马车停在这里干什么？走开！……”姚纳把马车挪了几步，弯下腰去，任凭苦恼把自己包裹住……他知道向别人诉说已经没有用。但是没过五分钟，他直起身子，摇晃着头，像是感受到了一阵剧痛，抖了抖缰绳……他忍不住了。

“回大车店，”他想，“回大车店！”

那匹瘦马也像是明白了他的心思似的，一路快步小跑了起来。一个钟点之后，姚纳已经坐到了一个又大又脏的灶台旁。蜷卧在灶台上、地板上、长凳上的人在打鼾。空气污浊燥闷……姚纳瞅瞅沉睡着的人，挠了挠头，后悔不该这么早就回来……

“我连买燕麦的钱还没有挣到呢，”他想，“这就是苦恼的原因。一个人要是能把自己的事情处理得井井有条……他自己不饿肚子，马儿也能吃饱，那他就永远会心平气和……”

一个墙角里，有个年轻的车夫爬起身来，睡眼惺忪地清了清嗓子，伸手去拎水桶。

“想喝水？”姚纳问。

“是想喝点水！”

“喝吧，喝个痛快，可老弟，我的儿子死了……听到了吗？这个星期死在医院里的……好惨呀！”

姚纳想看看他这番话会有什么效果，但什么效果也没有。年轻人蒙头睡过去了。老头长叹一声，挠了挠头……就如同那个年轻人要喝水那样，人也要说话。儿子去世快一个星期了，但他还没有好好地跟什么人说过……应该从从容容、条理分明地说一说……应该说说儿子是怎么得的病，这病是怎么折磨他的，他在临死前说了些什么，他是怎么死的……还应该描述一下儿子下葬的情形和到医院去取回死者衣物的经过。村子里就留下女儿阿尼娅一个人了……也应该说说女儿……他现在想说的事儿难道还少吗？听他说话的人应该哀痛得叫出声来，唏嘘不止才对……找婆娘们去说更好。她们尽管痴蠢，但她们听不到两句话，就会号啕大哭的。

“去看看吧……”姚纳这样想，“睡觉总是来得及的……不用愁，能睡个够的……”

他穿上衣服，走到马厩里，他的那匹马就立在那儿。他在寻思燕麦、干草、天气……光是他一人，他不能想儿子……他可以跟别人说说他儿子，但自己念想他，在心里描绘他的模样，就会觉得十分可怕……

“你在吃草吗？”姚纳问自己的马儿，瞅着它闪闪发光的眼睛。“喏，吃吧，吃吧……燕麦是没有挣回来，但干草总是有的……是的……我老了……赶车不得劲了……赶车的该是儿子，而不是我……他才是赶车的好把式……要是他能活着……”

姚纳沉默了片刻，又继续说：“我的小母马，你听着……库兹马·姚内奇不在了……他一闭眼先走了……说走就走了……这好比说，你生了头小马驹，你就是这头小马驹的母亲……突然之间，好比说，这头小马驹也一闭眼先走了……你照样会难过吧？”

小母马嚼着草，倾听着，朝自己主人的手上喷着热气……姚纳讲得出了神，把所有要说的话，统统讲给了它听。

一八八六年

万卡

万卡·朱科夫，一个九岁的孩子，三个月前被送到鞋匠阿里雅兴的铺子当学徒。圣诞节的前夜，孩子没有上床睡觉。等到老板夫妇和几个帮工的师傅出去做晨祷之后，他从老板的柜子里取出一个墨水瓶和一支笔尖已经生锈的钢笔，把一张皱巴巴的白纸在自己面前铺平，写了起来。在写下第一个字之前，他好几次提心吊胆地瞧了瞧房门和窗子，还瞥了一眼黑色的神像和神像两旁摆满鞋楦的架子，他断断续续地叹着长气。纸张已经在一条长椅上铺好，他自己就跪在长椅的前边。

“亲爱的爷爷，康斯坦丁·马卡雷奇！”他写道，“我在给你写信。我祝你圣诞节快乐，愿上帝保佑你万事如意。我没有爸爸，也没有妈妈，现在只有你一个亲人。”

万卡瞧了一眼黑黑的窗子，窗子上闪烁着烛光，他出神地想象着爷爷康斯坦丁·马卡雷奇的模样，爷爷在日瓦廖夫老爷家当守夜的更夫。那是个矮小干瘦却异常机灵矫健的小老头，六十五岁，老是堆着笑脸，眯缝着醉眼。白天他在仆人的厨房里睡觉，或是与厨娘们开开玩笑，夜晚则裹件肥大的皮袄，在庄园四周转悠，敲着打更用的梆子。他的身后跟着两条狗，全都耷拉着脑袋，一条是老母狗卡希坦卡，一条是泥鳅，之所以有这个绰号，是因为它身子很长且很黑，活像黄鼠狼。这条泥鳅出奇地温顺和谦恭，不管是见到自家人还是陌生人，它的目光都透着温情，然而它是无法得到信任的。它温顺的背后隐藏着奸诈。没有哪只狗能像它那样机敏地躲到人的身后，在腿肚子上咬一口，或是钻进水窖，或是偷农夫的母鸡。它不止一次被人打伤后腿，还被人吊打过两回，每个星期都会让人打得半死，但它总能存活下来。

这时爷爷大概就站在大门口，眯缝着眼睛瞅着农村教堂里又红又亮的窗子，跺着穿有高筒毡靴的脚，跟仆人们开着玩笑。他把敲更的梆子系在腰间。因为寒冷，他拍打着双手，蜷缩着身子，要么捏一捏女仆，要么捏一捏厨娘，发出了老人的笑声。

“也许，咱们闻闻鼻烟？”他说道，把自己的鼻烟盒递给了女人们。

女人们闻着鼻烟，打起了喷嚏。爷爷高兴得不得了，发出了一阵快乐的笑声，叫喊道：

“来人啊，出人命啦！”

也让两条狗闻鼻烟。卡希坦卡打着喷嚏，摇晃着狗脸，像是受了委屈似的，退到了一边。泥鳅出于礼貌，忍着不打喷嚏，只是摇了摇尾巴。天气好极了，空气宁静、透明和清新。夜色是黑的，但整个村庄，连同白色的屋顶，烟囱里冒出的缕缕炊烟，披着重霜而变得雪白的树木、雪堆，都能看得分明。快活地眨着眼睛的星星撒满了天空，银河清晰地显现了出来，好像圣诞节前有人特意用雪给它清洗过……

万卡叹了口气，把笔蘸了下墨水，继续写道："昨天我挨打了。老板揪住我的头发，把我拖到院子里，用皮带抽打我，就因为我摇他们的孩子睡觉时，一不小心我自己也睡着了。几天前，老板娘叫我收拾一条青鱼，我就从鱼的尾巴上开始收拾，老板娘就抓起那条鱼，用鱼头朝我的脸上打来。帮工的几个师傅都嘲笑我，还派我到酒店去打酒，还吩咐我偷老板的黄瓜，结果挨了老板一顿揍。伙食很糟，早饭就吃面包，午饭喝稀粥，而茶啊、菜汤啊，只有老板和老板娘自己能喝到。他们让我睡在过道里，只要他们的孩子一哭，我就要去摇摇篮，根本睡不了觉。亲爱的爷爷，发发上帝一样的慈悲吧，把我从这里领回家去，让我回到村子里去，我无法忍受了……我朝你磕头，永远为你祈祷上帝，把我从这里领走吧，否则我就没命了……"

万卡撇了下嘴，用自己的黑手擦拭眼睛，哭了出来。

"我会给你搓碎烟叶，"他继续往下写，"我会为你祷告，如果我做错了什么，你尽管抽打我好了。要是你觉得没有我可干的活儿，那么看在上帝的分上，让我去给管家擦皮鞋好了，或是让我替代费季卡去当牧童好了。亲爱的爷爷，我没有活路了。倒是想过跑回村里去，但没有靴子，我怕冷。等我将来长大了，我会报恩的，我会养活你，不让别人欺负你，你过世之后，我会为你的灵魂得到安息而祈祷，就像我为我的妈妈彼拉盖雅祈祷一样。

"莫斯科是个大城市。房子都像城主老爷家的那样气派，马很多，没有羊，狗不凶。这里不让小孩在节前的夜里举着星星一样的灯笼串门，也不让人在教堂的祭坛两边唱歌。有一次我在一家店铺的橱窗里看到有钓钩卖，什么鱼都能钓，非常棒，甚至还有钓钩可以钓得起好几十斤重的鲇鱼。我还看到卖各种枪支的店铺，那枪和我们老爷家的枪一个样子，大概每支枪得值一百个卢布……肉铺里挂着黑琴鸟、松鸡和野兔，问这些都是从哪儿打来的，店里的伙计都不说。

"亲爱的爷爷，老爷家有挂礼物的圣诞树的时候，替我摘一颗用金纸包着的核桃，放到那个绿色的小匣子里藏好。向老爷家的小姐奥尔迦·伊格纳季耶芙娜讨要，就说是替万卡要的。"

万卡颤着声音叹了口气，又凝望着窗子。他想起，为了给老爷做圣诞枞树，爷爷总是要去一趟树林子，还带上自己的孙子。这是最快活的时光！爷爷的嗓子里发出咯咯的声音，寒风也在咯咯作响，瞧着他们，万卡也咳出了声音来。常常在砍伐枞树之前，爷爷先要抽袋烟，久久地闻他的鼻烟，瞧着冻僵了的万卡忍不住笑……裹着白霜的小枞树，静静地站立着，等待着，它们中的哪一株命定死去？不知从哪个雪堆里，蹿出一只兔子，像箭一般地飞走……爷爷不由得大喊："逮住它，逮住它……逮住它！啊，这个短尾巴的鬼东西！"

爷爷把砍下的枞树抬到老爷家里，大家开始为装饰圣诞树忙碌起来……最上心的，是万卡心中最喜爱的奥尔迦·伊格纳季耶芙娜小姐。那时，万卡的妈妈彼拉盖雅还活着，她在老爷家当女仆。奥尔迦·伊格纳季耶芙娜常常给万卡糖吃，闲来无事的时候，还教他读书、写字，教他数数，从一数到一百，甚至还教他跳卡德里尔舞。彼拉盖雅过世之后，就把孤儿万卡送到仆人的厨房里与爷爷一起生活，后来又把他从厨房送到莫斯科阿里雅兴的鞋铺里……

“亲爱的爷爷，快来吧，”万卡继续写道，“我求你看在上帝的分上，把我从这里领走。你就可怜可怜我这个不幸的孤儿吧，这里的人全都打我，饿得要命，闷得没法说，一直在哭。昨天晚上老板还用鞋楦子打我的头，打得我昏倒在地，好不容易才苏醒过来。我的生活太不幸了，连狗都不如……替我向阿廖娜问好，向独眼的叶戈尔卡问好，向马车夫问好，不要把我的手风琴给任何人。你的孙子伊万·朱科夫敬上，亲爱的爷爷，请来吧。”

万卡把写好的信纸叠成四折，塞进了昨晚花一个戈比买来的信封里……想了一下，他把笔尖蘸了下墨汁，写了地址：

寄给村里的爷爷

然后又挠了挠头，想了一下，补上了姓名：“康斯坦丁·马卡雷奇。”他很得意，因为没有人来打扰他写信，他戴上帽子，来不及披上短皮袄，就穿着衬衫上了街……

昨天晚上，他向肉铺的伙计打听过，他们告诉他，信得投进邮筒里去，然后有人会从邮筒里取出，装上邮局的三驾马车，醉醺醺的车夫驾着这辆马车，铃铛响着，把信送到所有的地方。万卡跑到最近的一个邮筒，把那封珍贵的信塞进了筒口……

甜美的希望诱发着睡意，一小时之后他就睡熟了……他梦见了一个灶台。灶台上坐着爷爷，垂下一双光脚，在给厨娘们念信……泥鳅在灶台旁走着，摇晃着尾巴……

一八八六年

玩笑

一个晴朗的冬日，中午时分……刺骨的严寒，纳金卡挽着我的胳膊，她的鬓发与上嘴唇的绒毛上都蒙上了一层银霜。我俩站在一座高山上。从我们立足的山顶到山下的平地，伸展着一面斜坡，太阳照着它如同照着镜子。我们身边有个小巧的雪橇，一条鲜红的绒布蒙盖在雪橇上。

“纳杰日达·彼得洛芙娜，咱们往下滑吧！”我恳求着说，“就滑一次！我向您保证，我们肯定完好无损，不会受伤。”

可是纳金卡害怕。从她穿着的那双小套鞋到冰山脚下的这个空间，在她看来简直是一个可怕的无底深渊。我请她坐到雪橇上去，当她往山底下看了一眼，便吓得魂不附体了，如果她当真冒险向深渊飞去，将会是什么结果！她会丢了性命，她会发疯。

“求求您了！”我说，“不必害怕！要知道，这是没有勇气，这是懦弱！”

纳金卡终于让步了，但我从她的脸色看出，她这回是冒着生命危险做出这个让步的。我把她扶上了雪橇，她脸色惨白，浑身发抖，我用手把她搂紧，与她一起滑向那深渊。

雪橇像子弹一样飞行着。被撕裂开来的空气击打着我们的脸，在我们的耳朵里呼啸着、咆哮着，愤怒地撕扯着我们，想要把我们的脑袋从肩膀上揪掉。

强劲的风，让我们喘不过气来。好像有个魔鬼用魔爪抓住我们，呼啸着把我们送进了地狱似的。周遭的一切都幻化为一条长长的、奔腾着的带子……好像再过几秒，我们就会命丧黄泉！

“纳嘉，我爱你！”我轻轻地说。

雪橇的滑行逐渐平稳下来，风的吼声和雪橇滑板的声响也不再那样可怕，呼吸也顺畅了一些，我们终于到了山下。纳金卡像是命悬一线似的，她面无血色，上气不接下气……我帮她站起身来。

“我说什么也不滑第二次了，”她睁开充满恐惧的大眼睛瞧着我，说，“我再也不滑了！我差点儿死去！”

过了一会儿，她恢复了常态，便用疑惑的眼神盯着我。“纳嘉，我爱你！”这五个字究竟是不是我说的，还是这不过是她在狂风怒号中的幻听？我站在她的身边，抽着烟斗，端详着自己的手套。

她挽着我的手臂，我们久久地在山脚下散步。看来，这个谜不能让她心安。这句话到底是说了还是没有说？说了还是没有说？说了还是没有说？这是个有关自尊的问题，有关荣誉的问题，有关生命、有关幸福的问题，这个问题是天底下最最重要的问题。

纳金卡用她那锐利的目光，紧紧地、苦苦地盯着我的脸，答非所问地说着话，她期待着我说明真相。噢，她那张可爱的面孔上的表情何等丰富！我发现，她在进行着自我搏斗，她想要说点什么，问点什么，但她找不到恰当的语言，她不好意思，有点害怕，又因为喜悦反倒张不开口……

“这样好吗？”她说，眼睛没有看着我。

“怎样？”我问。

“咱们再滑一次……”

我们顺着阶梯爬到山顶。我又一次把脸色惨白、浑身发抖的纳金卡扶上了雪橇，我们又一次飞向可怕的深渊，又一次听到风的咆哮和滑板的哐哐作响，又一次在雪橇呼啸着飞行的最为紧张的时刻，我轻声地说：

“纳嘉，我爱你！”

雪橇停住之后，纳金卡朝我们刚刚滑行的山坡看了一眼，然后久久地瞅着我的脸，听着我平淡又平静的话语，她整个人，甚至是她的手笼和帽子，她整个娇小的身子都显示出极度的疑惑。她的脸上好像写着：

“这是怎么回事？是谁说了这句话？是他说的，还是我的幻听？”

这个迷惑折磨着她，使她无法忍受。

这位可怜的姑娘一言不发，愁眉紧锁，简至要哭了。

“咱们回家去吧？”我这样问道。

“而我喜欢滑冰，”她红着脸说，“咱们不能再滑一次吗？”

她“喜欢”滑冰，然而，一坐上雪橇，她照样脸色惨白，浑身发抖，吓得喘不过气来。

我们第三次往下滑行，我发现她在看着我的脸，盯着我的嘴唇。但我假装咳嗽，用手帕捂住了嘴，而当我们滑行到中途，我及时地发出声来：

“纳嘉，我爱你！”

疑问依旧是疑问！纳金卡沉默着，想着什么……我送她回家，一路上她尽量把步子放慢、放轻，一直等着我把这句话说给她听。我看到她的灵魂在痛苦着，她在极力控制自己，不要说出这句话来：“风不可能说出这句话！我不希望这句话是风说的！”

第二天一早，我收到一封短简：“如果你今天去滑雪橇，务必把我带上。纳嘉。”

从此我天天和纳金卡一起去滑冰场，每次坐在雪橇上往下飞行的途中，我总要轻声地说一句同样的话：“纳嘉，我爱你！”

很快，纳金卡听这句话听上了瘾，就如同对美酒或吗啡上了瘾一样。听不到这句话她简直无法生活。当然，从山顶往下飞行照样令她觉得恐怖，但现在这恐怖反倒给这句情话增加了特殊的魅力，尽管这句情话依旧是个谜，依旧折磨着她的灵魂。怀疑的对象依旧是两个：我和风……这二者之中究竟谁会出来向她坦陈爱情，她不知道，而且看来，她已经并不在乎：从哪个杯子里喝酒都是一样的，只要能喝醉就行。

一天中午，我独自去滑冰场，我混杂在人群中间，看到纳金卡正向冰山走去，用眼睛搜寻着我……然后她小心翼翼地顺着台阶往上攀登……她独自一人登山是会感到恐怖的，噢，多么可怕！她的脸色白得像雪，身子在发抖，她朝前走去就像是走向刑场，但她走着，头也不回地走着，坚定不移地走着。毫无疑问，她终于决心做个试验：在没有我在场的情况下，是否也能听到这句甜美的情话？我看到脸色刷白的她，因为恐惧而张大了嘴巴，她坐上雪橇，紧闭双眼，开始滑动，那神情像是要与人间永别……“哐哐”……滑板哐哐作响。纳金卡是否听到了那句话，我不得而知……我只是看到当她从雪橇上站起来的时候，已经精疲力竭。从她的脸色判断，连她自己都不知道是否听到了那句话。往下滑行的恐惧，剥夺了她倾听话语的能力、分辨声音的能力、理解的能力。

早春三月终于来临……太阳变得温和起来。我们的那座冰山变黑了，失去了耀眼的光泽，最后融化了。我们不再去滑雪橇。可怜的纳金卡已经再也听不到那句话了。也是的，谁也不会再说那句话了，因为风已经消歇，而我也准备去彼得堡——要去很久，可能一去不复返。

动身前两天，我坐在自家的小花园里，已经暮色四合。这小花园与纳金卡家的院子由一道高高的上边布满钉子的篱笆墙隔开……天还有几分寒意，粪堆下还有积雪，树木毫无生气，白嘴鸦在聒噪着安顿过夜的鸟窝。我走近篱笆墙，通过缝隙久久地往那边张望。我看到纳金卡走到门廊上，用愁苦的目光凝望天空……春风直接吹在她那雪白的、忧伤的脸孔上……这风让她联想到了冰山上曾朝我们呼啸而来的风，在风声中她听到了那五个字，她的面孔变得更加忧郁，眼泪顺着脸颊流了下来……这可怜的姑娘把双手伸展开来，像是在祈求这阵风再给她捎来那句情话。我等到有阵风吹过来，便压低了嗓门说：

“纳嘉，我爱你！”

我的上帝，纳嘉发生了什么样的变化呀！她叫起来，满脸微笑，迎风高高地举起双手，她是那样的兴奋，那样的幸福，那样的美丽。我抽身去整理行装。

这是很久以前的事了。现在纳金卡已为人妻，嫁给了一个贵族监护会的秘书——到底是父母之命还是自由恋爱，这并不重要，她已经生了三个孩子。但当时我们是如何一起去滑冰，风是如何把“纳嘉，我爱你”这句话传进了她的耳朵，则是不可忘怀的，对她来说，这是她生命中最幸福、最感人、最美好的记忆。

我现在也已经上了年纪，已经无法说清，当年我为什么要说那句话，为什么要开这样的玩笑。

一八八六年

在别墅里

“我爱您。您是我的生命，我的幸福，我的一切！原谅我的直言不讳，我无法再这样痛苦下去，沉默下去。我并不企求您给我同样的爱，我只求您给我点同情。求您务必今晚八点钟到老亭子里……我以为写上我的名字是多余的，但也请您不必害怕我的隐姓埋名。我年轻、漂亮……您还希求什么呢？”

避暑客巴维尔·伊万内奇·维赫采夫，一个循规蹈矩的有妇之夫，读完这封信，耸了耸肩，疑惑不解地挠挠额头。“什么鬼名堂？”他想，“我是有妇之夫，结果来了这么一封莫名其妙的……愚蠢至极的信！这是谁写的？”

巴维尔·伊万内奇把信纸在眼前晃动了几下，又念了一遍，啐了口唾沫。

“我爱您……”他做了个鬼脸，“把我当三岁小孩了！当我会随随便便跑到那个亭子里去跟你幽会……我，这种风流勾当早就不干了……嗯！写这信的肯定是个轻浮的女人……嗯，这些女人呀！她真是昏了头啦，居然把这样的情书写给一个陌生的男人，而且还是一个有妇之夫！简直是道德败坏！”

在八年的婚姻生活中，巴维尔·伊万内奇已经远离细腻的浪漫情怀，除了逢年过节的贺卡，他没有收到过任何信札；因此，尽管他表面上做了一番不为所动的硬汉表演，但那封来信还是让他不知所措，慌了手脚，动了心思。接到来信之后过去了一个小时，他躺在沙发上，想道：“当然，我不是小孩子，我不会随随便便跑去跟个陌生女人幽会的。不过呢，要是能弄清写信的人究竟是谁，倒也蛮有意思。嗯……看笔迹，肯定是一位女士写的……这信写得还蛮有感情，所以不大像是在开玩笑……大概是个有点神经质的女人，再不然就是寡妇……总的来说，寡妇都有点头脑简单，行为怪异。嗯……这能是谁呢？”

要弄明白这个问题也不容易，因为在这个避暑山庄里，除了自己的妻子外，巴维尔·伊万内奇不认得其他任何一个女人。

“见鬼了……”他很困惑，“‘我爱您’……他什么时候开始爱上我的？奇怪的女人！不认识，也不了解我这个人究竟怎么样，就把我爱上了……如果能这样一见钟情，想必她一定是个年轻的、生性浪漫的女子……可是她究竟会是谁呢？”

巴维尔·伊万内奇蓦地想到，昨天和前天，当他在避暑山庄周围散步的时候，好几次遇到过一个穿浅色裙子、鼻子微微翘起的金发女郎。这位金发女郎总要朝他多看几眼，当他坐到一张长椅上，她也坐到了他旁边……“是她？”维赫采夫在想，“不可能！像她那样一个娇小姐能爱上我这么个糟老头？不，这不可能！”

吃午饭的时候，巴维尔·伊万内奇呆呆地瞅着妻子，想自己的心事：

“她说她年轻、漂亮……这说明她不是个老太婆……嗯……说良心话，我也不算老，我也还能招人爱……我老婆就很爱我！更何况，俗话说得好，爱情是个瞎子——逮到谁就爱谁——”

“你在想什么？”妻子问他。

“嗯……头有点痛……”巴维尔·伊万内奇撒了个谎。

他想明白了，把这封破信当成情书来看待是愚蠢的，他对这封信和写这封信的人嗤之以鼻，可是，唉！人性的魔力强大无比。午饭过后，巴维尔·伊万内奇躺在床上，不睡觉，想心事：“要知道她指望我应约前往呢！多么傻！我想象得到，她一走进亭子，不见我人影，她会失望得浑身发抖的！……我偏不去……气气她！”

然而，我要重复一句，人性的魔力强大无比。

“不过，出于好奇心，不妨去一趟……”半个小时之后，这位避暑客又这样想，“从远处看看，她究竟是个什么样的女人……看看她的长相，也怪有趣的！逢场作戏罢了！不过，遇到合适的机会，为什么就不能寻寻开心呢？”

巴维尔·伊万内奇起床，穿衣服。

“打扮得漂漂亮亮要上哪儿去？”妻子见他穿了件干净的衬衣，换了条鲜亮的领带，便问。

“嗯，出去散散步……头有点痛……嗯……”巴维尔·伊万内奇打扮完毕，等到八点钟，便走出了房门。在落日余晖照耀着的翠绿色的背景中，来此地消夏的红男绿女在他眼前晃动，他的心剧烈地跳动起来。

“她是他们中的哪一个呢？”他想，羞涩地扫视着一张张女士的脸孔，“没有金发女郎……嗯……如果照她信上写的推测，她应该已经坐在亭子里了。”

维赫采夫走上林荫道，在林荫道的尽头，透过一行高大的椴树的枝叶，可以看见那个“老亭子”……他悄悄地走近亭子……

“从远处看看……”他这样想，迟疑不决地往前挪动着脚步，“哟，我有什么好害怕的？我又不是去和女人幽会！好一个……傻瓜蛋！大胆地往前走！我到亭子里去怎么的？嗯，嗯……无所谓！”巴维尔·伊万内奇的心脏跳动得更加剧烈了……他情不自禁地突然间想象到了影影绰绰的亭子……在他的想象里，出现了一个身材修长的金发女郎，穿着浅色的衣裙，鼻子微微翘起……他想象着，她因为爱而羞怯，浑身发抖，她扭捏地走近他，大声喘息着……突然间她把他拥进了怀里。

“要是我还是个单身汉，那就毫无顾忌了……”他这样想，把厌恶感从脑子里赶了出去，“再说了……一辈子经历这么一次，倒也说得过去，否则到死也不知道这种事是啥滋味。那么老婆……嘿，这与她有什么关系？感谢上帝，这八年来我没有离开过她一步……做了整整八年的守法公民！别管她……甚至有点腻味了……今天我索性造她的反！”

浑身发着抖，屏住了呼吸，巴维尔·伊万内奇走到了亭子跟前，这个亭子上爬满了野葡萄的藤蔓，他往亭子里瞧了瞧……扑鼻而来的是夹杂着霉味的湿气……

“大概，没有人……”他想，当他伸脚跨进了亭子，却在角落里发现了一个人影……是个男人的影子……定睛一看，巴维尔·伊万内奇认出此人是自己的妻弟——大学生米佳，就寄住在他的别墅里。

“哦，原来是你？”他很不满意地说着，摘下帽子，坐了下来。

“对了，是我。”米佳回答。

沉默了两分钟……

“巴维尔·伊万内奇，对不起，请您离开这里，行不行？……我正在构思我的硕士论文……有人在我跟前，就会妨碍我思考。”米佳先开始发难。

“你还不如到黑黑的林荫道上走一走的好……”巴维尔·伊万内奇温和地回应，“在露天里，容易来灵感，况且……我想在这儿的长椅上打个盹儿……这儿不太闷热……”

“您要打盹儿，我可是要做论文……”米佳嘟囔道，“论文更重要……”

又是沉默……维赫采夫魂不守舍，不断地听到脚步声，猛地站起身来，用哀求的声音说道：“好了，米佳，我求求你了！你比我年轻，你应该体谅体谅我才对……我不大舒服……想打个盹了……你走开吧！”

“这是自私自利……为什么您非得待在这儿，却不让我待在这儿？说啥我也不走……”

“得了，我求求你啦！就算我是个自私自利的人，霸道的人，愚蠢的人……可是我还是要求你走开！我这一辈子就低三下四地求你这一回！体谅体谅我！”

米佳摇摇头。

“真是个畜生……”巴维尔·伊万内奇想，“我总不能当着他的面与女人幽会！得把他支走！”

“米佳，你听我说，”他说，“我最后一次恳求你……你该做一个通情达理的文化人才对！”

“我不懂，您为什么老缠着我？”米佳耸了耸肩，“我已经说了，我不走，不走。说啥我也不走……”

这个时候，突然有个鼻子微微上翘的女人探头朝亭子里看了看。

看到了米佳和巴维尔·伊万内奇，这个女人皱了皱眉头，走开了……

“她走了！”巴维尔·伊万内奇想，愤怒地瞧着米佳，“她一看到这个坏蛋，就走了！全都泡汤了！”

又等了一会儿，维赫采夫站起身来，戴上帽子，冲着米佳说：“你是畜生，坏蛋！是的！畜生！卑鄙，而且……愚蠢！我和你从此绝交！”

“好得很！”米佳喃喃地说，也站起身来，戴上了帽子，“您要知道，您方才在这里赖着不走，坏了我的好事，我活着一天，就绝不会饶恕您！”

巴维尔·伊万内奇气呼呼地走出亭子，快步向自家别墅走去……摆上晚餐菜碟的桌子也不能让他宽心。

“一辈子就出现过这么一次机会，”他激动地想着，“也给搅黄了！她现在想必受了委屈……伤透了心！”

吃晚饭的时候，巴维尔·伊万内奇和米佳都盯着自己的碟子，保持着阴郁的沉默，他们彼此憎恶着对方。

“你笑什么？”巴维尔·伊万内奇向妻子表示不满，“只有傻瓜才会这样无缘无故地傻笑！”

妻子瞅着丈夫阴沉的脸，扑哧一笑……

“今天早上你接着什么信了？”她问。

“我……我没有接着信呀……”巴维尔·伊万内奇慌张起来，“你胡诌个什么……”

“嘿，说吧！坦白交代吧！要知道那封信是我写给你的！千真万确，是我写的！哈哈！”

巴维尔·伊万内奇脸涨得通红，把头埋进了碟子里。

“愚蠢的玩笑。”他嘟囔道。

“可我有什么办法！你自己说说……我们今天要打扫房间，怎样才能把你从家里请出去呢？只有这个办法才能把你请走……但是，你也别生气……为了让你在亭子里不觉得寂寞，我也给米佳写了封同样的信！米佳，你也到亭子里去了吧？”

米佳龇牙一笑，不再恶狠狠地瞪自己的情敌了。

一八八六年

别人的不幸

清晨，将近六点钟，新科法学副博士柯瓦廖夫携新婚妻子，坐上一辆四轮马车，顺着一条乡间小路驶去。以往，他和妻子从来没有这样早起过，现在，这宁静的夏日清晨的美景，让他们生出了身临仙境的幻觉。绿油油的大地，镶嵌着钻石般的露珠，美丽而幸福。阳光向森林洒去鲜亮的光斑，在明丽的河面上颤动；而在无比透明的空气里散发出如此清新的芬芳，好像这个上帝的世界刚刚洗过澡，充满青春活力。

对于柯瓦廖夫夫妇来说，就像他们后来自己承认的，这个早晨是他们的蜜月中，也是他们一生中最最幸福的一个早晨。他们不停地说着，唱着，傻笑着，打闹着，以至于觉得在车夫跟前挺难为情的。无论是眼下，还是将来，幸福都在向他们微笑：他们此行是要去购买一处庄园——一个他们从结婚的第一天就开始幻想的小小的“诗意的角落”。他们前程似锦。他隐隐地想到自己在地方自治会的一份公差，正规经营的一份家产，自食其力的劳作，以及其他一切他先前读到过和听到过的人生乐趣。而对于她的诱惑则纯粹是罗曼蒂克的一面：幽暗的林荫小道，河边垂钓，温馨的夜晚……

在谈笑中他们没有发现马车已经驶出十八里地。他们要去察看的，是七等文官米哈依洛夫的庄园，它坐落在又高又陡的河岸上，掩隐在一片白桦林的后边……红色的屋顶在万绿丛中隐约可见，土色的河岸上种满了小树。

"这儿风景蛮不错！"柯瓦廖夫说，这时马车已经涉水过河，"房子在山上，山下一条河！鬼知道这有多美！薇罗奇卡，你只是要知道，这条阶梯不成样……简直是大煞风景……如果我们买下这座庄园，那么一定要把它改造成钢质阶梯……"

薇罗奇卡也喜欢这里的风景。她哈哈大笑着，扭动着腰肢，顺着阶梯式的山路往上奔跑，丈夫跟在她后边跑，两人披头散发，气喘吁吁地跑进了小树林。在地主家的住房前，他们首先碰到一个长得粗壮的农民，这个大汉头发浓密，略带睡意，神情阴郁。他坐在门廊的台阶上，正在擦洗一双孩子穿的半高靴皮靴。"米哈依洛夫先生在家吗？"柯瓦廖夫冲他说，"你去通报老爷，就说买主来看他的庄园了。"

傻乎乎的汉子吃惊地看了看柯瓦廖夫夫妇，慢慢地挪动步子走去，但他不是走进正房，而是向正房旁边的厨房走去。从厨房的窗子里立即闪现出几张人脸，一张比一张更无精打采，更惊悚不安。

"买主来啦！"听得见窃窃私语声，"上帝，这是你的旨意，米哈依洛夫庄园要卖掉了！瞧瞧，他们多么年轻！"不知哪里有条狗在吠叫，还传来了凶恶的嚎叫声，像是被人踩住了尾巴的猫发出的声响。仆人们的惊恐很快传染给原本在林荫道上闲步的母鸡、火鸡和公鹅。不久，从厨房里跑出一个仆人模样的男人，他眯缝着眼睛瞧了瞧柯瓦廖夫夫妇，一边跑一边穿起上衣，往正房跑去……所有这些张皇失措的举止让柯瓦廖夫夫妇觉得很滑稽，他们几乎忍不住要笑出声来。

“这些人多么滑稽！”柯瓦廖夫说，与妻子交换了眼色，“在他们的眼里，我们成了野人。”

终于，一个身材矮小的男人从屋子里走了出来，他面容衰老，头发蓬乱，胡子倒刮得光光……他趿着一双绣有金线的破拖鞋，一脸苦笑，呆呆地盯着两位不速之客……

“是米哈依洛夫先生？”柯瓦廖夫举起帽子，说，“我荣幸地向您致敬……我和我内人读到了地方自治银行的一则通告，知道您的庄园准备出售，我们现在就来看看这个庄园。也许，我们会把它买下……劳您大驾，领我们去看看。”

米哈依洛夫又苦笑了一下，眨了眨眼睛，不知所措。在窘迫中，他把头发弄得更加蓬乱，在他那刮得光光的面孔上呈现出慌恐与羞涩的表情，惹得柯瓦廖夫和他的薇罗奇卡相互看了一眼，忍不住微微一笑。

“我很高兴，”他低声说，“愿意为你们效劳……想必二位是从老远来？”

“从科尼科沃村来……我们住在那边的一处别墅里。”

“住在别墅里……是这样……好得很！有请！不过我们刚刚起

床，屋里有点乱，请多包涵。”

米哈依洛夫苦笑着，搓着双手，把客人领向正屋的另一端。柯瓦廖夫戴上眼镜，摆出一副行家的模样，像参观一处名胜那样开始考察这处庄园。首先他看到了一个已经有点年头的老砖屋，结构沉重，点缀着狮子的造型和纹章，墙上的泥灰已经剥落。屋顶很久没有油漆过了，玻璃窗五颜六色，台阶缝里长出了草。一切都显出衰败与荒凉的景象，不过从整体上看还能吸引人。它有诗的意趣，质朴，宽厚，像一个终身未嫁的年长的好姑妈。在他们前边，就离屋子门廊一箭之遥，有一个闪着白光的池塘，水面上游荡着两只鸭子和一条玩具船。池塘周围栽种着白桦树，树梢一样高，树干一样粗。“啊，还有池塘！”柯瓦廖夫说，因为阳光照射，他眯缝了眼睛，“这儿很美。池塘里有鲫鱼吗？”

“有……以前还有鲤鱼呢，但后来池塘水质不好了，鲤鱼都死光了。”

“这可不好，”柯瓦廖夫用教训的口吻说道，“池塘应该经常清淤，而且池塘的淤泥和水草可以用作田里的优质肥料。维拉，你知道吗？一旦我们把这庄园买下，就在池塘里修建一个亭子，建在木桩上，亭子和水岸由小桥相连。我在阿甫隆托夫公爵家里见过这样的亭子。”

“还可以在亭子里喝喝茶。”薇罗奇卡美滋滋地幻想着。

“那当然……那座尖顶塔楼是干什么用的？”

“是供客人歇脚的厢房。”米哈依洛夫回答。

“它摆在那儿有点煞风景。我们会把它拆掉。总的来说，这里有不少东西都要拆掉，很多！”忽然，一阵非常清晰的女人的哭声传了过来。柯瓦廖夫夫妇回过头去看正屋，但就在这一刻有一扇窗子“砰”的一声关上了，在那彩色的窗玻璃里，两只闪着泪花的大眼睛刚一显现就不见了。想必她是在为自己的哭泣感到难为情，便关上窗子，躲到窗帘后边去了。

“你们想看看花园和别的设施吗？”米哈依洛夫带着苦笑快速地说，皱起他那原本就满是皱纹的脸，“咱们走……要知道最精彩的地方不是这正屋，而是……其他的……”

柯瓦廖夫夫妇跟着去看马厩和谷仓。这位法学副博士走遍第一个谷仓，东看看，西闻闻，炫示了一下他的农学知识。他问庄园里有多少亩耕地，多少头牲口，批评俄罗斯对森林乱砍滥伐，责怪米哈依洛夫白白浪费了不少马粪，等等。他不停地说着，还不时地看一眼他的薇罗奇卡。

而她呢，一直在目不转睛、含情脉脉地看着他，心想：“你是一个多么聪明的人呀！”

正在他们察看牲口棚的时候，又传来了哭声。

“您听，那是谁在哭？”薇罗奇卡问。

米哈依洛夫摆了摆手，把身子转了过去。“奇怪，”薇罗奇卡喃喃道，这时啜泣声变成了撕心裂肺的悲号，“好像有人在拷打什么人，在行凶。”

“这是我妻子，上帝保佑她吧……”米哈依洛夫说。

“她为什么哭呢？”

“是个弱女子呗！看不得自家的老屋被卖掉。”

“那您为什么要把它卖掉呢？”薇罗奇卡问。

“太太，不是我们要卖掉，是银行……”

“奇怪，那您为什么听之任之呢？”

米哈依洛夫惊奇地瞅了一眼薇罗奇卡绯红的脸，耸了耸肩膀。

“要付银行的利息，”他说，“一年要付两千一百卢布利息！到哪去找这笔钱？眼泪就不由自主地流出来了。女人，都知道，全是软弱的。她既要为自己的老屋伤心，又要为孩子伤心，还要为我伤心……就是在仆人跟前她也无地自容……刚才你们在池塘边，也就那么随便一说，要拆掉那个啦，要加建那个啦，而这些话对她来说，就像是一把刀子捅进了她的心窝。”

往回走，路经正屋，柯瓦廖夫看见窗子里有个留平头的中学生和两个小女孩——米哈依洛夫的孩子。这几个孩子看着这些买主心里会有什么想法呢？薇罗奇卡大概能够理解他们的心思……当她坐上四轮马车回家去的时候，这个空气清新的早晨和对于诗意角落的渴望统统对她失去了吸引力。

“这一切多么令人不愉快！”她对丈夫说，“就给他们两千一百卢布好了！让他们在自己的庄园里住下去。”

“你真聪明！”柯瓦廖夫笑了，“当然，可以怜悯他们，但要知道这是他们自己的过错。谁让他们把庄园抵押出去的？他们为什么把庄园搞得破败不堪？他们不值得可怜。如果用心管理这个庄园，合理经营……把牲畜饲养和其他一些副业生产都搞起来，那么在这里能过很舒心的日子……而他们呢，这群蠢猪，什么也不干……他，看来是个酒鬼和赌徒，你看到他那副嘴脸了吗？——

而他老婆也是个爱涂脂抹粉、花钱大手大脚的女人。我知道这些人的德行！”

“可是你怎么会知道他们呢，柯瓦廖夫？”

“我就是知道！他诉苦说付不出利息。我就不明白，他怎么就拿不出这两千卢布？如果经营得法……给耕地施上肥，把牲畜饲养好……如果风调雨顺，就是只靠一亩地也能活下来！”

在回到家之前，柯瓦廖夫一直在说，而妻子听着，并且相信他说的每一句话，然而，先前的那种好心情再也不会有了。米哈依洛夫的苦笑，那对一闪而过的泪眼，在她的脑海里驱之不去。后来当柯瓦廖夫两次光临拍卖会，并用她的陪嫁钱买下了这处庄园，她更是感到烦闷得无法忍受……她不断想象着这样的景象：米哈依洛夫如何带着一家人坐上马车，哭泣着离开他们不忍抛舍的老屋。她想象中的画面越是阴暗，越是伤怀，柯瓦廖夫却越是得意忘形。他用霸气十足的权威口吻大谈合理化经营，订购了大量书刊，嘲笑米哈依洛夫——最后，他的农业经营的理想变成了大胆的、赤裸裸的自我吹嘘……“你照我说的来！”他说，“我不是米哈依洛夫，我要让人明白，应该怎样工作！就是这样！”

柯瓦廖夫夫妇搬到空荡荡的米哈尔科沃庄园来的时候，首先映入薇罗奇卡眼帘的，就是一些原先的住户留下的痕迹：孩子手写的课程表，缺了脑袋的洋娃娃，飞来讨食的山雀，墙上的涂鸦“娜塔莎真傻”，等等。为了忘记别人的不幸，需要涂抹、裱糊和拆毁很多东西。

一八八六年

牧笛

杰明季耶夫村的一位田庄管家米里东·希什金，扛着一杆猎枪往森林的尽头走去，他被林子里的热气熏得头昏脑涨，身上沾满了蜘蛛网和针叶。他的达姆卡——一条家犬与猎犬的杂交犬，已怀胎，但很瘦，夹着一条湿漉漉的尾巴，跟在主人的身后走，极力不让自己的鼻子嗅到任何东西。这是个阴沉沉的早晨，从轻雾笼罩的树枝和羊齿苋上滴下了挺大的水珠，树林里的湿气散发着腐烂的恶臭。

在前方，在森林的边缘，立着几棵白桦，透过它们的树干和枝杈，隐约可以见到雾蒙蒙的远方。一个人躲在白桦树后，吹奏着一支自制的牧笛。他吹了不过五六个单音，懒洋洋地将这些单音拖长，又并不想把它们串成一个曲调，然而在他的笛声中，还是能听到某种严峻的、忧伤的调子。

树木渐渐地稀疏了，松树已经和新生灌木混杂到了一起，米里东看到了一群牲口，腿上系有绊绳的马、牛和羊在灌木丛中徜伴，啃着干枝，嗅着林子里的杂草。一个年迈的牧人站在树林边上，背靠着一棵潮湿的白桦树，人干瘦，衣衫破旧，也没有戴顶帽子。他望着地面，在想着什么，漫不经心地吹着他的牧笛。

“你好，老大爷！上帝保佑你！”米里东细声细气地向他问好，他沙哑的嗓音与他那健硕的身躯以及脸庞很不协调。

“你笛子吹得真好！你给谁家放牧？”

“给阿尔塔莫诺夫家放牧。”牧人勉强回应道，一边把笛子塞进怀里。

“这么说，这树林也是阿尔塔莫诺夫家的？”米里东问，一边环顾四周，“果真是阿尔塔莫诺夫家的……我完全迷糊了，树枝都把我的脸划破了。”

他坐在潮湿的地上，开始用报纸条卷根纸烟。这个人的一切，就像他的细嗓门一样细小，与他的大块头、胖脸蛋极不相称，包括他的微笑、他的眼睛、纽扣和勉强能盖住他那肥大的光头的小鸭舌帽。当他开始说话和微笑，在他那刮得光溜溜的胖脸上，在他的整个身躯上，都透出一种羞怯而温顺的女人气。

“喏，这是什么天气呀！”他说着，摸了摸脑袋，“大家还没有把燕麦收割完，雨就下起来了。”

牧人瞧了瞧正下着毛毛细雨的天空，瞧了瞧树林子和管家的湿衣，沉思着，什么话也不说。

“整个夏天都是这样……”米里东叹了口气，“农民吃苦头，老爷也不好过。”

牧人又瞧了瞧天空，沉思片刻后，一字一顿地说了起来，每个字都像是从牙缝里挤出来的："一切都正朝着一个方向滑下去……别指望有好的结果。"

"你们那里的情形怎么样?"米里东一边抽烟一边问，"没有见到在阿尔塔莫诺夫家的林场里还有成群的山鸡?"

牧人没有马上回答。他又瞧了瞧天空和四周，想了一想，眨了眨眼……看来，他很看重自己刚刚说过的那句话，为了再给这句话加重分量，他努力想把话说得再慢一点，再庄重一点。他的面部表情具有老年人惯有的机敏与严肃，而他的鼻子像马鞍似的横陈着，鼻孔又朝天翘着，这使得他的面容显得有些狡黠与可笑。"没有，没有见到过。"牧人回答，"我们的猎人，叶列姆卡说过，好像是在伊里亚节那天，在普斯托什附近见到过一只山鸡。他应该是在说谎，鸟很少了。"

"是的，老兄，很少了……到处都很少了！如果认真想想，打猎已经没有什么意思了。野禽见不到了，而见得到的你也懒得动手，它还没有长大！这样的小鸟，看着都不好意思。"

米里东笑了笑，挥了挥手。

"这个世界成了这么个样子，简直是笑话！鸟儿现在也变得不守规矩了，它们孵蛋也比先前迟了，有的鸟儿到了圣彼得节还没有孵出蛋来，真的！"

"一切都在朝一个方向滑下去。"牧人扬起头来说，"去年野鸟就很少，今年更少，而再过五年，就一只野鸟也见不到了，我把话撂在这里，很快不光野鸟，任何鸟都留不下了。"

"是的，"米里东想了想，同意了，"是这样。"

牧人苦笑着摇了摇头。

“奇怪，”他说，“它们都到哪儿去了？二十年前，我记得，这里的鹅呀，大雁呀，鸭呀，山鸡呀，成群结队的！老爷们出来打猎，一路上尽听到它们的叫唤声：‘扑——扑——扑！扑——扑——扑！’山鹬呀，野雁呀，固然见不到，但小山雀，像椋鸟、麻雀一样，多得不得了！它们都到哪儿去了！现在连个鸟影都不见了。老鹰啊，苍鹰啊，猫头鹰啊，全没有啦……各种各样的野兽也越来越少。现在，老兄，狼和狐狸已经成为珍稀动物，更不要说熊和水貂了。而从前这里还有过鹿呢！四十年来，我年年都在关注上帝的作为，终于明白，一切都在朝一个方向滑下去。”

“朝哪个方向？”

“朝坏的方向呗。应该想到，是朝着毁灭的方向……上帝创造的这个世界快要完蛋啦。”

老人戴上帽子，凝望着天空。

“可惜！”略做停顿之后，他叹了口气，“唉，上帝，是可惜！这当然是上帝的意旨，我们无能为力。但是，兄弟，这还是很可惜。如果一棵树干枯了，或者，一头牛死了，也会让人难过的，而如果整个世界都走向毁灭，一个善良的人看了会有什么感觉？上帝赏给了我们多少恩赐！太阳、天空、森林、河流和万物——所有这些创造出来，是相互搭配、各守本位、和谐共存的。而这一切竟然又都要被毁灭！”

牧人的脸上泛起一阵苦笑，眼皮也在抖动。

“你说世界要毁灭，”米里东想了一下说，“可能，世界末日快到了，但不能单凭鸟类做出判断，鸟类未必能说明问题。”

“不仅是鸟类，”牧人说，“还有野兽啦，蜜蜂啦，鱼类啦……你要是不相信我，你可以去问问老人们，他们中的任何一个人都能告诉你，现在的鱼大不如前。无论是在海里，还是在湖里，还是在河里，鱼一年比一年少。在我们的彼斯昌克河，我记得曾经捕到过一丈长的梭鱼，鳕鱼、鲤鱼、鲫鱼的个儿也都不小，而现在呢，要是能捉到一条四寸长的小梭鱼或小鲈鱼，就得感谢上帝了。现在，连像点样子的鲟鱼也不见了。情况一年比一年坏，再过几年，鱼类就会绝迹。再说河流……河流也要干涸。”

“不假，会干涸的。”

“就是这样，河水每年都在变浅，老兄，已经见不到深水的漩涡了。喂，看到灌木丛了没有？”老人指指一边说，“过去，灌木丛后边是一条河道，人们管它叫河湾，我父亲在世的时候，彼斯昌克河就从那里流过，而现在魔鬼不知把它搞到哪儿去了！河道改变了，瞧着吧，一直到全部干掉为止。在库尔加索夫村后头原先有个水潭，现在到哪儿去了？河水上哪儿去了？过去我们这个林子里就有条河流过，农民们在河里捕捞过梭鱼，野鸭也在它近旁过冬，而现在就是到了春汛期也见不到水流了。是的，老弟，不管往哪儿瞧，到处都是一团糟，到处！”

沉默了。米里东陷入了沉思，眼睛盯住一个方向。他希望能想起，在这大自然里哪怕还有一处没有失去生机的地方。穿过轻雾与斜雨，如同透过毛玻璃一样，射来了几个光点，但很快也消失了。这时，初升的太阳努力透过云层，窥视大地。

"森林也是这样……"米里东喃喃地说。

"森林也是这样……"牧人重复着，"森林被砍伐了，被烧毁了，枯死了，而新的林子又长不起来。有的刚长起来就被砍光了。今天长起来，明天就有人来砍伐，照这样砍下去，总有砍光的一天。在得到人身自由之后，我替人放牧，在这之前我也给地主老爷放牧，我活了一辈子，就不记得有哪个夏天没有到这里来过。我一直在观察上天的造化。老弟，我算看明白了，所有生长出来的东西都在退化，不管是麦子，还是蔬菜，还是花儿，全都在往一个方向下滑。"

"不过，人变好了。"管家说。

"怎么个好法？"

"人变聪明了。"

"聪明倒是聪明了，这不假，但聪明有什么用？在毁灭面前，人要聪明干什么？聪明不聪明全都是一样的结果。如果猎物没有了，猎人要聪明干什么？我是这么想的，上帝把智慧给了人，却把人的力量给夺走了。人开始没有力气了，完全没有力气了。就拿我来说……在全村，我是最后一个农民，分文不值，但我有力气。你瞧，我七十岁了，白天放牧，为了多挣两毛钱，还去值夜班，不睡觉，但也不觉得冷；我的儿子倒是比我聪明，但如果让他来干我的活，那么他第二天就会提出加薪的要求，或者去看病，就是这样。除了面包之外，我什么都不需要，因为面包是最重要的食物。我父亲也是除了面包之外什么也不吃。祖父也是这样。而现在的农民吃了面包，还要喝茶、喝酒、吃点心，睡觉一定得从黄昏睡到天亮，还要看病，还要休闲，为什么？身体虚弱了，力气不够了。哪怕他不想睡觉，眼睛也睁不开，没有办法。”

“这不假，”米里东表示同意，“现在的农民干不了活了。”

“实话实说，现在是一年不如一年。至于说到地主老爷，他们比农民更虚弱。现在的老爷聪明着哩，该懂的他懂，不该懂的他也懂，但这有什么用？看着都可怜……又瘦，又弱不禁风，像个匈牙利人，或是法国人，没有一点气派，没有一点威严，光有老爷这个头衔。他没有理想，没有地位，没有正经事干。不知他要什么。要么坐着钓鱼，要么躺着读书，要么与农民闲扯，手头紧的，就去衙门当个小书记官混口饭吃。头脑里就没有想过干一番大事业。从前的老爷有一半是将军，而现在的老爷一个个都是不成器的孬种！”

“都变穷了。”米里东说。

“上帝把人的力量夺走了，所以都穷了。上帝的意旨不能违背。”

米里东把目光停留在一个点上。他思索了一会儿，长叹了一声，像草原上所有老成持重的有心人一样，摇了摇头说：

“这都是因为什么？我们造孽太多，忘了上帝……万物的末日看来是快要到了。常言道，世界也不可能永存。现在该是知道这个道理的时候了。”

牧人叹了口气，他不想再继续这个令人不快的谈话，便从白桦树旁走开，用眼睛清点牲畜的数目。

“嘿，嘿，嘿！”他喊着，“嘿，嘿，嘿。你们这些混账东西，魔鬼把你们赶到这林子里来了！哟，哟，哟！”

他摆出一副生气的样子，走到灌木丛里去找牲口。米里东站起身来，静静地在树林的边沿溜达。他瞅着自己的脚，他想回忆起有什么还未接近死亡的东西，透过斜风细雨还能见到有光影在浮动，它们在树顶上跳跃，又消失在湿润的树叶上了。达姆卡在树丛下发现了刺猬，用吠声来引起主人的注意。

“你们有过暗无天日的时候吗？”牧人在树丛后边大声问。

“有过！”米里东回答。

“是这样。老百姓都说有过这样的日子，这么说，老弟，天上也不太平！什么都事出有因……嘿，嘿，嘿！”

把牲口赶到树林边上，牧人背靠白桦树，看着天空，不慌不忙地从怀中取出牧笛，吹奏了起来，还是那么单调地吹着，就吹出五六个音来，似乎牧笛是第一次到了他手里，笛声从牧笛中很不自信地飞了出来，没有形成曲调。但思索着世界末日的米里东却在这笛声中听到了他不忍听到的一种非常忧伤的调子，最高的笛声抖动着又中断了，好像是在悲泣，好像是牧笛生了病，受了惊，而最低的笛声又让人想起了薄雾，想起了忧伤的树木、阴沉的天空。这样的音乐倒是与这个天气、这个老头儿及他的那番言谈合拍。

米里东想埋怨一通。他走向老头，凝望着他那悲苦、可笑的面孔和那支牧笛嘟囔着说：

“老爷子，生活越来越糟了，完全没法活了，收成不好，牲口得病，人也得病，贫穷压得人喘不过气来。”

管家的那张肿脸涨得通红，露出了女人般愁苦的表情。他摇晃着手指头，像是要寻找一些恰当的词语来传达他难以言说的心情，他继续说道：

“八个孩子，一个老婆……母亲还健在，而一个月才十个卢布的薪水，我还要自己开伙，老婆穷得都快发疯了……我自己也开始喝酒。我是个很理智的人，也有文化，我本来可以安安静静地在家里待着，可我现在像条狗似的天天背了杆猎枪出来闯荡，因为我心里憋得慌，在家躺不住！”

管家感到他舌头吐出来的话并非是他真想说的，便挥了挥手，垂头丧气地说：“既然世界要毁灭，那就让它快点来吧！没有必要这么拖拖拉拉地把人折磨死……”

老人把牧笛从唇边移开，眯缝着一只眼睛瞅着它的一个小孔，他密布愁云的脸被雨珠像泪珠一样地盖住了。他微笑着说：“可惜啊，老兄！上帝呀，真是可惜！大地、森林、天空……世间万物——本来这一切创造出来时都是搭配得很好、充满着智慧的，现在这一切都要分文不值地完蛋了，而尤其可怜的是人。”

在森林的边缘处，雨下得大起来了。米里东向喧闹的方向瞧了一眼，把所有的纽扣都扣住，说：“我回村里去，老爷子，再见了，怎么称呼你？”

“卢卡·别德内依。”

“好了，卢卡，再见了！谢谢你说的这一番有意思的话，达姆卡，走！”

与牧人告别之后，米里东沿着树林的边缘走着，然后往下走到了一片草地上，这草地又慢慢变成了沼泽地。脚底下的水流发出了响声。一株芦苇虽然害着锈病，但依然翠绿多汁，它垂向地面，好像生怕有人用脚踩到它。在沼泽的后边，在老头说起过的彼斯昌克河的河岸上，长着一排柳树，在柳树后边的迷雾里，有个地主家的谷仓闪着蓝光。当田野昏暗下来，土地变得又脏又冷，呜咽着的柳树也似乎更加忧伤，泪珠顺着枝干往下滴落，这时人便感觉到那个不幸的、无法逃脱的时刻就要降临。只有大雁在飞离这共同的灾难，但就是它们也生怕自己幸福的心绪会侮辱这凄苦的大地，便把低沉的哀歌飘向了天际。

米里东走向河边，听到身后的笛声渐渐低沉下来。他还想诉说苦痛，怅怅地瞧着四方，他无法抑制自己的悲悯情怀，他可怜这天空、这大地、这太阳、这树林和他的达姆卡，而当牧笛的最高音颤抖地在天空中飘过，宛如一个哭泣着的人的悲鸣，他感到无比地痛苦，也为大自然的无序感到委屈。

高高的笛声颤抖着，中断了。牧笛沉默了。

一八八七年

薇罗奇卡

伊万·阿历克谢耶维奇·奥格涅夫记得，在那个八月的夜晚，他是怎样当的一声打开了玻璃门，走到凉台上。那时他披着一件薄薄的披风，头戴一顶宽边草帽，现在，这顶草帽连同那双军靴，都沾满灰尘扔在床底下。他一只手抱了一大捆书和笔记本，另一只手拄着一根长着很多节疤的粗手杖。

房子的主人库兹涅佐夫站在门后，举着灯，给他照明，这是一位秃顶的老人，留着长长的花白胡子，穿一件用凸纹布做的上衣。老人友善地微笑着，频频点头。

“老人家，再会了！”奥格涅夫向他喊道。库兹涅佐夫把灯放在一张小桌子上，也走到了凉台上。两个窄长的人影通过台阶往花坛方向挪步，摇摇晃晃，脑袋顶着了椴树的树干。

“再会了，再一次道一声谢谢，亲爱的！”伊万·阿历克谢耶维奇说，“谢谢你们的殷勤好客，谢谢你们的亲切关照，谢谢你们的爱心……我永远不会忘记你们的款待。您是个好人，您的女儿也是个好人，你们全都那么善良，那么开朗，那么坦诚……遇上这样一群难得的好人，我都不知该说什么好了！”因为感情冲动，再加上喝了点酒，奥格涅夫说话的声音像教堂唱诗班歌手的声调，他是那样激动，与其说是在用语言，毋宁说是在用自己眼光的闪烁和肩膀的耸动表达自己的感情。库兹涅佐夫也有几分醉意，他情绪有点激动，他向这位年轻人探过身子去，和他接吻。

“我像条小狗与你们难分难解了！”奥格涅夫继续说，“我几乎每天到你们家来消磨时光，在你们家一住就是十天，究竟喝了你们多少果子酒，现在想起来都有点后怕。而最最重要的，加夫利尔·彼得罗维奇，我是要感谢您对我工作的帮助。如果没有您的协助，我的统计工作怕是要拖到十月去。所以我会在统计报告的序言里写上一笔，认为我有义务向N县执委会主席库兹涅佐夫的友善协作深表谢意。统计学前程似锦！请您代我向薇拉·加夫利洛芙娜致意，也请您向那几位医生、法官和您的秘书转达我的谢意，就说我永远不会忘记他们的帮助！”

无精打采的奥格涅夫再一次与老头子接了吻，便走下台阶。当他走到最后一级台阶的时候，转过身来，问：

“我们将来还能见面吗?

“上帝才知道！”老人回答，“大概，无缘再会了！”

“有道理！你们不会有兴趣去彼得堡，而我也未必再有机会到这里来。好吧，告别吧！”

“您把书留下好了！”库兹涅佐夫朝他背后喊道，“您何必拿着这样重的东西上路？明天我差人给您送去就是了。”

但奥格涅夫已经快步走开，听不见了。

他的心被葡萄酒温暖了，他感到快活、温馨，也有点惆怅……他一边走着，一边在想，一生中能见到多少好人呀，遗憾的是，这些美好的相逢，除了回忆之外，留不下任何痕迹。常常有这样的情形，一群大雁从天际飞过，微风送来了它们既含哀怨又是欢畅的叫声，但过了一分钟之后，不管你怎样凝神远眺蓝色的远方，你既看不到它们的影子，也听不到它们的声音——人也是这样，他们的音容在生活中闪现一刻，然后沉入我们的过去，遗留下来的不过是些许记忆的点滴。从春天来到N县起，伊万·阿历克谢耶维奇几乎每天都来拜访好客的库兹涅佐夫一家，伊万·阿历克谢耶维奇将他们视若亲人，他和老人，和他的女儿、女仆都处得很熟，对房子的布局了如指掌，那舒适的凉台，那曲径通幽的林荫道，那厨房和澡堂上方的树影。但当他一跨步走出门外，所有这一切都变成了记忆，失去了现实的意义，而再过一两年，所有这些可爱的形象都会在意识中变得模糊不清，就好比是凭空想象出来的幻影一样。"生活中再没有比人更宝贵的了！"

深受感动的奥格涅夫这样想，他正在沿着林荫道向院门走去。"再也没有了！"

花园里很安静很温暖。木樨草、烟草和天芥草散发着芳香，这些花草在花坛里还没有凋谢。在灌木丛与大树相隔的空间，弥漫着柔和的、被月光浸润着的薄雾，这雾霭像幽灵般穿行于林荫小道上，静静的，但看得很分明，这景象会在奥格涅夫的记忆中长久地存留。月亮高高地挂在花园上方，它的下方有一团团透明的雾状物在向东方飘浮。整个世界似乎就仅仅由这些黑色的倒影和浮动着的雾状物构成。而奥格涅夫几乎是平生第一次观赏到在八月夜晚的月光下出现的雾霭。他寻思，他看到的也许不是大自然的本色，而是一台舞台布景，并不高明的烟火技师躲在灌木丛的后边，想用白色的孟加拉烟火照亮花园，却把白烟与白光一起投向了空中。

正当奥格涅夫走近花园门口的时候，一个黑影离开不高的围墙，向他迎面走来。

“薇拉·加夫利洛芙娜！”他兴奋地说，“您在这儿？我找了您好久，想向您辞行……再会了，我要走了！”

“这么早就走？才十一点。”

“不，该走了！要步行五里地，还要收拾行装。明天要早起……”

在奥格涅夫面前站着的是库兹涅佐夫的女儿薇拉，一位年方二十一岁的少女，照例有一副愁容，穿着随便而又有情调。大凡耽于幻想，成天懒洋洋地躺着，读读随手抓到的书籍的少女，都是烦闷和忧伤的，她们的穿戴也都很随意。对于她们中一些天生丽质的姑娘，这种穿戴的随意反倒增添了楚楚动人的魅力。至少奥格涅夫后来一想起美丽的薇罗奇卡，总会想到她那一件宽大的短上衣，腰口有很深的褶子，但并没有束住腰身，总会想到那一绺从高高梳起的秀发上垂到额头的鬈发，总会想到她那条红色的毛线披巾，周边绣有毛茸茸的小圆球，一到晚上，这披巾毫无生气地搭在薇罗奇卡的肩上，像是一面在无风吹拂的天气里的旗帜，而到了白天，这披巾被随便地丢在前厅的男人们的帽子旁边，或是丢在饭厅的木箱上，那只老猫就会毫不客气地躺在上边。从这条披巾和这件短上衣的皱褶里，散发着一种自由的慵倦、恋家与温顺的气息。也许，正是因为奥格涅夫爱上了薇拉，他就能在她身上的每一个纽扣里，每一个皱褶中寻找到某种温存的、舒心的、纯真的、美好的和富有诗意的东西，而这些恰恰是在那些虚伪的、缺乏美感和冷冰冰的女人身上找不到的。

薇罗奇卡身材很好，侧面轮廓端正，还有一头漂亮的鬈发。奥格涅夫平常很少与女人交往，在他眼里，薇拉便是个美人了。“我要走了！”他在门口与她告别，“别记住我的坏处！谢谢您为我做的一切！”

他依旧用与老头子说话时的近似于唱诗班歌手的声调说话，依旧眨动着眼睛，耸动着肩膀，感谢薇拉的殷勤与温存。

“我在写给母亲的每一封信上都提到您。”他说，“如果所有的人都像您和您父亲，那么我们就生活在极乐世界里了。你们太好了！都是一些淳朴的、热情的、真诚的人。”

“您现在准备上哪儿去？”薇拉问。

“我现在先去奥廖尔城，在母亲那里住两个星期，然后去彼得堡工作。”

“然后呢？”

“然后？我要在彼得堡工作整整一个冬季，开春之后还要到某个县里去收集资料。好了，祝您生活幸福，长命百岁……别记住我的坏处。今后我们再也没有可能见面了。”

奥格涅夫弯下腰去，亲吻薇罗奇卡的手。然后在默默的情感冲动中整了整自己的风衣，把那包书拿得更顺手一些，沉默片刻之后说道：

“好大的雾呀！”

“是的，您没有在我家遗忘了什么东西？”

“会是什么东西呢？大概，没有什么东西……”

奥格涅夫默默地站了一会儿，然后笨拙地转过身去，走出了花园。

“您等一等，我把您送到我家的森林边上。”薇拉说，跟在他身后走出来。

他们顺着大路走去。树木现在已经挡不住眼前的广阔空间，已经可以看见远处的天边。整个大自然像是被蒙上了面纱，藏到了透明的、暗淡的雾气里，透过这雾气，才能呈现出大自然的美丽。这时而更浓、时而更白的雾霭不均匀地点缀在干草堆和灌木丛的周边，或是聚成棉絮状贴近地面，越过大路，像是尽可能地不要遮挡住广阔的空间。透过雾霭可以看见通往森林的道路，路的两旁有黑色的水沟，水沟里长出的细小的灌木挡住了棉絮状薄雾的渗透。走出院门半里路的光景，库兹涅佐夫家的黑色森林地带就呈现在了眼前。

“她为什么要和我这么走一路？我还得把她送回家！”奥格涅夫这样想，但当他看了一眼薇拉的侧面之后，便露出了亲热的笑容，说：“这么好的天气，真不想离开！真是个浪漫的夜晚，有明月，有宁静，应有尽有。薇拉·加夫利洛芙娜，您知道吗？我在世上已经活了二十九年，但我在生活中还没有拥有过一个恋人。从来没有过一桩风流韵事，什么幽会啦，林荫道上的叹息啦，拥抱接吻啦，我只是听说过。这不正常！要是在城里，单独住在斗室里，倒还意识不到这个缺失，但在这新鲜的空气里，便尖锐地感觉到了……这是多么让人难受！”

“您为什么会是这样呢？”

“不知道。可能是因为整天忙于工作，也许是因为一直没有碰上中意的女人……我熟人很少，也很少到外边走动。”

两个年轻人默默地往前走了三百步的样子。奥格涅夫瞧了一眼薇罗奇卡没有戴帽子的头和那条披巾，春天和夏天的日子便接二连三地在他的心中重现了。那时他远离彼得堡灰暗的寓所，享受着好人们的殷勤款待，享受着大自然的美景和自己钟爱的工作，他竟然没有留意早霞是如何变成了晚霞，各种鸟类是如何用叫声的停歇来预告夏天的结束，先是夜莺停止了歌唱，然后是鹌鹑和秧鸡不再鸣叫……时光不知不觉飞过去了，这说明日子过得轻松愉快……他开始出声地回忆他这个寒酸的、喜欢独处不善交际的人，是如何很不情愿地在四月底来到了这个N县，他原来以为等待他的将是无聊、孤独和人们对于统计学的漠不关心，而在他看来，统计学是一门最重要的科学。在一个四月的早晨，他来到了N县小城，落脚在旧教徒梁布兴开的客栈里，以一天二十戈比的价钱租得一间窗明几净的房间，条件是不准在室内抽烟。稍事休息之后，他探听到了县执委会主席的相关信息，便立即去拜访加夫利尔·彼得罗维奇。他是步行去的，要走四里路，得在茂盛的牧场和幼林中穿行。云雀在云层下抖动翅膀，让银铃般的声音弥漫在空中，而白嘴鸦高傲地扇动起翅膀，掠过绿色的田野。

“上帝！”奥格涅夫那时很惊奇，“这里的空气一直是如此清新，还是因为我今天的到来，才散发出这样的清香？”

奥格涅夫期待着不冷不热的公事公办的接待，他走进库兹涅佐夫家门的时候，很是拘谨，不敢正眼看人，羞怯地摆弄着自己的胡子。老头子一开始也紧锁眉头，他不明白这位年轻人和他的统计学为什么需要求助于县地方执委会。但当年轻人向他详细说明了统计材料的功能以及要在什么地方收集这些材料时，加夫利尔·彼得罗维奇就来了精神，脸上浮起笑容，而且怀着孩子般的好奇心去翻阅他的笔记本……那天晚上，伊万·阿历克谢耶维奇已经留在库兹涅佐夫家吃晚饭了。浓烈的果子酒很快让他有了醉意，他看着新朋友们平静的面容，慵倦的动作，感觉到自己身上也有了一种甜美的、昏昏欲睡的倦意，真想躺下来，伸展一下腰腿，微微一笑。而新朋友们也友善地看着他，问他父母是否还健在，他月薪多少，是否常常进剧院看戏……

奥格涅夫回忆起自己参加的郊游、野餐、垂钓，参观修道院，拜访修道院院长玛尔法的情形，当时她给每个客人送了个用玻璃珠子串成的钱包。他也回忆起了激情洋溢的、没完没了的、纯粹俄罗斯式的争辩，争辩双方唾沫四溅，用拳头敲击着桌子，还没有听懂对方的意思，便打断对方的发言，自己的谈话又前后矛盾，还常常变换话题，争吵了两三个小时之后，才笑着说：“鬼知道我们是在争论什么！先是为活人祝寿，到后来竟是为死者招魂了！”

“您还记得有一次我、您和一位医生骑马到什斯托沃去的情景吗？”快走到森林的时候，伊万·阿历克谢耶维奇对薇拉说，“那回还碰上了一个癫狂的修道士，我给了他一枚五戈比的硬币，他在胸前画了三次十字，便把这硬币扔进了麦地里。上帝呀，我要从这里带走多少有趣的印象呀，如果我把它们好好地揉成一团，就会变成一块金子了！我就弄不明白，那些聪明的、敏感的人为什么要挤在首都而不到这里来呢？难道涅瓦大街和城市的潮湿的房子里较之这里有更大的空间与真理？真的，在我住的那座备有家具的公寓楼里，从上到下挤满了画家、学者和记者们，我总以为这是一种不理智的现象。”

距离森林二十步远的地方，有一座不大的窄桥越过大路，桥的一角立着一个台柱，是供库兹涅佐夫一家人和他家的客人晚间散步到此地休息的。在这里，要是谁有兴致，可以朝森林大喊一声，倾听随之传来的回声。而一进入森林，大路便不复存在，变成了一条黑色的林中小路。

“看，小桥到了！”奥格涅夫说，“您可以往回走了……”

薇拉停下脚步，喘了口气。

“咱们坐一会儿吧，”她坐到了一个台柱上，说，“远行之前，通常总是要坐着道别的。”

奥格涅夫挨近她坐到了自己的那捆书上，继续说着话。她走累了，艰难地喘着气，也没有看着他，而是把目光投向了旁边的什么地方，所以奥格涅夫看不清她的脸孔。

“要是过了十年我们突然间相遇了呢？”奥格涅夫说，“那时我们将变成什么样了呢？您已经是个受人尊敬的家庭主妇，而我呢，成了一个谁也不需要的统计学大部头著作的作者，篇幅之大让人咋舌。将来我们重逢，我们回忆过去……现在呢，我们感受到的是今天的现实，它充实着我们，激动着我们，而当我们日后重逢的时候，将记不得我们在这个桥头最后一次聚会究竟是何月何日，甚至连哪一年都记不起来。您，到时会变样的。您说，您会变样吗？"

薇拉的身子抖动了一下，朝他转过脸来。

"什么？"她问。

"我现在问您……"

"对不起，我没有听见您刚才说了什么。"

这时奥格涅夫才发现了薇拉的异常。她脸色苍白，呼吸急促，这呼吸的颤抖传到了双手、双唇和头部，原本垂到额头的鬈发只有一绺，现在是两绺……看得出来，她在躲避他的目光，为了掩饰自己的激动，她时而平整一下自己的领子，好像它磨痛了她的颈项，时而将红色的披巾从一个肩头拉到另一个肩头。

"您好像有点受寒，"奥格涅夫说，"在雾气里不能久坐。我现在送您回家。"

薇拉默不作声。

"您这是怎么啦？"伊万·阿历克谢耶维奇笑道，"您不开口，不回答我的问题。您是身体不舒服还是生我气了？说呀？"

薇拉把手掌紧贴在朝向奥格涅夫的面颊上，立即又猛地把手掌移开。

“可怕的处境……”她轻声说道，脸上现出痛苦的表情，“可怕！”

“可怕在哪里?”奥格涅夫问，他耸了耸肩膀，没有掩饰自己的惊奇，“究竟是怎么回事?”薇拉依旧在抖动着双肩，痛苦地喘着粗气，她背对着奥格涅夫，凝望了一会儿天空，然后说：

“伊万·阿历克谢耶维奇，我需要跟您谈谈……”

“我听着。”

“您也许会觉得奇怪……您会大吃一惊，但我也还是要说……”

奥格涅夫再次耸动了一下肩膀，准备洗耳恭听。“是这样……”薇拉开始说，她低着头，用手指摆弄着披巾上的珠子，“我想要……向您说的……您会觉着很奇怪和很愚蠢……可是我……不得不说了。”

薇拉的言语渐渐变成了含混不清的喃喃细语，而且突然之间又被哭泣中断。姑娘用披巾盖住了脸，身子弯得更低了，哭得很伤心。伊万·阿历克谢耶维奇尴尬地清了清嗓子，慌乱得不知该说点什么，做点什么，只好无助地环顾四周。他见不得别人哭泣、流泪，以至于自己的眼睛也觉着痒痒的。

“怎么会是这样！”他嘟囔道，手足无措，“薇拉·加夫利洛芙娜，为什么要这样？亲爱的，您……不会是病了吧？或者是有人欺侮了您？您倒是说呀，也许我还能……有所帮助……”

当他想好好安慰她的时候，他竟然敢于小心翼翼地把姑娘的手从她的脸上移开，她终于透过眼泪朝他微笑了，说了一句：

“我……我爱您！”

这是一句很普通很平常的话，是一句由一个很普通的人从嘴里说出来的话，可是奥格涅夫却大为慌张，他躲开薇拉，站起身来，跟在慌张之后的感觉是恐惧。由告别和果子酒诱发的淡淡的、甜甜的忧伤顿时消失了，取而代之的是尖锐的、不快的尴尬。他好像经历了一次灵魂出窍的过程。他斜着眼睛看了看薇拉，现在，她对他说出了这句求爱的话之后，她便丧失了能给女人增添美感的那种可望而不可即的神秘感，她在他的眼睛里变得矮小了，平常了，暗淡了。

“这算怎么回事？”他惊魂未定地自问。

“我到底对她……是爱还是不爱？这才是问题的关键！”

而她呢，一旦把最重要的、最严肃的话说出来之后，反倒呼吸顺畅自如了。她也站起身来，两眼凝视着伊万·阿历克谢耶维奇的面孔，开始快节奏地、热烈地、滔滔不绝地说起话来。

就好比一个突然受到惊吓的人，事后记不起大祸临头时前后都出现了些什么声响，奥格涅夫现在也记不得薇拉刚才具体说了些什么话。他仅仅记得她说的大概内容，和她说的这些话给予他的触动。他记得由于激动，她的嗓音似乎有点喑哑，但音调中却洋溢出了不平常的音乐性与激情。她说话的时候，时而哭，时而笑，泪珠在她的眼睫毛上闪烁，她对他说，从彼此相识的头几天，他出众的风度、学识、善良的透着智慧的眼睛，他的职业，他的生活目标就强烈地把她吸引住了，她强烈地、疯狂地、深深地爱上了他；夏天的时候，当她从花园里走回家去，见到门廊里挂着他的风衣，或是从远处听到他的声音，她的心里就沁出一阵清凉，生出了幸福的预感；有时甚至他的几句普通的玩笑都能引起她哈哈大笑，从他笔记本上记着的每一个数字里，她都能看出某种极为智慧的和意义非凡的内涵；而他的那根带有节疤的手杖在她眼里比树还要美丽。

那片森林，那缕缕轻雾，那路边的黑水沟，好像都在静静地听她说话，而奥格涅夫听着她的话，心中却发生了怪异的、不祥的变化……在倾诉爱情的时候，薇拉妩媚动人，话语甜美而热烈，但他感受到的并不是他期望得到的陶醉与快乐，而仅仅是对于薇拉的怜悯和心中的遗憾及隐痛，因为他的缘故让一个好姑娘受了伤害。只有上帝才知道，在他身上起作用的，是他的书生意气呢，还是他已经习惯了对一切采取客观态度，这种客观态度常常使人不能好好生活。然而薇拉的或喜或悲的情感流露，在他看来是不合常理的，不够严肃的。他自己的情绪也激愤起来，在提醒着他，他现在所看到和听到的一切，从天地自然与个人幸福的角度来看，要比所有的统计学、书本道理都更有分量……他开始怒火中烧，责备自己，尽管他并不明白，他到底错在哪里。

除了尴尬之外，他还完全不知道该对薇拉说点什么，而他必须说点什么。他自然没有勇气直截了当地说“我不爱您”，然而他也不能说“我爱您”，因为他不管怎样审视自己的灵魂，也找不到一点情感的星火。

他沉默不语，而她倒打开了话匣子，说对她来说最大的幸福，莫过于能见到他，能跟他走，哪怕是现在就跟他走，不管走到什么地方，做他的妻子和助手，而如果他离她而去，那么她将在痛苦中死去……

“我不能再在这里住下去，”她绞着手说，“这里的房子、森林和空气都让我觉得厌烦。我忍受不了这种一成不变的安宁和浑浑噩噩的生活，我忍受不了这里毫无个性的、苍白的人群，他们像两滴水珠一样毫无区别！他们都很客气，都很从容，因为他们都饱餐终日，没有痛苦，不想奋斗……而我真正向往那些潮湿的大房子，那里有人在痛苦，有人在劳动与贫穷中苦苦挣扎。”而这些话在奥格涅夫听来也是不合常理、不够严肃的。在薇拉说完这些话之后，他仍旧不知道该说点什么，但又不能再继续沉默，于是他喃喃地说道：

“薇拉·加夫利洛芙娜，我非常感谢您，尽管我觉得我担当不起……您对我的这份感情。再有，作为一个诚实的人，我应该指出，幸福……应该是建立在平等的基础上，也就是说应该两厢情愿……彼此相爱……”

但刚一说完，奥格涅夫就为自己喃喃地说出的这些话感到羞愧了。他觉得在这个时刻，他面有愧色，而且显得笨拙、呆板，那面容一定紧张、不自然……薇拉突然之间也变得严肃起来，脸色发白，垂下了头，想必她已经从他的脸孔上看出了他的真意。

“请您原谅我。”奥格涅夫受不了无语的静场，又嘟囔道，“我非常尊重您，所以……我心里很难过！”

薇拉急促地转过身去，快步往回家的路上走去。奥格涅夫跟在她身后走。

“不，不必了！”薇拉向他摆了摆手，“您别送我，我自己走回去……”

“不行……不送您回去不好……”

不管奥格涅夫说了什么话，最后说出口的话没有一句不让他感到平庸和可憎。他每走一步，他的负疚感就增长一分。他握紧拳头，埋怨自己的冷若冰霜，不会与女人保持热络的关系，他真正生自己的气了。为了竭力使自己激动起来，他欣赏着薇罗奇卡美丽的身材，她的头发，她纤小的双脚在尘土里留下的足迹，他想起了她的话语和眼泪，但所有这些仅仅能使他心软，却不能让他怦然心动。

“唉，总不能强迫自己去爱吧！”他说服了自己，但同时又想，“到什么时候才能不受强迫地去爱一个人呢？要知道我已经是个快三十岁的人了！我还从没有遇到一个比薇拉更好的女人，而且将来怕也遇不到更好的女人了……噢，该死的未老先衰！才三十岁就已经衰老！”

薇拉在前头越走越快，低着脑袋，眼睛不向旁边张望。奥格涅夫觉得由于痛苦她变得瘦了，肩膀也变得窄了……“我能够想象，她此刻的心情！”他从背后瞧着她，心里这样想，“想必她现在羞愧和痛苦得简直会有死的念头！上帝，在这种情感中包含着多少生命、诗情、意义。连顽石都会动容的，而我……我是多么愚蠢，多么不通情理！”

走到篱笆门口，薇拉瞟了他一眼，弯着身子，用披巾把肩膀裹紧，加快脚步沿着林荫路走去。

就剩伊万·阿历克谢耶维奇独自一人了。他转身向森林走去，他走得很慢，不时地停下脚步，回头看看篱笆门，他的整个身躯呈现一种奇怪的姿势，好像对自己失去了自信。他用眼睛搜寻着薇罗奇卡在路上留下的痕迹，他无法相信，这位他所钟爱的姑娘，这位刚刚还向他倾诉过爱意的姑娘，竟被他如此生硬和笨拙地“拒绝”了！他生平第一次依据自己的亲身经历体会到，人的行为很难受到自己的善良意志的控制，体会到一个正派的好心人在违背本意地给亲近的人带来残酷的、理应避免的痛苦之后，自己会是种什么样的心情。

他的良心在疼痛。当薇拉走得看不见时，他便意识到他失去了某种很宝贵和亲切的，而且再也无法寻找回来的东西。他觉得自己的一部分青春已经和薇拉一起消失了。他觉得刚刚坐失良机的那个时刻也一去不复返了。

走到小桥旁，他停下了脚步，陷入了沉思之中，他想要寻找到导致他如此冷若冰霜的原因。他很清楚，这原因不在身外，而恰恰是在他自身。他在自己面前坦率地承认，这并不是聪明的知识分子常常炫耀的理性的冷淡，也不是自我膨胀的愚蠢之徒的冷淡，而是心灵的蜕化，是对美的麻木不仁，是教育、无序的生存竞争、单身的公寓生活等诸多因素造成的未老先衰。

他好像很不情愿地从桥头向森林走去。在深黑的、浓密的林子里，月亮的光点东一处西一处地流泻了进来，除了自己的思绪之外，他在这里没有其他任何的感觉，他非常希望把失去了的再寻找回来。

伊万·阿历克谢耶维奇记得自己又回去了。他用回忆刺激自己，强迫自己在想象中勾勒薇拉的形象。他快步走向花园。路上和花园里的雾霭已经消散，一轮明月皎洁如洗，从天空向下窥望，只有东方的天际还有几片愁云缭绕……奥格涅夫记得自己小心翼翼的脚步，记得黑色的窗子，记得木樨草和天芥草浓烈的芳香。已经和他相熟的小狗卡罗，友好地摇摆着尾巴，走过来嗅闻他的手……这是唯一的一个活物，看着他如何围着住宅绕行了两圈，站在薇拉的窗下，然后摆了摆手，深深地叹息了一声，离开了花园。

一小时之后，他进了城，已经精疲力竭的他，用整个身子和发热的脸蛋靠在旅馆的大门上，用门的把手敲门。城里的某个地方，有只睡意蒙眬的狗在叫唤，这吠声像是在回应着奥格涅夫的敲门声。教堂的附近有人在敲击一块铁板。

“夜里还出去瞎逛……”旅馆的主人嘟囔着出来开门，他是个旧教徒，穿着像是女人穿的一件睡衣，“与其出去瞎逛，还不如做做祷告。”

伊万·阿历克谢耶维奇回到自己的房间，瘫坐在自己的床上，久久地凝望着火光，然后摇了摇头，开始整理自己的行装……

一八八七年

灯火

门外，一条狗狺狺地叫着，有点恐怖。工程师阿纳尼耶夫，他的助手——大学生封·什登贝格和我走出工棚，看看狗是在向谁吠叫。我是客人，可以留在工棚里，但得承认，我喝了点酒，头有点晕，我也想到外边去呼吸呼吸新鲜空气。

“没有人……”我们走到门外，阿纳尼耶夫说，“阿卓尔卡，你为什么骗我们？蠢货！”周围阒无一人。蠢货阿卓尔卡，是一条黑色的看家狗，也许是想为自己无缘无故吠叫表示歉意，它扭扭捏捏地走到我们跟前，摇晃着它的尾巴。工程师弯下身去，抚摸着两个耳朵之间的狗头。

“坏家伙，你为什么无缘无故地叫唤？”他用好心的成年人对小孩和狗说话时常用的口吻说道。“做噩梦了？”他又转过身来对我说，“大夫，我请您注意，这是一条非常神经质的狗！您倒是想想，它受不了孤独，总是做噩梦，被梦魇折磨，而当你朝它大声吼叫，它简直会歇斯底里发作的。”

“不假，它是一条感情丰富的狗。”大学生补充说。

阿卓尔卡想必知道人们是在议论它，它抬起头来，悲哀地叫唤了一声，像是想说：“是的，有时我忍受不住痛苦，但还请你们多多包涵！”

这是一个八月的夜晚，天上有星星，但夜色昏黑。先前我从未有过在如此环境中的经历，我是偶然地闯入这片生活的，因此这个有星星闪烁的夜晚，比真实的它更让我感到萧索、沉郁与黑暗。我身处于一条刚刚开工修建的铁路线上。那高高的才完工一半的路基，那些沙砾堆、泥土堆、碎石堆，那些土窟窿，那些随手扔在一边的手推车，那些住着民工的简易工棚的平顶——所有这些乱七八糟的东西，被黑暗染成一种最单调的颜色，给这片大地平添了一种奇怪的、野蛮的景象，让人联想到那混沌初开的洪荒时代。在我面前呈现的一切是那样的杂乱无章，以至于在这支离破碎的、面目全非的大地上立着的人的侧影和笔直的电线杆也似乎有点奇形怪状。因为它们都破坏了画面的和谐，好像不属于同一个世界。周遭很静，仅仅能听到我们头顶上的某个很高的地方，电报机在哼唱着单调的歌。

我们爬上了高高的路基，俯视大地。离我们五十丈远的地方，那些坑坑洼洼，那些土堆已经消融在黑黑的夜色中，却有一个昏暗的灯火在闪烁。它后边还有一个灯火，再后边还有一个灯火，再往后过去一百步的样子，有两只红色的眼睛并排地在闪光——想必是简易工棚的窗子——这样的灯火排成一长串，愈远愈密，愈远愈暗，一直延伸到地平线的尽头，然后往左转了半个圈，消失在黑暗的远处。灯火是静止不动的。在这些灯火中，在这夜晚的宁静中，在这电报机的歌声中，似乎能感受到某种特别的东西。似乎有某种秘密被掩埋到了路基下，只有灯火、夜色和电线杆才知道似的。

“啊，上帝，这多么美好！”阿纳尼耶夫感叹道，“多么宽广，多么美丽，太棒了！这是什么样的路基啊！我的爹，这简直不是路基，而是整整一座阿尔卑斯山的山峰！价值几百万……”

微醺的，也微微伤感的工程师，在赞美灯火与价值几百万的路基的同时，拍了拍大学生封·什登贝格的肩膀，继续以调侃的口吻说道：

“怎么的，米哈依尔·米哈依雷奇，想得出神了吧？欣赏自己双手干出来的成果是很愉快的吧？去年，这个地方还是个荒凉的草原，看不见一个人影，而现在您瞧，生活，文明！真的，这是多么美好！我和您在修铁路，而在我们之后一百年或两百年，将有一批批善良的人在这里建造工厂、学校、医院——机器就会转动起来！是不是这样？”

大学生纹丝不动地站着，把双手插进衣兜，凝望着灯火。他没有听工程师说的话，他独自在思考着什么，似乎是处于一种既不想说什么也不想听什么的精神状态之中。在长时间的沉默之后，他转过身来小声对我说：

“您知道这些无穷无尽的灯火像什么吗？它们让我想起某些存在于几千年前但现在已经灭绝了的东西，比如类似阿美里凯特人或非列士人的帐篷这样的东西。好像是《圣经》里的某一个部落已经安营扎寨，枕戈待旦，准备跟《圣经》里的索尔或大卫打仗似的。要使这种幻觉完满起来，就差号角的声响，和哨兵操阿比西尼亚方言喊出的几句口令。”

“有道理……”工程师表示同意，好像是故意似的，一阵风沿着铁路线呼啸而过，送来了近似刀剑交接后发出的声响，然后是沉寂。我不知道现在工程师和大学生正想些什么，而我已经感觉到，好像在我的面前当真出现了某种早已灭绝的部族，甚至好像听到了哨兵在用我们听不懂的语言说话。我的幻想迅速描绘出了这些帐篷，这些奇怪的人形，他们的衣服、盔甲……

“是的，”大学生在沉思中喃喃地说，“阿美里凯特人和非列士人从前曾在这个世界上生存过，打过仗，扮演过他们的角色，而现在呢，他们已无影无踪。我们的命运也将如此。我们现在在这里修铁路，站在这里说大话，但两千年之后，无论是这些铁路路基，还是这些一天劳累之后正在酣睡的修路民工，都会灰飞烟灭，不留下一点痕迹。认真说起来，这是可怕的！”

“您丢掉这些想法吧……”工程师用严肃的、教训的口吻说道。

“为什么？”

“因为……人应该用这样的思想来结束而不是开始自己的生命。拥有这样的思想，您还过于年轻。”

“为什么呢？”大学生重复自己的问题。

“所有这些关于人生如梦，人生无常，人生无目的，人必有一死，关于阴曹地府的思想，我亲爱的，我对您说，这些思想对于老年人来说是精彩的，也是自然的，因为这是他们长期的精神生活的成果，是用苦难换来的，的的确确是一笔精神财富，但对于刚刚开始独立生活的年轻人的头脑，这些思想会变成灾难！灾难！”阿纳尼耶夫挥舞了一下手，重复了灾难这个字眼，“以我之见，在您这个年岁，与其有这类想法，不如在您的肩膀上不长脑袋。男爵，我这是认真地对您说话。我早就想跟您谈这个问题，因为打从我认识您的第一天起，就发现您热衷于这些歪思邪念。”

“上帝，为什么这算歪思邪念呢?”大学生微笑着问道，根据他的嗓音与脸色可以发现，他做出反应完全是出于普通的礼貌，而对于工程师挑起的这个争论，他完全不感兴趣。

我都睁不开眼睛了。我希望在我们散步回来之后立即互相说一声晚安，然后上床睡觉，但我的这个希望没有很快实现。我们回到工棚之后，工程师把空酒瓶放到了床底下，又从一个很大的柳条箱里取出两瓶装得满满的酒，把瓶盖拧开，坐到自己的办公桌前，显然是准备继续喝下去，说下去，干下去。他呷了几口酒后，用铅笔在图纸上描画着什么，继续在向大学生证明，他的那些想法是要不得的。大学生坐在他旁边，在查阅什么账单，也一言不发。他像我一样，既不想说，也不想听。为了不影响他们工作，我坐在工程师那张离桌子稍远的弯腿的行军床上，随时等待着吩咐我上床睡觉。我无精打采地坐着，已经是深夜一点。

因为无事可做，我开始认真观察这两位我新交的朋友。无论是阿纳尼耶夫还是大学生，我先前都没有见过，我是在这个晚上才有缘与他们相识。晚上，我骑马从市集赶往我做客的那位地主家，在暮色中迷了路。绕着铁路线转着圈子，看着夜色已深，我想起了专门打劫各种行人的“铁路上的赤脚汉”，我害怕了，便去敲开了我首先看到的这个工棚的门。阿纳尼耶夫和大学生热情地接待了我。就像常常发生在萍水相逢的人身上的情形一样，我们很快亲热起来，先是喝茶，继而喝酒，彼此已经感觉好像相识多年。过了一个时辰，我已经知道，他们是什么样的人，是什么命运把他们从首都抛掷到这个遥远的荒原，而他们也知道我是什么人，我从事何种职业，我有什么念想。

阿纳尼耶夫工程师，尼古拉·阿纳斯塔谢耶维奇，是个宽肩的壮汉，已经像莎士比亚笔下的那个奥赛罗一样，“掉进了岁月的谷地”，身体有点发福。他正处于媒婆通常所称的“标准男人”的黄金时段，也就是说，既不年少也不年老，爱吃美食，爱饮点酒，可以吹嘘一下光荣的过去，路走多了也会微微喘气，睡着了鼾声如雷，平时待人接物却表现得老成持重，正派的男人一旦当上校级军官，而且开始身体发福，都有这个派头。他的须发远没有发白，但他已经不由自主地把年轻人称作“我亲爱的”，已经自以为有权好意地指责他们的思想方式。他的动作与嗓音都很平稳，很流畅，很自然，这样的人一般都是因为清清楚楚地意识到，自己已经走上了人生的正道，已经拥有一个可靠的工作，已经有了一份可靠的面包，已经对世事有了一定的思想见解……他的黝黑的、长着一个大鼻子的脸盘，他的肌肉丰富的颈项似乎在诉说：“我健康、富足、知足，到了将来，你们这些年轻人，同样会健康、富足和知足。”他穿一件歪领的印花布衬衣，一条肥大的麻布裤子，裤脚管塞在高勒皮靴里。从一些很小的细节，比如从他那条用粗绒线编织的腰带上，从他绣花的衣领上，以及从他那衣服肘部的补丁上，我可以猜到他已经结婚，而且很可能被自己的妻子温柔地爱着。

男爵封·什登贝格，米哈依尔·米哈依雷奇，交通学院的大学生，还很年轻，二十三四岁光景。只有他浅褐色的头发，稀疏的胡子，还有他的脸部轮廓中显示出的某种粗犷与冷漠，才能让人意识到他是波罗的海地区男爵家族的后代，其他的一切——名字，信仰，思想，举止神情，都纯粹是俄罗斯式的。他和阿纳尼耶夫一样，穿一件印花布衬衣，没塞进裤腰里，也脚蹬高勒皮靴，他有点驼背，好久没有理发了，脸孔黝黑，这神态不大像大学生和男爵，倒是像一个普通的俄罗斯技工。他很少说话和移动身子，喝酒也喝不出兴致来，他神情呆滞地翻阅着账本，好像心里一直在想着什么事儿。他的动作和嗓音也很平稳、流畅，但他的平稳与工程师的平稳迥然不同。他的被太阳晒黑了的、略带嘲讽与沉思状的脸孔，他的略微皱起眉头瞧人的眼睛，他的整个身躯都表现出了精神的疲软、智能的懒散……从他的眼神看得出，在他的面前灯火是否亮着，葡萄酒是否好喝，账本是否有误，于他全都无所谓……在他的聪明的、平静的脸孔上我读到了他的思绪："我看不出在这一个可靠的工作、一份可靠的面包和一定的思想见解里有什么好的东西。我以前住在彼得堡，现在坐在这工棚里，到了秋天我又要返回彼得堡，而开春之后还要回到此地……这种生活究竟有什么意义，我不理解，看来也不会有人能理解……所以，也没有必要去讨论它……”

他无精打采地听工程师说话，显出一种勉强的无动于衷的神情，就如同士官学校的高班生听情绪激动的好心肠叔叔的宣讲一样。好像工程师所讲的这一切对于他都不是什么新鲜的东西，如果他不是自己懒得开口，他会讲一些更新鲜更智慧的东西出来。但阿纳尼耶夫还在滔滔不绝地说话。他已经放弃了轻松愉快的腔调，而是说得特别严肃和执着，这与他平静的表情完全不相协调。看来，他对一些抽象思辨的问题也很有兴趣，他喜欢谈论这类话题，但又不善于、不习惯谈论它们。这样的不习惯严重地影响了他的语言表达，以至于我不能马上明白他想说什么。

“我全身心地仇恨这类思想！”他说，“年轻时我也迷恋过这类思想，直到现在我也没有完全从它们的束缚中解脱出来。我跟您说，也许是因为我太愚笨，那些思想不是我的精神食粮，它们只能给我带来害处。这是显而易见的！关于人生无目的，人生无常，所罗门式的‘万事皆空’的思想，直到今天还被视为人类思维的最高层次，思想家一旦达到这个层次，机器就停止了转动！前边已无路可走。正常的头脑的思维活动就到此结束，这是很自然的，也是合乎逻辑的。我们的不幸是，我们竟然从这思维活动的最后结局开始我们的思维。我们在正常人结束的地方开始。我们从脑子刚刚能独立活动的时候，就跳到了思维活动的最高的、终极的层次，完全不想知道还有一些更低的层次存在着。”“这有什么不好呢？”大学生问。“您要明白这是反常！”阿纳尼耶夫高声喊道，几乎是用一种愤怒的眼光逼视着他，“如果我们找到了一个不需攀登任何阶梯就可以一步登天的办法，那么这个长长的阶梯，也就是我们的整个人生，连同它的色彩、音响、思想，对于我们便失去了所有的意义。您可以从您在自己的理性的独立生活中迈出的每一步，理解到这类思想在您这个年岁是有害的和荒唐的。打个比方，您现在坐着读达尔文或莎士比亚的某一部著作。您刚读完第一页，有害的念头就冒出来了：对于您来说，无论是您的漫长的生命，还是达尔文和莎士比亚，都是荒谬的玩笑，因为您知道，您难免一死，莎士比亚和达尔文也都死了，他们的思想没有拯救他们自己，也拯救不了大地和您，而如果生活本身失去了意义，那么所有这些知识，这些诗歌和高尚的思想，只不过是些无用的消遣，供大小孩娱乐的玩具。于是您不会再去读第二页书。再比方说，现在有人走到您这个聪明人跟前征求意见，比方，问您对于战争有什么看法：战争是有道德的、值得欢迎的，还是不道德的、不值得欢迎的？回答这样一个可怕的问题，您也只需耸一耸肩膀，或是说几句不痛不痒的话，因为对您来说，按照您的思维方式，上百万人是死于非命还是寿终正寝都没有区别，无论哪一种死法都是一种结果——灰飞烟灭。我和您现在在修铁路。有人会问，既然这条铁路两千年后也会化为灰烬，那么我们今天何必要为它绞尽脑汁，突破陈规，创造发明，整顿纪律，关心工人？诸如此类，一言难尽……请您相信，有了这样可悲的思维方式，便不可能产生任何的进步，任何的科学，任何的艺术，任何的真正的思想。我们自以为比大众、比莎士比亚高明，而实际上我们的思维方法在导致虚无，因为我们不愿意走下底层重新起步，我们也无力向上攀登，我们的头脑也冻结在了一个冰点上——顽固不化……我有将近六年的时间就处于这种思想的压迫之下。我以上帝的名义向您起誓，在这几年中，我没有读过一本正经的书，我的智慧没有长进一寸，我的思想库里没有增添一个字母。这难道不是不幸？而且，问题不仅仅在于我们自己受了毒害，还在于我们把自己身上的毒素扩散到了我们周围的人身上。要是我们带着自己的悲观主义放弃生活，隐居洞穴或赶紧结束自己的生命，那也还说得过去，可是我们照样屈从于公共社会法则。我们照样活着，照样在喜怒哀乐，照样在和女人谈恋爱，在教育孩子，在修建铁路！”

“我们的思想既不能给人带来温暖，也不会给人带来寒冷。”大学生很不情愿地说了这样一句话。

“不，哎呀，您别来这一套！您还没有好好生活过，等到您活到了我这把年纪，您就能品尝到生活的痛苦了！我们的思想并不像您想象的那样无辜。一旦接触实际生活，一旦和人打起交道，形成冲突，这套思想只能把人引向灾难和荒诞。我就经历过一些这样的灾难，即使是可恶的鞑靼人，我也不希望他们遭受这样的灾难呀。”

“举个例子行吗？”我问。

“举个例子？”工程师反问。他想了想，微笑着说：“就举这件事情吧。更准确地说，这不是一件事情，而是一部完整的既有开端又有结局的小说。是个再好不过的教训！啊，那是什么样的教训呀！”

他给我们和他自己都斟满了酒，喝了酒，用手掌抚摸着自己宽宽的胸膛，继续往下说，这回他主要是对我，而不是对大学生说："这发生在一八七〇年代，某一年的夏天，战争刚刚结束，我也刚刚毕业。我去了一趟高加索，在沿海的N城逗留了五天。应该对你们说明，我是在这个城市长大成人的，所以N城让我感到特别的舒适、温暖和美丽便也不足为奇，尽管任何一个从首都来的人住在这里，就像住在任何一个类似丘赫洛姆或卡希尔这样的偏僻小城一样感到乏味与不舒坦。我怀着忧郁的心绪走过我曾经求过学的中学，我怀着忧郁的心绪在一座著名的城市公园旁散步，我怀着忧郁的心绪试图就近观察久违了的同乡……一切都染上了忧郁的色彩……

"想起来了，在一个夜晚我坐马车去了一个被称作检疫站的所在。这是一片不大的稀疏的树林子，在好久以前的一个鼠疫流行的年代，这里当真有过检疫站，但现在住着一群避暑客。从城里到这里要走四里地，那都是松软的好路。坐在马车上放眼看去：左边是蔚蓝色的大海，右边是无边的、沉郁的草原；可以轻松地呼吸，可以舒畅地远眺，小树林就坐落在海边。我放走了马车夫，走进了熟悉的大门，首先想到的，是顺着林荫道，走向那座我童年时代就喜欢的石砌的亭子。在我看来，这座圆形的、笨重的、支撑着几根不匀称的柱子的石亭，结合着古代陵墓的抒情与索巴凯维奇[1]的粗笨，是全城一个最有诗意的所在，它立在海岸的陡坡之上，整个海景尽收眼底。

"我坐在椅子上，探身栏杆外，朝下边张望。从亭子往下有

1　索巴凯维奇是果戈理小说《死魂灵》中的人物，虎背熊腰，粗鲁笨拙。

一条陡峭的山路穿过，两边布满了大块的黏土与一丛丛牛蒡。山路的尽头，已是远处的沙滩，不高的海浪在懒洋洋地吞吐着泡沫，温柔地发出声响。大海还像七年前一样庞大、无边和冷漠，那时我中学毕业，准备离开故乡到首都去。远处有一条黑烟的长带，是一条轮船在航行。除了这条隐约可见和静止不动的长带，以及时而在海石上出现的海鸟，没有任何东西给这海和天单调的画面添加些许生趣。亭子的左右两边伸展着凹凸不平的黏土山壁。

“您知道，要是一个心情忧郁的人单独地面对大海或面对什么他以为是很宏大的风景，不知为什么总会使他在忧伤中产生一种想法，他会在无声无息中活着和死去，于是他本能地拿起一支铅笔，在随手碰到的一张纸上写下自己的名字。也许这就是为什么在像这个亭子一样孤零零的僻静的角落，总是布满铅笔的笔痕和用小刀刻字的刀痕。我记得，就在那个时候，我瞧了一眼亭子的栏杆，就读到了这一行字：‘伊万·柯罗里柯夫一八七六年五月十六日到此一游。’就在柯罗里柯夫的名字旁边，有本地一位幻想家的涂鸦，还添加了一句：‘他站在荒凉的海岸上，心中充满了伟大的思想。’[1]他的笔迹是充满幻想的、软弱无力的，像一条潮湿的丝绸。还有一个叫克罗斯的人，想必是个微不足道的小人物吧，他是那么深切地意识到了自己的渺小，以至于使出狠劲，用小刀将自己的名字在亭子栏杆上刻进去一寸深。

“我也下意识地从口袋里掏出一支铅笔，在一根柱子上涂画起

1　引自普希金长诗《青铜骑士》。

来。这当然与我要讲的故事没有什么关系……请原谅，我不会简明地讲一个故事。

“我忧伤，也有点烦闷。烦闷、宁静和海浪的低语逐渐把我引向了我们刚刚说到的那种思想。那是七十年代末，这种思想已经在大众中流行起来，而到了八十年代初，这种思想又从大众渗透到了文学、科学和政治之中。那时我才不过二十六岁，但我已经清楚地知道，人生是没有目的和没有意义的，一切都是欺骗和幻觉，无论是就其本质还是就其结果而言，萨哈林岛上的流放生活与尼斯城里的生活毫无区别，哲学家康德的脑子与苍蝇的脑子的区别没有实质意义，在这个世界上没有是非曲直可言，一切都是扯淡，一切都见鬼去吧！我生活着，好像这是屈从于逼着我一定要生活下去的某种力量，好像是要对这个力量说：‘其实我真瞧不起这生活，但我还是要生活下去！’我的思路是一种方向固定的思路，但形态上也可以花样翻新。这就好比一位精巧的美食家，可以用一个土豆做出上百道可口的小菜来。毫无疑问，我有点片面，甚至有点偏激。但我那时以为，我的思维的领域没有开端也没有结尾，我的思想像大海一样辽阔。现在，根据我自己的经历可以做出判断，刚刚说到的这种思想，就像烟草和吗啡一样，是具有诱人的麻醉力的。它变成了一种习惯，一种需求。您可以利用每一个孤独的时刻，利用每一个合适的机会，遐想生活没有意义，阴曹地府没有阳光。当我坐在亭子里的时候，林荫道上正有一群长着大鼻子的希腊少年在规规矩矩地散步。我瞧着他们，利用这个机会展开了这样的想象：

"'干吗生养这一帮孩子？他们的存在有什么意义？连他们自己都不知道为什么要在这个偏远的地方长大成人，然后再死去……'

"这些希腊孩子开始让我感到气恼，因为他们走路循规蹈矩，还像模像样地在谈论着什么，好像他们当真很看重自己小小的、没有光彩的生活，知道自己为什么活着……我记得，林荫道的尽头出现了三个女人的身影，都是少女，其中一位穿着粉红色的裙子，另外两位穿着白裙。她们手挽着手，并肩而行，面露笑容，谈论着什么。我看着她们，一面想：'既然这么烦闷，在此地找个女人谈两天恋爱岂不是件好事！'

"我同时想到，我最后一次与彼得堡的情妇幽会已是三个星期之前的事，我想现在闹出点短暂的风流韵事也正是时候，中间那个穿白裙的姑娘好像比她的两个女伴更年轻更美丽，从她的笑声与举止来判断，她该是个高年级的中学生。我不无邪念地瞅着她的胸脯，一边想着：'她会学点音乐知识和社交礼仪，然后，请上帝原谅，嫁给一个希腊人，过一种灰色的、愚蠢的、毫无意义的生活，连自己也不知道为什么要生一大堆孩子，然后死掉。多么荒谬的生活！'

"总的来说，我是一个善于把自己崇高的思想与卑下的思想结合到一起去的高手。关于阴曹地府的念想，并不妨碍我欣赏女人的胸脯和大腿。我们那位可爱的男爵大人的思想，也并不妨碍他每个星期六到乌科洛夫卡去寻花问柳。说句良心话，就我对于自己的了解，我这个人对于女人的看法是很下流的。现在回忆起那位女学生，我不免要为当时的想法脸红，但那时我的良心一点没有因此而不安。我，出身于良好的家庭，是个基督徒，受过高等教育，从本质上说，并不恶毒，也不愚蠢，但当我给女人支付嫖资或是用下流的目光盯视女学生的时候，我竟然安之若素……不幸在于，青春拥有青春的权利，而我们的思想观念从原则上说，不会对这青春的权利表示任何异议，不管这权利是好的还是糟的。凡是认为生活无目的，死亡不可避免的人，对于与自然环境的斗争和对于罪恶的概念都是无动于衷的：斗争也罢，不斗争也罢——反正人都要死去的，都要腐烂的……第二，我的朋友，我们的思想意识早早就把所谓的理智灌输到了年轻人的头脑里。鲜活的情感、灵性，都被烦琐的分析给肢解了。哪里理性十足，哪里就冷若冰霜，而冷若冰霜的人——这有什么可隐瞒的——是不懂得圣洁的。只有热情的人，热忱的人，善于爱的人才理解这种美德。第三，我们的思想理念否定生活的意义，从而也否定了每一个具体的个人的生存意义。这是可以理解的，如果我否定某个名叫娜塔丽娅·斯捷潘诺芙娜的女人的人格，那么她是否受到侮辱与我毫不相干。今天我侮辱了她的人格，给她支付嫖资，而明天就会把她忘得一干二净。

“就这样，我坐在亭子里，欣赏着少女。林荫道上又出现了一个女人的身影，她没有戴帽子，头发呈浅黄色，一条针织的白色围巾披在她的肩膀上。她在林荫道上散步，然后走进了亭子，手抓住栏杆，冷漠地向下俯视远处的大海。她走进亭子的时候，对我视若无睹，好像根本就没有看见我。我从脚到头打量了她（不是像打量男人要从头到脚），发现她很年轻，年纪不会超过二十五岁，很漂亮，身材也好，已经不是小姐，而是属于良家少妇的行列。穿得很随便，但透着时尚与情趣，N城所有有教养的女士都这样穿戴。‘跟她玩玩也不错……’我一边欣赏着她美丽的腰肢和胳膊，一边这样想，‘长得挺有味道……应该是某个医生或教师的妻子。’但跟她玩玩，也就是让她充当旅游者们趋之若鹜的一桩即兴浪漫史的女主角，也并非易事，可能完全实现不了。这是我好好端详了一下她的脸孔之后得到的感觉。她有那样一种表情与眼神，好像这大海，这远处的烟雾和天空早就让她厌倦，让她看烦了。看来，她很疲惫，很寂寞，她在想着一些很不愉快的事儿，她的脸上甚至没有显现出局促的、生硬地表示冷漠的神情，当一个女人发现身旁有个陌生的男人时，一般都会显露出这样的神情。

“这位头发浅黄的女士，匆匆地、淡淡地朝我瞥了一眼，坐到椅子上，想她的心事，我从她的眼神中看出，她顾不得我，我的来自首都的派头，甚至没有引起她一点好奇心。但我还是决定与她搭话，我问：‘夫人，请允许我打听一下，进城的敞篷马车几点从这里出发？’

“‘大概是十点或者是十一点。’我向她道谢。她看了我一两眼，在她淡漠的脸上突然现出了好奇的表情，然后这表情变成了惊奇……我赶紧做出漠不关心的样子，摆出一种符合尊严的姿态：等她上钩！她像是被什么东西狠狠咬了一口，突然从椅子上跳起来，温柔地笑着，急促地看了我一眼，怯生生地问道：‘喂，您难道不是阿纳尼耶夫？’

"'是的，我是阿纳尼耶夫……'——我回答。

"'您认不出我了？认不出了？'

"我有点不好意思了，我好好地端详着她，你们可以想象，我不是根据她的脸孔，她的身材，而是从她温柔的、带有倦意的微笑中，认出了她。她是娜塔丽娅·斯捷潘诺芙娜，或者如同大家对她习惯的称呼基索奇卡，七八年之前我曾经热恋过她，那时我还穿着高级中学的校服。那是遥远过去的往事……我记得这个基索奇卡，那时是个十五六岁的娇小的中学女生，她的女生形象，像是上帝特地为了一桩柏拉图式的恋爱而创造出来的。多么美妙的姑娘！白白的，柔弱的，轻盈的——好像轻轻朝她吹口气，她就会像一片羽毛似的飞到天空中去——温情脉脉的脸，小巧的手，柔软的垂到腰际的长发，细如黄蜂的腰肢——通体像月光一样超然与透亮，一句话，在一个中学高班男生的眼睛里，这是无与伦比的美……我是怎样狂热地爱恋着她的啊！夜不成寐，写诗……晚上她常常坐在城市公园的长椅上，而我们这些中学男生都聚集在她的周围，用崇拜的目光看着她……作为对于我们的这些献媚的姿态与叹息的回应，她眯缝起眼睛，甜美地微笑着，由于黄昏的寒气逼人，她的身子不由自主地瑟缩了一阵。在这个时刻她特别像一只可爱的小猫。当我们这样看着她的时候，我们之中的每一个人都想去爱抚她，都想去像抚摸一只小猫似的抚摸她，于是她就得到了一个小名——基索奇卡。

"在我们离别的七八年中，基索奇卡有了很大的变化。她变得壮实了，丰满了，已经完全不像一只柔软的小猫。倒不是说她变老了、枯萎了，而是她好像失去了一些光彩，变得严肃了，头发也变短了，个头长高了，肩膀几乎宽了一倍，而主要的是，她的脸上已经有了母性的、温顺的神情，像她这个年岁的良家妇女都有这种神情，却是我从前在她脸上没有见到的……总而言之，在这位适合于柏拉图式的恋爱的女中学生身上，完整地保留下来的仅仅是她那可爱的笑容……

"我们交谈了起来，基索奇卡听到我已是个工程师，高兴得不得了。

"'这多好！'她兴奋地凝视着我的眼睛，说，'啊，这多好！你们都是好样的！你们班出来的人里没有一个是倒霉蛋，个个都有出息。有的是工程师，有的是医生，有的是教师，还有一个，据说现在成了彼得堡的著名歌手……你们全都是好样的！啊，这多好！'

"在基索奇卡的眼睛里，闪烁着真诚的快乐与善意。她像一位大姐姐或是过去的女教师一样欣赏着我。而我瞧着她可爱的脸蛋儿，却在想：'今天能把她弄到手也很好！'

"'娜塔丽娅·斯捷潘诺芙娜，您还记得吗？'我问，'有一次我在公园里给您送了一束花，上边还附有一张字条？您读过这张字条后，脸上露出了犹豫不决的表情。'

"'不，我记不得这件事了，'她笑笑说，'但我记得，有一回您为了我想要和弗洛伦斯决斗。'

"'哟，这件事，我记不得了。'

"'是的，过去的事都过去了，'基索奇卡叹息道，'以前我曾

经是你们的偶像，而现在轮到我来仰视你们了。’

“从此后的谈话中我了解到，基索奇卡中学毕业两年之后嫁给了本地的一个小市民，此人一半希腊血统，一半俄罗斯血统，在一家银行，或是一家保险公司做事，同时也做点粮食生意。他的姓名很古怪，大概是帕鲁拉基，或是斯卡拉道普洛……鬼知道呢，忘了……总的来说，基索奇卡很少说自己，不喜欢说。话题全围绕着我展开。她问我上的那所大学的情况，问我的同学怎么样，问彼得堡怎么样，问我有什么样的计划。而我所讲的一切都能激起她的兴奋与赞美：‘啊，这多好！’

“我们下到海边，在沙滩上散步，当海风吹来了晚间的湿气，我们又上了山。我们一直在谈论我以及我们的过去。我们一直在漫步，直到晚霞的余晖在别墅的窗户上完全消失。

“‘到我家里去喝点茶，’基索奇卡向我建议，‘茶炊大概早已摆上桌了……家里就我一个人。’这时透过树的绿荫已经可以看到她家的别墅。‘我的丈夫老是在城里，深夜才回家，而且不是天天回家，我寂寞得很，快寂寞死了。’

“我跟在她后边走，欣赏着她的背和肩。她已经结婚，倒让我宽心。对于短暂的浪漫史而言，有夫之妇比未婚少女更加适合。更让我宽心的是，她的丈夫不在家……但同时我也感到，这浪漫史未必能圆满。

“我们走进了房子。基索奇卡的房间不大，天花板不高，别墅式的家具（俄国人喜欢把弃之可惜又无处摆放的大而无当的家具塞到别墅里来），但从一些细微处还是能看出，基索奇卡和她的丈夫生活很宽裕，一年估计得有六七千卢布的开销。我记得，在那间被基索奇卡称作餐厅的房间中央，放着一张竟然支有六条腿的圆桌。桌子上摆着茶炊和几个茶杯，而在桌子的边上放着一本打开了的书、一支铅笔和一个笔记本。我瞅了一眼那本书，认出是本由马列宁和布列宁合著的算学书。我现在记得，打开的那一页正好是'利息分配表'。

"'您在教谁做算术题？'我问基索奇卡。

"'不教谁……'她回答，'我这是……因为无聊，因为无事可做，就想起了以前的学校生活，做起了算术题。'

"'您有孩子吗？'

"'生过一个男孩，但生下来一个星期就死了。'

"我们开始喝茶。她欣赏着我，又说起她喜欢我的工程师职业，她如何为我的成就感到高兴。她这样说得越多，她的笑容越真诚，我就越坚信我将会两手空空地从这里溜之大吉。那时我已经是个情场老手，我可以准确地判断出自己在情场角逐中的获胜概率。如果您猎取的是一个蠢货，或是一个像您一样追寻情感刺激的女人，或是一个您完全陌生的浪荡女人，您就可以稳操胜算。而如果您遇到一位女士，她不笨，人也正派，她的脸孔呈现出一种温顺的倦意和善意，她真诚地欢迎您，主要的是——她尊敬您，遇到这样的情况，您就可以一无所得地打道回府了。在这种情况下要获得成功，一天的工夫是远远不够的。

"暮色中，基索奇卡比在日光下更加妩媚动人。我越加喜欢她，看来，她对我也有好感。而且环境也适合于调情：丈夫不在家里，仆人不在跟前，四周静悄悄……尽管我对成功不抱太大的希望，但我还是转入了进攻状态。首先要把谈话引向玩世不恭的调调上去，把基索奇卡的抒情而严肃的心情调转到更轻浮的……

“‘娜塔丽娅·斯捷潘诺芙娜，让我们换个话题，’我开始说，‘谈点轻松愉快的……首先请允许我像过去那样叫您基索奇卡。’她同意了。

“‘基索奇卡，请您告诉我，’我继续说，‘此地的女人怎么变成这个德行啦？她们怎么啦？从前她们都是规规矩矩的淑女，而现在呢，不管问起哪一位，听了都能让您吓一跳……有个小姐跟一个军官私奔了，另一位勾引了一个中学生，也跑了，第三位是个少奶奶，离开了丈夫与一个演员私奔了，第四位离开了丈夫与一个军官私奔了，诸如此类……这简直是一场瘟疫！这样下去，在你们的城里很快就会一个纯粹的少女和少妇都不剩了。’

“我是操着粗俗的、挑逗性的语气说这些话的。如果基索奇卡报之以笑声，我便会用同样的口吻再往下说：‘嘿，基索奇卡，您瞧好了，否则会有一个军官或演员在这里把您拐走的！’她听了也许会垂下眼睛说：‘有谁愿意来拐走我这样的女人呢？要是我再年轻一些，漂亮一些……’那我就会对她说：‘基索奇卡，别这样说，我就会头一个高高兴兴地把您拐走！’要是谈话照这样的态势进行下去，我的目的便最终会达到。但基索奇卡没有用笑声作答，相反，她露出了严肃的表情，还叹了一口气。

“‘人家说的这一切都是事实……’她说，‘我的堂姐索尼娅就离开丈夫与一个演员私奔了。当然，这不好……每一个人都要忍

受命运给予的安排，我不会责怪她们……环境有时会把人压垮。’

“‘是这样，基索奇卡，但究竟是什么样的环境导致了这一场瘟疫呢？’

“‘这很简单也容易理解……’基索奇卡扬起眉毛，说，‘我们的有文化修养的姑娘和女人在这里毫无出路。不可能让她们全都像男人那样上大学深造，当教师谋生，为理想生活。只好嫁人……那么嫁给什么人呢？你们男生读完中学，到外地上大学，从此不再返回故乡，你们在首都结婚成家，而女生都留在了本地！……那么让她们嫁给什么人？因为没有正派的优秀男士，就只好嫁给各色各样的经纪人和希腊人，他们就知道喝酒，在俱乐部里闹事……姑娘们就这样草草结了婚……那会是什么样的婚后生活？您自己也明白，有文化教养的女人和粗野的男人生活在一起，后来她遇到了一个有文化的男人，一个军官、一个演员和一个医生，就爱上了，原来的生活她就不能再忍爱，她就逃离了丈夫。不能责备这样的女人！’

“‘如果是这样，基索奇卡，当初她为什么要嫁人呢？’我问。

“‘问得当然有道理。’基索奇卡叹了口气，‘但要知道，每个姑娘心里都这样想：有了丈夫总比没有丈夫强……尼古拉·阿纳斯塔谢耶维奇，总的来说，这里的生活很糟糕，很糟糕！不嫁人的姑娘苦闷，嫁了人的女人也苦闷……人们嘲笑索尼娅，因为她私奔了，而且还是和一个演员私奔的，但如果人们了解了她的内心，也就不会嘲笑她了……’”

阿卓尔卡又在门外吠叫起来。它恶狠狠地朝什么人嚎叫着，

然后发出了 声哀鸣，用整个身了顶撞着工棚的墙壁……阿纳尼耶夫的脸孔因为怜悯而起了皱，他中断了自己的故事，走出门去。有两分钟的时间，听到他如何在门外安抚爱犬："可爱的狗！可怜的狗！"

"我们的尼古拉·阿纳斯塔谢耶维奇喜欢聊天。"封·什登贝格笑笑说。"他是个好人！"稍做停顿后他又补充了一句。

回到工棚之后，工程师把我们的杯子都斟满了酒，微笑着抚摸自己的胸膛，继续说自己的故事：

"就这样，我的进攻没有取得成功。没有办法，我只好把我不干净的思想留到更好的机会去发挥了，我承认了自己的失败，俗话说，'只好挥手了之'。不仅如此，在基索奇卡的嗓音、晚间的空气和寂静的影响下，我自己也逐渐地沉进了那静静的、抒情的情调。我记得，我坐在一张椅子上，旁边是一扇敞开着的窗户，我看着外边的树木和幽暗的天空。槐树和菩提树的轮廓还像八年前一样，也还像我的少年时代那样，远处传来从一架破旧的钢琴上发出的弹奏声，人们还是保留着在林荫道上来回散步的习惯，但人已经不是以前的人了。现在在林荫道上散步的，已经不是我，不是我的同学，不是我所暗恋的对象，而是陌生的中学生，陌生的少女。我感到了忧伤。而当我打听旧日的朋友时，从基索奇卡嘴里五次听到了这样的回答：'他死了。'我的忧伤便变成了参加给一个好人开的追悼会时产生的情绪。我坐在窗子旁，看着在林荫路上散步的人群，听着杂乱的钢琴弹奏声，有生以来第一次亲身体验到，一代人是如何怀着急切的心情取代另一代人的，甚至就在这七八年的时间里，人的生活里也能发生如此致命的劫运！

“基索奇卡在桌子上放了瓶红葡萄酒。我喝了酒，失去了自持力，滔滔不绝地发表议论。基索奇卡依旧欣赏着我和我的智慧。而时光在流走。天空已经黑得分不清槐树和菩提树的树影，林荫路上的游人看不见了，钢琴声听不见了，能够听到的仅仅是大海均匀的喘息声。

“年轻人都是一个德行。您只需要对他说几句好话，请他喝酒，让他知道他很可爱，他就会坐下来不动窝，忘了该是他告辞的时候了，他不停地说，说，说……主人已经睁不开眼睛了，他们该睡觉了，而他还坐着，说着。我也是这样。只是偶尔看了看钟：已经十点了。我准备告辞。

“‘上路之前再喝一杯。’基索奇卡说。我又喝了一杯送我上路的酒，又滔滔不绝地说下去，忘了该走了，坐了下来。这时传来了男人的说话声、走路声和马刺的碰击声。有人在窗外走过，停到了大门旁。

“‘大概是丈夫回来了……’基索奇卡一边侧耳倾听，一边说。

“大门吱嘎一声打开了，人声已经在门厅里响起，我看到，有两个人从通往餐厅的门旁走过：一个黑发男子，很胖，长着鹰钩鼻，戴着草帽；另一个是穿着白色制服的年轻军官。他们走过房门的时候，都漫不经心地朝我和基索奇卡扫了一眼，我以为他们都喝醉了。

“‘这么说，她骗了你，而你信以为真！’这一回听到了一个洪

亮的带有鼻音的说话声，‘第一，这件事情发生在大俱乐部而不是在小俱乐部。’

“‘你，爱神丘比特，你生气了，但你说得不对……’另一个人说，他大概是军官，一边笑着，一边在咳嗽，‘我能在你这儿过夜吗？你说实话：我不会妨碍你吗？’

“‘什么话？不仅可以，而且必须在我这儿过夜。你想喝什么，啤酒还是葡萄酒？’

“那两个男人坐了下来，坐在与我们隔开了两个房间的地方，他们说得很欢，显然对基索奇卡和她的客人毫不在意。而一当丈夫回了家，基索奇卡的情绪却发生了明显的变化。她先是脸红了，然后露出了一种羞怯的近似于负疚的表情：她心里产生了不安，我意识到，她不好意思把丈夫介绍给我，她希望我走开。

“我起身告辞。基索奇卡把我送到门廊。我清楚地记得她温柔、感伤的微笑和温顺的、亲切的眼睛，当我们握住手的时候，她说：‘大概，我们以后再也不会见面了……好吧，让上帝给您幸福。谢谢您！’

“没有一声叹息，没有一句多余的话。分别的时候，她手里拿着蜡烛，蜡烛的光影在她的脸上和颈项上跳动，像是在追逐她感伤的微笑；我想象着当年被我们当作小猫可以抚摸的那个基索奇卡，我直视着现在的基索奇卡，不知为什么立即想起了她的这句话——‘每一个人都要忍受命运给予的安排’——我的心痛了起来。我是敏感的，我的良心在与我作耳语，告诉我，站在我这个幸福而淡漠的人面前的，是一个爱着又痛苦着的好人儿……

“我鞠了个躬，向大门走去。天很黑。七月的南方，入夜很早，天也黑得快。到了晚上十点，就伸手不见五指了，我摸索着走到大门口，一共点燃了二十根火柴。

“‘马车夫！’走出大门，我大喊一声，但无人应声……‘马车夫！’我重复地喊道：‘哎，马车！’

“既不见马车，也不见马车夫。坟墓一般的寂静。我只能听到睡意蒙眬的大海的喘息声和我自己酒醉之后的心跳声。举头望天空，不见一颗星星。黑沉沉，阴沉沉。显然，天空被乌云覆盖了。我无意识地耸了耸肩，傻笑着，再一次呼叫马车夫，但声音不再那么坚定。

“‘嘿什！’听到了回声。

“步行四里地野路，而且还在黑暗之中——这个前景令人丧气。在决定是否步行回城之前，我考虑了许久，然后耸耸肩膀，毫无目的地走回了那片小树林。树林里黑得可怕。别墅窗子里昏暗的红光偶尔从某一棵树的空隙处透出来。一只乌鸦被我的脚步声惊醒了，被我用来照路的火柴光惊吓了，它从一棵树飞到另一棵树上，发出埋怨的叫声。我既懊恼，也害臊，乌鸦像是懂得了我的心思，竟也‘哇哇’地叫了起来。我懊恼的是，我得步行回家；我害臊的是，我像个孩子一样在基索奇卡家说个没完。

“我走到了亭子上，摸到一把椅子，坐了下来。在下边很远的地方，在浓密的黑暗后边，大海在低沉地怒吼。我记得，我像个盲人一样，既看不见大海，也看不见天空，甚至看不见我正置身其中的亭子，我觉得这个世界仅仅有两样东西存在：在我的醉醺醺的头脑里游荡的思想，在下边单调地轰鸣着的一种看不见的力量。后来睡意向我袭来，我便觉得，在轰鸣的并不是大海，而是我的思想，全世界仿佛就是我一个人。就这样，我把全世界集中到了我一个人身上，我便忘记了马车夫，忘记了城市，忘记了基索奇卡，完全沉浸到了自恋的那种情绪里。这是一种可怕的孤独的情绪，这时您觉得，在整个黑暗的、无形的宇宙中就存在您一个人。这种骄傲的、恶魔式的情绪只有俄国人才会具有，他们的思想感情像他们的平原、森林和雪野一样辽阔、无涯与严峻。如果我是个画家，我一定会画出一个俄国人这样的脸部表情，他纹丝不动地盘腿坐着，两手捧着头，沉浸在一种情绪之中……而与这种情绪同在的，是关于人生的无目的，关于死亡，关于阴曹地府的思想……这些思想分文不值，但那脸部表情，该是很美的……

“我坐在那里打盹，没想站起身来——我很温暖、很安宁——突然在大海均匀单调的声响中，响起了另外一个声音，吸引了我的注意……一个人在林荫路上急促地走着。这个人走到亭子旁边，停住了脚步，像个小姑娘似的呜咽起来，用小姑娘般的哭腔说道：

“‘我的上帝，何时才能熬出头呀？上帝！’

“从嗓音和哭腔判断，她应该是个十一二岁的小姑娘。她迟疑不决地走进亭子，坐下来，半是祈祷半是诉苦地说着……

“‘上帝！’她拉长了声调哭诉，‘这是无法忍受的呀！不管多大的忍耐力都不行！我忍耐着，不出声，但你要明白，我也要生活呀……啊，我的上帝，我的上帝！’吐了一大堆这样的苦水……我想看看这个姑娘，和她说说话。为了不把她吓着，我先出声地叹了口气，干咳了一声，然后小心翼翼地划了一根火柴……火柴在黑暗中闪光，照亮了那个哭泣的姑娘。这是基索奇卡……”

“天下奇闻！”封·什登贝格一声叹息，“漆黑的夜晚，大海的轰鸣，万般痛苦的她，而他呢，怀着宇宙般孤独的心绪……要知道这是什么！就差几个手持匕首的粗汉了。”“我给你们讲的不是童话，而是真事！”“就算是真事……这也没有什么稀罕的……”

“别忙着挖苦，让我讲完！”阿纳尼耶夫懊恼地挥一下手，说，“请您别干扰我！我不是说给您听的，我是说给大夫听的……是这样的。”他面对着我继续说，也斜眼瞟了大学生一眼，大学生正埋头查账，他为能刺激一下工程师而颇为得意。

“是这样的，基索奇卡看见了我，并不感到惊讶，也不害怕，似乎她早就知道能在亭子里见到我。她吃力地喘着气，全身发抖，像是在发高烧，而她被泪水浸湿的脸，在我的一根接着一根划亮的火柴的照耀下，已经不是原先的那张聪明的、温顺的、疲倦的脸，而成了另外一种我直到今天也无法理解的状态。这张脸既不表现痛苦，也不表现忧虑，也不表现苦恼，她的言语与眼泪表现出的一切，在她脸上都没有反映……也许，正因为我理解不了她的这张脸，因此我觉得它是没有意义的，是糊里糊涂的。

“‘我忍受不住了……’基索奇卡用姑娘的哭腔呢喃道，‘我受不了啦，尼古拉·阿纳斯塔谢耶维奇！请原谅，尼古拉·阿纳斯塔谢耶维奇……我不能再这样生活下去了……我要进城找妈妈

去……您送我去……看在上帝的分上，送我去……’

“看见了流泪的人，我既不会说话，也不会沉默。我发了慌，胡乱地说了几句安慰的话。

“‘不，不，我要去找妈妈！’基索奇卡说得很坚决，她站起身来，神经质地拉住了我的手（她的手和衣袖都被眼泪弄湿了），‘请原谅，尼古拉·阿纳斯塔谢耶维奇，我要去……我受不了啦……’

“‘基索奇卡，但现在一辆马车都没有呀！’我说，‘您怎么去？’

“‘没有关系，我可以步行……不远。我再也忍不住了……’

“我发了窘，但没有受感动。对于我来说，基索奇卡的眼泪，她的颤抖，她麻木的脸部表情，给人留下的印象像是一部浅薄的法国或乌克兰式的言情剧，在那里每一个微不足道的痛苦都会酿成泪雨滂沱。我不理解她，我也知道我不能理解她，我原本应该保持沉默的，但不知为什么，也许是不想让自己的沉默被理解为愚蠢，便以为有必要劝她别去找妈妈，而是留在家里的好。哭泣的人是不希望有人看见她的眼泪的。但我却一根接一根擦亮火柴，直到把火柴匣里的火柴全部燃完。我为什么要这样不友善地照亮她的泪脸，我到今天还弄不明白。一般来说，心冷的人常常会做些不恰当的傻事。

“最终基索奇卡拉住了我的手，我们上路了。走出大门，向右边一拐，不慌不忙地走在松软的土路上。天很黑，待到我的眼睛慢慢地习惯了这个黑暗，开始能看清路旁那些又老又细的橡树和菩提树的轮廓。很快，右侧影影绰绰地显现出一条黑带，那是参差的峭壁，有几处被不大的深谷与水沟切断。峡谷旁边生长着一堆灌木丛，像是有一群人坐着。有点恐怖。我斜眼看了一下峭壁。那大海的声响与土地的沉寂反常地刺激着我的想象。基索奇卡不说话，她还在颤抖，还没有走出半里地，她便气喘吁吁了。我也不说话。

“在离检疫所一里地的地方，立着一座被废弃的四层楼房，有一个很高的烟囱，这座楼房曾经是一个磨粉厂的厂房。它孤零零地站在悬崖上，白天的时候，从海上或从平原上远远地就能看见它。因为是一座废弃的楼房，楼里无人居住，路人的脚步声和说话声都能从楼里传出回声，因此很有点神秘感。你们可以想象一下，在那样一个漆黑的夜晚，我挽着一个逃离丈夫的女人的胳膊从这个庞然大物旁边走过，我的每一个步子都有回声传响，上百个窗口就像上百个黑眼珠紧盯着我。一个正常的年轻人在这样的情景下一定会坠入浪漫主义中去的，而我瞅着这些黑窗子却在想：‘所有这一切都能对人有所触动，但再过若干年之后，无论是这座楼房，还是这位基索奇卡以及她的痛苦，还是我和我的思想都会化为灰烬……一切都是虚妄的，一切都是无意义的……’

“当我们走到磨粉厂的旁边，基索奇卡突然停住脚步，抽出自己的胳膊，不是用女孩的声音而是用自己的声音说道：‘尼古拉·阿纳斯塔谢耶维奇，我知道，这一切您会觉得奇怪。但我非常的不幸！您甚至想象不到我是多么的不幸！想象不到！我不告诉您，因为说不出口……这样的生活，这样的生活……’

“基索奇卡没有说完，她咬着牙，轻轻呻吟了一声，好像在竭尽全力不让自己因为痛苦而大声叫喊。‘这样的生活！’她惊恐地重复了一遍，拖长了尾音，带有一点南方的近似乌克兰口音的腔调，这种腔调出自于女人之口，便给激情洋溢的话语带来了音乐感。‘这样的生活！啊，我的上帝，我的上帝！这叫什么生活？啊，我的上帝，我的上帝！’就像是为了猜透自己人生的秘密，她莫名其妙地耸动着肩膀，摇晃着脑袋，拍打着巴掌。她像唱歌一样地说着话，举止优雅而漂亮，让我觉得她简直像一个著名的乌克兰女演员。

“‘上帝，我像是掉进了一个深坑！’她拧着手指，继续说，‘哪怕有一分钟的时间让我过一过人生的快乐时光也好呀！啊，我的上帝，我的上帝！我居然活到了这种丢人的地步，我像个放荡的女人那样，当着外人的面深更半夜从丈夫身边逃走。从此还能有什么好的指望？’

“我欣赏着她的肢体动作和嗓音，突然感到了一种满足，因为她与丈夫不和。‘与她玩玩倒也不错！’——这个念头闪现在我的心头，在往前走的一路上，这个邪念一直盘踞在我的脑海，越来越让我心花怒放……

“走过磨粉厂一里半路，需要向左拐弯，顺着墓地直奔县城。墓地的转弯处，立着一个石质的风车，风车旁也有个小屋，屋里住着风车的主人。走过墓地和小屋，再向左拐，就到了公墓的门口。在这里基索奇卡停住了脚步，说道：‘尼古拉·阿纳斯塔谢耶维奇，我要回去了！您自己走吧，我自己回去。我不害怕。’

"'这算怎么回事!'我慌张了起来,'既然要走,就走好了……'

"'我不必这么冲动……没有什么大不了的事。您的话语让我想起了过去,让我想了很多……我很伤心,想哭,而丈夫当着那个军官的面对我说了粗话,我就受不了啦……我为什么要进城去找妈妈呢?我这样就能幸福吗?得回去……得了……咱们继续走!'基索奇卡笑笑说,'反正都一样!'我记得,公墓的门上刻有一行字:'总有一天,躺在坟墓中的人会听到天使的声音。'我清楚地知道,早晚有一天,无论是我,还是基索奇卡,还是她的丈夫和那个穿白色军装的军官,都会躺在墓地的黑色树荫下。我清楚地知道,在我旁边走着的,是一个不幸的、受到侮辱的人。所有这一切我都知道得一清二楚,但与此同时,一个沉重的、恼人的恐惧攫住了我,基索奇卡要回家,而我还没有把该说的话说给她听。从来没有像这个夜晚那样,高尚的思想和卑下的思想如此紧密地缠绕在一起……

"在墓地附近我们雇到了一辆马车。到了基索奇卡母亲居住的那条大街,便把马车夫打发走了,我们沿着人行道走去,基索奇卡一直沉默不语,而我看着她,恨起了我自己:'你为什么还不开始进攻?是时候了!'在距离我下榻的那家旅馆二十步远的地方,基索奇卡停在了路灯的旁边,哭了。

"'尼古拉·阿纳斯塔谢耶维奇!'她哭着,笑着对我说,用她那被闪光的眼泪浸润了的眼睛瞧着我,'我永远不会忘记您对我的体贴……您是个多么善良的人呀!你们都是好人!诚实的、善良

的、热心的、聪明的人……啊，这多么美好！’

“她把我看作一个有教养的优秀人士，在她那潮湿的笑脸上流露出悲伤的神情，因为我这个人已经引起了她的感奋，而她难得见到像我这样的人，上帝没有让她成为像我这样一类人的妻子。她喃喃地说：‘啊，这是多么美好！’她脸上天真的快乐，她的眼泪，她柔和的微笑，她从头巾下滑落的细软的头发，以及那块随便地搭在头上的头巾，在路灯的照耀下，又让我追忆起了那个基索奇卡，那个我们想像抚摸小猫般地抚摸的基索奇卡……

“我忍耐不住了，开始抚摸她的头发、肩膀和手……

“‘基索奇卡，你想要什么呢？’我轻声地说，‘你想让我和你走到天涯海角去吗？我要把你从这个深坑中拉出来，给你幸福。我爱你……咱们走吧，我的好人儿？是吗？好吗？’

“基索奇卡的脸上显出迷惑不解的表情。她从路灯旁退后了几步，惊恐地睁大了眼睛瞧着我。我紧紧地抓住了她的手，接连不断地吻她的脸、颈项、肩膀，不断地向她发誓和许愿。在恋爱中，发誓和许愿几乎是必不可少的。没有它们办不成事。有时你明知是说谎，但照样要发誓和许愿。惊恐万状的基索奇卡还是在往后退，还是睁大了眼睛看着我。

“‘不要这样！不要这样！’她用手挡住我，喃喃地说。

“我紧紧地拥抱住了她。她突然间号啕大哭了起来，她的脸孔呈现出一种迷茫的麻木的表情，我在亭子里擦亮火柴的时候，就看清了她这种表情……我不许她说话，也不征得她的同意，硬是把她拉着往我住的旅馆走去……她呆若木鸡，我抓住她的手，几乎是拖着她走……我记得，到我们上楼梯的时候，有个戴着镶有红帽檐的制帽的听差，奇怪地看着我，向基索奇卡鞠躬……”

阿纳尼耶夫涨红了脸，不说话了。他默默地在桌子周围踱步，烦恼地挠挠他的后脑勺，好几次神经质地耸动着他的肩膀，一阵阵寒战顺着他那宽大的后背溜过，使他的肩胛骨也因此抖动起来。他黯然自伤，这个回忆让他痛苦，他在自己和自己较劲……

“不好！”他喝了一杯酒后，摇摇头说，“人家说，老师在对医学院的大学生讲第一堂妇科学的时候，就要对他们说，在你解去女病人的衣服抚摸她之前，要想一想你们中的每一个人都有母亲、姐妹、未婚妻……这个忠告不仅适合于医生，也适合于所有在生活中要和女人打交道的男人。现在，我已经有了妻子和女儿，啊，我太能理解这个忠告了！我的上帝，我太能理解这个了！但是，请你们再往下听……基索奇卡成了我的情妇之后，便不同我一样地思考问题了。首先，她热烈地、深深地爱着我。在我看来是一桩平平常常的风流韵事，在她成了生活中的一场革命。我记得，我那时觉得她像是发了疯似的。她第一次感到了幸福，她年轻了五岁似的，一脸的喜庆，幸福得不知道该如何是好，她时而笑，时而哭，不断地说出她的梦想，明天我们要去高加索，秋天再去彼得堡，然后再安排如何生活……

“‘至于丈夫，你不必担心！’她这样宽慰我，‘他必须同意我离婚。全城的人都知道，他和柯斯托维奇家的大女儿同居。离婚之后我们再结婚。’

“女人一旦爱上了，特别能适应环境，很快就能跟人亲热起来，像猫一样，基索奇卡在我的房间里才躺了一个半小时，就已经有了像是在自己家里的感觉，把我的家当看成她自己的家当。她把我的东西装进手提箱，埋怨我没有把自己贵重的新大衣挂在钩子上而是胡乱地把它像一块抹布似的扔到了椅子上。

“我看着她，听着与感受着疲倦和困惑。我一想到一个正派的、痛苦着的女人这么轻易地在三四个小时之内就成了遇见的第一个男人的情妇，内心不免产生厌恶之感。我作为一个正派的男人，当然不喜欢这样。其次，像基索奇卡这样的女人，既不深刻，也不严肃，太热衷于世俗的生活，甚至把对于一个男人的爱情这样的生活小事，也抬高到了幸福、痛苦和生活变革的高度，这也让我不高兴……除此之外，这时我已经得到了满足，我反倒觉得自己处境不妙，有点傻，竟然被一个原本想玩一玩了事的女人缠住了身……而我应该指出，尽管自己有些玩世不恭，但也不能忍受欺骗。我记得，基索奇卡坐在我的大腿旁边，把脑袋枕在我的膝盖上，用她那闪光的、含情脉脉的眼睛看着我，问：‘柯里亚，你爱我吗？很爱吧？很爱吧？’

“她幸福地笑了……我觉得这过于煽情，有点做作，也不得体，与此同时，我当时已经处于一种这样的精神状态，我想在一切事物中追寻‘思想的深度’。

“‘基索奇卡，你该回家了，’我说，‘否则你家里人会满世界地找你。而且你大清早到你妈妈家去也不合适……’

“基索奇卡同意了。分手之前我们说定，明天中午在公园见面，而后天我们一起去五山城。我上街去送她，我记得，我一路上用真诚的温情爱抚着她。有一个时刻，我突然因为她对于我的极度信任而感到内疚，我决定当真要带她到五山城去，但一想到我口袋里只剩六百卢布，而且到了秋天再跟她分手会比现在分手更加困难，我就立刻打消了这个念头。

“我们走到了基索奇卡母亲的家门口，我按了门铃。当听到了门后的脚步声，基索奇卡的脸孔突然变得严峻起来，她看看天空，急促地像给一个孩子祝福那样在我的胸口画十字，然后把我的手放到她的嘴唇上。

“‘明天见！’她说了这句话就进了门。我走到街对面的人行道上，观察那所房子。窗子原先都是漆黑的，后来一扇窗子里一支点着的蜡烛泛出了淡淡的蓝光，这光亮在扩大，我看到有人影随着烛光的移动在移动。

“‘没有想到她来！’我想。

“回到旅馆的房间，脱去外衣，喝了一杯酒，吃了点今天在市场上买来的新鲜鱼子，不慌不忙地躺到床上，像一个游倦的旅行者一样酣睡了。

“一觉醒来，头痛，心绪也很坏。有什么东西让我不安。

“‘这是怎么回事？’为了弄清楚自己的不安，我问自己，‘是什么使我不安？’

“我把自己的不安解释为害怕基索奇卡现在就来找我，让我不得脱身，让我只好说谎话，在她跟前出洋相。我很快穿上衣服，收拾好行李，走出了旅馆，吩咐听差在晚上七点之前把行李送到火车站。整个白天我都在一个医生朋友家里度过，而到了晚上就坐车离开了这座城市。你们看，我的思想并没有妨碍我做一次可耻的、背信弃义的逃亡。

“在我坐在朋友家里和后来到火车站去的整个时间里，不安始终折磨着我。我害怕与基索奇卡相遇，害怕闹出轩然大波。到了火车站，我故意躲在洗手间里直到响了第二遍铃，而当我走向我的那列车厢时，竟然有这样一种感觉在压迫着我，我好像周身上下装满了偷来的赃物。我是怀着何等急迫与恐惧的心情等待那第三遍铃声的呀！

“救命的第三遍铃声终于响了，列车启动了，火车驶过了监狱、兵营，驶进了田野，令我十分惊异的是，不安还是纠缠着我，我依旧感到自己像是个拼命想着出逃的小偷。这多么奇怪？为了让自己平静下来，我开始往车窗外张望。列车沿着海岸行驶。大海波浪不兴，碧绿的天空几乎有一半被柔和的金色晚霞所覆盖，霞光静静地映照在海面上，一些渔船和木筏成为一个个星点散落在海面的四周。耸立在悬崖上的城市，清洁而美丽得像一个玩具，也被晚间的雾霭所笼罩。几座教堂的金色拱顶、窗子、树丛映衬着夕照，它们像金子一样，在燃烧着熔化……田野的芳香与从大海吹来的温柔的湿气混合在一起。

“火车在飞奔。听得出旅客与乘务员的欢笑声，全都喜气洋洋，而我的莫名的不安情绪在不断增长……我看着笼罩着城市的薄雾，我想象着，在教堂与屋舍近旁，在雾霭里，一个表情茫然的女人在寻找着我，她在用姑娘一般的声音，像一个乌克兰演员的歌唱般的嗓音在呻吟着：‘啊，我的上帝，我的上帝！’我记起了她严峻的面孔，她心事重重的大眼睛，她昨天像为自己的亲人祝福一样在我胸前画十字的情景，我下意识地瞅了瞅我的手，她昨天曾经亲吻过这只手。

"'我是爱上了，是吗？'我挠挠手，问自己。

"只是到了夜里，旅客们都睡着了，我可以单独地和自己的良心面对面，我明白了以前无论如何也明白不了的道理。在车厢的黑暗中，基索奇卡的面影挥之不去，我已经明白，我做了一件相当于谋杀的坏事。良心折磨了我。为了压制住这难以忍受的感觉，我让自己相信，一切都是虚无的，无论是我还是基索奇卡都会死去、腐烂，与死亡相比，她的痛苦算不得什么，等等。归根结底，自由意志是不存在的，因此，我没有过错。然而所有这些推理只是更加使我气恼，它们很快就淡化在其他的思想里了。那只被基索奇卡吻过的手在隐隐作痛……我时而躺下，时而坐起，在车站喝伏特加酒，拼命地吞食三明治，再一次让自己相信，生活是没有意义的，但无济于事。有一种奇怪的，甚至可以说是互相矛盾的思想在我的头脑里翻腾。最五花八门的想法，纷至沓来，互相挤压，而我这个思想家被这一堆有用和无用的思想搅得晕头转向，无所适从。原来，我这个思想家还没有掌握起码的思维技术，我就像不会修理钟表那样不会使用自己的头脑。平生第一次我如此努力地、紧张地思索，而且让我感到错愕，我想：'我要发疯了！'那些平时不用脑子，临到艰难时刻才动脑筋的人，常常会想到发疯。

"就这样，我白白熬过了一个白天，两个夜晚，我明白了，我的思想对我没有多少帮助，我终于看清了我是个什么人。我懂得了，我的思想分文不值。在和基索奇卡相遇之前，我还没有开始思想，甚至对于严肃的思想毫无概念；现在，当我经过了这次磨难之后，我懂得了我既没有什么信念，也没有一定的道德观念，没有心灵，没有理智；我的全部的心智的财富来自专业知识，无用的记忆片段如别人的思想，我的心理活动像土著人一样简单和幼稚……如果我不爱说谎，不偷窃，不杀人，不干明显的坏事，并不是因为我的信仰在起作用（我没有信仰），是因为奶妈讲述的童话故事和教科书上的道德教条捆住了我的手脚，这些道德教条已经进入了我的血液，尽管我认为它们是荒谬的。

“我明白了，我不是思想家，不是哲学家，我不过是个半吊子的假行家。上帝给了我健全的俄国式的脑子和天赋。你们想想看，一个二十六岁的年轻人，他的脑子没有经过训练，像是一张没有任何色彩的白纸，只是悄悄沾染一点工程技术方面的零星知识，他年轻，有旺盛的求知欲，追寻着什么，突然间有一个很迷惑人的关于生活无目的和阴曹地府的观念无意中击中了他。他贪婪地把这个观念吸收过来，让它横行无阻，开始玩弄起它来，像猫玩弄耗子一样，他的脑子里既无渊博的知识，也没有完整的体系，但这没有关系。他以自学成才者的天生的力量来运用宏大的思想，不出一个月，他就有了用一个土豆烹制一百道味美小菜的本领，而且自以为是思想家了……

“我们这一辈人把这种玩弄严肃思想的技艺，注入了科学、文学、政治，以及其他一切可以渗透进去的领域，与这技艺一同注入的还有冷漠、无聊与片面，我以为，它已经成功地给大众灌输了一种全新的对付严肃思想的办法。

“因为这一桩不幸的事儿，我明白了自己的反常和无知。现在想来，我正常的思想是从我想从头做起开始的，也就是良心把我赶回到N城，我老老实实地在基索奇卡面前忏悔，像一个孩子那样恳求她原谅，和她一起痛哭流涕……”

阿纳尼耶夫简要地描述了他与基索奇卡的最后一次会面，便不作声了。

“是这样……”当工程师讲完之后，大学生从牙缝里挤出了一句话，“世界上有这样的事！”

他的面孔照样显出无动于衷的样子，看来，阿纳尼耶夫的故事一点也没有感动他。只是当工程师停顿片刻重新阐发他的思想，重复他原先已经说过的那些话的时候，大学生生气地皱起眉头，从桌旁站起，走到自己的床前。他铺好了床，开始脱衣服。

“您现在这副样子，好像您当真把什么人说服了似的！”大学生气恼地说。

“我把什么人说服了？”工程师问，“亲爱的，我难道有这样的奢望？上帝保佑您！说服您是不可能的！只有通过自己的生活经历与苦难，您才能恍然大悟！”

“再说，这是多么奇怪的逻辑！”大学生一边穿睡衣，一边嘟囔道，“您十分厌恶的对青年十分有害的思想，按照您的说法，在老年人那里都是合理的。好像这决定于头发是否花白……这是哪来的老年人的特权？它有什么根据？如果这些思想有毒，那么对所有人都应该是有毒的。”

“不，我亲爱的，别这么说！”工程师狡黠地眯缝着眼睛，说，“别这么说！首先，老年人不是半吊子的假行家。他们的悲观主义不是外在的，不是偶然的心血来潮，而是来自他们大脑的深层，是经过了对于黑格尔、康德等大师的作品的研读，是经历了许多的痛苦，犯下了数不清的错误之后，一句话，是从低层到顶端爬完了整个的楼梯之后才产生的。他们的悲观主义的背后有他们个人的经验和其他的哲学修养做支撑。其次，老一辈的思想家的悲观主义不是像你我这样的表现为空泛的议论，而是体现为一种世界性的悲悯和痛苦；他们的悲观主义有基督教义的底蕴，是植根于对人的爱，是来自以人为本的思想，和半吊子假行家的利己主义毫不相干。您厌恶生活，是因为生活的意义和目的恰好欺瞒了您，您仅仅为您自己的死亡担惊受怕；而真正的思想家之所以痛苦，是因为生活的真理欺瞒了所有的人，他为所有的人担惊受怕。比方说，离这里不远住着一位名叫伊万·阿历克桑德雷奇的林务官，是个好老头。曾经在什么地方教过书，写过文章，鬼知道他有过什么职业，但他肯定是个智者，懂得哲学。他读过很多书，现在还手不释卷。好了，前不久我在格鲁佐夫斯基工区见到了他……那个工区当时正好在铺设枕木和铁轨。这个活儿其实并不复杂，但在不懂工程技术的伊万·阿历克桑德雷奇看来，这简直像是魔术。一个有经验的技工，铺上一根枕木，再在枕木上固定一条铁轨，用不了一分钟的时间。工人们精神抖擞，干起活来灵巧而快速。有个家伙更是大显身手，他挥臂一锤敲下去，就把钉帽咬紧了，尽管那锤把几乎有一丈长，每个钉子也有一英尺长。伊万·阿历克桑德雷奇久久地凝望着工人，受到了感动，眼眶里闪着泪花对我说：‘多么遗憾，这样的人才也要死的呀！’我能理解这样的悲观主义。”

“所有这一切既不能证明什么，也不能说明什么。”大学生拉过被单，说，“所有这一切都是无效劳动。没有人能明白这一切，无法用言语来证明这一切。”

他从被单里探出头来，气恼地皱起眉头，加快了语速说道：

“只有很幼稚的人，才会相信言辞，才会对人类的语言与逻辑赋予决定性的意义。人们尽可以用言语来证明或否定他想证明或否定的东西，很快人们将把语言技巧完善到如此地步，可以用数学计算般的精确来证明二乘二等于七。我喜欢听人说话，我也喜欢读书，但要我相信，对不起，我办不到，也不想办到。我只相信一个上帝，至于您，那么即便您给我讲到基督再世，即便您再诱惑五百个基索奇卡，也办不到，要我相信您，除非我什么时候失去了理智……晚安！”

大学生把头藏到被单里，把脸转向墙壁。他想用这样的动作表示，他已经不想再听什么，说什么。争论也到此结束。

在上床睡觉之前，我和工程师走出了工棚，我又一次看到了灯火。

“我们的闲扯让您听烦了！”阿纳尼耶夫打着哈欠说，眼睛看着天空，“唉，有什么法子！在这个鬼地方只有喝酒和神聊才能解闷……这样的路基，上帝！”当我们走近路基，他激动了起来，

“这不是路基，而是大山。”

沉默了片刻之后，他又说：

“男爵以为那些灯火让人联想到古代的阿美里凯特人，而我倒觉得这些灯火像人的思想……您知道吗，每个人的思想也是像这样散乱无序，顺着一条线路在黑暗中伸向某一个目标，没有照亮什么，也没有让黑夜明亮起来，便消失在什么地方了——远远地跟着年华一齐老去……得了，别海阔天空了！该睡觉了……”

我们回到了工棚，工程师殷勤地劝我一定要睡在他的床上。

“请！”他双手放在胸口，恳求道，“请您上床！别为我操心。我哪都能睡，而且我也不忙睡觉……给个面子吧！”

我答应了，脱衣睡觉，而他坐到桌子前，开始画图样。

“我们这种人没有觉睡，”他低声说，我已经闭上了眼睛睡下，“谁有了老婆孩子，谁就休想睡觉。这时要想到穿衣吃食，想到日后的积蓄。我有两个孩子，一个儿子一个女儿……儿子长得很漂亮……还不到六岁，但有出众的才华，这是我要对您说的……我有他们的照片……哎，我的孩子，孩子！”

他在文件堆里搜寻，终于找出了照片，凝视着它们。我睡着了。

阿卓尔卡的吠声和人的叫嚷声把我惊醒。封·什登贝格只穿一条衬裤，光着脚，站在门口与一个人大声说话。天亮了……一束蓝色的晨光射进房门、窗户和工棚的缝隙，微微照亮了我的床铺、堆满纸张的桌子和阿纳尼耶夫。工程师躺在地板上，身下垫着斗篷，头枕着一个皮制的枕头，挺起了他那壮实的、毛茸茸的胸膛，鼾声如雷，我对那位每天都要和他睡在一起的大学生动了恻隐之心。

“我们凭什么要收下这些东西?”封·什登贝格大声嚷嚷，“这与我们没有关系！你去找恰利索夫工程师！这些铁锅是从哪儿来的?”

“从尼基丁那儿。”一个沙哑的声音回答。

“那么去找恰利索夫……这不关我们什么事。你站着干什么?赶你的马车走吧!”

“老爷，我们去找过恰利索夫先生了!”那个沙哑的声音更低沉了，“昨天我们顺着铁路线整整找了一天，工棚里的人说，他们都到迪莫科夫斯基工区去了。老爷，行行好，收下吧！我们把它们要拉到什么时候！我们顺着铁路线拉呀，拉呀，没完没了……”

“怎么回事?”阿纳尼耶夫醒来了，很快抬起头来，干哑着嗓子问。

“他们从尼基丁那儿运来了铁锅，”大学生说，“要让我们收下。我们凭什么要收下?”

“把他们轰出去!”

“老爷，行行好吧！马两天没有吃东西了，东家会发脾气的。难道让我再运回去不成？既然铁路上订购了铁锅，就该把它们收下……”

“你要明白，蠢货，这不关我们的事！你去找恰利索夫!”

“怎么回事？谁在那里?”阿纳尼耶夫干哑着嗓子又一次发问。

“见了鬼了！”他骂了一声，站起身来，往门口走去，“怎么回事？”

我穿上衣服，两分钟后也走出工棚。阿纳尼耶夫和大学生都穿着衬裤，光着脚，急切地在和一个庄稼汉解释着什么。那个庄稼汉站在他们面前，没有戴帽子，手里拿着马鞭，显然他听不懂他们说话的意思。两个人的脸上都呈现出被琐事苦恼的神情。

“我要你的铁锅干什么？”阿纳尼耶夫大声喊道，“我把它顶在脑袋上，还是怎么的？如果你找不到恰利索夫本人，就去找他的助手，别来打扰我们！”

大学生看着我，想必是记起了昨天晚上的谈话，烦恼从他迷茫的脸上消失了，取而代之的是心智懒散的神情。他朝庄稼汉摆了摆手，带着自己的心事走到了一边。

这是个天气阴沉的早晨。沿着夜晚有灯火闪烁的铁路线，刚刚醒来的工人们聚集起来了。人声鼎沸，手推车吱嘎作响，又一个工作日开始了。一匹小马套着绳索已经吃力地爬上路基，伸长脖子，竭尽全力，拉着一车沙子……

我开始告别……晚间说了很多话，但我不能从这里带走一个得到了解决的问题。现在已是早晨，在我的记忆中，就像经过了滤器筛选之后，仅仅留下了灯火和基索奇卡的形象。坐到马上，我最后一次看了看大学生和阿纳尼耶夫，看了看睡眼蒙眬的那只神经质的狗，看了看隐显在晨雾中的工人，看了看路基和伸长脖子拉车的小马，心里想：“这世界上什么都明白不了！”

我鞭打着马儿，沿铁路线飞奔，不久，我能目及的仅仅是无边的、忧郁的平原和阴沉的、冷峻的天空，我想起了昨晚讨论的那些问题。我想，这被太阳灼伤的平原，这辽阔的天空，这远处一大片黑色的橡树林和雾气重重的地平线，似乎都在告诉我："是的，这世界上什么都弄不明白！"

太阳开始高高升起……

一八八八年

第六病室

一

医院院落一侧是一栋不大的房子，四周被一大片带刺的荨麻和牛蒡草包围着。房顶是黑麦的麦秸秆搭起来的，烟囱塌了半截，台阶破破烂烂，四处长着杂草，墙面水渍斑驳。它的正面朝向医院，背后是一片空地，一排带钉子的灰色围墙将房子与空地隔开。墙上的钉子钉尖朝上，连同那围墙和整幢小房，都令人感到极其凄凉和绝望，而只有我们的医院和监狱才会给人这样的感觉。

如果您不怕蜇人的荨麻，那就请穿过一条通向小屋的小路，便能去看个究竟了。推开第一道门，我们就进入前堂。一大堆医院的破烂，像一座小山似的堆在墙角和炉旁。褥垫，破旧的褂子，短裤，带蓝条的衬衣，已经破得没法穿的鞋——这些破烂皱皱巴巴乱七八糟地被码成一堆，散发出一种让人喘不过气来的酸腐味。

尼基塔总是守在这堆破烂中间。这个退伍老兵嘴里叼个烟斗，制服上的肩章已经褪成了红褐色。他表情严肃，双眉耷拉，配上红红的鼻尖和瘦削的脸庞，活像一只草原牧羊犬；他的个头也不高，身材虽干瘦却显得神气威严孔武有力。他属于简单听话、干练可靠的一类人，这种人最看重秩序，他们坚信一切异己都应该被消灭掉。他打起人来劈头盖脸，不顾一切，因为他认为不这么干世界就会乱套。

再往里走，您会进入一个宽敞的大房间。如果不算刚才那个前堂，这房间的面积几乎就有小楼的面积那么大。房间的墙壁被涂得红一块蓝一块，天花板被熏黑了，就像一个在屋里生火的农家屋——很显然，人们冬天是在屋里生炉子的，难怪屋里有一股浓重的煤烟味。房间的窗户内侧被安上了铁栅栏，显得十分难看。地板颜色灰白，有不少毛刺。空气中，弥漫着一种混合了酸白菜、焦煳的灯捻、臭虫、氨水的恶臭味，让您一进屋就有了进动物园的感觉。

屋里摆着几张床，床腿都被固定在了地板上。床上坐着或躺着一些身穿蓝条病号服、头戴老式睡帽的人。这些人，都是精神病患者。

这里总共有五个人。其中有一人是贵族出身，其余都是平民。靠门边的第一位是一个平民，瘦高个儿，留着淡淡的红褐色胡须，一双眼睛总像是在哭。他坐在床上，托着下巴，目不转睛地看着某个地方。他一天到晚都显得很忧伤，轻轻地摇着脑袋，长长地叹着气，苦笑着；他通常不参与谈话，也不回答别人的问题。有人给他递来吃的喝的，他就机械地拿过来吃着喝着。他被严重致命的咳嗽、痨病所折磨，脸颊微微泛红，已经出现肺痨的早期症状。

在他身后，是一个神气活现、身手敏捷的小老头。他留着一把又细又长的胡子，头发黑黑的，打着小卷儿，就像黑人的头发一样。白天，他要么在病房里溜达，从窗户的一头走到另一头；要么就在床上坐着，像土耳其人似的盘起腿，嘴里叽叽喳喳打着呼哨，或是轻声唱歌，或是哧哧地笑，总之像一只从不安静的红腹山雀。夜里，一旦他要起身准备祷告，就会用拳头捶打自己的胸脯或者用手指去抓挠房门，像个快乐活跃的孩子。这便是犹太人莫伊谢伊卡，自从二十年前他的帽子作坊失火之后，他就开始神经错乱了。

在第六病室的病员中，只有莫伊谢伊卡一人被允许走出病室，甚至还可以走出医院的小院到大街上去。他很久以前就开始享有了这样的特权，作为病室的老住户和一个安安静静对他人没有威胁的神经病患者，街上的小孩和小狗对这个城市小丑的出现早就习以为常了。他穿着医院的长衫，戴一顶可笑的尖顶睡帽，趿拉着一双便鞋，时常光着脚，有时甚至连长裤都不穿。他在大街上走着，时而在别人家的大门口或小铺子前站下来，求过路人给他一个戈比。有的人给他一瓶格瓦斯，有的人给他一块面包，也有的人给他一个戈比，最后他总是吃饱喝足、满载而归地回到病室。他带回来的东西，都被尼基塔统统搜走纳入自己的囊中。这个老兵动作粗鲁，一边认认真真地翻着人家的口袋，一边口口声声地让上帝见证，说他以后绝不放这个犹太人上街了，还说世界上再没有比这种毫无规矩更糟糕的事情了。

莫伊谢伊卡喜欢帮助别人。如果有人渴了，他就给别人端茶递水；如果有人睡了，他就替别人盖好被子；他还答应大家，他要从街上讨回钱来给每个人都做一顶新帽子；他一勺一勺地喂自己左边的邻居，一个瘫痪病人。他这么做不是出于同情，也不是出于某种人道情感的考虑，而是在模仿或不由自主地服从自己右边的邻居格洛莫夫。

伊万·德米特里奇·格洛莫夫，一个三十三岁的男子，出身高贵，以前当过法警和省会的秘书，患有躁狂症和被迫害妄想症。他或是躺在床上，把身子缩成一团，或是从屋子的这一头走到另一头，像是为了散步，很少坐着。他总是很亢奋，一个模糊的和不确定的期待令他一直处于激动和紧张的状态。病房里哪怕有任何细微的动静，或是院子里有谁叫一声，他都会立刻抬起头，竖起耳朵听：这是不是冲他来的？是不是有人在找他？这时候，他的脸上便会出现极其不安和憎恶的表情。

他那张颧骨突出的大脸盘很让我喜欢，没有血色，表情悲戚，像一面镜子照出他那被矛盾和持续的恐惧所折磨着的内心。他的神情古怪病态，但他脸上那些被痛苦深深折磨出来的细纹却显出了一种理性和智慧，而且他的眼睛所放射出的光芒是温暖和健康的。我也喜欢他这个人本身，有礼貌，对人殷勤，除了对尼基塔，他对所有的人都出奇地温和。如果有谁的扣子或勺子掉了，他会立刻从床上跳起来去帮着捡起。每天早上，他都会向同伴们问候早安；晚上睡觉时，他同样会向大家道晚安。

除了经常看上去神情紧张和愁眉苦脸，他的精神失常还表现在下面这些时候。一到傍晚，他就会把袍子紧紧裹在身上，全身发抖，牙齿打战，在几张病床间从屋子的这头疯跑到另一头。看上去，他这时候好像患了很严重的疟疾。还有另一种时候，他会突然停下来，看看同伴，好像是有非常重要的话要说，不过很快他似乎又觉得大家不会听他说或者是听不懂他说的是什么，最后便忍无可忍地摇摇头，继续在屋里疯跑。最终，说话的愿望还是占了上风，于是他便开始了热烈而激情的演讲。他的话语无伦次，断断续续，就像脱口而出的谵语，并不总是让人明白，不过，从他的话语和声调中，人们也能听出某种特别美好的东西。尽管如此，当你听到他说话时你也会明白，这是个精神不正常的人。很难用书面语言转达他那些没有理智的疯话。他会说到人类的卑鄙、暴力和对真理的践踏，也会说到美好的生活，认为这样的生活会随着时间的推移而来临，还会说到那些窗户的铁护栏，它们每时每刻都在提醒他关于施暴者的愚昧与残酷。最后，他的演讲就变成了一个絮絮叨叨、凌乱琐碎、杂乱无章和结结巴巴的大杂烩。

二

大约十二至十五年前，这个城市主要干道旁的一个私宅里住过一个叫格洛莫夫的小公务员，他家境殷实，颇有名望。他有两个儿子：谢尔盖和伊万。大学四年级时，谢尔盖患上急性肺炎，很快就死了。他的死，成了格洛莫夫家所遭遇的一系列突如其来的不幸的开始。就在谢尔盖葬礼之后一个星期，老父亲因为伪造和挪用公款罪吃了官司，很快就因患伤寒死在了监狱医院。房子和所有动产都被拍卖，伊万·德米特里奇和他的母亲最后落得一贫如洗。

父亲在世时，伊万·德米特里奇还在彼得堡上大学，每月可从家中得到六七十卢布的生活费，从来不会感到手头紧，如今他的生活不得不一落千丈。从早到晚，他都在外面兼职报酬低廉的授课，还接下一些抄抄写写的活儿，可即便如此还是常常饿肚子，因为他得把仅有的一点收入寄去养活母亲。这样的生活击垮了伊万·德米特里奇，他精神萎靡，身体虚弱，不得不放弃学业回到家乡。在这个小城市，他托人在一个偏远的学校里谋得一份教职，但又与同事和不来，同时也不大受学生的欢迎，很快就辞了职。之后不久母亲也去世了。半年里，他居无定所，仅仅靠面包和水维持生命，最后当了一名法警。这份差使他一直干着，直到患病才被解了职。

伊万总是给人一种病恹恹的感觉，甚至上大学时也是如此。他的脸色永远是苍白的，瘦削，常常感冒，吃得很少，睡眠很糟。喝一杯葡萄酒就会令他头晕，变得歇斯底里。他不合群，也许就是因为易怒的性格和疑心病重，他跟谁也不亲近，没有朋友。他看不起这个城市的小市民，说他们粗俗无礼，说他们活得与畜生没什么分别，那种稀里糊涂的生活让他觉得厌恶和丑恶。他的嗓门是男高音，响亮，充满激情，在他表达愤怒和激动的时候，在他表达兴奋和惊奇的时候，他总显得那么真诚。常常会出现这样的情况，无论你在跟他谈什么，他都会把谈话引向一个话题：城市的生活沉闷乏味，社会缺乏高尚的趣味而导致大众的生活无聊黯淡，反而靠暴力、愚蠢、放纵和伪善给它增添色彩；无耻之徒吃香的喝辣的，老实人只配吃残羹剩饭；城市需要建立学校，需要公正诚实的地方报纸，需要剧院和大众阅读室，知识分子也应该团结一致；要让社会看清自己的模样，要为自己的状况感到害怕。在对他人的评判中，他往往带着浓重的色彩，只有白的和黑的，没有其他任何中间色；在他看来，人就分为好人和浑蛋，不好不坏的人是没有的。关于女人和爱情，他说的时候常常激情亢奋，可从来就没有真正谈过一场恋爱。

在城里，尽管他有些尖刻和神经质，大家却很喜欢他，还亲切地叫他的昵称万尼亚。他天性的文雅，他的乐于助人，他正派的品性，他身上那件又旧又小的礼服，甚至他病恹恹的样子和家庭遭遇的不幸，都使他给人一种善意、热情和忧郁的感觉。再说，他受过很好的教育，饱读诗书，在人们看来真是无所不知，就像是这个城里的活字典。

他读过很多书。过去，他总是坐在俱乐部，神经质地揪着自己的山羊胡子，翻看着杂志和书页；从他的脸上可以看出，他不是在读，而是在吞食什么，甚至都来不及嚼烂。可以说，他的阅读就像是一种病态习惯，因为他的阅读带着一种孤注一掷的激情，不管手上拿到的是什么，哪怕是过期报刊和日历，他都读得如饥似渴。在家里，他永远都在躺着读书。

三

在一个秋天的早晨，伊万·德米特里奇竖起大衣领子，吧嗒吧嗒地蹚着烂泥，他要穿过小巷和城边小路去一个市民家收取法院执行书判决的款项。他情绪低落，就像以往的早晨一样。在一个小巷子里，他遇见了一支四人带枪押送队，他们正押着两个戴手铐的人。以前，伊万·德米特里奇也常常遇见被捕的犯人，而且每一次都能勾起他的同情和别扭，但这次相遇却让他感觉有些特别和奇怪。不知为什么，他突然觉得自己也可能被戴上手铐，也这样脏兮兮地被送进大牢。在那位市民家中待了一小会儿，他就往回家的路上走去。在邮局附近，他遇见了警察局的看守，那人和他打了个招呼并与他并肩走了几步，不知道为什么这让他感觉自己好像是被怀疑上了。回到家，他一整天都沉浸在关于被捕和带枪士兵的思绪中，这些莫名的内心忧虑，破坏了他的阅读和专注。夜里，他没有开灯，到了半夜都还没有睡着，脑子里总是摆脱不开自己有可能被戴上手铐、被押去监狱的念头。他知道自己从来也没有做过犯法的事情，而且保证今后也不会杀人放火偷东西；不过，谁能保证自己不会无意间犯错，谁能保证自己不被栽赃陷害，谁能保证最后不被误判？自古以来百姓的生活经验就告诉我们，谁也不能保证自己将来不会要饭不会吃官司。在现行的诉讼制度下，误判是完全可能发生的，不足为怪。那些因职业原因与别人的痛苦遭遇有关联的人们，比如法官、警察和医生，他们也会随着时间的推移和习惯的力量而练就一身麻木不仁的本事，即使他们不想，也不可能对自己的职业对象抱以其他态度；从这个角度看，他们与那些在场院里宰羊的农夫无异，又杀又剐不见血。在这种对个体冷酷无情的制度下，剥夺一个无辜者的正当权利并判罚他去做苦役，只需要一样东西，那就是时间。就靠时间来完成这些法律程序吧，而法官就是因此而得到诉讼费，然后一切了结。在这离铁路还有二百俄里的肮脏小城，你去找你的正义和保护吧！在一个将暴力视为理性与合理之必要手段，而任何仁慈的举动，比如无罪的判决反而会引起强烈不满和仇视的社会，思考公平和正义的问题岂不可笑？

清晨，伊万·德米特里奇在恐惧中醒来，额头上全是冷汗，他完全相信自己每分钟都有可能被带走。他想，如果自己一直无法摆脱昨天那些沉重的念头，那就意味着那些想法是有道理的，它们那么自然地钻进你的脑子，绝不是无缘无故的。

一个巡警慢悠悠地从窗前走过：这可不会是偶然的。还有两个人站在房子附近，一声不吭。他们为什么不说话？

从此，伊万·德米特里奇备受折磨的日日夜夜开始了。所有经过窗前和走进院子的人，都像是奸细和密探。中午，县警局局长的马车通常会驶过街道，这是他从郊区的宅子到警局去上班，可伊万·德米特里奇看来，他的马车每次都跑得太快，似乎在传递着一个特别的信号：很显然，他是急着要去报告城里发现了重大疑犯。院子里的任何一点动静和敲门声，都会让伊万·德米特里奇吓得一哆嗦，在房东家遇到任何一个陌生人，都会让他苦恼一阵子；遇到警察和宪兵的时候，他会微笑着或吹口哨，装出一副漫不经心的样子。一到晚上，他会躺在床上无法入睡，等着被带走，但又会像睡着了似的大声打鼾喘气，好让女房东以为他睡着了；如果他睡不着，那不正好说明他在受着良心的折磨吗？这是多好的罪证啊！事实和强有力的逻辑都说明，所有这些恐惧都是他胡思乱想或精神不正常的结果，如果把事情想开一点，被带走也好，坐牢也好，其实都没什么可怕的，只要良心安宁就行；但是，他越是理智和有逻辑性地判断这件事，内心的不安便越是强烈地折磨他。就像一个在原始森林中想砍树为自己开辟一个栖身之所的苦行修士，他越是尽心尽力地挥舞斧头，林子里的树木就越是长得茂密。最后，眼见着一切努力都只能是徒劳，伊万·德米特里奇索性不再辨别思考，完全任由绝望和恐惧来折磨自己。

他开始离群索居。过去令他反感的工作，现在变得令他更加难以忍受。他害怕受牵连，怕有人出其不意地往他口袋里塞贿赂，然后再揭发他，或者他不小心在公文上出了错，这就相当于伪造，或者是把别人的钱款丢了。奇怪的是，他的大脑在其他时候从来没有这么灵活和敏锐过，而现在，他每天都会想出千百种各式各样的理由，为自己的自由和荣誉真正担心起来。同时，他对外部世界，也包括对书籍的兴趣明显减弱了，记忆力开始严重衰退。

春天，雪开始化了，人们在墓地附近的峡谷里发现了两具几乎腐烂的尸体——一个老太婆和一个小男孩，看样子是横死。于是，城里开始流传关于这两具尸体和不明凶手的传言。为了不被人们怀疑为凶手，伊万·德米特里奇在街上走来走去，微笑着，而遇到熟人的时候，他的脸就白一阵红一阵地努力让大家相信，没有比杀害弱者和毫无保护者更加卑鄙的罪行了。但这样的谎言很快就让他疲惫，经过一些思考他决定，从他目前的情况看，最好的出路就是藏在女房东的地窖里。在地窖里，他整天坐着，过了一夜，又是一天，人完全冻僵了。等到天黑，他又像个小偷似的悄悄潜回自己的房间。天蒙蒙亮，他还在屋子中间坐着，一动不动地仔细听着动静。一大早，太阳还没出来，几个修炉匠就来到了女房东家。伊万·德米特里奇很清楚，他们来是为了修厨房的炉子的。但恐惧又在提醒他，这是假扮成炉匠的警察。他轻轻地从屋子里走出来，到街道上走着，充满恐惧，没戴帽子，也没有穿那件小礼服。在他身后，一群狗汪汪地追着，还有个男人冲他喊着，耳边的风吹得呼呼的。伊万·德米特里奇觉得，好像全世界的暴力都集合在一起追赶着他呢。

人们抓住他，把他带回家，还给女房东派去医生。安德烈·叶菲梅奇医生，关于他的故事后面再说，他给伊万·德米特里奇开了头部冷敷液，给他服一些桂樱剂，忧郁地摇摇头，离开时告诉女房东他不会再来了，因为他不该妨碍人们发疯。于是，伊万·德米特里奇便无法留在家里生活和治疗了，人们很快将他送到医院，将他安顿在了花柳病患者的病房。他整夜不睡，任性折腾，让其他病人也得不到安宁。很快，遵照安德烈·叶菲梅奇医生的嘱咐，他被转到了第六病室。

一年以后，城里的人们完全忘记了伊万·德米特里奇的存在，他的书被女房东胡乱堆放在遮阳棚下的雪橇上，也陆陆续续地被小孩子们偷走了。

四

正像我们前面所说，伊万·德米特里奇的左边住着犹太人莫伊谢伊卡，右边呢，是一个肥头大耳、五大三粗的汉子。他面目呆板，毫无表情，完全是一个不能动弹、只能吃喝而且脏兮兮的动物，早就失去了思想和感觉的能力。从他身上，还时常散发出一股令人窒息的刺鼻臭味。

尼基塔一边替他清理身子一边狠命地打他，劈头盖脸地打，毫不吝惜拳头。但可怕的不是这种毒打，因为大家都已经习惯了；可怕的是，这具僵硬的躯体对这样的殴打竟然没有丝毫反应，一声不吭，一动不动，连眼睛里也没有表情，只是轻轻地动动身子，像一只沉甸甸的大木桶。

第五位，也就是最后一位第六病室的病人是位普通市民，做过邮局分拣员，一个小个子瘦削的淡黄发男子，外表看上去善良而又有些狡黠。他的双眼透着智慧平和，目光清澈愉悦，看上去他好像有一个非常重要而又令他兴奋的秘密。他在枕头和褥子下藏了点东西，从没给人看过。他之所以秘不示人，倒不是怕别人把东西拿走或偷走，而是他不好意思拿出来。有时候他走近窗户，转身背着同伴们往自己胸前戴着什么，还低下头看着；如果这时候有人靠近他，那么他就会害羞，会从胸前揪下那东西。但是，要猜到他的秘密并不难。

“祝贺我吧，”他经常对伊万·德米特里奇说，“我被授予了斯坦尼斯拉夫二等勋章。二等勋章是颁给外国人的，可不知他们为啥对我破了例，”他微笑着，有些不解地耸了耸肩，“瞧，应该承认，我真是没料到！”

“我对这事儿也一点儿不懂。”伊万·德米特里奇愁眉苦脸地说。

“可是您知道我以后早晚还会得啥勋章吗？”这个曾经的分拣员说着，眼睛还调皮地眯了眯，“我一定会得到瑞典的‘北极星’的。这个奖倒是值得费点力气去争取的。白色的十字架，黑色的绶带。多漂亮啊。”

显然，这世上没有任何地方的生活比这病房里更加单调乏味的了。早上，除了那位瘫痪病人和那个胖胖的大块头，其他病人都到前厅一个双耳大木桶里舀水洗脸，然后用衣襟擦干净，接着用锡制把手的杯子喝水，这都是尼基塔从主楼那边带来的。每人只能喝一杯。中餐是酸白菜汤和大麦粥，晚餐是中午的剩粥。两顿饭中间，病人们就只能躺着，睡觉，看窗外，或者从屋子这头走到那头。每天如此。就连从前的分拣员所说的话，都离不开勋章的事。

在第六病室里很少有生人。医生早就不往这里安置病人了，而这世界上谁喜欢来看望精神病人呢。理发师谢苗·拉扎里奇每两个月到病室来一次。他是怎么给精神病人理发的，尼基塔是怎么帮他做这件事的，每次醉醺醺笑嘻嘻的理发师来的时候病人们都是如何惊慌的，我们就不再说了。

除了理发师，任何人也不会光顾病室了。病人们一年到头只能见到尼基塔。

不过，不久前有个十分可怕的谣传在医院的主楼里传开。

传闻说，医生好像又要开始光顾第六病室了。

五

一个奇怪的传言！

医生安德烈·叶菲梅奇是他那个领域里的优秀人物。据说，他在青春年少的时候是非常虔诚的，甚至准备献身信仰。一八六三年中学毕业，他希望进入神学院，但是，他的父亲——一个医学博士和外科医生，好像是嘲笑了他，并决绝地宣布说如果他要去当神父，他就不再认这个儿子。这事是真是假，我不知道，但安德烈·叶菲梅奇本人不止一次地承认，他从来就没感觉到自己对医学或者类似学科有兴趣。

不论怎样，他最终还是毕业于医学系，并没有当神父。和现在一样，在他从医生涯之初，他也并没表现出是个多么虔诚的教徒。

他的外貌笨拙，愚蠢；他的那张脸，他的小胡子，短短的头发，结实蠢笨的个头儿，都让人觉得他像是大路边的旅店店主，吃得胖胖的，有些放纵和专横。他的脸看上去很严厉，上面布满细细的青筋，小眼睛，红鼻子。他的身材高大，宽肩膀，手大脚大，好像一拳头出去就会要人命。但他的步伐轻盈，走起路来小心翼翼；如果是在窄窄的楼道里与人相遇，他总是先停下来给对方让路，并且用你所期待的那种细细柔柔、不太高的男高音说声“对不起”，而不是通常的男低音。他的脖子上有一个不大的瘤子，这让他无法穿浆洗过后领子发硬的衣服，所以他老是穿一件质地柔软的麻布或印花的布衬衣。总之，他的穿着不大像医生。一件衣服或者一双袜子他一穿就是十年，他买衣服通常是去犹太人开的铺子，可新衣服穿在他身上也皱巴巴的，就好像是旧衣服；不论是在家吃饭还是出门做客，或是接待病人，他都穿着同一身衣服。这倒不是因为他吝啬，而是他对自己的外表完全心不在焉。

当安德烈·叶菲梅奇来这个城市就职时，这个“慈善机构”已经处于不堪的境地了。无论在病房，或是楼道和院子，到处臭气熏天，让人透不过气来。医院的男人、护理和他们的孩子们，都和病人一起睡在病房里。人们抱怨，住在这里就是与蟑螂、臭虫和老鼠为伍。在外科，丹毒从来就没有绝迹过。医院里总共只有两把手术刀，没有一支温度表，人们甚至在浴盆里种上了土豆。总务处长、女管理员和助理医师都向病人勒索，而安德烈·叶菲梅奇的前任，一位老医生，据说不仅私自出售医用酒精，还在陪护和女病人中挑选出了一群妻妾。城里的人们对这些乱七八糟的事情非常清楚，甚至还夸大其词，不过大家对此还是心平气静的；有的人认为他们也没有什么错，因为住进医院的都是些市民和庄稼汉，他们不可能不满意，住在这里可比他们住在家里强多了，总不能让他们天天吃榛鸡吧！另外一些人振振有词地说，在没有地方自治会帮助的情况下，一个城市要办好一所医院是力所不能及的；尽管它不怎么样，谢天谢地，但总归是有的。新的地方自治机关在城里、在周边，都没有开设新的门诊医院，而是借口说城里已经有医院了。

视察了整个医院，安德烈·叶菲梅奇得出结论，断定这个机构既不道德，对老百姓的健康也极其有害。照他的想法，也是最明智的做法，就是把病人放走，让医院关门。可他也知道，仅凭他一己之力是不够的，于事无补。因为你将这些肉体和道德的肮脏从一个地方赶走，它自然会转移到另一个地方。那就只好等待，它总有被消灭的一天。再说，人们开办了医院，忍受它的存在，那么就意味着他们需要它，所有偏见和卑鄙丑恶的存在也许是必要的，因为它们会随着时间的推移变成一种有益的土壤，如同粪肥之于黑土。世上的好东西从来都是无法脱离肮脏而存在的。

安德烈·叶菲梅奇上任以来，表面上对这些乱七八糟的事情十分冷淡。他只是请医院的男工和陪护不要在病房过夜，还搬来了两个装满医药器械的柜子。而总务处长、女管理员、助理医师和外科的丹毒，却仍旧如常。

安德烈·叶菲梅奇酷爱智慧与正直，但要在自己身边建立一种合理与诚实的生活秩序，他缺乏果敢和对权力的掌控。要让他下命令、禁止、坚持，他都办不到。就好像他发过了誓，永远也不提高嗓门说话，永远不使用命令式。说一句“给”或者“拿来”，对他来说也是困难的。如果想吃东西，他会迟疑地咳嗽一声，对厨娘说：“要是能喝点茶就好了……”或者：“要是能吃点东西就好了……”要对总务处长说禁止偷盗，或者开除他，或者取消这个毫无必要的吃白食职位，对他来说也是完全办不到的。当安德烈·叶菲梅奇被人们欺骗，或被要求在明显的假账单上签字时，他的脸会红得像大虾一样，似乎有罪的是他自己，不过账单总还是签了。如果有病人向他抱怨吃不饱或者陪护的粗鲁，他总会难为情，并且道歉似的嘟囔几句：

“好，好，我会去查清楚……这里面一定是有误会……”

起初，安德烈·叶菲梅奇工作很勤奋。每天从早晨到午饭前他一直在接待病人，做手术，甚至到产科接生。女人们说他诊病用心，诊断精准，尤其是儿童和妇女病。但是，随着时间的推移，这种单调和明显没多大帮助的事分明让他感到了厌倦。今天接待三十个病人，明天一看，涌来了三十五个，后天是四十个，日复一日，年复一年，而城市的死亡率并没有降低，病人还源源不断。从早上到中午，要给四十来个患者提供合格的医疗服务，连体力上都可能支撑不住，这就意味着不得不敷衍欺骗。一年到头，算下来接待了一万两千个患者，简单一想，就是欺骗了一万两千人。将重病患者送进病房住院并按科学的方法给他们治疗，这也是不可能的，因为办法倒是有，但是不讲科学；如果抛开哲学和对规则的学究式研究，而是像其他医生一样，那么这里首先需要的是清洁和通风，而不是肮脏；需要的是健康食物，而不是味道难闻的酸白菜汤；需要的是很好的助手，而不是小偷。

再说，如果死亡是每个人正常和最后的结局，那么为什么要去阻拦别人的死亡？如果一个小贩或者一个小官吏多活五年十年，那又会有何不同？如果人们看到医疗的目的是借助药品减轻痛苦，那么就会不由自主地想：为什么要减轻他们的痛苦？首先，据说痛苦使人完美；其次，如果人类学会用药丸和药水治愈自己的痛苦，那么他就会抛弃宗教和哲学。直至今日，我们不仅从这两者中找到了战胜任何灾难的力量，甚至还找到了幸福。普希金在临终前就受到过可怕的痛苦折磨，可怜的海涅也曾多年饱受卧床之苦；那么其他的人，安德烈·叶菲梅奇也好，马特连·萨维申也好，怎么会不生病呢？他们的生活本来就毫无内容，如果再没有痛苦，那他们的生活将会像变形虫一样，枯燥乏味，空虚无比。

因为满脑子充斥着这样的念头，安德烈·叶菲梅奇就开始松懈，不再每天都去医院了。

六

他的生活是这样过的。他通常八点钟起床，穿衣，喝茶。然后，在自己的书房里读书，或者去医院。那边，在医院，几个候诊的病人坐在又窄又暗的楼道里等着被叫进诊室。在他们的眼前，男役和陪护跑来跑去，红褐色的地板被他们的靴子踏得咚咚直响，穿长袍的瘦弱病人时而走过，死尸和污染了的器械也从这里被运走，孩子哭闹，穿堂风吹得呼呼响。安德烈·叶菲梅奇知道，对于寒热、肺痨和容易感染的病人来说，这样的环境是致命的折磨，但有什么办法呢？诊室里，助理医师谢尔盖·谢尔盖伊奇迎了上来，他个子小，微胖，脸刮得光亮白净，略显水肿，举止温和，穿一件宽宽大大的新西服，看上去不像医师，倒更像一个参政院的参议员。他私底下在城里行医，打着白色领带，自以为比医生的医术更加高明。在诊室的一个角落，设置着一个神龛，里面挂着大幅圣像，下面是一盏沉甸甸的油灯，周围是套着白色套子的高烛台。墙上挂着主教像、圣城修道院的风景画，还有一个用矢车菊干枝编织的花环。谢尔盖·谢尔盖伊奇是个虔诚的教徒，喜欢庄严的氛围，圣像就是他供奉的。每逢周日，他便吩咐一个病人大声诵读赞美诗，诵读完毕，谢尔盖·谢尔盖伊奇会亲自巡视所有病房。他手提香炉，香烟缭绕。

病人很多，时间很少，所以诊病过程就只是几句简短的问询和发放一点药品，比如挥发性的软膏或者蓖麻油等等。安德烈·叶菲梅奇坐着，用拳头支着脸颊，沉思着，随口提问。谢尔盖·谢尔盖伊奇也坐在一旁，搓着手，偶尔插上一句话。

“我们生病，我们受穷，”他说，“是因为我们平时没有好好向仁慈的上帝祷告。就是这样的！”

接诊时，安德烈·叶菲梅奇不会做任何手术。他早已生疏，一见血他就会感觉不快。每当他要查看小孩的喉咙而不得不打开他们的口腔时，小孩子们会哭哭闹闹，并且用小手拼命阻挠。这种吵闹也会令他头脑犯晕，甚至眼泪都会涌出来。于是他急急地开了药方，挥手让女人赶紧把小孩子抱走。

病人在诊病中的胆怯和笨嘴拙舌，紧挨身边郑重其事的谢尔盖·谢尔盖伊奇，墙上的圣像，还有二十多年来反反复复总是不变的问话，让他很快就厌烦了。只看了五六个病人，他就离开了。其他的病人，都由医师来接待。

安德烈·叶菲梅奇窃喜，感谢上帝，自己早就不再独立行医，所以也没有人会打扰到自己。一回到家，他会立刻坐到书房的桌子前，开始看书。他读过很多书，而且总是读得津津有味。他的一半收入都用来购书，他的住宅有六个房间，其中三个房间都被书籍和旧报刊堆满了。他最爱读的是历史和哲学的大部头。医学方面，他只订阅了《医生》这一种杂志，而且每次都从最后一页读起。每次阅读，他都连续读好几个小时，也不感觉累。他读书的速度并不快，不像伊万·德米特里奇，而是慢慢读，仔细读，读到他欣赏或者不明白的地方，他还会停一停。书的旁边总是放着一杯伏特加，还有一根腌黄瓜或是一个盐渍苹果，它们并没有盛在盘子里，而是直接被放到了呢子桌布上。每每目不离书低头阅读半小时，他就会给自己倒上一杯酒，一口气喝下去，然后看都不看地摸到小黄瓜，咬上一小口。

三点钟，他会小心翼翼地走到厨房门口，咳嗽一声，说：

“达留什卡，我是不是该吃点午饭了……”

吃过一顿口味不佳不干不净的午饭以后，安德烈·叶菲梅奇会抱着胳膊在自己的房间里走一走，若有所思。钟敲四下，钟敲五下，他还一直在房间里踱步、思考。厨房门偶尔会吱吱嘎嘎响两声，达留什卡那张红红的睡眼惺忪的脸从里面探出来。

“安德烈·叶菲梅奇，您是不是该喝点啤酒了?”她有些关切地问。

“不，还没到时候……”他回答说，“再等等……再等等吧……”

通常，邮政局长米哈伊尔·阿维尔扬内奇会在傍晚时来，他是安德烈·叶菲梅奇在全城交往的人当中唯一不会令他感到不快的人。米哈伊尔·阿维尔扬内奇曾经是非常富有的地主，曾在骑兵军中服役，后来家道中落，因迫于生计才在一大把年纪时到邮政部门供职。他外表看上去精力旺盛、身体健康，长着一脸气派、花白的络腮胡子，举止文雅有教养，声音洪亮悦耳。他善良、敏感，但脾气暴躁。当邮局里有顾客提出抗议，或者不同意他的意见，或者开始分辩时，米哈伊尔·阿维尔扬内奇就会满脸通红，全身发抖，使出全身的力气咆哮道："闭嘴！"所以这个邮局早就名声在外，谁到这里来都会战战兢兢。米哈伊尔·阿维尔扬内奇尊敬和喜欢安德烈·叶菲梅奇，因为他有教养，内心高贵，但对其他的人，他总是显得高高在上，好像他们都是自己的下属。

"我来啦！"他边说边朝安德烈·叶菲梅奇走过来，"您好，亲爱的！您不会已经烦我了吧，啊？"

"恰恰相反，我非常高兴，"医生这样答道，"见着您，我都会高兴。"

两个朋友往书房的沙发上一坐，开始抽烟，好一会儿都没说话。

"达留什卡，能不能给我们来点啤酒！"安德烈·叶菲梅奇说。

他们默默地喝了第一瓶，医生沉思着，而米哈伊尔·阿维尔扬内奇露出了愉快生动的表情，好像有什么趣事要告诉别人。谈话往往从医生开始。

"太遗憾了，"他语气缓慢低沉，摇着脑袋，并没有看对方的眼睛（他从来就不看对方的眼睛），"太遗憾了，尊敬的米哈伊尔·阿维尔扬内奇，我们城里完全找不到人可以进行这样一种聪明和有趣的交谈，他们不喜欢。对我们来说，这简直是个令人苦恼的事。连知识分子都无法免于庸俗。他们的水平，我敢担保，一点儿也不比社会下层人高。"

"完全对，我同意。"

"您当然也知道，"医生继续说，声音低沉，偶尔停顿一下，

“在这个世界上，除了人类智慧最高级的精神表达，一切都渺小和毫无意义。智慧在动物与人类间画了一道明显的分界线，它喻示着人类的神圣，甚至在某种程度上使人类不朽，而这不朽原本是不存在的。由此，智慧成了快乐唯一可能的源泉。在我们周围，我们看不到听不见这种智慧，这就是说我们失去了快乐。不错，我们有书，但这完全不是活生生的谈话和交流。如果允许我做一个不完全恰当的比喻，那么，书本是音符，谈话才是歌。”

“太对了。”

又是一阵沉默。达留什卡从厨房里出来，她停在门口听着，满脸悲戚，拳头撑着下巴。

“唉！”米哈伊尔·阿维尔扬内奇深深地叹了口气，“要想在现在的人身上找到智慧，休想！”

于是他开始讲述，过去的生活是多么棒、多么快乐和有趣，过去的俄罗斯知识分子们是多么聪明，他们将荣誉和友情看得有多么高尚。人们借钱出去不需要别人写借据，朋友遇到难处不施以援手那会被认为是耻辱。那是些怎样的旅行、奇遇、朋友、女人！而高加索，那是个多神奇的地方啊！有个营长的妻子是奇女子，她常着军官服，每到夜晚就独自去山里，并没有向导陪伴。据说，她在村里和一个公爵还有点浪漫故事。

“圣母啊，母亲啊……”达留什卡深深地叹了一口气。

“那时候我们是怎么吃的！怎么喝的！那是些多么绝望的自由主义者！”

安德烈·叶菲梅奇听着，却没听进去。他在想别的，不时啜一小口啤酒。

“我经常梦见那些聪明人，并且和他们交谈，”他忽然打断了米哈伊尔·阿维尔扬内奇，说道，“我的父亲给了我很好的教育，但是他受六十年代思想的影响强迫我学了医。我想，如果当时我不听他的话，我现在一定是在思想运动中心了。显然，我大概会成为系里的教员。当然，智慧同样不会永恒，它是变化无常的，您已经知道我为什么会对它那么着迷。生活就是恼人的陷阱。一个有思想的人到达成熟期，有了成熟的意识，他会不由自主地感到自己就像掉进了陷阱里，而这个陷阱却没有出口。实际上，他是被某种不以他的意志为转移的偶然从虚无召唤到生活中的……这是为什么？他想明白自己存在的意义和目的，人们不告诉他，或者说的是荒唐话；他敲门，没有人给他开；死亡向他逼近，同样也由不得他。就像监狱里因着共同的不幸而联系在一起的人们，他们走到一起就会感觉轻松一些；而当一些热衷于分析和归纳的人聚到一起，以交流高傲而自由的思想来打发时间的时候，你就不会看到生活的陷阱。从这个意义上说，智慧是不可或缺的快乐。”

“完全对。”

安德烈·叶菲梅奇停顿了一会儿，并没有看对方的眼睛，继续轻声地讲述着那些聪明人，讲述着与他们的交谈。米哈伊尔·阿维尔扬内奇专注地听他说话，并附和说：“完全对。”

“您是不相信灵魂不灭？”邮政局长突然问。

“不相信，尊敬的米哈伊尔·阿维尔扬内奇，我不相信，因为我没有相信的理由。”

“老实说，我也怀疑。不过我有种感觉，好像我永远都不会死。嘿，我自己想啊，糟老头子，死的时候到了！可心里却有一个声音小声说：别信，你不会死的！……”

九点刚过，米哈伊尔·阿维尔扬内奇就起身告辞了。他在前厅穿上裘皮外衣，叹了口气说：

“可命运把我们带到了这么个偏僻的地方！最令人遗憾的是，还不得不死在这里。唉！……”

七

送走朋友，安德烈·叶菲梅奇重新坐到桌前，开始读书。傍晚和深夜宁静得没有一点声响，时间似乎停住，凝固在了看书的医生身上。除了这本书和带绿色灯罩的灯，世间的一切仿佛都不存在了。医生那张农夫般粗糙的脸，被感动的微笑和面对人类智慧活动的兴奋一点一点地照亮了。“唉，为什么人不能永生？”他想，“为什么人会有大脑中枢和沟回，为什么人会成熟，会有语言，会有自我意识和天赋，如果这一切注定要回归尘土，最终与地壳一起冷却，并且在几百万年里随地球绕着太阳旋转，那这一切又有什么意义和目的呢？如果仅仅为了将它们冷却和保存，那就完全没有必要把具有高尚的、近乎神性的智慧的人从虚无中拉出，然后又像开玩笑似的再把他变成泥土。”

这就是物质的交替！可是，用不朽这种替代品来安慰自己是多么怯懦的表现啊！自然界里发生的那些毫无意识的交替过程还远远不及人的愚蠢，因为人的愚蠢里总会有自觉和意志，可在那些过程中却什么也没有。只有在死亡面前恐惧大过尊严的胆小鬼，才会这样安慰自己，认为自己的身体将会随着时间而存在于绿草、石头和蟾蜍之中……在物质的交替中看见自己的不朽是很古怪的事情，就像一把昂贵的小提琴被摔坏报废了，竟然还有人预言琴盒会有多么光辉灿烂的未来。

每当时钟敲打报时，安德烈·叶菲梅奇便会往沙发后背上靠靠，闭目思考一会儿。受刚刚阅读的书籍中那些精彩言论的影响，他不由得开始审视自己的过去和现在。过去是糟糕的，最好不要去想它。而现在与过去相比，也没什么差别。他知道，当他的思想随着冷却的地球正围绕着太阳旋转的时候，就在医生住宅旁的那栋大楼里，人们正处于病痛的折磨和肉体的肮脏之中；也许，有的人被虫子吵得无法入睡，有的人染上了丹毒，或者因为绷带绑得太紧而呻吟，也许，有的病人正和陪护们在一起玩牌、喝酒。一年到头，有一万两千人被欺骗；医院所有的工作，就跟二十年前一个样，都是建立在偷盗、垃圾、流言蜚语、徇私舞弊和愚蠢的招摇撞骗之上，医院依然是个不道德的机构，对居民的健康有着极大的危害。他也知道，在第六病室的铁栅栏里面，尼基塔在毒打病人，而莫伊谢伊卡则每天都会到城里去向好心人乞讨。

话说回来，他也非常清楚，医学在近二十五年中发生了神奇的变化。上大学时，他觉得医学也会遭遇炼金术和玄学的命运。此时，当他深夜阅读的时候，医学却令他感动，令他好奇甚至是兴奋。从本质上说，这是多么令人意想不到的辉煌和革命啊！因为有了防腐剂，人们可以进行手术了，伟大的比罗果夫认定甚至在将来这都是不可能实现的。普通的地方医生就敢做膝关节切除术，一百例腹腔手术中也仅有一例死亡，而结石已被认为是小病，甚至没人著文研究。梅毒已可能被彻底治愈了。遗传学、催眠术、帕斯杰尔与科赫的发明和统计卫生学都在发展，而我们俄罗斯的本土医学是怎样的呢？按照当代疾病分类的精神病学，它的诊断和治疗方法，这在过去看来简直就是高高的厄尔布鲁斯山。现在，人们不再往精神病患者的头上泼冷水，也不再给他们穿上厚衣服发汗了；他们被人道地加以对待，据报纸报道，人们还为他们举办话剧表演和晚会。安德烈·叶菲梅奇知道，就人们现在的观念和知识水平来看，像第六病室里这种恶劣的情况，也许只有离铁路二百俄里的地方才可能存在。因为在这样的小城，城市的首脑和议员们都是半文盲的市民，他们把医生看作祭司，是人们必须毫无保留地相信的人，即使他们往病人嘴里灌的是化开的锡水。如果在其他地方，百姓和报纸早就把这个小巴士底狱撕成碎片了。

“那又能怎么样呢？”安德烈·叶菲梅奇自问，把眼睛睁开，“这又能说明什么呢？防腐剂也好，科赫和帕斯杰尔也好，事情的本质却一点也没改变。疾病和死亡依然存在。人们给精神病人带来话剧和舞会，但还是不会给他们自由。也就是说，都是胡说八道和瞎忙，最好的维也纳诊所和我们的医院在这点上没有任何差别。”

但是，悲哀与类似嫉妒的情感让他不能无动于衷。也许是疲惫的缘故，他那沉甸甸的脑袋向书本垂了下去。为了感觉轻松一些，他用手托住下巴，暗暗想：

“我正在干一件坏事，并且从那些被欺骗的人们手中领取报酬。我是个骗子。可我又算什么，我只不过是这个必然的社会罪恶中的一分子：所有的地方官僚都不是好东西，都是不劳而获的……也就是说，就我的欺骗行为而言，错的不是我，而是时代……如果我生在两百年以后，我完全会是另外的样子。”

时钟敲了三下，他起身灭灯，回到卧室。其实他并不想睡。

八

两年前，地方自治会慷慨地表示，在地方医院开办之前，每年将发放三百卢布以加强城市医院的力量。县医院的叶甫盖尼·费多雷奇·哈伯托夫医生，就是被市立医院请来协助安德烈·叶菲梅奇的。他还很年轻，不到三十岁，高个子，黑头发，宽颧骨，小眼睛。显然，他的祖上是异邦人。到本城的时候，他一无所有，拎着一只小箱子，身后跟着一个不算漂亮的女人，他说是自己的厨娘。这女人怀里还有个吃奶的孩子。叶甫盖尼·费多雷奇头戴一顶带帽檐的大檐帽，脚蹬高筒靴，冬天穿着一件短皮衣。他跟谢尔盖·谢尔盖伊奇医师和财务主任走得很近，却不知为何称医院的其他职员为贵族，并且躲着他们走。在他的整个住处仅有一本书——《维也纳医院一八八一年最新处方》。去看望病人时，他总爱把这本小册子带在身边。傍晚时，他会在俱乐部玩台球，打扑克他是不喜欢的。交谈的时候，他总是喜欢用这类字眼，比如虚度光阴，废话连篇，或者故弄玄虚，等等。

他每周去医院两次，巡视病房，接待病人。完全不采取消毒措施和用放血罐存血的现象使他震怒，可是他也没有新方法，同时也怕得罪安德烈·叶菲梅奇。他觉得自己的同事安德烈·叶菲梅奇是个老滑头，同时怀疑他藏有大量钱财，对他也暗暗有些嫉妒。他倒是乐意取而代之。

九

一个春天的黄昏，大概是三月底，地上的雪已化了，医院花园里的椋鸟在叽叽喳喳地唱着。当医生送自己的朋友邮政局长来到大门口，正巧，犹太人莫伊谢伊卡带着战利品走进来。他没戴帽子，光脚穿一双浅腰胶皮套鞋，手里是一个小小的口袋，里面装着人家施舍的东西。

“给个戈比吧！”他微微笑着对医生说，被冻得直哆嗦。

安德烈·叶菲梅奇从来不会拒绝别人，给了他一个硬币。

“简直太糟糕了，”看着犹太人那双光脚和瘦削通红的踝骨，他想着，“湿透了。”

一种又像是同情又像是厌恶的情感被激发起来，医生跟在犹太人身后走进了侧楼，他一会儿盯着犹太人的秃顶，一会儿又看着他的踝骨。医生进门时，尼基塔从那堆破烂中跳了下来，把身子挺得直直的。

“你好，尼基塔，”安德烈·叶菲梅奇轻声说，“要不给犹太人发一双靴子吧，弄不好他会着凉的。”

“是，大人。我会报告总务处长。”

“拜托。以我的名义吧，就告诉他是我说的。”

从前厅到病房的门开着。伊万·德米特里奇躺在床上，胳膊肘撑着身子，紧张地听着陌生人的声音，突然他认出了医生。他气得浑身发抖，从病床上跳下跑到屋子中间，满脸涨得通红，表情凶狠，眼珠子都快瞪出来了。

“医生来了！”他大喊一声，哈哈大笑起来，“终于来了！先生们，我恭喜你们了，医生的光临就是我们的荣幸啊！该诅咒的畜生！”他尖叫一声，陷入狂怒，病室里谁也不曾见过这样的情形。他的脚跺得地面咚咚直响，“杀了这畜生！不，打死都嫌不够！应该把他淹死在粪坑里！”

安德烈·叶菲梅奇一听，连忙从前厅往病房里看，还轻声问：

“为什么？”

“为什么？”伊万·德米特里奇大声嚷嚷着，凶巴巴地走过来，边走边急急忙忙地紧了紧身上的袍子，“为什么？你是个贼！”他露出很厌恶的神色，噘了噘嘴，像是准备吐出一口痰，“你是个招摇撞骗的骗子！刽子手！”

“请您别生气，”安德烈·叶菲梅奇说着，还歉疚地笑了笑，“请您相信，我从来没偷过什么，至于您说的其他，显然也是过分了。我看出来了，您这是在生我的气。请消消气，我请求您，如果可以的话，请冷静地告诉我，您为什么生气？”

“那您为什么把我关在这里？”

“因为您是病人啊。”

“是啊，我有病。可是要知道，现在有多少个疯子在满世界转悠，因为你们的糊涂无法将他们同健康人区分开来。为什么我和这些不幸的人就该待在这里，像是替罪羔羊？从道德水平上说，您、助理医师、总务处长和医院所有的恶棍比我们当中任何一个人都低得多，可为什么是我们，而不是你们待在这里？哪有这样的道理？”

“道德水平的高低和道理逻辑跟这事一点关系都没有。一切取决于机会。谁被送进来了，那他就得待在这里，谁要是没被关进来，他就去自在逍遥，就这么简单。至于为什么我是医生您是精神病人，这件事与道德水平和所谓的道理也扯不上关系，只是碰巧而已。”

“我听不懂这些废话……”伊万·德米特里奇低声说，坐回到了自己的床上。

当着医生的面，尼基塔不好意思搜莫伊谢伊卡的身。莫伊谢伊卡于是就将几块面包、几张纸和一些骨头摊到自己的床上，虽然还是冻得直哆嗦，但开始飞快地讲起了犹太语，像是唱歌。看上去，他是在想象着自己的小铺子开张了。

“请放我出去。”伊万·德米特里奇说道，声音微微颤抖着。

“不行。”

“到底为什么？为什么？”

“因为我没有这个权力。您说说，如果我把您放出去，这对您有什么好处呢？您走吧。市民或警察又会把您抓住，再把您送回来。”

“是的，是的，这倒是真的……”伊万·德米特里奇悻悻地说，擦了擦自己的额头，“这太可怕了！那我有什么办法？什么办法？”

安德烈·叶菲梅奇喜欢伊万·德米特里奇的嗓音、神情和那张年轻聪明的脸。他想和这个年轻人亲近一些，并且安慰他。于是他坐到了伊万·德米特里奇的床边，想了想，说道：

“您问怎么办，是吧？您现在最好的出路，就是从这里跑出去。但是，非常遗憾，这是没用的。他们会抓住您。社会在整治罪犯、精神失常和不安分守己分子时是不遗余力的。您的办法只有一个，那就是心平气和地接受。既来之，则安之。”

“谁也不需要这种地方。”

“既然现在有监狱和疯人院，那就应该有人在里面待着。不是您，就是我，不是我，就是其他什么人。您就等着吧，在遥远的将来，监狱和疯人院都会结束存在的使命，窗户上将不会有栅栏，也不会有这身长袍病服。当然，那个时候迟早总会来的。”

伊万·德米特里奇嘲讽地微微一笑。

“您在开玩笑吧，”他说着，眯起了眼睛，“像您和您的助手尼基塔这样的老爷们，跟将来一点关系都没有，但是请您相信，仁慈的先生，好日子一定会来的！请允许我这样俗里俗气地来表达，您想笑就尽管笑吧，总之新生活的曙光将光芒万丈，真理会胜利，我们的大街会迎来一个盛大的节日！我是等不到了，我那时早就咽气了，但总会有人的重孙能等到那一天。我的灵魂会为他们欢呼，会为他们高兴！向前啊！上帝会保佑你们，朋友们！”

伊万·德米特里奇两眼放光，起身朝窗户的方向伸出双手，声音里继续透着激动和喜悦：

“我在这栅栏里祝福你们！真理万岁！我高兴啊！”

“我倒觉得没什么值得高兴的特别理由，”安德烈·叶菲梅奇说，在他看来，伊万·德米特里奇的动作像是在表演，不过他也还是很喜欢，“将来，监狱和疯人院都没有了，真理，也像您所表达的那样，会胜利，但事情的本质依然不会改变，自然法则也依然如旧。人们依然会生病，会衰老，会死亡，就像现在一样。不管黎明的朝霞多么辉煌灿烂地照着您的生活，您最后也终将被钉在棺材盒里，被扔进墓坑。”

“那不朽呢？”

“唉，那是子虚乌有！”

“您不相信，可我信。记得陀思妥耶夫斯基或是伏尔泰说过，如果没有上帝，人们也会想象出一个上帝。我对此深信不疑，如果没有不朽，那么伟大的人类智慧迟早会想象出不朽来的。”

"说得好，"安德烈·叶菲梅奇露出了一个满意的微笑，"您相信这一点，非常好。有这样的信念，哪怕日日面壁也会生活得幸福。请问您大概是在哪里上过学吧？"

"是啊，我曾经读过大学，可是没有毕业。"

"您是一个有思想爱思考的人。在任何环境下，您都能找到内心的平静。有助于人们理解生活的那种自由而深刻的思考，以及对世上无谓纷扰的彻底藐视，这是两种幸福，除此，人们再没有领略过更高境界的幸福了。而您拥有这样的幸福，尽管您身在三面栅栏之中。第欧根尼[1]曾经生活在一个小木桶里，但他比世上任何帝王都生活得快乐。"

"您的第欧根尼是个傻瓜，"伊万·德米特里奇愁眉苦脸地说，"您跟我讲什么第欧根尼，讲什么理解生活？"他突然生气地蹦了起来，"我爱生活，特别地爱！我患有被迫害妄想症，常常经受着折磨人的恐惧，但是，我也有对生活强烈渴望的时刻，那一刻我真怕自己发疯。我渴望着生活，强烈地渴望！"

他激动地在病房里走来走去，最后压低声音说：

"每当我幻想时，脑子里就会产生种种幻象。有人朝我走来，我听见了人们的说话声、音乐声，我觉得自己是在一个森林里，或是在海边散步，我是那么渴望去忙点什么，去牵挂着什么……请告诉我，外面有什么新鲜事吗？"伊万·德米特里奇问，"外面情形怎么样？"

1　第欧根尼（锡诺帕的）（约前404—约前323），古希腊犬儒派哲学家。

“您是希望知道点城里的事呢，还是一般的情况？”

“那，请先说说城里的情况，然后再告诉我点别的。”

“有什么好说的？这个城市令人感到极其枯燥乏味……没什么人可以交谈，也用不着听别人说什么。也没什么新面孔。不过，前不久倒是来了一个叫哈伯托夫的年轻医生。”

“他居然在我活着的时候就来了。怎么，是个粗俗的家伙？”

“是的，他不是一个有教养的人。您说奇怪不奇怪……总的来说，智力的发展并没有在我们的大城市里停滞，这就是说，那里是应该有不少真正智慧的人的，可不知道为什么，每一次被派到我们这里来的人都让我们看不上眼。真是个不幸的城市！”

“是的，这真是个不幸的城市！”伊万·德米特里奇深深地叹了口气，笑了起来，“而总的情形怎样呢？报纸和杂志上都有些什么新内容？”

病房里已经暗下来。医生站起身，开始讲述外国和俄罗斯的人们都写了些什么文章，又有哪些思想潮流。伊万·德米特里奇仔细听着，提了些问题，突然，他又好像很清楚地想起了什么可怕的事，于是抱着脑袋躺到了床上，背对着医生。

“您怎么了？”安德烈·叶菲梅奇问。

“您休想再听到我说一个字！”伊万·德米特里奇粗暴地说，“让我自己待着！”

“您这是怎么了？”

“我说了，让我自己待着！干吗穷问？”

安德烈·叶菲梅奇耸耸肩，叹口气，出去了。走过前厅时，他说：

“倒是把这里打扫一下啊，尼基塔……这气味太难闻了！”

“是，尊贵的大人。”

“一个多么讨人喜欢的年轻人！”安德烈·叶菲梅奇一边想着，一边朝自己的宿舍走去，“自从我到了这里，这似乎是第一个可以和我交谈的人。能够和他讨论问题，兴趣点也恰是其处。”

回到住处，不论是读书还是睡觉，他都在想伊万·德米特里奇这个人。第二天早上醒来，他又回忆起了昨天认识的这个聪明而又有趣的人，于是决定，只要一有机会一定要再去看看他。

十

伊万·德米特里奇仍然以昨天那样的姿势躺着，双手抱住脑袋，蜷着双腿。看不见他的脸。

“您好，我的朋友，”安德烈·叶菲梅奇说，“您没睡着吧？”

“第一，我不是您的朋友，”伊万·德米特里奇把头埋在枕头里说，“第二，您白忙活了，您不会从我这里听到一个字。”

“奇怪啊……”安德烈·叶菲梅奇有点发窘地嘟囔道，“昨天我们还很平和地进行着交谈，可您突然像是生了气，立刻中断了我们的谈话……也许，是我的表达不太准确，也许是我的想法与您的观念不相符……”

"是啊，我居然这么相信您！"伊万·德米特里奇说，他抬了抬身子，嘲讽并有些担忧地看了看医生，双眼有些发红，"您可以到别的地方当密探了，这里没您什么事了。我在昨天就明白您为什么到这里来了。"

"真是奇怪的想法！"医生笑了起来，"那么，您把我当成密探了？"

"不错，我就是这么想的……密探也好，医生也罢，反正我是被弄到这里来接受考验的，反正一回事。"

"唉，您真是一个，原谅我说句实话……怪人！"

医生在病床旁的凳子上坐下来，带着责备的神情摇了摇头。

"那么，就算您说的是真的，"他说，"如果我阴险地套出您那些话报告了警察，您被逮捕了，坐了牢。但是，您在法庭上和监狱里会比在这里更糟糕吗？如果您被流放到偏远的地方，甚至是去服苦役，难道会比在这医院的侧楼里待着更差吗？我觉得，不会更差的……那您还怕什么呢？"

看来，这些话的确对伊万·德米特里奇起了作用。他安静地坐了下来。

下午四点。在这个时间，安德烈·叶菲梅奇通常是在自己的书房里走来走去，达留什卡会问问他是不是想喝啤酒。外面的天气晴朗，空气清新。

"我午饭后出门走了走，您看，就顺便过来看看您，"医生说，"完全是春天了。"

"现在是几月？三月吧？"伊万·德米特里奇随口问道。

“是啊，三月底了。”

“路面很脏吧？”

“不，不太脏。人们已经在花园里踩出一条小路了。”

“现在要是能坐四轮马车到城外去兜兜风该多好，”伊万·德米特里奇说，他揉揉红眼睛，应该说还处于半睡半醒的状态，“然后回到家，去那间温暖舒适的书房……找个像样的医生治治头痛病……我早就已经活得不像个人了。这里实在太糟糕了！糟糕得令人难以忍受！”

经过昨天的那番兴奋之后，他显得有些疲惫和萎靡不振，讲话也有气无力。他的手指在发抖，从表情上看得出，他的头正疼得厉害。

“温暖舒适的书房和这个病房并没有任何差别，”安德烈·叶菲梅奇说，“人的宁静和满足感并不来自外界，而是来自他自身。”

“这话怎么理解？”

“一般人寻求好坏是从表面，比如四轮马车或者书房怎样怎样，而有思想的人则是从自身。”

“去希腊宣讲你这套哲学吧，那里既温暖又弥漫着橙子的芳香，这里的气候可没法生长这种水果。我和谁在这里谈过第欧根尼？和您吧？”

“是的，昨天您和我谈起过。”

“第欧根尼不需要坐到书房和温暖的地方，那里没有这些都已经够热了。就往那桶里一躺，吃着橙子嚼着橄榄就成了。可是让他到俄罗斯来试试，别说是十二月份了，就是五月份，他也会要求回屋里去。即便这样，他恐怕还会冷得抽筋呢。”

“不会。寒冷就像是任何一种疼痛一般，可能不会被感觉到。马可·奥勒留[1]说过：‘疼痛就是关于疼痛的鲜活的想象：以你的意志力去改变这种想象，抛开它，停止抱怨，疼痛就会消失。’这话千真万确。智者，或者说善于独立思考的人，他们之所以优秀就在于他们藐视痛苦，他们永远都是满足的，并且处变不惊。”

“这么说，我是白痴了，因为我感觉到痛苦，不满足，对人类的卑鄙还大惊小怪。”

“您错了。如果您经常沉思，那么您就会明白，那些表面上让我们在意的东西是多么微不足道。应该努力去理解生活，在这种理解中有我们的真正福祉。”

“理解……”伊万·德米特里奇皱了皱眉，“外在的，内在的……对不起，我不懂。我只知道，”他站了起来，生气地盯着医生说道，“我知道，上帝创造了我，使我身上充满温暖的血液和神经，就这样！而作为一个有机构造，如果它具有生命活力，就应该对任何刺激有所反应。我就有这样的反应！对疼痛，我的反应是叫喊和流泪，对卑鄙的行为，则是愤怒，对丑恶，就是恶心。在我看来，说实在的，这就是生活。这个组织越低级，那么他的感觉就越少，对各种刺激的反应就越弱，这个组织越高级，就越敏感，对现实的反应就越具活力。这个道理您怎么会不懂？您是医生，竟会不知道这种小事！为了蔑视痛苦，成为永远都满足和

1　马可·奥勒留（121—180），古罗马安东尼王朝皇帝。

宠辱不惊的人，那就应该到达这样的境界，”伊万·德米特里奇这时用手指了指那位肥胖壮硕的农民，“要不然，就在痛苦中磨炼自己，使自己对它失去任何感觉，换句话说，就是别活了。对不起，我不是圣贤，也不是哲学家，”伊万·德米特里奇继续激动地说，“我对此一窍不通。我也不会讲什么道理。”

“恰恰相反，您讲得很精彩。”

“那些您所要效仿的斯多葛派，都是很优秀的人，但他们的学说在两千年前就停滞了，没有向前一步，将来也不会向前发展，因为它不是积极的和有生命力的。它只在少数人那里取得了成功，这些人终其一生都在对各种学说进行钻研和玩味，而大部分人则并不懂得。这些学说宣称对财富和舒适生活的漠然、对痛苦和死亡的蔑视，这对绝大部分人来说也是无法理解的，因为他们从没见过什么财富，从没体会过生活中的舒适。而蔑视痛苦对他们来说就意味着蔑视生活本身，因为他们的全部存在就是由饥寒、屈辱、损失与哈姆雷特式面对死亡的恐惧所组成的。他们生活的全部就在这样一些感觉中：为它苦恼，憎恨它，但就是不会蔑视它。对了，我要再说一遍，这些斯多葛派的学说是不会有将来的。从古到今，就像您所看到的一样，不断延续发展着的是对痛苦的感觉，是斗争，是对刺激的反应能力……”

伊万·德米特里奇突然间失去了思路线索，不得不停下来，烦躁地揉了揉前额。

“我本来想说些重要的话，可思路断了，”他说，“我说到哪里了？对！我是说，有一个斯多葛派，为了赎回自己的亲人而将自己卖身为奴。您看，这就是说，那个斯多葛派对刺激也是有所反应的，为了这个舍生取义的慷慨义举，他就需要有一颗能够被激怒和产生同情的心。我在这牢里已经忘记了过去所学，否则我还会想起点什么。而比如说耶稣，会怎样呢？耶稣会以这样一些方式来回应现实：哭，笑，忧伤，愤怒，甚至是忧愁；他没有带着微笑迎向苦难，也没有蔑视死亡，而是在客西马尼花园祈祷，希望那杯子从他身边过去。”

伊万·德米特里奇笑起来，坐下。

“就算是，人的平静和满足并非来自身外，而是来自其身内，”他说，“就算是应该蔑视痛苦，宠辱不惊。可您是在怎样的基础上进行宣传的呢？您是圣贤？是哲学家？”

“不，我不是哲学家，但每个人都应该进行宣传，因为这是理性。”

“不，我想知道，为什么您自以为有资格蔑视痛苦？您有没有受过苦？您知不知道什么叫痛苦？请允许我问一句：您小时候挨过打吗？”

“没有，我的父母讨厌体罚。”

“可我的父亲却往死里打我。我的父亲是个小官，很凶，受着痔疮的折磨，鼻子长长的，脖子有些发黄。不过，我们还是说您吧。您这辈子都没有人碰过您一个手指头，没有人吓唬过您，打过您。您壮得像头牛。您在父亲的羽翼下长大，他给您付学费，然后您又找到这份清闲又高薪的肥缺。二十多年来，您住在免费的住宅里，温暖，亮堂，有人伺候，想干多少就干多少，不干也没关系。从本性上说，您又脏又懒，还要把生活安排得好像什么都打扰不到您或者动摇不了您。您把事情交给助理医师或者是别的什么浑蛋，然后自己躲到又暖和又安静的地方，攒钱，读书，为了消遣而思考那些高尚而无聊的事情，（伊万·德米特里奇此时看了看医生的红鼻子）并且喝酒。总之，您没见识过什么叫生活，没透彻地了解过生活，只是理论知识罢了。而您蔑视痛苦和对什么都不在乎，则出于一个简单的原因：什么尘世的空虚，外部内部，蔑视生活、痛苦和死亡，对生活的洞悉，真正的福祉——所有这一切都是适合俄罗斯懒汉的哲学。比如，您看见一个男人打他的妻子。干吗要管？就让他打好了，反正他们两人迟早都要死。况且，打人者在这件事上侮辱的不是他所打的人，而恰恰是他自己。酗酒是愚蠢而又不体面的事，但喝酒要死，不喝酒也要死。有一个妇人过来，她的牙痛……那又怎么样？痛苦只是痛苦的概念而已，再说，人活在世上不可能没有疾病，谁都不免一死，所以你走你的路，别打扰我思考和喝酒。有个年轻人前来请教，怎么办，如何生活。要是别人，就会先想想该如何作答，而您的答案是现成的：要努力理解生活和追求真正的福祉。可这个奇妙的'真正的福祉'是什么呢？当然，没有答案。我们被关在铁栅栏窗户里，受尽折磨，但是这很好啊，很合理啊，因为这病室和温暖舒适的书房没有任何差别。多合适的哲学：什么也不用做，良心是干净的，自我感觉良好……不，先生，这不是哲学，不是思想，不是视野开阔，而是懒惰，行乞，浑浑噩噩……没错！"伊万·德米特里奇又开始生气，"您蔑视痛苦，可如果门缝把您的手指头夹了一下，您一定会大喊大叫的。”

“也可能我根本就不叫呢。”安德烈·叶菲梅奇说着，很温和地笑了笑。

“对，当然！如果您突然中风，或者一个傻瓜或蠢蛋利用自己的地位当众羞辱您，而您也知道他不会有报应，那时候您就会明白叫别人去理解和追求真正的福祉是什么意思了。”

“这真是新鲜，”安德烈·叶菲梅奇说，他满意地一边笑一边搓手，“您对概括的喜好让我觉得开心，而您刚才对我性格的描述真是太棒了。我得承认，和您谈话对我来说是件快事。不过，我刚刚听您说了这么久，现在得劳驾您听听我说了……”

十一

这场谈话进行了约莫一个小时，看样子，是给安德烈·叶菲梅奇留下了深刻的印象。由此，他开始每天光顾病室。他经常是早上来，午饭之后也来，而黄昏时分还常常会看到他正在和伊万·德米特里奇交谈。起初，伊万·德米特里奇还有点拘谨，对他怀有些敌意，并不能和他推心置腹，后来，他渐渐习惯了他，这种敌意就变成了微微的讥讽。

很快，医院里就有了传言，说是安德烈·叶菲梅奇医生开始访问第六病室了。不论是管理员也好，尼基塔也好，还是其他人，都弄不明白，他为什么去那里，而且一待就是几个小时，他们都谈了些什么，为什么连药方也不用开。他的行为的确有些奇怪。米哈伊尔·阿维尔扬内奇经常在他家里找不到他，这在过去是从来没有的事，达留什卡也会常常慌了神，因为医生已经不在约定的时间喝啤酒了，有时甚至连吃午饭都赶不上正点。

有一次，时间大概在六月底吧，哈伯托夫医生有点事来找安德烈·叶菲梅奇。他在家里没见到他，于是就开始满院子找。人们告诉他，老医生看望精神病患者去了。走进病室，哈伯托夫听到下面的对话，便在前厅站住了：

“我们永远也谈不拢，您也别想让我相信您的信仰，”这是伊万·德米特里奇的声音，他有点激动，“实际上您完全不了解现实，因为您从没有受过罪，您仅仅像是个蚂蟥，靠着别人的苦难养活。从出生的那一天开始到现在，我一刻也没有停止过受苦受难。所以，我坦率地说，我远远地高出您一大截，不用您在这里教导我。”

“我完全没有布道的意思，”安德烈·叶菲梅奇轻声说道，他有点遗憾对方不想去理解他，“事情不是这样的，我的朋友。事情并不在于您受苦受难而我没有。苦难和快乐都是短暂的，我们抛开它们吧，看在上帝的分上。事情在于，我和您都会思考。我们在人群中发现彼此，发现我们是善于思考和喜欢讨论的人，这就使我们有了联系，尽管我们的看法有多么的不同。我的朋友，要是您知道，我对周围的愚昧、平庸和粗俗有多么厌恶，而每一次与你交谈之后我有多么愉快就好了！您是个很聪明的人，与您相处我很享受。”

哈伯托夫把门推开一条缝，往里瞧了瞧。伊万·德米特里奇戴着睡帽，安德烈·叶菲梅奇医生与他并排坐在病床上。精神病患者看上去愁眉苦脸，浑身颤抖，神经质地裹紧身上的袍子，而医生则坐着一动不动，低着头，面色潮红，表情无助和忧郁。哈伯托夫耸了耸肩，微微一笑，迅速和尼基塔交换了一个眼神。尼基塔也跟着耸了耸肩。

第二天，哈伯托夫和助理医师一起来到侧楼。他们站在前厅，侧耳听着里面的动静。

“啮，我们的老人家好像真的疯了！”从侧楼出来，哈伯托夫说。

“神哪，可怜可怜这些罪人吧！”神态严肃的谢尔盖·谢尔盖伊奇深深地叹了口气，他尽量绕开水坑，免得脏了自己那双擦得油光锃亮的短靴，“我承认，尊敬的叶甫盖尼·费多雷奇，我早就预料到会有这个结果了！”

十二

从这以后，安德烈·叶菲梅奇开始发现周围有些异样。不论是男护工、助理护士还是病人，人们遇见他时一律用一种怀疑的目光打量他，并且交头接耳。那个他喜欢的总务处长的女儿、小姑娘玛莎，他平日里经常在医院的花园里遇见，现在当他笑眯眯地走上前去准备摸摸她的小脑袋时，小姑娘却不知为什么跑开了。邮政局长米哈伊尔·阿维尔扬内奇听完他的话再也不说“完全对”之类的话，而是带着一种莫名其妙的窘迫嘟嘟囔囔道：“是的，是的，是的……”并且用一种若有所思和忧伤的目光看着他。他开始劝自己这位朋友戒白酒和啤酒，不过，这位好心人并没有直接说出来，而是以一种暗示的口吻讲述一个营长，也是一个好人，还有一个团部的神父，也是十分难得的好人，他俩是如何因为酗酒而生病，又是如何因为戒酒而完全康复的。同事哈伯托夫来找过安德烈·叶菲梅奇两三次，他不仅建议他戒酒，而且还毫无理由地建议他服用镇静剂。

八月，安德烈·叶菲梅奇收到市长的一封信，说是有很重要的事情要找他谈。安德烈·叶菲梅奇按照预定的时间来到参议会，只见那里已经有军事长官、地方学校的校长和参议会议员在座，哈伯托夫和另一位肥胖白发的先生也在场，人们介绍说他是一个医生。这个医生有一个念起来很拗口的波兰姓氏，住在离城三十里开外的一个马场，这次是路过。

“这里有一份文件涉及您的医院，”待大家寒暄和落座之后，参议员对安德烈·叶菲梅奇说，“刚才哈伯托夫说，主楼的药房面积窄小，应该挪到侧楼去。当然，这也没问题，但主要的问题是，侧楼也该修缮了。”

“是的，不修理不行了，”安德烈·叶菲梅奇想了想说，“如果，比如说，把侧楼一角用作药房，据我推算，这至少需要五百卢布。这可是一项非生产性支出。”

大家好一会儿没出声。

“我在十年前就递交了报告，”安德烈·叶菲梅奇继续轻声说道，“我认为，这个医院就现在的状况其设施算不得城里最豪华。它建于四十年代，不过那时候这些设施当然没法同现在比。但政府现在将经费过多消耗在了盖没有必要盖的楼和供养虚职上，我想，换一种方式，同样的经费可以维持两个模范医院。”

“那么就请您给我们引进另一种方法吧！”一个参议员活跃起来。

“我已经提交报告，呈请将医疗部门移交地方自治会。”

“不错，将经费下拨地方自治会，让他们花完了事。”黄头发医生笑了起来。

“是啊，这不奇怪。”参议员附和道，也笑了起来。

安德烈·叶菲梅奇无精打采、神情沮丧地看着黄头发医生说：

“应该有公道的。”

又是一阵沉默。茶端来了。军事长官不知为什么显得有点难为情，他隔着桌子碰了碰安德烈·叶菲梅奇的手，说道：

“您完全把我们忘记了吧，医生。对了，您是修士，不打牌，不近女色。您和我们的弟兄在一起很乏味吧。”

大家开始谈论一个正派人在这个城市里生活有多么无聊。没有剧院，没有音乐会，在俱乐部最近的一次舞会上，来了二十个女士，却只有两个男士。年轻人不爱跳舞，所有时间都是在小食部或者牌桌上打发了。安德烈·叶菲梅奇的眼睛并没有瞧着谁，只是缓慢而平静地说，城里人把自己的心力、智慧和生命能量消耗在牌桌和嚼舌头上是一件多么愚蠢的事，他们不愿意把时间用在有趣的交谈和阅读上，他们不想去体会智慧带给人的快乐，这是多大的遗憾。只有智慧才是有趣和了不起的东西，其他的一切都显得渺小和微不足道。哈伯托夫专心地听着自己同事讲话，突然间问道：

“安德烈·叶菲梅奇，今天是几号？”

得到答复，他和黄头发医生以一种迟疑和笨拙的考官口吻，开始询问安德烈·叶菲梅奇今天是星期几、一年有多少天、第六病室是否住着一个了不起的预言家等问题。

在回答最后一个问题时，安德烈·叶菲梅奇的脸微微红了，说道：

“是的，他是一个病人，但又是一个非常有趣的年轻人。”

他们再没有问他其他的问题。

当他在前厅穿大衣时，军事长官走过来拍了拍他的肩，长长叹道：

“我们这些老头子是该退休了啊。”

走出参议会，安德烈·叶菲梅奇才明白过来，原来这是一个对他的精神能力进行评估的委员会。他回头想想他们刚才提的那些问题，脸色不禁涨红，并且不知为何生平头一回为医学感到悲哀。

“我的上帝，”他回想起刚才那些医生对他的考察，“他们前不久可是刚刚听过精神病学的讲座，考过试，怎么会如此无知？怎么连精神病学的基本概念都不明白！”

生平第一次，他感觉自己受到了侮辱，他很生气。

那天晚上，米哈伊尔·阿维尔扬内奇也来找过他。邮政局长没顾得上寒暄，就径直走上前来拉着他的双手，激动地说：

“亲爱的，我的朋友，请向我证明您相信了我的诚意，并且真的把我当自己的朋友……我亲爱的朋友！”他打断要插话的安德烈·叶菲梅奇，继续激动地说，“我喜欢您有修养和心地高洁。您听我说，我的朋友。科学上的规章制度让医生们无法告诉您实情，但是我要以军人的方式有一说一：您的健康有问题！请您原谅，我的朋友，但这是真的，周围的人早就看出来了。刚才叶甫盖尼·费多雷奇医生告诉我，为了您的身体健康，您必须去休假和治疗。的确如此！这太好了！这几天，我就准备出去休假，透透气。您要是我的朋友，就跟我一起去！我们一起去走走，像过去那样快活快活。”

“我觉得自己非常健康，”安德烈·叶菲梅奇想了想，说道，“我还真不能去。请允许我用其他的方式向您证明我的友情。”

随便去一个什么地方，没有目的，没有书，没有达留什卡，没有啤酒，完全打破二十年来所形成的生活规律——这样的念头一冒出来，就让他觉得很荒唐和不可思议。但是，当他想起参议会里的谈话，想起他从参议会走出来回家路上的沉重心情，暂时离开这个城市，离开那些认为他精神出了问题的人们，这个念头让他微微一笑。

"那您到底打算去哪里呢?"他问。

"去莫斯科，去彼得堡，去华沙……在华沙，我度过了此生中最幸福的五年时光。那简直是个迷人的城市！一起去吧，亲爱的朋友！"

十三

一周后，人们建议安德烈·叶菲梅奇休假，也就是说让他递交辞呈，对此他的态度并不积极。又一个星期以后，他和米哈伊尔·阿维尔扬内奇已经坐上了一辆邮车，朝最近的火车站去了。天气凉爽，晴朗，蓝天悠远明净。到火车站有两百俄里的距离，他们坐着邮车走了两天两宿，中途住了两夜。在驿站，当人家递来的杯子不干净，或者是套马的时间过长，米哈伊尔·阿维尔扬内奇就会气得浑身发抖，暴跳如雷："闭嘴！还狡辩！"而一坐上马车，他就会一刻不停地说话，讲他自己在高加索或是波兰帝国的旅行。那是些怎样的奇遇，怎样的相聚啊！他的嗓门响亮，眼神里透着惊叹，容易让听者产生虚幻之感。再者，他一边说话一边朝安德烈·叶菲梅奇的脸上呼气，哈哈的笑声就响在他的耳畔。这让医生感到十分难堪，也妨碍他专心致志地思考问题。

为了省钱，他们买的是三等座火车票，是禁烟车厢。乘客大多都很体面。米哈伊尔·阿维尔扬内奇很快就和车厢里所有的人混熟了，从这个位子换到那个位子，大声地说不该在如此糟糕的铁路上旅行。说这完全是让人受骗上当！说如果骑马就完全不同了：你就是一天走出一百俄里，也还能够感觉到精神抖擞、神清气爽。而说到我们的歉收，他认为是宾斯克沼泽干涸造成的。总之，一切都处于可怕的混乱之中。他的声音洪亮，慷慨激昂，完全不容别人插嘴。这种夹杂了哈哈大笑、手舞足蹈和喋喋不休的演讲，让安德烈·叶菲梅奇感到疲惫不堪。

"我俩当中谁是真有神经病呢?"他沮丧地想，"是我这个极力不影响别人的人呢，还是这个自以为比别人聪明有趣，让大家都不得安宁的自私鬼呢?"

到了莫斯科，米哈伊尔·阿维尔扬内奇穿上了没有肩章的军衣和镶着红丝带的裤子。上街的时候，他会戴上一顶军帽，再穿上一件军大衣，士兵们见了都会向他敬礼。此时在安德烈·叶菲梅奇看来，这位曾经比较高贵的人，现在已经失去了他过去的长处，只剩下粗鲁了。他喜欢让别人伺候。哪怕完全用不着。比如火柴就在他眼前的桌上，他看见了，但他还是会叫人来递给他。有女佣在，他也会只穿着一身内衣，丝毫不感到难为情。对所有的仆人，哪怕是老人，他都毫不例外地以"你"相称，他发火生气时，甚至骂他们是傻瓜蠢货。安德烈·叶菲梅奇现在觉得，他就是耍老爷脾气，但实在是太恶劣了。

米哈伊尔·阿维尔扬内奇首先带自己的朋友去了伊维尔教堂。他虔诚地忏悔、叩头、流泪，一切完毕后他深深地叹了口气，说道：

“你即使不信，祷告也会让你内心平复一些。快来吻吻圣像，亲爱的。”

安德烈·叶菲梅奇有些别扭，吻了吻圣像，而米哈伊尔·阿维尔扬内奇努了努嘴，摇摇头，又小声地祷告起来，眼眶里重新涌起了泪水。随后，他们又去了克里姆林宫，参观了皇家炮王和钟王，甚至还用手摸了摸。他们欣赏了莫斯科河对岸的风光，游览了救世主大教堂和鲁缅采夫博物馆。

他们在捷斯托夫饭店吃了饭。米哈伊尔·阿维尔扬内奇久久地审视着菜谱，捋了捋络腮胡子，像一个习惯饭店就如同习惯自己家一样的美食家，说道：

“我们倒要看看，今天您会给我们吃些什么，天使！”

十四

医生走来走去，看这看那，吃了，喝了，但他只有一种感觉，那就是对米哈伊尔·阿维尔扬内奇的厌恶。他很想躲开这个朋友休息一下，离开他，躲起来，而另一位则认为自己的职责就是寸步不离地跟着自己的朋友，尽可能地想办法让他消遣。如果实在没有可看的，他就用聊天来为他解闷。安德烈·叶菲梅奇忍了两天，到第三天的时候他终于告诉自己的朋友说自己病了，想留在家里休息一天。朋友说，既然这样，他也不出门了。其实，他们的确也该休息一下了，否则腿都不听使唤了。安德烈·叶菲梅奇躺在沙发上，脸冲着沙发背，紧咬牙关，听他的朋友热烈而肯定地说，法国迟早会打败德国，莫斯科有很多骗子，不能根据马的长相判断马的优劣。医生的耳朵嗡嗡直响，心脏怦怦直跳，出于礼貌，他又无法请这位朋友走开或者是闭嘴。幸好，米哈伊尔·阿维尔扬内奇觉得在旅店待着很寂寞，所以午饭后就出去溜达了。

当一个人独处，安德烈·叶菲梅奇让自己完全沉浸在了休息的状态之中。当你躺在沙发上一动不动，感觉到这屋里只有你一个人的时候，那感觉多么惬意啊！没有孤独感就没有真正的幸福。堕落的天使之所以背弃上帝，显然是因为他想要孤独，而这种孤独是别的天使所无法体会到的。安德烈·叶菲梅奇想回味一下这几天的所见所闻，但米哈伊尔·阿维尔扬内奇始终无法走出他的脑海。

"要知道，他请假陪我一起来可是出于友情，出于慷慨啊，"医生有些沮丧地想，"再没有比这种友情的包围更加糟糕的事情了。本来，他倒像是个善良、慷慨和快活的人，只是有点乏味。乏味得令人难以忍受。有这样一种人，他们说的永远都是聪明和中听的话，但就是让你感到他们是愚笨粗鲁的人。"

在接下来的几天里，安德烈·叶菲梅奇都声称自己病了，而且没有走出房间一步。他面朝沙发背躺着，当朋友聊天给他解闷时，他难受得要命，只有当朋友离开，他才得到休息。他生自己的气，因为是他自己要出门的。他生朋友的气，因为朋友一天比一天变得絮叨和随便，他无论如何也无法将自己的思想提高到一个严肃和崇高的层次上。

“这就是伊万·德米特里奇所说的现实生活对我的惩罚吧，”他对自己的肤浅有点生气，“其实，那都是胡说八道……我总会回家，一切也都会照旧的……”

在彼得堡的情形依然如故：他整天都不出门，躺在沙发上，只有喝啤酒的时候才起身。

米哈伊尔·阿维尔扬内奇一直在急着去华沙。

“亲爱的，我为什么要去那里呢？”安德烈·叶菲梅奇用哀求的口吻说道，“您一个人去吧，请允许我回家去！求您了！”

“无论如何都不行！”米哈伊尔·阿维尔扬内奇表示强烈反对，“那可是个充满魅力的城市。我在那里度过了我一生中最幸福的五年！”

安德烈·叶菲梅奇的性格中缺乏坚定，最后还是勉强去了华沙。在华沙，他仍然没有走出自己的房间，依然躺在沙发上，生自己的气，生朋友的气，生仆役的气，因为他们死活弄不懂俄语，而米哈伊尔·阿维尔扬内奇依然是那么健康、精神和快活，从早到晚都在城里转悠，去寻访自己的老熟人。有好几次他甚至没有回旅馆过夜。有一个大清早，他不知道在哪里过了夜回来，情绪亢奋，面红耳赤，蓬头垢面。他从房间的一角走到另一角，自言自语地嘟囔着，最后停了下来，说道：

“名誉第一！”

他又来回走了一阵子，最后抓住自己的头发，悲悲戚戚地说：

"是啊，名誉是第一位的！那一刻真是该诅咒，谁让我想起来要到这个巴比伦来呢。亲爱的，"他转身朝着医生说道，"您就看不起我好了，我打牌输了！请给我五百卢布吧！"

安德烈·叶菲梅奇数了五百卢布，默默地递给了自己的朋友。他的朋友此刻还在因为羞愧和愤怒而满脸通红，还没头没脑地赌了一个完全不相干的咒，穿上外衣，出门了。过了大概两个小时，他回来了，往椅子上一坐，大声叹了一口气，说：

"名誉倒是保住了！我们走吧，我的朋友！我一刻也不想在这该诅咒的城市待下去了。这些大骗子！奥地利的密探！"

当两个好朋友回到自己的城市，已经是十一月了，街道上已铺满了厚厚的一层积雪。安德烈·叶菲梅奇的位子已经被哈伯托夫取代了，哈伯托夫还住在老房子里，等着安德烈·叶菲梅奇回来给他腾出医院的宿舍。那个他称为厨娘的丑女人，已经住进了侧楼的一间房里。

城里又开始有了关于医院的新传言。据说，那丑厨娘和总务处长吵了一架，总务处长好像还跪地求饶了。

回城的第一天，安德烈·叶菲梅奇就不得不自己去找住处了。

"我的朋友，"邮政局长胆怯地对他说，"请原谅我提一个冒昧的问题：您靠什么生活？"

安德烈·叶菲梅奇默不作声地数了数钱，说：

"还有八十六卢布。"

"我不是问这个，"米哈伊尔·阿维尔扬内奇没听懂医生的意思，显得有些慌张，“我是问，您靠什么生活？”

“我已经告诉您：八十六卢布……其他再也没什么了。”

米哈伊尔·阿维尔扬内奇一直认为医生是个为人诚实、品德高尚的人，但他总是怀疑，医生的财产少说也有两万卢布。现在，当他知道安德烈·叶菲梅奇很穷，并且无以为生时，他竟不知为何突然哭了起来，抱住了自己的朋友。

十五

安德烈·叶菲梅奇住在一个叫别洛娃的女人家里，他的小房间里有三个窗户。如果不算厨房，这套小屋里只有三个房间。其中的两个房间窗户向着大街，医生租了这两间，而达留什卡和女房东带着她的三个孩子住在另一间房和厨房里。有时候，女房东的情人，一个醉醺醺的男子会到这里来过夜，他整夜吵吵闹闹，让孩子们和达留什卡感到十分害怕。他一来就到厨房里坐下，开始要酒喝，屋里便显得十分拥挤。医生出于同情将哭哭啼啼的孩子叫到自己的屋里，安排他们睡在地板上，这让他有了极大的满足感。

和以前一样，他还是在早上八点钟起床，喝了茶以后就坐下来读自己那些旧书旧报。他已经没钱买新的了。要么因为书是旧的，要么因为环境变了，读书已经不像过去那样让他专注，而是让他疲惫了。为了不虚度光阴，他给自己的书编了详细的目录，在书脊上贴上小纸条，像这种机械、琐碎的工作在他看来比阅读更加有趣。单调而费力的工作不知为什么让他有些昏昏欲睡，他什么也没有想，而时间却飞快地过去了。甚至是坐在厨房，替达留什卡削土豆或者挑荞麦皮，在他看来都很有趣。每逢周六、周日他会去教堂。他靠墙边站着，眯起眼睛，听着圣歌，想着父亲、母亲、大学和宗教，他的心由此而变得平静和忧郁，走出教堂时他感觉那仪式结束得太快了。

他两次到医院去找伊万·德米特里奇，想好好和他谈谈。但是，这两次见面都让伊万·德米特里奇特别激动和生气，他请医生不要打扰他，因为他早就已经厌烦了这种空谈，他说，他要为所受的苦难向那些该诅咒的坏人要求一个奖赏——一个单独囚室。难道他们连这个要求都要拒绝吗？当安德烈·叶菲梅奇这两次同他告别、向他道晚安的时候，他哼了一声，说道：

“滚！”

安德烈·叶菲梅奇现在不知道，他是不是还会来第三次。不过，他还是想去的。

过去，午饭后的休息时间安德烈·叶菲梅奇总是在屋里走来走去想问题，现在，他从午饭后到下午茶这段时间里都躺在沙发上，面朝沙发背，完全沉浸在无法摆脱的缕缕思绪中。他愤愤不平，因为他工作了二十多年竟没有得到养老金，也没有得到一次性的补贴。说实在的，他的工作不是很出色，但是，其他的同事都会毫无例外地得到养老金，不管他们的工作是否出色。当今的公正性恰恰就在于，不论是官职、奖章和奖金，都不是以道德品行和才能来衡量的，只要在工作就行，不论这工作做得怎么样。为什么只有他一个人是例外？他现在落得身无分文。每当路过小卖部看到里面的女主人时，他都会觉得害臊。他已经欠人家三十二卢布的啤酒钱了。别洛娃的房钱也还欠着。达留什卡悄悄地卖了旧裙子和旧书，还骗女房东说，医生很快就能得到很大一笔钱了。

他很生自己的气，因为旅行花掉了整整一千卢布的积蓄。要是现在有这一千卢布该多管用啊！他很烦躁，因为人们总是让他不得安宁。哈伯托夫认为，时常来看望这位有病的同事是自己的责任。安德烈·叶菲梅奇觉得他处处都讨厌：那张肥胖的脸，愚蠢自大的口吻，张口闭口“同事”，还有他那双高筒靴。最让人讨厌的是，他认为自己有责任给安德烈·叶菲梅奇治病，而且认为自己一定能治好。每次来访，他都会带上镇静剂和一些大药丸。

连米哈伊尔·阿维尔扬内奇也认为自己有义务来看望这位朋友，为他解闷。每一次来看望安德烈·叶菲梅奇，他都装作若无其事的样子，不自然地哈哈大笑，说他今天气色非常好，说感谢上帝他正在康复，从这些话就能推断出，他认为这位朋友没救了。他还没有归还自己在华沙欠的钱，由于内心揣着这份沉甸甸的羞愧而显得十分紧张，他笑得更响，并且尽力说些笑话。他的奇闻逸事和种种遭遇总是讲个没完，这不论对安德烈·叶菲梅奇还是他自己来说都是一种折磨。

有他在场，安德烈·叶菲梅奇通常是躺在沙发上，面朝墙壁，咬紧牙关地听着。在他的心里，似乎正慢慢地堆积起一层层水垢，他的朋友每来一次，他就觉得这水垢在增高，都快到他的喉咙口了。

为了摆脱这些微不足道的感觉，他赶紧转念去想他自己，想哈伯托夫，想米哈伊尔·阿维尔扬内奇迟早都会消亡，不会在世界上留下任何一点痕迹。想象一下，如果一百万年以后有一个精灵从地球上空飞过，那么他只能看到黏土和光秃秃的峭壁。文化也好，道德准则也好，这一切都会消亡，甚至连牛蒡也不会再生长。在小卖部女店主面前的羞愧算什么呢，不值一提的哈伯托夫和米哈伊尔·阿维尔扬内奇那份沉重的友情又算什么呢？这一切都是微不足道、无足轻重的。

但这一切思考都是无济于事的。正当他想象着一百万年以后的地球时，从那光秃秃的峭壁后面，总会出现穿高筒靴的哈伯托夫或者笑得紧张兮兮的米哈伊尔·阿维尔扬内奇，甚至还听见了他带着羞愧的嘟囔："那个华沙欠的钱，亲爱的，我这些天就还……一定还。"

十六

有一天午饭后，米哈伊尔·阿维尔扬内奇来了，当时安德烈·叶菲梅奇正躺在沙发上。恰好这时候哈伯托夫也带着镇静剂来了。安德烈·叶菲梅奇费劲地坐了起来，两只胳膊支在了沙发上。

“亲爱的，您今天的脸色可比昨天好多了。”米哈伊尔·阿维尔扬内奇开了口，“您真是精神抖擞啊！感谢上帝，您真是充满活力！”

“是该好起来了啊，同事，”哈伯托夫说，一边打着哈欠，“恐怕您自己对这种单调无聊的事情也感到厌烦了吧。”

“我们都会好起来的！”米哈伊尔·阿维尔扬内奇快活地说，“我们会活一百岁呢！一定会！”

“一百岁倒是活不到，再活二十年应该没问题，”哈伯托夫安慰说，“没关系，没关系，同事，别灰心……那只不过是一种假象。”

“我们会让他们瞧见的！”米哈伊尔·阿维尔扬内奇拍着朋友的膝盖，哈哈大笑起来，“我们会证明给他们看的！明年夏天，请上帝保佑，我们就骑马扬鞭走遍高加索——嘚儿，嘚儿，嘚儿！从高加索回来，瞧着吧，不知还会有什么好事儿呢，比如说去参加个婚礼什么的。”米哈伊尔·阿维尔扬内奇狡黠地挤了挤眼睛，“我们会给您做媒的，亲爱的朋友……给您做媒……”

安德烈·叶菲梅奇突然觉得，那水垢就要到喉咙了，他的心也在扑通扑通直跳。

“简直庸俗！”他说着，飞快地站起来，走到了窗前，“难道你们不明白，你们说的都是些无聊的话吗？”

他原本想温和、礼貌地说下去，可是突然有些失控地攥紧拳头，高高地举了起来。

“请你们离开这里！”他大声咆哮，嗓音都变了，而且全身发抖，“滚吧！你们都滚！”

米哈伊尔·阿维尔扬内奇和哈伯托夫站起身，起先是有些莫名其妙，后来则害怕起来。

“你们俩都滚！”安德烈·叶菲梅奇继续大叫，“都是蠢货！都是蠢货！我不需要你的友情、你的药，笨蛋！庸俗！恶心！”

哈伯托夫和米哈伊尔·阿维尔扬内奇惊慌失措地互相看了看，一起退到门口，然后出了房间。安德烈·叶菲梅奇一把抓起装镇静剂的瓶子，从他们的后面扔了过去，砰的一声，瓶子砸到门槛上碎了。

“拿去见鬼去吧！”他带着哭腔喊着，追到了前厅，“见鬼去吧！”

客人走了以后，安德烈·叶菲梅奇就像打摆子一样全身发抖，他躺在沙发上还一直不停地说：

“多蠢的人！多蠢的人哪！”

待情绪平复之后，他首先想到，可怜的米哈伊尔·阿维尔扬内奇现在该多难堪、多难过啊！这事情实在是太可怕了。以前，他身上从来也没有发生过这样的事情。他的智慧和礼仪到哪里去了？对事物理解的透彻和哲学的理性又到哪里去了？

因为羞愧和沮丧，医生整夜都没能合眼。第二天一大早，大概是十点，他去了邮局并向邮政局长道了歉。

“别再提昨天的事了，”米哈伊尔·阿维尔扬内奇感动得连连叹气，并且紧紧地握住了他的手，“过去的事就让它过去吧。留巴夫金！”他忽然大喊一声，把周围的工作人员和顾客都吓了一跳，“搬把椅子来。不过请您稍等一下！”他对着一个妇人嚷了一声，那人正将一封挂号信从窗口递进来，“难道没看见我正忙着吗？我们不要旧事重提了。”他重新对着安德烈·叶菲梅奇温和地说，“您请坐，我的朋友。”

他默默地揉了揉自己的膝盖，接着说：

“我一点儿也没有生您的气。得病可不是什么好事，我知道。昨天您的一时神经错乱吓坏了我和医生，这个话题我们后来谈了很久。亲爱的，您为什么就不想认真对待自己的病呢？能这样吗？请原谅我这个朋友的坦率，”米哈伊尔·阿维尔扬内奇小声说，“您现在生活在最恶劣的环境当中：住处又窄又小，到处脏乱，没人照顾，没钱治疗……我亲爱的朋友，我和医生都真诚地求您，您就听从我们的建议，住到医院里去吧！那里的食物有营养，有人照顾，有治疗条件。叶甫盖尼·费多雷奇虽然是个俗人[1]，不过我们也可以说他的医术还不错，完全值得信任。他向我保证，一定会照顾好您。”

这份真诚的关心和忽然间闪现在邮政局长脸上的眼泪，让安德烈·叶菲梅奇感动不已。

“尊敬的朋友，别信那些话！”他轻声说，并且将一只手贴近了胸膛，“别信他们！那是胡说八道！我的病，仅仅就是在这二十

1　此处为法文。

年来，我在这座城市只找到了一个聪明人，而他又恰恰是疯子。我没有任何问题，只是掉进了一个无法走出的怪圈。我无所谓，我什么都想好了。”

“去住院吧，我亲爱的。”

“我都无所谓，哪怕进深渊。”

“您向我保证，亲爱的，您一定会听从叶甫盖尼·费多雷奇。”

“您让保证就保证。但是，我再说一遍，我尊敬的朋友，我是掉进一个魔法圈了。现在，一切，包括朋友们的真诚关怀，都只会引向一个结果，那就是我的毁灭。我正在毁灭，而且有勇气承认这一点。”

“亲爱的，您会康复的。”

“说这些有什么用，”安德烈·叶菲梅奇激动地说，“很少有人在生命尽头不经历我现在所经历的事情。如果别人告诉您，您的肾脏坏了或是心脏扩大了，您就得开始治疗了，或者有人告诉您，您的神经不正常或是犯了罪，也就是说，一句话，当人们忽然关注您，您就会知道，您已经走进了一个无法走出去的魔法圈。您会努力地往外走，不过您会陷得更深。您就投降吧，因为人的任何力量都救不了您。我是这么想的。”

这时，窗户边已挤满了人。为了不影响别人，安德烈·叶菲梅奇站起身，开始和朋友道别。米哈伊尔·阿维尔扬内奇将刚才那番感人的话又说了一遍，把朋友送到了敞开的门口。

就在这一天，傍晚之前，哈伯托夫意外地出现在安德烈·叶菲梅奇的眼前。他穿一件羊皮短袄，脚踩高筒靴，仿佛昨天什么也没发生似的说：

“我找您有事，同事。我想请您参加我的一个会诊，愿意去吗？”

想必哈伯托夫是想带他出去散心，或者真的有个赚钱的机会，安德烈·叶菲梅奇穿好了衣服，随他出了门。他很高兴有这样一个机会弥补昨天的歉疚并且与哈伯托夫和解，他打心眼儿里感激他，因为对方现在绝口不提昨天的事，看样子他已经原谅了他。对这样一个没有多少教养的人来说，有这样的表现真是太出人料了。

“您的病人在哪里？”安德烈·叶菲梅奇问。

“在医院。我早就想让您看一看了……最有趣的时刻就要到了。”

他们走进医院的院子，绕过主楼，直接来到住着精神病人的侧楼。不知为什么，他们这一路上都没有说话。当他们走进侧楼，尼基塔照例跳了起来，举手敬礼。

“这里的一个病人肺部出现了综合征，”他压低嗓音说着，和安德烈·叶菲梅奇走进了病房，“您在这里稍等，我这就来。我只是去取我的听诊器。”

他说完就出去了。

十七

天色已经暗了。伊万·德米特里奇躺在自己的床上，把脸埋在枕头里。瘫痪的病人一动不动地坐着，轻声地哭泣，努动着嘴唇。胖子和曾经的分拣员睡着了。屋里很安静。

安德烈·叶菲梅奇坐在伊万·德米特里奇的床边，等着。半小时过去了，哈伯托夫没有来，却来了尼基塔。他手里抱着袍子，拎着不知道是谁的衬衣衬裤和便鞋。

“请穿上吧，高贵的老爷，”他低声说，“这是您的床，请到这边来，”他指了指一张显然是不久前刚搬来的床，补充说，“没关系，上帝保佑，您会好的。”

安德烈·叶菲梅奇全明白了。他一句话没说，径直朝尼基塔刚刚指着的那张床走去，坐了下来。只见尼基塔还在一边站着，等着，于是他脱光身上的衣服，感觉很是难堪。随后，他穿上了病服，衬裤很短，衬衣很长，袍子散发出一种熏鱼的味道。

“您会好的，上帝保佑。”尼基塔不停地说。

他将安德烈·叶菲梅奇的衣服收拾起来，抱在怀里走了出去，随手带上了门。

“反正都一样……”安德烈·叶菲梅奇想着，有些害羞地拉了拉长袍，他觉得自己换上这身新行头就像一个囚徒，“反正都一样，没什么，礼服也好，制服也好，这件病袍也好……”

可他的表呢？还有放在侧兜里的小记事本呢？还有他的香烟呢？尼基塔会把他的衣服塞到哪里去呢？如今，就是直到他死那天，他大概都不会有机会再穿上裤子、马甲和高筒靴了。这一切真是有点奇怪，甚至在一开始就把他搞蒙了。安德烈·叶菲梅奇到现在都相信，别洛娃的家和第六病室其实是没有任何差别的，世上的一切都很荒谬和虚无，而这时候他的手抖得厉害，双脚变凉，一想到伊万·德米特里奇很快会醒来看到自己身穿病袍的模样，他就更觉得害怕。他站起身，来来回回走了走，又重新坐了下来。

他就这样坐着，半小时过去，一小时过去，他已经厌烦至极。难道要像这些人一样，在这里这样过一天、一周，甚至是几年？可不，就像他现在这样坐着，走了走，再重新坐下。他倒是可以去看看窗外，然后从房间的这个角落走到另一个角落。然后呢？就永远这么坐着思考，像个木偶？不能，这怎么可能。

安德烈·叶菲梅奇先躺下，但又立刻坐了起来，用衣袖擦了擦额头上的冷汗，顿时觉得整张脸上都有一股熏鱼味儿。他又开始来回踱步了。

"这其中一定有什么误会……"他说了一句，不解地摊开双手，"应该解释解释，那里面一定有误会……"

这时，伊万·德米特里奇醒过来了。他坐起身，用两手支着腮帮子，吐了一口痰，懒懒地看了一眼医生。看样子，他在第一时间里并没有反应过来。但是，他那张睡眼惺忪的脸上很快就流露出了恶毒和嘲笑的表情。

"哎哟，您也被关到这里来了，亲爱的！"他眯起一只眼睛，嗓子因为刚刚睡醒略有些沙哑，"很高兴。以前您吸别人的血，现在轮到人家吸您的血了。真是太好了！"

"这其中一定有误会。"听了伊万·德米特里奇的话，安德烈·叶菲梅奇赶紧说。他耸了耸肩，反复地说："一定有什么误会……”

伊万·德米特里奇又吐了口痰，躺了下去。

“该诅咒的生活！”他嘟囔道，“多么痛苦和屈辱，因为这生活不是因受苦而得到补偿，也不像歌剧的结尾那样庄重，它是以死亡作为结束。来几个男役，拽着死人的胳膊腿儿，往地下室一拉就了事。呸！不过也没什么大不了……在那个世界就有我们的好日子了……我从那个世界都要变出个影子来，吓唬吓唬这些混蛋。我也要把他们关到这里面来。”

莫伊谢伊卡从外面回来，一见医生，他就伸出了手。

“给个戈比吧！”他说。

十八

安德烈·叶菲梅奇走到窗前，朝外面的田野望去。天色黯淡，一轮冷冷的发红的月亮从地平线的右侧升起。离医院的栅栏不远处，大概有一百俄丈的距离，有一座高高的白房子，用石墙围着。那就是监狱。

“原来它的的确确就在这里呀！”安德烈·叶菲梅奇想着，陷入了恐惧之中。

一切都那么可怕：月亮，监狱，墙上的钉子，远处焚骨厂上空的火焰。身后传来一声叹息。安德烈·叶菲梅奇回头一看，只见一个胸前佩戴着闪闪发光的勋章的人，他微笑着，狡黠地眨着眼睛。他看上去也挺可怕。

安德烈·叶菲梅奇对自己说，月亮和监狱没什么特别的，心理健康的人也会佩戴勋章，而且世上万物都会随时间的流逝而消亡和变成泥土，于是一种绝望突然攫住了他，他用两手抓住了窗户的铁栏，拼命地摇晃它。坚固的铁栏纹丝未动。

为了克服恐惧，他又来到了伊万·德米特里奇的床边，坐了下来。

“我要崩溃了，我的朋友，”他喃喃地说，浑身颤抖，不停地擦去头上的冷汗，“我要崩溃了。”

“那您不妨谈点哲学啊。”伊万·德米特里奇略带嘲讽地说。

“我的上帝，我的上帝……是啊，是啊……您有一次说俄罗斯没有哲学家，可大家都在谈哲学，包括那些小老百姓。可是要知道，小老百姓谈哲学对谁都没坏处啊，”安德烈·叶菲梅奇的声音像是要哭出来引人同情似的，“可是为什么，亲爱的，您为什么要发出这种幸灾乐祸的笑声呢？小人物不满意，他为什么就不能谈谈哲学呢？他是一个有头脑、有教养、有自尊、爱自由的人，长得就像我们的上帝，他没有别的出路，只好到这个肮脏偏僻的小城来做医生，把一辈子都消耗在了罐子、蚂蟥和芥子膏上面！到处是招摇撞骗，狭隘，庸俗！我的上帝啊！”

“您说的什么蠢话！要是您不做医生，可以去做大臣啊。”

“哪儿也去不了，做不成。我们很软弱，亲爱的……我过去很理性，精神昂扬地高谈阔论，可当生活只是稍稍地恶意地碰了我一下，我就泄了气……就灰心丧气了……我们脆弱，我们无力……您也一样，亲爱的。您聪明、高贵，在娘胎里就带着高贵的血统，可是只要进入生活，您就会疲惫，害病……脆弱啊，脆弱！”

夜晚降临，除了恐惧和屈辱，还有一种感觉在折磨着安德烈·叶菲梅奇。最后，他终于明白过来，他想喝啤酒和抽烟了。

“我现在就得从这里出去，我亲爱的，”他说，“我要让他们给我点灯，我可不能在这里待着了……简直没法待……”

安德烈·叶菲梅奇来到门口，打开了门，只见尼基塔立刻就站了起来，拦住了他的去路。

“您要去哪里？不行，不行！”他说，“现在是睡觉时间！”

“我就出去一会儿，到院子里走走！”安德烈·叶菲梅奇连忙说。

“不行，不行，这是不允许的。您是知道的。”

尼基塔砰的一声关上门，用背抵住了它。

“如果我从这里出去一下，对谁有妨碍吗？”安德烈·叶菲梅奇耸了耸肩，问道，“真不明白！尼基塔，我要出去！”他的嗓音有些发抖，“我必须出去！”

“别破坏规则，这样很不好！”尼基塔警告他。

“鬼知道这是什么规则！”伊万·德米特里奇大喊一声，站了起来，“他们有什么权利不让人出去？他们怎么能把我们关在这里？法律明确规定，谁也不能剥夺没犯法的人的自由！这是强制！这是专制！”

“这就是专制！”安德烈·叶菲梅奇说，伊万·德米特里奇的叫声似乎给了他勇气，“我要出去，我一定要出去。他没有这个权利！放我出去，告诉你！”

“听见了吗，你这愚蠢的野兽？”伊万·德米特里奇喊了一声，用拳头敲着门，“放他出去，要不然我把门砸烂！你这个屠夫！”

“放我出去！”安德烈·叶菲梅奇大声喊道，浑身发着抖，“我命令你！”

“你就说吧！”尼基塔隔着门答道，“接着说！”

“至少去把叶甫盖尼·费多雷奇叫来！告诉他，我请他到这里……来一趟！”

“明天他们都会来的。”

“他们是不会放我们出去的！”伊万·德米特里奇这时接着说道，“他们在这里是要把我们折磨至死！上帝啊，难道这世上真没有地狱，这些恶棍真的就能得到宽恕吗？哪里有公正？开门，混蛋，让我出去透透气！”他声嘶力竭地叫喊着，用尽全力去撞门，“我把脑袋撞碎算了！你们这些杀人犯！”

尼基塔很快地开了门。他用双手和膝盖粗暴地推开了安德烈·叶菲梅奇，然后挥起胳膊，将拳头狠狠地砸在他的脸上。安德烈·叶菲梅奇顿时觉得，有一股咸咸的巨浪劈头盖脸扑来，把他推向了床边。实际上，他的嘴里真是咸的：显然，他的牙出血了。他拼命想要游出这巨浪，挥舞着两手，抓住了一个床沿。就在这当儿，他觉得背部又两次受到尼基塔的猛击。

伊万·德米特里奇大喊一声。看来，他也被打了。

然后，一切都悄无声息了。淡淡的月光透过铁栅栏照进来，在地上形成了一个网状的影子。看上去真是可怕。安德烈·叶菲梅奇躺下身，屏住呼吸。他在心惊胆战地等着再一次挨打。就好像有人拿了一把镰刀，刺进了他的身体，在用力地搅动着他的五脏六腑。他疼得咬着枕头，牙齿咯咯直响，乱糟糟的脑子里突然冒出了一个不可遏制的可怕的念头：这些在月光下成了如今这种黑影的人们，他们日复一日、年复一年遭受的就是这样的疼痛啊。在这二十多年里，他怎么会不知道或者是不想知道这种痛呢？他不知道痛，他不懂得疼痛是什么滋味，这不是他的错，不过，和尼基塔一样冷酷和丑恶的良心呢，把他变得从头凉到了脚。他跳起来，想使劲喊一声，然后赶快冲过去把尼基塔打死，接着是哈伯托夫、总务处长、助理医师，最后是自己。可是，他的胸膛再也发不出一点声音，双脚也不再听使唤。他气喘吁吁地把病袍和衬衣拉到胸前，把它们撕得粉碎，最后躺在床上失去了知觉。

十九

第二天早晨，他头疼难忍，耳朵嗡嗡直响，全身虚弱乏力。想起自己昨天的软弱，他没有感到羞愧。昨天他的确胆小，甚至怕月亮，还真诚地说出了自己过去不曾意料的感受和想法。比如，关于爱谈哲学的小人物的不满足。不过，现在他觉得这些都无所谓了。

他不吃，不喝，一动不动地躺着，不声不响。

“一切都无所谓了，”如果有人来问他话，他就这样想着，“我不会回答……对我来说都一样。”

午饭后，米哈伊尔·阿维尔扬内奇来了，给他带来四分之一磅茶叶和一磅水果软糖。达留什卡也来了，在他的床边坐了整整一小时，满脸悲戚。哈伯托夫医生也来看过他。他带来了一瓶镇静剂，并吩咐尼基塔在病室里点上香薰。

快到傍晚，安德烈·叶菲梅奇死于中风。一开始，他感觉心脏猛烈地抽搐和恶心，似乎有一种令人呕吐的东西在他的全身弥漫开来，侵入到了他的手指，从他的肠胃延伸到了他的头顶，涌向他的眼睛和耳朵。他的眼前一片绿色。安德烈·叶菲梅奇知道自己的大限将至，他想起了伊万·德米特里奇、米哈伊尔·阿维尔扬内奇和许许多多的人都在相信生命不朽。难道它真会如此吗？不过，他倒不希望不死，这个念头一瞬而过。一群不同寻常、美丽优雅的鹿从他眼前跑过，这是他昨天在书里读到的。接着，一个老妇人朝他伸出手，将一封挂号信递给他……米哈伊尔·阿维尔扬内奇在说什么。接着，一切都消失，安德烈·叶菲梅奇长眠不醒了。

来了几个医院的役工，他们抬着他的胳膊和腿，把他送进了小教堂。他躺在一张桌子上，睁着眼睛，夜晚的月光照着他。早晨，谢尔盖·谢尔盖伊奇来了。他对着十字架上的基督祷告一番，合上了这位老上司的眼睛。

又一天，安德烈·叶菲梅奇下葬了。只有米哈伊尔·阿维尔扬内奇和达留什卡出席了这场葬礼。

一八九二年

苏玲 译

大小瓦洛佳

“放开我，我要自己驾车！我要坐到车夫旁边！”索菲娅·里沃芙娜大声喊着，“车夫，等一等，我坐你旁边。”

她站在雪橇马车上。她的丈夫弗拉基米尔·尼基迪奇和她童年时代的朋友弗拉基米尔·米哈依雷奇拉住了她的手，防止她跌倒。三驾马车在飞奔。

“我说过，不能让她喝酒，”弗拉基米尔·尼基迪奇懊丧地对他的同伴说，“你啊，真是的！”

上校根据经验知道：像他的妻子索菲娅·里沃芙娜这样的女人，稍稍有了点醉意，在一阵狂喜之后一定会发出歇斯底里的大笑，随后就是哭泣。现在他担心，当他们回到家里，他非但不能上床睡觉，还得给她上绷带，让她服药水。

“啊！我要自己驾车！”索菲娅·里沃芙娜嚷嚷着。

她当真很兴奋，很有成就感。从结婚之日起，最近两个月她一直被一个想法煎熬着，她觉得自己嫁给雅基奇上校是出于世俗的考虑，是如同俗话所说，出于“赌气”。但是今天在城郊的这个餐厅里用餐的时候她终于确信：她非常爱他。尽管他已经五十四岁，但他还是那样壮实，那样灵敏和麻利，还是那样可爱地说俏皮话，哼唱吉卜赛小曲。真的，现在的老年人比年轻人有趣得多，好像是老年和青春对调了位置。上校比她父亲还要大两岁，但说老实话，他的精力、活力远胜过她，尽管她才二十三岁，这样的年岁差距还有什么意义呢？

“噢，我亲爱的！神奇的！”她这样想。

在餐厅里她同样确信，原先在她心中拥有的那份情感现在已经荡然无存。对于她童年的朋友弗拉基米尔·米哈依雷奇，就是那个瓦洛佳，她昨天还爱得要死要活，现在却毫无感情了。今天整个夜晚，她觉得这个瓦洛佳是那么萎靡不振，那样的乏味与渺小，而他通常不肯在餐厅主动付账的沉着这回激怒了她，她几乎要对他说：“如果您穷，就待在家里好了。”只有上校一人结了账。

也许是因为在她的眼前，树木、电线杆和雪片纷纷闪过，各种各样的念头也涌上了她的心头。她想：按餐厅的账单要支付一百二十卢布，还要给吉卜赛人一百卢布小费，那么，明天如果她愿意，可以随便挥霍一千卢布，而在两个月前，在结婚之前，她甚至没有三个卢布的私房钱，要买任何一样小玩意，都得向父亲伸手。生活发生了多大的变化！

她的思想乱成一团，她回想起，在她十岁的时候，雅基奇上校，她现在的丈夫，是如何追求她的姑姑的，家里所有的人都说是他伤害了她，姑姑也当真常常哭红了眼睛到餐厅吃饭，常常躲到一个什么地方去，人们谈论起她，都说这个可怜的女人在生活中没有找到自己的位置。他那时很漂亮，很得女人的欢心，是全城的名人，据说他那时天天去拜访对自己感兴趣的女人，就像医生去探望病人一样。现在尽管头上有了白发，脸上有了皱纹，已经戴上了老花镜，但他清癯的面孔还挺好看，尤其是从侧面看过去。

索菲娅·里沃芙娜的父亲曾是个军医，和雅基奇在一个团队服役，瓦洛佳的父亲也曾经是个军医，也曾经和她的父亲以及雅基奇在一个团队服役。尽管瓦洛佳有一些爱情纠葛，而且还是很复杂、很烦人的爱情纠葛，但他的功课很好，他以优异的成绩完成了大学学业，现在专攻外国文学，据说正在写一本专著。他住在军营里，和当军医的父亲在一起，尽管已经三十岁，但没有自己的钱财。童年时代，索菲娅·里沃芙娜和他住在同一幢大楼里，不过房号不同罢了。他常常去找她玩，一起学习跳舞，学习说法语。但当他长成一个英俊少年的时候，她在他跟前有点害羞了，然后就发狂地爱他，直到她嫁给雅基奇为止。他也是一个很能博女人欢心的人，几乎是从十四岁开始，那些因为他而背叛了自己丈夫的女人都为自己开脱说，他还不过是个孩子。关于他，最近有个传闻，好像他上大学的时候，曾在大学附近租了间公寓，每当有人去敲他房门的时候，常常能听到房里响起他的脚步声，然后传来他一句轻声的表示歉意的话："对不起，我不是一个人在房间里。"雅基奇非常欣赏他，就像当年的老诗人杰尔查文提携普希金一样。显然，雅基奇很宠爱他。如果雅基奇坐上三驾马车出游，就一定要带上瓦洛佳，他们两人能一起好几个小时默默地玩纸牌，而瓦洛佳也只把他写书的秘密透露给雅基奇一个人。当上校还年轻的时候，他们两人常常处于情敌的状态下，但他们从不互相吃醋。在他们常常一起出现的社交场合，人们把雅基奇称为大瓦洛佳，而他的朋友就是小瓦洛佳。

除了大小瓦洛佳和索菲娅·里沃芙娜之外，雪橇车上还坐着另外一个女人——玛尔加丽塔·阿历克山德罗芙娜，或是依大家对她称呼的——丽达，是雅基奇太太的表姐，是个已经三十岁开外的老姑娘，脸孔很白，眉毛很黑，戴副夹鼻眼镜，不停地抽烟，即使是在凛冽的寒风之中，她的胸前和膝盖上永远有烟灰。她说话带鼻音，拖长每一个字的尾声。她生性冷淡，饮酒无度，永远喝不醉。她能漫不经心地说一些含义暧昧的笑话。在家里，她能一天到晚地读厚本的杂志，弄得书页上尽是烟灰，她也爱吃冰冻的苹果。

“索菲娅，别胡闹了，”她拖长了声调说，“这人不像话啦。”

因为快到城门口，马车放慢了速度，可以看清楚房屋与行人了，索菲娅·里沃芙娜平静了下来，偎依在丈夫身边，想起了自己的心事。小瓦洛佳坐在对面。现在她轻松愉快的想法里已经混杂了一些阴暗的思绪。她想，这个坐在对面的人知道她曾经爱过他，当然也会相信她嫁给上校是出于“赌气”的说法。她还从来没有向他表露过自己的爱意，她不想让他知道，她要掩饰自己的感情，但从他的神情可以得知，他对她的心意了如指掌——她的自尊心受到了伤害。但在她的处境中使她最感到屈辱的是，结婚之后这个小瓦洛佳一反常态地向她献起了殷勤，他或是默默地跟她坐上几小时，或是跟她聊一些鸡毛蒜皮的小事，而现在坐在雪橇里，他不跟她攀谈，却拿脚来碰碰她的脚，用手去捏捏她的手，很明显，他不希望她嫁人，他看不起她，她在他心中激起了一种把她当作一个放荡女人的好奇心。而在她的心中，一旦成就感和对丈夫的爱，与屈辱感和自尊心受到伤害的感觉交织在一起的时候，她便狂躁起来，想坐到马车夫的座位上去，大叫大嚷。

就在马车驶过女子修道院的时候，那口千斤重的大钟敲响了，丽达在胸口画十字。

“我们的奥丽娅就在这个修道院里。”索菲娅·里沃芙娜身子抖动了一下，也开始在胸口画十字。

“她为什么进了修道院？”上校问。

“因为赌气。”丽达生气地回答，她显然是在影射索菲娅·里沃芙娜与雅基奇的婚姻，“现在这个‘赌气’很时髦。向整个世界发出挑战。她原本是个嘻嘻哈哈的浪漫小姐，就爱舞会和舞会上的漂亮男人，但突然间她离家出走了！莫名其妙！”

“不是这样的。”小瓦洛佳一边说，一边把大衣的领子拉了下来，露出了自己俊俏的脸孔。

“那不是赌气，而是一件伤心的惨事。她的哥哥德米特里去服终生苦役了，但到现在还不知道在哪里，她的母亲因为悲伤而去世了。”他把大衣领子又翻了上来。

“奥丽娅做得很对，”他轻声补充道，“过养女的生活，更何况要和像索菲娅·里沃芙娜这样金子般的人一起生活，也需要好好思量的！”

索菲娅·里沃芙娜从他的话里听出了嘲讽的口吻，她想回敬一句重话，但她没有说。她又一次狂躁起来，站直了身子，用含泪的嗓音大声喊道：

“我要去参加晨祷！车夫，往后转！我要去看看奥丽娅！”

马车往回驶去。修道院的钟声深沉，让索菲娅·里沃芙娜从这钟声联想到奥丽娅和她的生活，这时，其他教堂的钟声也响了起来。马车夫把马车刚刚停下，索菲娅·里沃芙娜就从雪橇上独自跳了下来，没有旁人的扶持，快步向修道院的门口走去。“快去快回！”丈夫朝她喊道，“时间不早了！”她穿过黑暗的门洞，然后顺着一条通往教堂的路径走去，雪在她的脚下吱嘎吱嘎作响，钟声已经在她的头顶上鸣响，似乎穿透了她的全身。进了教堂的大厅，有三个朝下的梯级，然后就是教堂的前厅，两边分列着圣像，散发着刺柏和乳香的气味，前边又有一道门，一位黑衣人把门打开，深深地鞠了一躬……教堂的礼拜还未开始，一位修女从圣像壁前走过，点亮了烛台上的蜡烛，另一位修女点亮了圣像前的枝形烛台。这里那里，在圆柱与祭坛的两侧，一动不动地站着几个穿黑衣的人。“这么说，她们得照这个样子一直站到早晨。”——索菲娅·里沃芙娜这样想，她觉得，这里很黑，很冷，很寂寞——比墓地还寂寞，她怀着寂寥的感觉向那些纹丝不动的人影张望，心里突然有一阵刺痛袭来。不知怎么的，她从一个个头不高、肩膀瘦削、戴着黑色头巾的修女身上认出了奥丽娅，尽管奥丽娅进修道院之前长得胖胖的，个头也要高一些。异常激动的索菲娅·里沃芙娜迟疑不决地走近那个修女，透过肩膀看清了她的脸，终于认出了奥丽娅。

“奥丽娅！”她喊道，扬起了手，因为激动已经无法说话——“奥丽娅！”

修女也立即认出了她，她惊异地扬起了眉毛，她刚刚清洗过的白白的、亮洁的脸孔，乃至她的头巾下露出的白色包头布，统统都因为喜悦而放光了。

“这是上帝差你来的。”她说，并用她那瘦瘦的白手拍了拍巴掌。

索菲娅·里沃芙娜紧紧地拥抱了她，吻了她，同时她也怕对方闻出自己的酒气。

“我们刚好路过，想起了你。”她一边说，一边因为走得太急而喘着粗气，“上帝，你怎么这样苍白！我……我见到你真高兴。怎么样？你感到寂寞吗？”

索菲娅·里沃芙娜回头看了看其他的修女，便开始轻声地继续说道：“我们那儿发生了很多变化……你知道吗，我已经嫁给了雅基奇。你大概认识他……我们很幸福。”

“感谢上帝。你爸爸身体好吗？”

“身体很好。他常常想起你。奥丽娅，你过节的时候到我们家来做客，好吗？”

“我会去的。”奥丽娅说，微微一笑，“我明天就去。”

索菲娅·里沃芙娜连自己都不知道，她竟然哭了，默默地哭了片刻，她擦去了眼泪，说：“丽达没有看见你，她会很难过的。

她和我们在一起，瓦洛佳也在，他们就在门口，如果能见到你，他们会非常高兴的！咱们去看看他们，礼拜反正还没有开始。”

“咱们去。”奥丽娅表示同意。

她在胸前画了三次十字，便和索菲娅·里沃芙娜一起向门口走去。

“索菲娅，你说你很幸福？”当她们走出门去的时候，她这样问道。

“很幸福。”

“感谢上帝。”

大小瓦洛佳见到修女，都下了雪橇，恭恭敬敬地向她问好，两人看见她雪白的脸孔和黑色的道袍，分明都被感动了；她还记得他们，还出来与他们打招呼，这也让他们感到高兴，为了不让她着凉，索菲娅·里沃芙娜用一条毛毯裹住了她，还把自己皮大衣的下摆披到她身上。早先流下的眼泪已经减轻了她的痛苦，让她的心灵亮堂了，她很高兴，因为这个原本喧闹的、不安的、实际上并不纯洁的夜晚，出乎意料地变得这样纯洁和温馨。为了把奥丽娅留在自己身边的时间再长一些，她提出了建议：“让我们带着她去兜兜风吧！奥丽娅，上车，我们走不远。”

男人们以为修女会拒绝的——神职人员是不坐三驾马车的——但出乎他们的意料，她同意了，坐到了雪橇马车上。当三驾马车向城门驶去的时候，大家都默不作声，只是尽力让修女坐得舒服，不受凉，每一个人都在想，她以前曾经是什么样子的，而现在又成了什么样子。她现在的脸是木然的，毫无表情的，冷冷的，白白的，透明的，似乎在她的血管里流淌着的不是血，而是水。而在两三年前，她是胖乎乎的，红喷喷的，会议论追求她的男人，会因为一点小事哈哈大笑……

马车驶到城门口就掉头折了回来。十分钟后车子停到了修道院附近，奥丽娅从雪橇上下来。钟声已经此起彼伏地响了起来。

“上帝保佑你们。”奥丽娅轻声说，按修女的方式鞠了一躬。

“奥丽娅，你常回来看看。”

“我会的。”

奥丽娅快步走去，很快消失在黑色的门洞里，之后，三驾马车继续前行，这时不知为什么出现了一种忧伤的情怀。大家都不说话。索菲娅·里沃芙娜觉得全身发软，有气无力。她竟怂恿一个修女坐到雪橇上，和几个醉汉一起兜风，这已经让她感到是那样愚蠢、鲁莽，近似荒唐。她的醉意连同那自我欺骗的愿望一起消失了，现在她已经清楚地意识到，她不爱自己的丈夫，也不可能爱，所有这一切都是胡闹。她出嫁是带着私心杂念的，因为就像她的女友们说的那样，他富得流油，因为她生怕自己像丽达一样成为老处女，因为厌倦了当医生的父亲，因为她想气气小瓦洛佳。如果她在出嫁之前能预见到以后的生活是如此的沉重，令人厌恶，那么再大的物质财富也不能诱使她同意结婚。但现在大错已经铸成，就只好认命了。

回到了家里，躺到温暖而柔软的床上，盖上被子，索菲娅·里沃芙娜回想起了那个黑暗的教堂，乳香的气味和圆柱旁的人影，一想到在她入睡的这些时辰他们要一直一动不动地站在那里，她心里便感到别扭，早祷会是很长很长的，然后是弥撒，然后是礼拜……

“但是要知道，上帝是可能存在的，我早晚会死去的，这意味着，应该像奥丽娅那样，早晚得去思考灵魂，思考永恒的生命。奥丽娅现在得救了，她给自己解决了所有的问题……但如果上帝不存在呢？那么她的整个生活就毁了。是怎么毁的呢？为什么毁了呢？”

一分钟之后，这个想法又涌入了脑海：

“上帝是存在的，死亡不可避免，需要思考灵魂。如果奥丽娅现在看到了自己的死亡，她是不会害怕的。她一切都准备好了，主要是，她自己把一切生活的问题都解决了。上帝是存在的……是的……但是，难道除了进修道院之外就没有另外的出路？要知道进修道院就意味着疏离生活，毁掉生活……”

索菲娅·里沃芙娜开始感到有点恐惧，她把头埋进了枕头底下。

“不要想这些，”她喃喃自语，“不要想……”

雅基奇在隔壁的房间里踱步，在想着什么心事，军靴的马刺轻轻地在地毯上发出声响，索菲娅有了个想法：这个男人让她感到亲切仅仅是因为他也叫瓦洛佳，她坐到床上，温和地叫了一声他的名字：

“瓦洛佳！”

“你有什么事？”丈夫回应。

“没有什么事。”

她又躺了下来。钟声重又响起，可能就是那个修道院的钟声，她又想起了那个教堂，那些黑色的人影，她的脑海里又浮现起那些关于上帝和不可避免的死亡的想法。为了听不到钟声，她把脑袋缩进了被子里，她想到，在衰老与死亡到来之前，还要延续一段长长的生活，还要日复一日地忍受这个她并不喜欢的男人的亲热，这个男人现在已经走进房间，躺到床上，她不得不在心中扑灭掉对另一个年轻的、可爱的、在她看来是非凡的男人的爱。她瞧了丈夫一眼，本想向他道声晚安，却突然间哭了起来。她对自己也不满意。

“好戏又开始了！”雅基奇说，把重音放在了“戏”上。

直到早上九点的时候，她才平静了下来，她才不再哭泣，不再浑身发抖，却开始了剧烈的头痛。雅基奇急着去做弥撒，在隔壁的房里向帮他穿衣服的勤务兵嚷嚷着什么。他回了卧室一次，轻轻地发出了马刺的声响，取走了什么东西，然后又回来了一次，这时已经把肩章和勋章都佩戴好了，因为患有关节炎，他走起路来有点不稳，索菲娅·里沃芙娜瞧着他边走边张望的样子，觉得他像一只苍鹰。

她听到雅基奇在打电话。

“请接瓦西里耶夫军营……”他说，过了一分钟又说，“是瓦西里耶夫军营吗？请让沙里莫维奇医生来接电话……”又过了一分钟，“你是谁？你，瓦洛佳？很高兴。亲爱的，让你爸爸过来一趟，我妻子昨天回来之后很不舒服。你说，他不在家？那好……谢谢。很好……非常感谢……谢谢。”

雅基奇第三次走进卧室，俯身在妻子胸前画十字，让她亲吻自己的手（爱过他的女人都吻他的手，他对此很习惯了），说他午饭之前回家。他走了。

十二点的时候，女仆进来通报说，弗拉基米尔·米哈依雷奇来了。因为疲乏和头痛，索菲娅·里沃芙娜身子有点摇晃，她迅速地穿上了那件有毛皮镶边的、丁香花色的新大衣，麻利地做了个发式，她感到心中升起了一种莫名的柔情，由于喜悦，她的身子抖动着，她生怕他会走开。她太想见到他了。

小瓦洛佳前来拜访，照例穿着燕尾服，打着白领结。当索菲娅·里沃芙娜走进客厅的时候，他吻了她的手，对她的身体欠安表示由衷的关切。坐下来后，他夸奖了她穿的衣裳。

“昨天与奥丽娅见面之后我心里很不是滋味，”她说，“起初我觉得可怕，而现在我竟羡慕起她来了。她像一座推不倒的山。但，瓦洛佳，难道她就没有另外的出路？难道把自己活埋就解决了生活的问题？要知道这是死亡，而不是生活。”

一想到奥丽娅，小瓦洛佳的脸上显露出了善意。“瓦洛佳，您是个聪明人，”索菲娅·里沃芙娜说，“您要开导开导我该如何效法奥丽娅。当然，我不信教，也不会进修道院，但总有什么类似的方法。我的日子不好过。”沉默了一会儿之后，她说，“开导开导我……给我指一条行之有效的出路。哪怕就给我说一个词儿。”

“一个词儿？那听着：放荡。”

“瓦洛佳，您为什么这么小看我？”她热切地问道，“您用这种特别的，请原谅，是很不体面的语言与我说话，与朋友或正派女人说话是不能用这种语言的。您是个有成就的学者，您爱科学，您为什么从不跟我谈论科学呢？为什么？是我不配？”

小瓦洛佳厌烦地皱起了眉头，说：

“你怎么突然间对科学产生了兴趣？或许，您还需要宪法？或许不过是需要洋姜鲟鱼汤吧？”

“好了，就算我是一个渺小的、没有主见的女人……我有好多好多错误，我神经错乱，生活不检点，我活该让人瞧不起。但是瓦洛佳，你毕竟比我大十岁，我丈夫比我大三十岁呢，你们是看着我长大的，要是你们愿意，本来可以把我培养成你们所希望的那种人，甚至可以把我塑造成一个天使，可是你们……（她的嗓音颤抖了）这么残酷地对待我。雅基奇这么大岁数了，还娶了我。您……”

“得了，得了，”瓦洛佳说，一边让身子更加靠近她，吻着她的双手，“让叔本华们去高谈阔论，论证他们想论证的一切。就让咱们吻吻这双小手吧。”

“您瞧不起我，如果您能知道这多么让我伤心！”她迟疑地说道，她早就知道他不会相信她的。“如果您能知道，我多么想改变自己，多么想开始新的生活！我热诚地这样想，”她这样说，而且当真流出了热诚的眼泪，“我要做一个好人，做一个真诚的人，纯洁的人，不说谎，有生活的目标。”

“行了，行了，就此打住！我不爱听！”瓦洛佳说，他的脸上有一种诡异的表情，“真的，这像是在演戏，还是说点人话吧。”

为了不让他生气和走开，她开始替自己辩解，为了讨他的喜欢而强作笑颜，她又说起了奥丽娅，说起了她想解决自己的生活问题，做一个真正的人。

“放……荡……”他轻声地哼唱着，“放……荡吧！”他突然搂住了她的腰，而她呢，也不由自主地把双手搭到了他的肩上，陶醉地欣赏着他那聪明的、有嘲讽意味的面孔，额头、眼睛、漂亮的胡子……

“你自己早就知道我爱你。”她向他坦白，脸上痛苦地泛起了潮红，她感到自己的嘴唇也羞怯得扭曲了，“我爱你，你为什么要折磨我？”她闭上眼睛，使劲地亲吻着他的嘴唇，吻得很久，怎么也终止不了这个热吻，尽管她知道这不合规矩，他可能因此责备她，女仆可能会闯进来……

“嗯，你把我折磨苦了！”她重复道。

过去了半小时，他得到了他所需要的一切之后，坐在餐厅里吃点心，她跪在他面前，贪婪地看着他的脸，他对她说，她像一只小狗，等着人家给她扔去一块火腿肉。然后他把她抱到自己的膝盖上，像颤动小孩似的颠动着她，一边哼唱着：

“放荡吧……放……荡吧！”

当他要离去的时候，她用热切的声音问他：

“什么时候？今天？哪里？”

她把双手伸向他的嘴唇，好像是想用双手抓住他的回答。

“今天怕是不行了，”他想了想说，“也许明天。”他们分了手，午饭之前，索菲娅·里沃芙娜到修道院去找奥丽娅，那边的人告诉她说，奥丽娅到什么地方给一个临终的人诵经去了。从修道院出来她去找父亲，父亲也不在家，她便换了一辆马车，漫无目的地在大街上穿行，一直闲逛到了黄昏时分。不知为什么，这个时候她想起了那位姑姑，那位因为在生活中找不到位置而终日以泪洗面的姑姑。

夜间，她又坐上三驾马车兜风，在城外的一家饭馆听吉卜赛人唱歌。当她又走过修道院的时候，便想起了奥丽娅，她痛苦地想到，对于她这个阶层的姑娘与妇女来说，出路只有不停地坐着马车兜风和说谎，或者进修道院去扑灭肉体生活……第二天有幽会，索菲娅·里沃芙娜又孤身一人坐车兜风，回想起了姑姑。

过了一个礼拜，小瓦洛佳抛弃了她。从此，生活又回到原来的轨道，照样是一种乏味、暗淡无光，有时甚至是很痛苦的生活。上校和小瓦洛佳依旧长时间地打台球，丽达依旧毫无生气地说笑话，索菲娅·里沃芙娜呢，总是坐着雪橇闲逛，还请求丈夫雇辆三驾马车带她兜风。

她几乎每天都要去一趟修道院，她向奥丽娅倾诉自己无法忍受的痛苦，她一边哭泣，一边想到她把车内不洁的、卑琐的东西带到禅房里来了，而奥丽娅呢，总是机械地，像是背书似的对她说，这一切没有什么，这一切都会过去的，上帝会原谅她的。

一八九三年

大学生

天气原本很好，没有风。鸫鸟在高声叫唤，近处的沼泽地里有个什么活物在悲鸣，像是朝一个空瓶子里吹气。有一只山鹬飞过，有人向它打了一枪，那枪声在春天的空气中，发出清脆而欢快的声响，但当林子里黑了下来，一阵刺骨的寒风不合时宜地从东边吹了过来，一切都归于寂静。水洼上浮起了一层冰凌，树林变得阴森、荒凉和寂寥，透出了冬的气息。

伊万·维利柯波尔斯基，这位神学院的大学生，教堂执事的儿子，打完山鹬回家，一路走在被水淹没的草地小路上。他的手指被冻僵了，脸孔被风吹红了。他觉得这突然袭来的寒潮打破了周遭的秩序与和谐，连大自然都感到了恐怖，以至于黄昏也比往常来得早。满目苍凉，一切都显得特别昏暗。只有坐落在河边的那处寡妇菜园里闪耀着灯火，而四里地开外的村庄全都笼罩在一片阴冷的暮色中。大学生想起，当他离开家门的时候，母亲正光着脚坐在过道的地板上擦拭茶炊，而父亲躺在灶台上咳嗽，这天正是基督受难节，家里没有备餐，大家饿着肚子。现在，大学生冻得瑟缩着身子，他心里在想，无论是在留里克王朝时代，还是在伊万雷帝时代，或是在彼得大帝时代，都曾经刮过这样的寒风，在他们那个年代照样有过如此的贫穷、饥饿，有过这样的四面透风的茅屋，这样的愚昧，这样的哀伤，这样的满目荒凉，这样的黑暗，这样的压抑。所有这些可怕的灾难，从前有过，现在还有，将来也会有，因此再过几千年之后，生活也不会得到改善，于是他想回家。

菜园之所以称为寡妇菜园，是因为菜园的主人是一双寡妇——母女二人。篝火烧得真旺，不时爆出清脆的响声，把四周远处的耕地照得通明。母亲瓦西丽莎是个又胖又高的老太婆，穿着一件男式的短皮袄，站在一边，沉思地凝望着火堆；她的女儿卢基丽娅是个脸上长着麻子的小个子女人，其貌不扬，正坐在地上擦拭一只铁锅和几把汤勺。显然她们刚刚吃过晚饭。传来男人的说话声，这是此地的工人，在河边饮马。

“您瞧，冬天又回来了，”大学生走近篝火堆说，“你们好！”

瓦西丽莎身子抖动了一下，但立刻认出了大学生，微笑着向他表示欢迎。

“认不得了，上帝保佑你。”她说，“许是发财啦。”

他们开始聊天。瓦西丽莎是个见过世面的女人，以前曾在一家财主家当过奶妈，后来当了保姆，说话很有分寸，脸上一直堆着温柔的微笑。她的女儿卢基丽娅却是个曾深受丈夫虐待的村姑，她只是默默地眯缝着眼睛朝大学生瞅着，神态像个聋哑人一样怪异。

“使徒彼得当年也是在这样一个寒夜在篝火旁取暖，”大学生说，一边把双手伸到了火堆旁，“这就是说，那天也很寒冷。啊，老大娘，那是一个多么可怕的夜晚！那是一个无比伤心的长夜呀！”

他看了看漆黑的四周，神经质地摇晃了一下脑袋，问：

“您想必听人读过《福音书》吧？”

“听人读过。”瓦西丽莎回答。

“如果您记得，在那个神秘的夜晚，彼得对耶稣说：‘我就是同你下监，同你受死，也是甘心。’主却回答他说：‘彼得，我告诉你，今日鸡还没有叫，你要三次说不认得我！’傍晚之后，耶稣在花园里愁闷异常，不停地祷告，而可怜的彼得精疲力竭，眼睛都张不开了，他无论如何抵挡不住睡意，他睡着了。后来，你也听过了，犹大在那个夜晚吻了耶稣，把他出卖给了折磨他的人。他们把他捆绑起来，送到大祭司面前，还殴打了他。而你也知道，彼得已经累极了，心里很痛苦，还受着惊吓，也没有睡足，他预感到了在这人世间要发生一件可怕的事情，便跟着走去……

“他深深地热爱着耶稣，而现在他远远地看到人家在殴打他……”

卢基丽娅把汤勺放到一边，凝视着大学生。

“他们到了大祭司跟前。”大学生继续讲述着，“他们开始审讯耶稣，而因为天气很冷，他们在院子里烧起了一堆火取暖。彼得也和他们一起站在篝火旁取暖，像我现在一样。这时有一个妇女看见了他，说：‘这个人素来也是同那人（耶稣）一伙的。’就是说，也应该把他一起提去受审。所有那些站在火堆旁边的人大概都用怀疑的目光严厉地盯着他，他显得有点窘迫，说：‘我不认得他。’过了一会儿，又有一个人认出了他是耶稣的一个门徒，说：‘你也是他们一党的？’但他又一次否认了。后来又有人第三次对他发难：‘今天我看到和他一起在花园里的，难道不就是你吗？’他第三次否认了。而就在这个时刻，鸡叫了。彼得远远地看着耶稣，想到了昨晚耶稣对他说的话……他回想起来了，醒悟过来了，便走出花园，伤心地哭泣起来。在《圣经》上这样写着：‘他就出去痛哭。’我这样想象：一个静静的、黑黑的花园，在这片寂静中隐隐传来声声低沉的哭泣……”

大学生叹了口气，陷入了沉思。瓦西丽莎虽然还在微笑，但突然间哽咽了一声，大颗眼泪泉涌般从她脸颊流下。她用衣袖遮住脸，挡住火光，像是在为自己的眼泪感到害羞。而卢基丽娅一动不动地瞧着大学生，脸孔涨红了，她的表情紧张而沉重，像是一个人正承受着巨大的痛苦。

工友们从河边回来了，其中的一个坐在马上，已经走近，篝火的光在他的脸上闪耀。大学生向两位寡妇道了晚安，继续往前赶路。黑暗重新降临，手指冻僵了。刮着凛冽的寒风，冬天当真回来了，想象不到后天就是复活节。

现在大学生想到了瓦西丽莎：如果她哭了，也就意味着，使徒彼得在那个可怕的夜晚所经历的一切与她不无关系……

他回头看了一眼。孤独的篝火在黑暗中静静地闪耀，火堆旁边已见不到人影。大学生又想，如果瓦西丽莎哭泣了，而她女儿不安了，这就清楚地表明，他刚才讲述的那个发生在一千九百年前的故事与今天，与这两个女人，大概也与这个荒凉的村庄，与他本人，与所有的人都有关系。如果这位老大娘哭了，这原因不在于他善于做富有感染力的讲述，而是因为彼得让她感到亲切，她全身心地关心在彼得的心灵中曾翻滚过的波澜。

喜悦之情突然在他的心中激荡起来，他甚至为了喘一口气，在原地站了一会儿。他想，过去与现在是由一连串连绵不断、由此及彼的事件联系起来的。他觉得自己刚才已经看到了这个锁链的两端：只需触动一端，另一端就会震颤。

当他坐渡船过了河，然后爬上了山冈，看着自己的故乡，见到西天的一窄条紫霞在闪光。他想，过去曾经在那花园和大祭司的院子里指引过人类生活的真与美，直到今天还在连续不断地指引着人类生活，而且看来，会永远地成为人世生活中的主要原则。青春的感觉、健康、力量——他才二十二岁啊——还有那对于幸福，那玄妙的幸福的无法形容的甜蜜预感，渐渐地控制住了他，生活让他感到是美妙的，令人神往的，充满崇高意义的。

一八九四年

带阁楼的房子
（一个画家的故事）

一

此事发生在大约六七年前，当时我住在T省某县地主别洛库洛夫的庄园。他年轻，起床很早，穿一件紧腰长外衣，晚上呢，常常是一边喝着啤酒，一边向我抱怨，说他在任何地方都没得到过任何人的同情。他住在花园里的厢房，而我住的是东家的正屋，一个带廊柱的大厅，除了一张巨大的沙发，这里没有别的家具，我就睡在这张沙发上。另外还有张桌子，我常在上面摆纸牌算卦。这里的情形往往是这样：在晴朗无风的天气里，屋里就响着从旧式气炉里传出的嗡嗡声；遇到打雷，整个房子就颤抖起来，好像它即将坍塌成一堆碎片；特别是深夜，当十个大窗户全部被闪电照亮的时候，还真是有点可怕呢。

我生性闲散，从没正经八百地做过什么事。我常常会望着房间窗外的天空、鸟儿、林荫发呆，一看就是一小时，或者阅读从邮局捎来的信件，或者就是睡觉。偶尔我也出门，在外面逛到天黑才回来。

一次回家的路上，我无意中走进了一个陌生的庄园。太阳已经落山，晚霞长长地映在开花的裸麦上。两行靠得很近的老枞树高高耸立，就像两堵密不透风的墙，而中间则是一条幽暗美丽的林荫道。我轻松地翻过篱笆，走在了这条林荫道上，地上是厚达一俄寸的枞树针，踩在上面有些滑脚。寂静，昏暗，只有高高的山顶上闪动着一缕金色的亮光，在蜘蛛网上形成了一道彩虹。一股针叶树脂的气息浓得叫人喘不上气来。很快，我拐上了一条长长的菩提树林荫路。这里是同样的荒芜和衰败；去年的落叶在脚下发出了悲戚的沙沙声，黄昏中的树间有一片阴影。右边，是个有些年头的果林，黄莺在有气无力地吟唱，也许它也老啦。很快，这片菩提树林的尽头呈现在眼前。我绕过一所带阳台和阁楼的白房子，出乎意料地看到了这样的景色：一座气派的院子，一个宽大的、边上带浴房的池塘，一片绿绿的柳树，池塘那边有个小村落，一座又高又细的钟楼，楼顶上的十字架闪闪发亮，泛出了落日的光辉。刹那间，一种亲切而熟悉的感觉油然而生，我似乎是在童年的某个时候就见过这情景。

由院落通向外面的门是白色石头造的，古老，坚固，上面雕着狮子。两个姑娘站在门旁。其中一个年龄稍长，身材苗条，面色苍白，容貌漂亮，一头浓密的栗色头发，一张小嘴显得固执，脸上表情严肃，对我不怎么在意；另一个呢，显然还很年轻，大概十七八岁，顶多这么大，同样苗条和苍白，大嘴巴大眼睛，看见我从旁边经过，她吃惊地看了我一眼，用英语说了句什么，有点不好意思。我觉得，这两张可爱的脸似乎有些似曾相识。带着这样的一种好心情，我回到了家，就像做了一场美梦。

这事过去不久的一天正午，我和别洛库洛夫正在宅子周围散步。突然，一辆带弹簧的马车从草地上沙沙地驶进院子，里面坐的正是那天那两个姑娘中的一个。是年长的那个。她带着认捐者名单来为遭受火灾的灾民募捐。她眼睛望着别处，非常认真和详细地向我们讲述：西亚诺夫村有多少房屋被烧，有多少男女和儿童无家可归，她所属的救灾委员会第一步要采取哪些措施。她把认捐名单递给我们签了字，然后把它收好，立刻就要告别离开。

“您彻底把我们忘了，彼得·彼得洛维奇，”她一边说，一边向别洛库洛夫伸出手，“来吧，如果N先生（她叫出了我的名字）有兴趣来看看那些崇拜他的人是怎样生活的，母亲和我将非常高兴。”

我鞠躬致谢。

她离开以后，彼得·彼得洛维奇开始向我细细道来。用他的话说，这姑娘生在一个优裕的家庭，叫莉季娅·沃尔恰尼诺娃，姓呢，就与她和母亲、妹妹居住的那个池塘对面的村落一样，叫谢尔科夫卡。她的父亲曾在莫斯科显赫一时，生前官至三等文官。

尽管有优越的条件，沃尔恰尼诺夫一家仍定居乡间，不论冬夏，莉季娅在谢尔科夫卡本地的学校当老师，每月获得二十五卢布的报酬。她就花这些钱，并且为自食其力而感到骄傲。

“一个很有意思的家庭，”别洛库洛夫说，“我们还是去一趟吧。他们会很欢迎您的。”

在一个假日的午后，我们又想起了沃尔恰尼诺夫，于是便动身前往谢尔科夫卡。她们，也就是母亲和她的两个女儿，都在家。看得出，母亲叶卡捷琳娜·帕夫洛夫娜曾经是个美人儿，现在年纪不大却有些虚胖，害着哮喘病，面带忧郁，神情恍惚，她努力找些有关绘画的话题和我聊着。当她从女儿那里得知我可能要到谢尔科夫卡来，便连忙想起了她在莫斯科展会上见过的我的两三张风景画，问我想通过那些绘画表现什么。莉季娅，或者是家里人喊的丽达，更多的时候是在和别洛库洛夫说话。她不苟言笑，表情严肃地讯问他，为什么不参加地方自治会的活动，为什么他至今都不曾出席过地方自治会的会议。

“不好，彼得·彼得洛维奇，”她责备地说，“不好，这样做是可耻的。”

“对，丽达，说得不错，”母亲附和道，“是不好。”

“我们整个的县都在巴拉金手里攥着，”丽达继续说着，把目光转向了我，“他本人是自治会的主席，县里的大小事务都交给了他的侄子、女婿，结果他自己想怎样就怎样。应该和他斗。青年们应该建立起自己强有力的组织，可您看，我们这里的年轻人是什么样的。可耻啊，彼得·彼得洛维奇！”

在我们谈到地方自治会的时候，小妹妹热尼娅一言不发。她被排斥在严肃的话题之外，因为家人还没把她当成一个大人看待，大家还叫她小时候的绰号米修司，因为她小时候就叫她的家庭教师为米司。她一直在饶有兴味地看着我，当我看相簿的时候，她在一旁告诉我："这是叔叔……这是神父。"还用小指头在照片上比画，拿肩膀孩子气地碰着我，让我近距离地看到了她那瘦削的、没有完全发育的胸脯，单薄的肩膀，她的辫子和被腰带勒紧的苗条身子。

我们玩槌球和网球，在花园里散步、喝茶，然后在晚饭桌旁坐了很久。在空旷巨大和带廊柱的大厅里住久了以后，这个不大而舒适的房间倒令我有些不习惯了，这房里的墙上没贴彩色画片，主人对仆人都以您相称。有丽达和米修司在座，一切在我眼里都显得年轻和单纯，一切都循规蹈矩。晚饭时，丽达又和别洛库洛夫说起了地方自治会，说起了巴拉金和学校图书馆。这是一个活跃、真诚和有信仰的姑娘，听她说话还是很有趣的，尽管她滔滔不绝、声音响亮——这大概是她在学校工作的习惯使然。而我的彼得·彼得洛维奇，从大学起就有了一个对任何话题都得争论的毛病，说话又枯燥、乏味、冗长，分明是想表明自己是个聪明和进步的人。他手舞足蹈地说着，一不留神衣袖就碰翻了调味瓶，桌布上顿时出现了一块很大的污渍，可是，除了我之外，其他人似乎都没看见。

我们回家的时候，已经是夜深人静了。

"好的教养并不表现在你不会打翻桌布上的瓶子，而是表现在当别人打翻瓶子的时候，你就当什么也没看见。”别洛库洛夫说完叹了口气，“是啊，一个和美而有修养的家庭。我已经远离上流社会的人们，唉，远离了！总是干活儿，干活儿！干活儿！”

他说，要成为一个好的农业经营者，就不得不干很多的活儿。可我在想：这是个多么迟钝、懒惰的家伙啊！当他说到什么认真的事儿，就会把“э”拉得长长的，做事呢，就和他说话一个样——慢腾腾的，永远都因拖拉而错过了时机。对他的办事能力，我已经不大相信了，因为我托他到邮局发封信，结果那信在他的口袋里装了一星期。

“最痛心的是，”他在我身边一边走一边嘟囔，“最痛心的是，不论你怎么干，你也得不到同情，不会得到一丁点儿的同情！”

二

我成了沃尔恰尼诺夫家的常客。我经常坐在露台的最下面一级台阶上；我开始对自己不满，对自己的生活感到遗憾，这日子过得如此匆忙和无趣，所以我总是在想，要是能把心从自己的胸膛里掏出来该多好，它已是这般不堪重负。这时，露台上有人说话，裙裾发出的窸窣声也清晰可闻，还有人在翻动手中的书页。我很快就习惯了这样的日子：白天，丽达给病人看病，分发小册子，下乡的时候常常打着阳伞却不戴头巾；晚上呢，她就大声地谈论地方自治会和学校的事情。每当涉及事务性的话题，这个单薄、漂亮、永远不苟言笑和生着妩媚小嘴的姑娘就会冷冰冰地对我说：

“您对这个不会有兴趣。”

我不怎么讨她喜欢。她不喜欢我，是因为我是个风景画家，我的画没有表现出劳动人民的贫困，她觉得我对她坚信不疑的事情十分冷漠。这让我不由得想起一件事，有一次我在贝加尔湖边遇到一位布里亚特姑娘，她穿着蓝色粗布衣裤，骑着马；我问她能否把她的裤子卖给我。在我们谈话的时候，她带着鄙夷的神情看着我这张欧洲人的脸和我的帽子，根本不想搭理我，她吆喝一声便策马而去了。丽达也像对待异类一样蔑视我。表面上，她并没表现出对我的讨厌，不过我是能感觉得到的。我坐在露台的最后一级台阶上，闷闷不乐地说，不是医生就给人看病，无异于欺骗别人，如果有两千亩地的话，做个好人是很容易的事情。

而她妹妹米修司则无忧无虑，和我一样每天都像是度假。早上起床后，她准会拿本书读起来，要么是窝在露台上的大椅子里，两只小脚还够不着地，要么是拿本书躲进菩提林荫道去，要么就是去门外的野地里。她整天都在读书，两眼紧盯着书本，偶尔会投来疲惫、诧异的一瞥，脸色十分苍白，可见阅读是怎样令她的大脑疲惫。我来了以后，她一见我就会有些脸红，并放下手中的书本活跃起来，用她那双大眼睛看着我，给我讲诸如仆人房里烟油子起火啦，有个用人在池塘里钓起一条大鱼之类的事儿。在平常的日子里，她总是穿一件浅色衬衣和一条深蓝色裙子。我们一块儿散步，采集做果酱的樱桃，划船。当她跳起身来摘樱桃或者摇橹的时候，从那宽大的衣袖里露出了她那瘦弱纤细的胳膊。有时我在画画，她就站在一旁带着欣赏的目光看着。

七月末的一个星期天，我一早便来到沃尔恰尼诺夫家，九点钟吧。我在花园里溜达，走得离房子远了些，我在找白蘑，这东西在那个夏天特别多，我在旁边做了记号，想过后同热尼娅一起来采。一阵暖风袭来，只见热尼娅和她母亲穿着节日的盛装，从教堂往家里走来，因为风大热尼娅还拉紧了帽子。随后，我就听见她们在露台上喝茶。

对于我这样一个毫无牵挂、总在为自己的闲散寻找理由的人来说，庄园里的夏季假日之晨永远是特别迷人的。每当露水浸润着花园，满园的绿色也在阳光的照射下青翠欲滴，闪烁着幸福的光芒，每当房子四周散发着木樨草和夹竹桃的气息，每当刚刚从教堂归来的年轻人在花园里喝着茶，大家都身着这样体面和鲜亮的衣装，当你知道，这些身体健康、丰衣足食的人在这漫长的一天里什么都不干了，你便会想，要是一辈子都能这么过就好了。此时，我正在这么想着，在花园里溜达着，想着这一天、这一夏我都要这么过。

热尼娅手提篮子走过来。从她的表情看，似乎她早就知道或者感觉到在花园里能找到我。我们一起采着蘑菇，说着话，每当她想问点什么的时候，她总是抢着走在前面，好看着我的脸。

“昨天我们村里发生了一个奇迹，”她说，“跛脚别拉格娅病了一年，什么样的医生和药都治不了，可昨天一个老太婆叽里咕噜一念，她就好了。”

“这没什么，”我说，“不要从病人和老太婆身上去找奇迹。难道健康不是奇迹吗？生活不是奇迹吗？凡是无法理解的，就是奇迹。”

“而您对未知的东西没有恐惧感吗？”

“没有。对未知的事情，我会勇敢向前，决不屈服。我应该是在它之上的。人类应该意识到自己比狮子、老虎、星星更高，是比自然界的一切，包括那些未知的、看似奇迹的事物更高的存在，否则，他就不叫人，而是一只什么都怕的老鼠。”

热尼娅一定会想，我是个画家，我一定懂得很多，而且能够准确预测我不知道的东西。她希望我能引领她进入那个永恒的美妙的领域，进入更高的境界，照她的理解，我早已是那里的一员。她和我谈上帝，谈永恒的生活，谈奇迹。我呢，也不能确定我自己或我的预测在我死后是否会永远消失，便回答她说：“对，人是不会消亡的；是的，永恒的生活在等待着我们。”她听了后便相信了，并不要求我举出例证。

回家的路上，她突然停下来对我说：

“我们的丽达真了不起。是吧？我非常爱她，时时刻刻都可以为她献出我的生命。不过，请您告诉我，”热尼娅用手指碰了碰我的衣袖，“为什么你们老是争吵？为什么您老是生气呢？”

“因为她不对嘛。”

热尼娅摇着头，泪水涌上她的眼眶。

“我简直弄不明白！”她说。

这时，丽达正好从外面回来，她站在台阶附近，手里拿着马鞭，苗条，漂亮，浑身沐浴着阳光，正向一个女佣吩咐什么。她接待了两三个病人，大声而飞快地与他们交谈，然后带着严肃和担忧的神情在屋里来回走着，开开这个柜子，又开开那个柜子，最后上了阁楼。吃午饭时，大家喊了很久她才过来，这时我们都已经喝完汤了。不知为什么，这些小事给我留下了好感和印象，尽管这一整天什么特别的事情都没发生，但我还是清楚地记住了这一天。饭后，热尼娅躺到大椅子里读书去了，我呢，坐在了露台的最下面一级台阶上。我们都一言不发。天空聚集着乌云，开始飘下细细的雨丝。天热，无风，这个白昼似乎会一直这么延续下去。叶卡捷琳娜·帕夫洛夫娜手拿一把扇子，睡眼惺忪地朝露台这边走来。

“哦，妈妈，”热尼娅喊了一声，吻了她的手，“白天睡觉会损害你的健康。”

她们相亲相爱。一个去了花园，一个就会站在露台上，朝着树林子那边喊：“哎，热尼娅！”或者是：“妈，你在哪儿啊？”她们总是在一起祷告，有着共同的信仰，她们相互默契，哪怕是在不说话的时候。她们待人接物的方式也相同。叶卡捷琳娜·帕夫洛夫娜同样也很快地习惯并喜欢上了我的拜访，如果我两三天没来，她就会差人来打听，我是不是病了。她也欣赏我的画稿，也会不厌其烦地、坦白地向我讲起她家的事，而且经常把她的家庭私事告诉我。

她对自己的大女儿怀着崇敬。丽达也从来不撒娇，说的都是严肃的事儿。她的生活方式与众不同，对母亲和妹妹来说，她是个近乎神圣的、谜一样的人物，就像水兵眼里那个一直坐在指挥舱里的海军上将。

“我们的丽达是个了不起的人，”母亲常把这话挂在嘴边，“难道不是吗？”

就是现在，尽管天上掉着雨点，我们还是在谈论着丽达。

“她是个了不起的人，”母亲说，接着又像谋反的人一样压低了嗓音，还胆怯地四处张望，“这样的人现在是没处找，您知道嘛，我开始有些担心了。学校，药房，书本，这些固然是好事，但也不能走极端吧？她已经是年过二十三的姑娘了，该好好考虑自己的事情了。就这样总绕着书本药房转，岁月不等人哪……是谈婚论嫁的时候了。”

热尼娅脸色苍白、头发蓬松。她从书本里抬起头来，自言自语似的对母亲说道：

“妈，这是老天爷决定的事！”

说完，她又一头埋进了书里。

别洛库洛夫来了，他身穿带褶的长外衣和绣花衬衣。我们打了一会儿槌球和网球，天黑下来的时候，又开始了漫长的晚餐。丽达又讲起了学校的事，讲到了那个把全县控制在手里的巴拉金。这天晚上从沃尔恰尼诺夫家出来，我感到这个悠闲的白天好长好长，不过也有些忧伤，世上的一切哪怕它再长，也会有结束的时候啊。热尼娅把我们送到了大门口，也许是因为她和我一起度过了一整天，我觉得没有了她很寂寞，而这个可爱的家庭对我来说是多么的亲切……在这整个夏天里，我第一次有了想画画的念头。

“能告诉我吗，您为什么要过这种乏味和无聊的生活？”回家的路上，我这样问别洛库洛夫，“我的生活枯燥、沉重、单调，那是因为我是艺术家，一个怪人，从年轻的时候起，我就被嫉妒、对自己不满，或是对自己的事业没信心等等情绪所困扰，我是个一穷二白的人，一个漂泊的人，而您呢，您健康，正常，一个地主，一个绅士，您为什么要过这种乏味、缺少乐趣的生活呢？比如，您从来就没爱上丽达或者热尼娅吗？”

“您忘啦，我爱的是另一个女人。”别洛库洛夫说。

他说的是他的女友柳波芙·伊万诺夫娜，那个和他住在厢房的女人。我每天都能看见，这个臃肿虚胖又自以为是的女人，像一只被养肥的母鹅，在这花园里来回走着。她穿着一身俄式衣服，戴着项链，老是打着一把遮阳伞，女仆一会儿叫她吃饭，一会儿又叫她喝茶的。三年前她租了一间厢房消夏，就这样留在了别洛库洛夫家，看样子是打算永远住下去了。她比他大十来岁，对他管束严厉，结果是他要出门的话，还得经过她的批准。她经常亮开男人一样的嗓门大哭，让我不得不差人去告诉她，要是她不停止，我就从这里搬出去。只有这样，她才能打住。

回到家，别洛库洛夫往沙发上一坐，皱着眉头沉思起来。我开始在厅里踱着步，体验着一种静悄悄的激情，像个恋爱中的人。我想聊聊沃尔恰尼诺夫一家的事。

“丽达只可能爱上地方自治会的委员，那些就像她一样对医院和学校着迷的人，”我说，“哦，为了这样的姑娘，不要说去当个自治委员会的委员，就是像神话里那样踏破铁鞋，也是值得的呀。米修司呢？这是个多么迷人的米修司啊！”

别洛库洛夫拉长着“э”音，和我谈起了世纪病——悲观主义。他讲得十分肯定，那口吻好像我正和他进行着一场论争。如果有一个人坐在你面前唠唠叨叨，你还不知道他什么时候才会离开，这种郁闷真是比几百里空旷、单调和被火烧得精光的草原更长啊。

“问题不在于悲观主义和乐观主义，”我有点不高兴地说，“而在于一百个人中有九十九个没脑筋。”

别洛库洛夫觉得这句话是冲着他说的，便生气地离开了。

三

“公爵住在莫洛佐莫沃，他向你问好，”丽达刚从外面回来，正一面对母亲说着话，一面脱着手套，“他讲了很多有趣的事情……答应在全省会议上再次提出在莫洛佐莫沃建医疗站的问题，不过他说希望不大。”她对一旁的我说：“对不起，我总是忘记，您对此从来都毫无兴趣。”

我有点不高兴。

“为什么毫无兴趣？”我耸了耸肩，反问道，“您只是不想知道我的意见罢了，不过我告诉您，我对这个问题还是很有兴趣的。”

“哦？”

“是的。依我看，在莫洛佐莫沃建医疗站根本没必要。”

我的不满情绪又传给了她。她看了看我，眯起眼睛问道：

“什么是有必要的呢？风景画吗？”

“风景画也没必要。那里什么也不需要。”

她摘下手套，展开了邮局刚送来的报纸。片刻以后，她的嗓音低了下来，显然她已经控制了自己的情绪：

“上个星期，安娜因为难产死了，要是医疗站近一些，她就不会死了。我觉得，就是风景画家也应该对这件事有个认识才对。”

“我保证，我对此事是有一定的想法的，”我回答道，而她用报纸把自己和我隔开，似乎不愿意听我说话，“我认为，医疗站，学校，图书馆，药房，在现有条件下只是在为奴役服务。老百姓现在正被一条巨大的锁链捆住，您不去砸断锁链，反而增加这个锁链的环节——这就是我的看法。”

她抬起眼睛看着我，脸上带着嘲笑，我尽量抓住自己的主要思想接着往下说：

“重要的不是安娜死于难产，而是所有这些安娜们、玛芙拉们、别拉格娅们从早到晚在弯腰劳作，超强度的劳动让她们病倒了，她们一辈子在为饥饿和生病的孩子们担惊受怕，一辈子惧怕着死亡和病痛，一辈子在看病，早早地枯萎和衰老，最后在垃圾和臭水中死去。她们的孩子长大了，又开始重复她们的故事，这样已经过了几百年，千千万万的人过得还不如牲口——仅仅为了一小片面包，永远地生活在恐惧之中。他们这种处境的可怕更在于，他们没有时间想一想灵魂，没有时间去回忆自己的形象和样式[1]；饥饿，寒冷，动物性的恐惧，繁重的劳动，简直就像雪崩，堵住了他们通往精神活动的道路，而进行这种活动正是人与动物的区别所在，也是人类活下去的唯一理由。您来帮助他们建立医院和学校，但这并不能使他们摆脱镣铐，相反，更加深了对他们的奴役。因为把新的迷信带入了他们的生活，您就增加了他们需求的数量，不消说，为了买发泡膏和那些小册子，他们就得向地方自治会付钱，这就意味着，他们得再使劲儿弯下自己的腰。"

"我不会和您争论，"丽达一边说一边放下手中的报纸，"我听到过这样的观点。我只想告诉您一点：不能袖手旁观。的确，我们拯救不了全人类，也许，我们还在犯着很多错，但只要我们在做着力所能及的事情，那我们就是对的。一个文化人最高和最神圣的任务，就是要服务他人，我们就在尽我们所能为他人服务。您不喜欢这件事情，可您做的每件事情也并不是都能得到所有人的喜欢。"

"是的，丽达，是的。"她母亲说。

在丽达跟前，她总是小心翼翼，说话时总是不安地看着她，生怕多嘴，或者是说错话。她永远也不会反驳女儿，总是附和地说：对，丽达，是的。

"教农民读书写字，给他们看那些胡言乱语的小册子，修建医疗站，都不能减轻他们的愚昧程度或降低他们的死亡率，就像从

1　典出《旧约·创世纪》："神说：'我们要照着我们的形象，按着我们的样式造人。'"

您窗户里射出的灯光，不可能照亮整个大花园，”我说，“您什么也没带给他们，您干涉了他们的生活，只是让他们意识到了新的需求，为他们的劳作提供了新的理由。”

“啊，我的上帝，总应该做点什么吧！”丽达很懊恼地说，从她的语气中能听出来，她认为我的观点毫无价值，并对此很不以为然。

“应该把人们从繁重的体力劳动中解放出来，”我说，“应该解除他们身上的枷锁，使他们有空闲的时间，不必在火炉边、洗衣盆旁和田地里过一辈子，使他们有时间想想他们的灵魂、想想上帝，充分扩展自己在精神方面的潜能。每个人的精神活动使命——便是不懈地探寻真理和生活的意义。使他们摆脱不必要的、沉重的、动物性的劳动，让他们感到自由，这时您会看到，那些小册子和药房根本就是可笑的。一个人既然意识到了真正的使命，那么只有宗教、科学、艺术才会使他满足，而不是这些鸡毛蒜皮的小事。”

“从劳动中解放出来！”丽达微微一笑，“这可能吗？”

“可能。您也分担一份他们的劳动。要是我们这些城里人、乡下人全都能够毫无例外地分担那些为满足人类生理需要而必需的劳动，那么每人每天只需工作大概两小时就行了。您想想，我们大家，不论是富人还是穷人，每天只工作二小时，而剩下的时间里我们就是自由的。您想想，为了减少对我们体力的依赖，为了更多地减少工作时间，我们会发明机器去替代我们劳动，我们将最大限度地缩小我们的需求。我们要锻炼好自己和孩子们的身体，使他们不惧饥寒，我们也就不会像安娜、玛芙拉和别拉格娅一样，常常为她们的健康担惊受怕了。再想想，我们无须看病，无须药房、香烟厂和酿酒厂——其结果是，我们会有多少空余时间啊！我们大家把这些时间统统用于科学和艺术上。就像有时男人们全都去修路一样，我们大家也这样一起来探寻真理和生活的意义，这样一来，我敢肯定，真理将会很快被揭示出来，人类就能摆脱对死亡常有的那种令人窒息的恐惧和折磨，甚至摆脱死亡本身。”

“可是，您自相矛盾了，”丽达说，“您总在说科学，而您又反对读书写字。”

“我反对的读书写字，是人们只能读到酒馆的招牌或者少有的几本看不懂的书。这种启蒙教育在我们国家从留里克时代就开始了，果戈理的彼得鲁什卡[1]也会读书了。另外，留里克时代的乡村教育过去是这样，现在依然如此。现在需要的不是教会人读书写字，而是要使人们具有发挥自己精神潜能的极大自由。我们需要的不是中学，而是大学。”

“您连医学也反对。”

“不错。它应该把疾病作为自然现象来加以研究，而不是去治疗它。如果能够治愈的，那就不是疾病，而是疾病的原因。您消除了它的主要原因——体力劳动——疾病也就消除了。我不承认能医治疾病的科学，”我激动地往下说，“科学与艺术，如果是真正的科学与艺术，它们追求的不是满足暂时的需要和局部的目的，

1 彼得鲁什卡是果戈理小说《死魂灵》中主人公乞乞科夫的听差。

而是永恒的需要和普遍的目标，它们寻求真理和生活的意义，它们寻找上帝和灵魂，如果把它们与日常生活中的需求和人们最关切的事情联系在一起，与药房和图书馆联系在一起，那么它们就会被复杂化和烦琐化。我们有了很多的医生、药剂师、律师，有了很多识文断字的人，但我们却没有生物学家、数学家、哲学家和诗人。所有的智慧，所有的精神力量都用在了满足暂时的、转眼即逝的需求上了……学者、作家和艺术家们努力地工作，由于他们的劳作，生活中的便利一天天地多起来，肉体上的需求也在增加，可真理离我们还很远，人类依旧是最残暴、最卑鄙的动物，这一切使得人类的大多数处于退化状态，以至于永久地失去了任何生活的能力。在这样的条件下，艺术家的生活便没有了意义，他越是具有天才，就越是一个古怪和不被人理解的角色，因为明摆着的，他是在为这个残暴和卑鄙的动物卖命，是在维护现有的制度。所以我不想工作，我也不会工作……什么也不需要，就让这个地球掉到地狱里去吧！”

“米修司，出去吧。”丽达对妹妹说，显然她认为我的话对年轻的姑娘有害。

热尼娅闷闷不乐地看了姐姐一眼，又看了看母亲，出去了。

“当人们要证明自己的冷漠有道理的时候，他们总是这样振振有词，”丽达说，“反对医院和学校，比起给人治病和教人读书是要轻松得多啊。”

“是啊，丽达，是的。”母亲在一旁附和。

“您一再地说您不工作了，”丽达接着说，“可是，您对自己的工作显然评价很高啊。我们不要争论了，我们永远也谈不到一块儿。那些最不完善的图书馆和药房，就是您刚才以轻蔑的口吻说到的那一切，我看它们比世上一切的风景画都更有价值。”说着，她向母亲转过身去，用完全另一种语气说：“公爵瘦多了，和当初在我们家相比，他的变化太大了。他们要送他去维希[1]。”

为了避免和我说话，她和母亲讲起了公爵的事。她的脸通红，为了掩饰自己的激动，她弯下身子凑到桌子跟前，装作看报的样子，就好像是个近视眼。我的存在已经令人不快了。我道了别，回家去了。

四

院子里寂静无声。池塘那边的村庄已经熟睡了，不见一丝灯光，只有池塘里泛起的点点惨淡星光隐约可见。热尼娅在刻着狮子的门边一动不动地站着，她是在等着送我。

“村里的人们都睡了，”我对她说，并努力在黑暗中看清她的脸，只见她那双忧郁的黑眼睛在看着我，“连酒馆老板和偷马贼都踏踏实实睡了，我们这些体面人呢，却在这里互相生对方的气，在吵嘴。”

1　法国中部城市，著名的温泉疗养胜地。

这是一个忧伤的八月之夜，说忧伤，是因为有了阵阵秋意；躲到紫色云彩后面的月亮正在升起，昏暗的月光洒在道路以及路两旁那片黑黢黢的冬麦地里。不时有流星坠落。热尼娅和我并肩走在路上。她尽量不抬头看天空，免得看到正在坠落的星星，那情景不知为什么让她有点害怕。

“我觉得您是对的，”她说，夜晚的潮湿让她有些发抖，“要是人们都能够献身精神活动，那么他们很快就会明白一切了。”

“当然。我们是高级存在，如果我们能真正认识到人类天才的全部力量，而且仅仅是为了崇高的目的而活着，那么最后我们也会变成神。但这是永远都无法实现的——人类将退化，直到这天才的痕迹消失得无影无踪。”

大门已经看不见了，热尼娅停下了脚步，急促地握了握我的手。

“晚安。”她说了一句，身体在发抖。她的身上只穿着一件衬衣，冷得她缩起了身了，“请明天再来吧。”

生着别人的气、对自己和别人都不满的我就要变成孤单一人了，这念头让我感到恐惧不安；我自己也尽量不去看正在坠落的星星了。

“再和我待一会儿吧，”我说，“求您啦。”

我爱热尼娅。我爱她，因为她总是对我迎来送往，因为她看着我的眼神总是很温柔和欣赏。她那苍白的脸庞，细细的脖颈，细细的胳膊，她的柔弱，她的悠闲和她读书的样子，是那样的动人和美丽。智力呢？我觉得她可能没有超群的智力，但她的眼界之开阔令人赞叹，也许，比起那个不喜欢我的、严厉而漂亮的丽达来，她只是想法不同而已。热尼娅喜欢我，因为我是个画家，我以自己的才华征服了她的心，我非常希望单独为她画点什么，我把她想象成我的小皇后，她将和我一起掌管这些树木、田野、雾霭、朝霞和这个美妙迷人的大自然，在这一切中间，我曾一直觉得自己绝望而孤独，是个多余的人。

“再待一会儿吧，”我请求道，“我请求您。”

我脱下身上的大衣，把它披到了她那冷冰冰的肩上；她害怕穿着男式大衣显得可笑和难看，笑了笑又把它拿掉，就在这一刻，我拥抱了她，并开始亲吻她的脸颊、双肩和双手。

“明天见！”她呢喃道，小心翼翼地像是怕打破深夜的宁静，她拥抱了我，“我们之间没有秘密，我现在应该把一切告诉我的妈妈和姐姐……这多么可怕呀！妈妈没什么，妈妈喜欢您，可丽达不！”

她朝大门跑去。

“再见！”她喊了一声。

接着，我听见她跑了大约两分钟。我不想回去，反正回去也没有什么事。我站在原地想了片刻，开始慢慢地往回走，想再看一眼她住的那所房子，那所可爱的、朴素的旧房子，那阁楼上的窗户像眼睛一样看着我，似乎什么都知道。我从露台跟前过去，在网球场边暗处的老榆树下那张长凳上坐下，从这里朝房子那边张望。米修司住的那间阁楼的窗户里灯光明亮，随后又变成了柔和的绿色——这是被罩上了灯罩。人影在晃动着……我心里充满着柔情、安宁和自得，我满意自己还能痴迷还能爱，不过，一想到在这距我几步之遥的小房子的另一间房里，还住着那个不喜欢我，甚至恨我的丽达，我就感到有些不快。我坐在那里等待着，不知热尼娅是否还会出来，我听见，阁楼里好像有人在说话。

大约一小时过去了。绿色的灯光熄灭了，人影也看不见了。月亮高高地挂在房子的上方，照亮了熟睡的花园和小径；房前开花的西番莲和玫瑰清晰可见，它们似乎变成了一种颜色。大气变得很冷。我走出花园，在路上捡起了我的大衣，不慌不忙地朝家里走去。

第二天午饭后，我来到沃尔恰尼诺夫家，此时通向花园的玻璃门大开着。我坐在露台上，等着热尼娅从草地上的花圃后面，或者从哪条林荫道上走过来，或者听见她的声音从某个房间传出来；后来，我走进了客厅，走进了饭厅，不见一个人影。从饭厅出来，我经过长长的走廊来到前厅，然后又折回去。走廊里有好几扇门，从其中的一扇门里传出了丽达的声音。

“上帝……送给……乌鸦……”她拖着长音大声地念道，看来正给学生听写。“上帝送给乌鸦一小块奶酪……给乌鸦……谁在那儿？”听到我的脚步声，她忽然间大声问道。

“是我。”

“哦，很抱歉我现在不能到外面去和您说话，我正在给达莎听写。”

“叶卡捷琳娜·帕夫洛夫娜在花园里吗？”

“不在，她和妹妹今天早晨到奔萨省我姨妈家去了。冬天她们可能还要到国外去……”她加了一句，随后就不说话了，“上帝……给乌鸦……一……小块……奶酪……写完了吗？”

我走出前厅，脑子里一片空白，站在那里向池塘和村子那边张望，屋里的声音又传了出来：

“一小块奶酪……上帝送给乌鸦一小块奶酪……”

沿着第一次来时的那条路，我离开了庄园，只是方向相反：从院子到花园，经过那栋房子，然后是菩提树林荫道……在这里，一个小男孩追上了我，递给我一张小字条。“我把一切都告诉了姐姐，她要我和您断交，”我读到了这样的话，“我无法用不服从去伤她的心。上帝会赐予您幸福，请原谅我。您知道吗，我和妈妈都大哭了一场！”

往前走是那条阴暗的、两旁有枞树的林荫道，还有坍塌的篱笆……在那片田野，当初黑麦开花，鹌鹑鸣叫，现在只有几头牛和被拴着的马在上面走来走去了。山丘上，一片碧绿的冬麦。我又恢复了以往工作时的那种清醒状态，并开始为那天在沃尔恰尼诺夫家说的话感到羞愧，我的生活现在又回到了寂寞和孤单之中。回到家，我收拾好行李，傍晚便动身去了彼得堡。

此后，我再也没见过沃尔恰尼诺夫家的人。就在前不久，我在去克里木的火车上遇见了别洛库洛夫。他依旧穿着那件腰上带褶子的上衣和绣花衬衣，我问到他的健康状况，他连说：“托您的福。”我们聊了起来。他把自己的庄园卖了，以柳波芙·伊万诺夫娜的名义买了另一处小一些的房子。对沃尔恰尼诺夫一家的事，他说得不多。他说，丽达依然住在谢尔科夫卡，在学校教书；在她的周围，已渐渐有了一群拥戴她的人，他们组成了一个很有声势的团体，在最近一次地方自治会的选举中“击败”了此前一直掌控全县的巴拉金。关于热尼娅，别洛库洛夫只是说她并没住在家里，不知道她现在人在何处。

我已慢慢地忘记了那带阁楼的房子，有时在画画或读书的时候，偶尔，那窗子里的绿光会猛然间闪现在我的脑海。我还能忆起那天深夜在田野里响起的脚步声，当时的我心中充满了爱，走在回家的路上，冷得我不停地搓着双手。也有不多的一些时候，在我深感寂寞和忍受孤独时，就会模模糊糊地忆起往事，此时的我会隐隐地感到，有人此刻也正想起了我，也正等着我，我们终会相遇……

米修司，你在哪里？

一八九六年

苏玲　译

在故乡

一

顿涅茨铁路。一个单调而宁静的车站，孤零零地在草原上闪着白光。它的墙壁被太阳烤得发烫，没有阴影，好像也没有人影。火车把您放下之后，已经开走，它的声响还隐约可闻，终于听不见了……车站近旁一片荒凉，除了您的马之外，没有其他的马。您坐在马车上——坐过火车之后这是很惬意的——在草原的路上行驶，在您眼前展开了一幅无边无涯、色彩单调得迷人的景色，这样的景色在莫斯科近郊是见不到的。草原，草原——除了草原，一无所有。远处能见到古墓，或是风车，牛车拉着煤炭走过……

孤单的鸟儿低低地飞过草原，单调地扇动着翅膀，让人直想打瞌睡。炎热。过了一两个小时，看到的还是草原，草原，还有远处的古墓。您的车夫在讲述着什么，还不时地用鞭子向四周指点着什么，这时，您的心灵平静了下来，也不想去怀念过去……

派了辆三驾马车来接薇拉·伊万诺芙娜·卡尔季娜，车夫把行李装好，动手摆正挽具。

"一切都和从前一样，"薇拉环顾四周，说，"上次来这里已经是十年前，我那时还是个小姑娘。记得那次来接我的是年老的鲍里斯，他现在还在吗？"

车夫没有回答，只是生气地，按乌克兰人的方式瞅了她一眼，就爬到了车座上。

从车站出发，需要走三十俄里才能到家。薇拉也为草原的美景所陶醉，忘了过去，只着眼于此刻的辽阔与自由，她健康、聪慧、美丽、年轻——她只有二十三岁——迄今为止，在她的生活中缺少的正是这辽阔与自由。

草原，草原，马儿在奔跑，太阳升得很高，在童年时光，六月的草原好像不是如此的茂盛和丰饶，草在开花——绿的、黄的、紫的、白的；从开放的花朵里，从烤热的土地里，升腾起一缕芳香，沿路能见到一些怪异的青鸟……薇拉早已没有祈祷的习惯，可是她现在压制着睡意，轻声说道："上帝，保佑我在这里生活得好。"

她的灵魂里十分严肃和甜美，好像她愿意一辈子都坐在马车上欣赏这无边的草原。忽然出现了一个峡谷，很深，布满了短小的橡树与赤杨，有一股湿气上涌——下边应该是一条溪流。在这一边，在峡谷边上，一群鹧鸪扑打着翅膀飞了起来。薇拉想起，以前到了晚上他们常来这个峡谷边上散步，这么说，离自家的宅院已经不远！这时果真远远地看到了白杨树、谷仓；旁边还冒着黑烟：这是人们在焚烧旧的麦秸，瞧呀，姑姑达霞手里摆动着手帕迎上来了；爷爷站到了露台上。上帝，多么快活！

“可爱的，可爱的！”——姑姑说着，喊着，像是处于癫狂状态，“我们真正的一家之主来了！你要明白，你是我们的女主人，我们的皇后！这里的一切全属于你！可爱的美人，我不是姑姑，而是你顺从的奴隶！”

除了姑姑和爷爷之外，薇拉再也没有别的亲人。母亲早就过世，父亲是个工程师，三个月前从西伯利亚回来，半路上死在了喀山城。爷爷留一把大白胡子，肥胖，红脸，气喘，挺着肚子，拄着拐杖走路。姑姑是个四十二岁的女人，穿着时髦的裙子，宽袖、束腰，往年轻了打扮，还想让男人动心；她踩着小碎步走着，扭动着腰肢。

“你会爱我们的吧？”她拥抱薇拉，说，“你不骄傲吧？”

依照爷爷的愿望，做了个感恩祈祷，然后吃了顿丰盛的午餐——薇拉的新生活就此开始了。她住进了最好的房间，家里所有的地毯全都铺到了这个房间，还搬来了好多花。晚上当她躺到自己那舒适、宽敞、松软的床上，盖上一条散发着陈旧气味的绸被，她便满意地微笑了。达霞姑姑进来，为了向她道声晚安。

“谢天谢地，你终于回来了，”她坐在床边说，“你也看见了，我们生活得很好，好得不能要求再好。就是有一样：你爷爷不好！身体很糟！气喘，健忘。要知道当年——你还记得吗？——他多么健康，多么强壮！他以前是个急性子……仆人要是有点伺候不周，他就会火冒三丈，叫嚷着：'抽他二十五下！用鞭子抽！'但现在心平气和了，听不到他嚷嚷了。所以说，宝贝儿，时代变了，现在不兴打人了。当然，不能打人了，但也不能放纵呀。"

"姑姑，现在还打他们吗？"薇拉问。

"管家有时还打，而我不打人。愿上帝保佑他们！而你爷爷，照老习惯，有时还挥动棍子，但也不打人了。"

达霞姑姑打了个呵欠。先在嘴边，然后在右耳上画了十字。

"住在这里寂寞吗？"薇拉问。

"怎么对你说呢？现在地主不住这儿了，不过四周都盖起了厂房，宝贝儿，这里有工程师、医生、矿主——太棒了！当然，也有戏剧演出、音乐会，但打牌的牌局最多。他们也来我们这里做客。常来我们这里的，是涅夏波夫医生，厂医，是个非常英俊，而且讨人喜欢的男人！他迷上了你的那张照片。我已经有了主意，心想，这也是薇拉的运气。他年轻，漂亮，有钱——很般配，总而言之。要知道，你也是个了不起的未婚妻啊。你出身高贵，田产虽然已经抵押出去，那又怎么样？管理得井井有条，田地没有荒芜，这里边还有我的份额，但以后全都归你，我是你顺从的奴隶。我死去的兄弟，你的爸爸，还留下了一万五千卢布……但是，好了，你眼睛也睁不开了，孩子，睡吧。"

第二天，薇拉在房子周围转悠了很久。花园陈旧，不美，没有一条小路，位置也不好，在一个斜坡上荒凉着：想必认为这个花园对于这个庄园来说是多余的。有不少蛇。一群鸟在树下飞着，发出“呜——吐——吐”的叫声，这叫声像是要唤起人们去回想什么似的。坡下有条河，河边长着高高的芦苇，离河半俄里有个村子。薇拉走出花园来到田野上，她眺望远方，想着自己在故乡的新生活，她想知道，等待她的将是什么。平原的辽阔、草原的美丽宁静在告诉她：幸福已经临近，也许已经来到。真的，成千上万的人会这么说：“一个年轻、健康、有文化的姑娘，住在自己的庄园里是何等的幸福！但与此同时，这个无边的平原，单调的平原，没有一个活人，也让她害怕，她有时清楚地意识到，这个静悄悄的绿色怪物会吞食她的生命，让它无影无踪。她年轻，优雅，热爱生活，大学毕业，能说三种外语，读了很多书，与父亲一起走了很多地方——难道所有这一切最终都是为了住进一个荒凉的草原上的庄园里，因为无所事事，日复一日地从花园走进田野，从田野走进花园，然后坐在房里听爷爷喘气？怎么办呢？上哪儿去呢？她怎么也不能给自己做出回答，而当她回到家里，她就想，她在这里未必能得到幸福。走在从车站到家的路上，要远比住在家里有趣。

涅夏波夫医生从工厂里来了。他曾是个医生，但三年前他在工厂入了股，也就成了股东之一，现在他不把行医看成自己的主业，尽管他还在给人看病。从外表看，这是一位脸色苍白的黑发男子，穿一件白色坎肩。但他心里有什么感觉，头脑里有什么想法，就不得而知了。他和达霞姑姑打了招呼，还吻了她的手，然后常常从椅子上跳起，或是给人端椅子，或是给人让座，一直很严肃，沉默着。而如果开始谈话，就不知为什么那第一句话总是让人听不懂，尽管他说得很规范，嗓音也不低。

“您能弹弹钢琴吗？”他问薇拉，但立即跳了起来，因为她的手帕掉到了地上。

他从中午一直坐到夜里十二点钟，一声不吭，薇拉很不喜欢他。她觉得，在乡间穿件白坎肩——趣味不高，而过分的谦虚与文质彬彬，严肃而苍白的面孔上有两道黑眉毛，则让人肉麻；他之所以常常沉默不语，大概是因为他没有什么学问。而姑姑在他走后却高兴地说：“怎么样？是很美妙吧？”

二

姑姑达霞管理这个庄园。她的腰勒得很细，两只手上的手镯叮当作响，她时而去厨房，时而上谷仓，时而进牲口房，踩着小碎步，扭着背和腰。不知道为什么，她与管家或是与农民说话，一定得戴上夹鼻眼镜。爷爷总是坐在一个地方，或是玩纸牌，或是打瞌睡。午饭和晚饭他吃得特别多，他吃当天的菜，也吃昨天剩下的。还吃星期天留下的冷馅饼和仆人吃剩的咸牛肉。他狼吞虎咽的吃相，每次午饭时都给薇拉留下深刻的印象，以至于当她以后看到有人牵出一只绵羊，或是抬出一袋面粉，她就想：“这会被爷爷吃掉。”大部分时间他都是沉默着，或是专心于吃饭，或是专心于纸牌。但有时在吃饭的时候，一眼看到了薇拉，他就会受到感动，温柔地说："我唯一的孙女！薇罗契卡！"

眼泪就在他的眼眶里闪耀。有时他的面孔突然涨得通红，颈脖子也鼓了起来，恶狠狠地盯着仆人，敲打着棍子说："为什么不把辣萝卜端上来？"

到了冬天，他过着一动不动的安稳生活，夏天的时候，他偶尔坐着马车上田野去，去看看燕麦和草地，回来之后就说，没有了他全都乱七八糟，一边说，一边还挥舞着棍子。

"你的爷爷心里不痛快。"达霞姑姑小声说。

"现在没有什么了，而从前可了不得：'抽他二十五下！用鞭子抽！'"

姑姑埋怨说，现在人都懒了，都什么也不干，庄园没有什么收益。实际情况也是如此，没有任何正经的农业生产，只是习惯性地耕点地，播点种，而实际上什么也没有干，过着闲散的生活。而与此同时，人们整天在行走着，算计着，忙碌着：家里的忙乱从清晨五时开始，"拿来""送去""快走"的叫喊声不绝于耳，仆人到了晚上也都精疲力竭了。姑姑每个星期都要换掉厨娘和女仆，有的是因为她们不守规矩，有的是她们自己要走，说受不了这份苦。附近的村子里没有人愿意来帮活，只好到远处去找。附近村子里只有阿莲娜姑娘留下来了，她不走是因为全家要靠她的薪金过日子——她家里还有老人和孩子，阿莲娜是个面色苍白，有点傻气的小姑娘，她整天收拾房间，服侍餐饮，生火炉子，做针线活，拆洗衣服，她似乎不停地在忙活，靴子敲得咚咚响，只是把家里弄得更不太平。由于提心吊胆，害怕被辞掉，打发回家，她常常把碗碟打碎，便要扣她工资，她的妈妈和奶奶就来跪倒在达霞姑姑跟前求情。

客人每星期来一次，有时更频繁。姑姑就进屋来对薇拉说："你去见见客人，否则他们会以为你很骄傲。"

薇拉来到客人中间，与他们打牌，或是自己弹琴，而客人们则翩翩起舞。姑姑很高兴，跳舞跳得喘不上气，她走近薇拉，轻声说："你和玛丽雅·尼基福罗芙娜要亲热点。"

十二月六日是圣尼古拉节，一下子来了三十位客人，玩牌玩到深夜，还有不少人留下过夜。第二天一早又开始坐下打牌，然后吃午饭，午饭过后薇拉回到了自己的房间，以便躲开这些闲谈和烟雾，但房里照样有客人坐着，急得她差点哭出声来。而到了晚上，客人们纷纷准备打道回府，他们终于要走了，她自然心里高兴，就说："你们不再坐一会儿！"

应酬客人使她身心俱疲，但与此同时——几乎每天如此——夜幕刚一降临，她就要走出家门，去某家工厂做客，或是到邻近的地主家串门；在那里打牌，跳舞，做游戏，吃夜宵……在工厂和矿山工作的年轻人，有时会唱一些乌克兰民歌，唱得还挺不错，听他们唱歌，心里会觉得凄凉。或是所有的人都聚集在一个房间里，在黑暗中谈论矿山，谈论从前深藏在草原上的宝藏，谈论以色列王萨乌尔的坟墓……谈话进行到夜深的时候，有时会传来一声"救——命——呀！"，这是有个醉汉从旁边走过，或是有人在邻近的矿井旁遇到了劫匪，或是风在炉灶的烟囱里吼叫，也把护窗板吹得吱吱作响。少顷，听到了教堂发出的报警钟声，暴风雪开始了。在所有的晚会、野餐和午宴上，最风光的女人一定是达霞姑姑，最风光的男人一定是涅夏波夫医生。在工厂里、庄园里很少有人读书，演奏的也只有进行曲和波尔卡舞曲。年轻人总是在争论一些他们一窍不通的事物，这显得很拙劣。他们争论得很热烈，嗓门喊得很响，可也奇怪，薇拉在其他任何地方都没有见过如此冷漠的人。他们好像没有祖国，没有宗教信仰，也没有社会关怀。而当话题一涉及文学，或是某种抽象的问题，便能从涅夏波夫的脸上看出来，他对这些问题毫无兴趣，他已经好久好久没有读什么书，也不想读什么书。他一脸严肃，毫无表情，像是一幅画坏了的肖像，照样穿一件白坎肩，照样一言不发，照样一脸茫然，但太太小姐们都认为他是个有情趣的人，都为他的风度所倾倒，也都羡慕薇拉，因为看来他喜欢上了她。而薇拉每次做客归来都很沮丧，发誓要待在家里，但白天一过，傍晚来临，她又要赶往工厂里去。整个冬天，几乎都是这样度过的。

她订了一些书和杂志，独自在房间里读。每天晚上，她躺在床上读书。当走廊里的挂钟响了两下或三下，当读书读得她的太阳穴隐隐作痛，她就从床上坐起，开始思索，要做点什么？该往哪儿去？对于这种恼人的问题，早就有很多的答案，但实际上连一个答案也没有。噢，为民众服务，减轻他们的痛苦，教他们识字——这是何等的高尚、神圣与美好。但薇拉不了解大众，怎么才能接近大众呢？她和大众有隔阂，也不关心他们。她无法忍受农舍的臭味，小酒馆里的吵骂，肮脏的孩子和村姑们关于疾病的唠叨。冒着严寒，走过雪堆，然后坐在不透气的农舍里给你并不喜欢的孩子教书——不，这还不如去死！你在这边教农民的孩子识字，达霞姑姑在那边收小饭馆的租金，罚农民的钱款——这岂不是一幕讽刺喜剧！关于学校、农村图书馆，关于普及教育，已经费了多少口舌，但如果所有这些我们所认识的工程师、工厂主、阔太太不是伪君子，而是当真相信教育是需要的，那么他们就不会像现在这样只给乡村教师开每月十五卢布的工资，不会让他们挨饿。至于关于学校和愚昧的议论，只是为了减轻他们良心的负担，因为拥有五千或一万亩土地的人，对大众漠不关心，连他们自己都觉得不好意思。再看那个被太太们称作善人的涅夏波夫医生，他花八百卢布用厂里的旧砖头在工厂旁盖了所小学校，于是在开学典礼上，大家给他唱"长命百岁歌"，但股份恐怕他是不会让出来的，恐怕在他头脑里也没有想到过农民是和他一样的人，他们同样需要上大学，而不仅仅是在这些可怜的厂办小学里念书。

薇拉恨自己，也恨其他一切的人，她又拿起了书本想读，但过了一会儿她又坐下来沉思着，去当个医生？这需要通过拉丁文考试，再说了，她对死尸和疾病有无法克制的厌恶感。做个技工、法官、船长、科学家，做一种可以把自己全部的体力与智力都发挥出来的工作，让自己累得精疲力竭，然后晚上睡个好觉，将自己的全部生命贡献给一项事业，从而让自己成为一个有情趣的人，成为一个能让有情趣的人们所喜欢的人，能够去爱，拥有一个属于自己的真正的家庭……但做什么呢？怎么开始呢？

复活节前的斋戒节那天，姑姑一清早到她房间来取阳伞。薇拉坐在床上，双手抱住头，在想心事。“宝贝，你最好去趟教堂，”姑姑说，“否则他们会以为你是个不信教的人。”

薇拉没有回答。

“我看你很寂寞，可怜的孩子，”姑姑跪在床前说，她疼爱薇拉，“你说，你寂寞吗？”

“非常寂寞。”

“美人儿，我的王后，我是你顺从的奴隶，我只是希望你日子过得好，过得幸福……你说，你为什么不肯嫁给涅夏波夫？孩子，你还想找什么样的人？亲爱的，请原谅，不能这么挑剔的，我们不是皇亲国戚……时光过得很快，你不是十七岁……我不明白！他爱你，崇拜你！”

“啊，天啊，”薇拉说，她心里很烦，“我怎么知道？他自己总不开口，一句话也不说。”

姑姑走了之后，薇拉站在房间的中央发愣，不知道她该穿上衣服还是继续上床躺着。床铺很讨厌，瞧瞧窗外——那里有光秃秃的树，灰蒙蒙的雪，让人厌恶的寒鸦，将被爷爷吃掉的猪……

“真的，”她想，“那就嫁人吧！”

三

这两天，姑姑带着一双泪眼和一张施了浓粉的脸蛋走来走去，吃午饭的时候瞧着神像连声叹气，不明白她在为什么伤心。她终于决定走到薇拉跟前，直截了当地说："孩子，是这么回事，我们该给银行的贷款付利息了，可是租户还没有交租金。那就从你父亲留给你的一万五千卢布里提点钱出来支付吧。"

后来，姑姑一整天在庄园里熬煮樱桃果酱。阿莲娜热得面颊通红，时而跑进花园，时而跑回屋内，时而跑向地窖。姑姑熬煮果酱的时候，神色凝重，好像是在做什么宗教仪式，她的衣服短袖露出了她那双手臂，虽然细小但结实而威严，女仆在不停地奔跑，在她享用不到的果酱四周忙碌，总让人产生一种痛苦的感觉……

花园里散发着煮熟的樱桃味。太阳已经下山了，火炉已经撤走，但空气里还弥漫着这甘甜的香气。薇拉坐在一张长椅上，看一个新来的雇工干活，他是一个过路的年轻士兵，现在正在按照她的要求修路，他用铁锹铲去草皮，把草皮扔到独轮手车上。

"你在哪儿服过兵役？"薇拉问他。

"在贝尔扬斯克。"

"现在上哪儿去？回家？"

"不是，"他回答，"我没有家。"

"你在哪里出生长大的？"

"在奥尔洛大省。参军前我跟我母亲一起住在继父家里，母亲是家庭主妇，大家尊重她，她抚养了我。可在兵营里我接到了一封信：母亲死了……现在我也不想回家了。不是亲生父亲，所以那个家也不是自己的家。"

“你的亲生父亲死了?”

“不知道。我是私生子。”

这时姑姑出现在了窗口，说:“Il ne faut pas parlez aux gens（法语:“不要和仆人说话”）……亲爱的，上厨房去吧。”她又对士兵说:“你上那里去说。”

再后来，像昨天一样，也天天是这样，晚饭，读书，失眠和关于同一个问题的没完没了的念想。三点钟太阳升起，阿莲娜已经在走廊里忙活，而薇拉还未入睡，还想读书。听到了独轮手车的声响：新来的那个工人走进了花园……薇拉手里拿本书，坐在打开的窗户旁，睡眼惺忪地看这个士兵怎么给她修建这条小路，这让她很感兴趣。小路修整得很平坦，像一条带子，她快活地想象着，要是在路面再撒上些黄沙将是何等模样。五点钟刚过，看到姑姑从房里走出来了，穿一件宽敞的大袍，头发上夹着卷发纸。她在台阶上默默地站了三分钟，然后对士兵说:“拿上自己的护照走吧。我不能在家里留个私生子。”在薇拉的胸中，一种恶毒的感觉像一块石头那样翻滚着。她憎恨姑姑，姑姑惹她怒火中烧……那又怎么办呢?打断她的话?骂她一顿?这又有什么用?就算与她针锋相对干一仗，把她赶走，让她别在这里做坏事，也别让爷爷再挥舞棍子，但这又有什么用?这就如同在那无边的草原上除掉了一只老鼠或一条蛇。辽阔的空间，漫长的冬天，单调的生活，让人产生一种无助的感觉，现状似乎是没有希望的，也不想有所作为——一切都于事无补。

阿莲娜走了进来，向薇拉深深一鞠躬之后，开始搬出靠背椅来擦拭灰尘。

“你挑了这个时辰来打扫，”薇拉心烦地说，“出去！”

阿莲娜不知所措，因为害怕，她无法知道要她干什么，她开始赶紧打扫房间。

“告诉你出去！”薇拉喊了一声，身上发凉，她以前从来没有体验过如此沉重的感觉，“出去！”

阿莲娜呻吟了一声，像鸟的哀鸣，把金表碰到了地毯上。

“滚出去！”薇拉大喊，好像不是用自己的声音在喊，她跳了起来，浑身发抖。“把她赶走，她把我折磨苦了！”她继续说，在走廊里追着阿莲娜，顿着脚。“滚开！用棍子打她！”

随后她突然醒悟过来了，便披头散发，穿着睡衣，趿着拖鞋，飞奔出门。她跑到了熟悉的峡谷里藏身在荆棘丛中，为的是不要看见任何人，也不让任何人看到她。她一动不动地躺在草地上，她没有哭泣，也不害怕，她凝望着天空，冷静地思索着，也清楚地意识到，刚才发生的事，是她一辈子也不会忘记，也是一辈子不能原谅自己的。

“不，够了，够了！”她想，“该自己拿定主意了，要不就难办了……够了！”

中午，涅夏波夫医生坐车经过峡谷来到庄园。她见到了他，立即决定开始过新的生活，她要逼着自己这样开始，这个决定让她的心安定下来。她用眼睛打量着医生匀称的身躯，仿佛是为了软化自己坚定的决心，说：“他是个很好的……我们能在一起过日子的。”

她回到了家里。当她穿好衣服，达霞姑姑走进来说:“宝贝，阿莲娜惹你生气了，我打发她回家了，她妈把她打了一顿，还上这儿来哭了……”

“姑姑，”薇拉赶紧说，“我要嫁给涅夏波夫。只是得您去跟他说……我开不了口……”

她又走到了田野上，随心所欲地走着。她已经做出决定，结婚之后她要管家里的产业，还要给人治病，教人识字，还有做周围其他女人所做的一切。那种对自己与对他人的经常性的不满，那种每逢回顾自己的过去，便会像一座山那样横亘在面前的一长串错误，她会将其看作自己命中注定要经历的真正的生活，已经不能期望有更好的生活了……其实也不会有更好的生活了！美丽的大自然、梦想、音乐在诉说着什么，而现实的生活——是另外一回事。很显然，幸福和真理存在于生活之外的某个地方……需要的不是活着，要是能和这个如同永恒般无边无涯、无喜无悲的美丽草原，以及它的鲜花、古墓、远方融为一体，那样就好了……

一个月以后，薇拉就住在工厂里了。

一八九七年

套中人

在米罗诺辛茨基村的尽头，在村长普罗柯菲耶家的板棚里，误了点的猎人准备留宿过夜。他们只有两个人：兽医伊万·伊万内奇和中学教师布尔金。伊万·伊万内奇有个很古怪的复姓——奇姆沙-吉马拉耶斯基，这和他显然不匹配，所以省里的人干脆叫他的本名和父名。他住在城郊的养马场，这次出来打猎，是为了呼吸呼吸新鲜空气。中学教师布尔金则每年夏天都要到伯爵家做客，他早就是这个地区的熟人。

他们没有睡觉。伊万·伊万内奇是个瘦瘦的高个子老头，留着长须，坐在门口抽烟，明月照亮了他。布尔金躺在屋里的干草堆上，人影消失在黑暗中。

他们说了很多故事，顺便也说起村长的老婆玛芙拉，一个很健康也不笨的女人，这一辈子她竟然没有出过这个村子。她既没有见过城市，也没有见过铁路，而最近十年她整天守着灶台，只有到了夜间才上街去走一走。

“这有什么可惊奇的！”布尔金说，“那种生性孤独，像寄生蟹或蜗牛那样拼命躲进自己的外壳里的人，在这个世上并不少。也许，这是隔世遗传，又回到了我们老祖宗的时代，那时的人还不是群居动物，而是单个生活在自己的洞穴中。或许，这不过是人的性格的一种变异——有谁知道呢？我不是自然科学家，我不研究这些问题，我只是想说，像玛芙拉这样的人，绝不是少有的现象。也是，不必往远了找，两个月前，我们城里死了个叫别里科夫的人，希腊语教师，是我的同事。想必你也听说过他。他名声在外，是因为他即便在阳光灿烂的日子出门，也穿上套鞋，带上雨伞，而且还一定要穿着暖和的棉大衣。

“他的雨伞装在套子里，他的怀表也装在皮套子里，而当他掏出小刀削铅笔的时候，那小刀也放在一个小套子里，他的脸似乎也装在套子里，因为它总是藏在拉起的衣领里。他戴墨镜，穿绒衣，耳朵塞上棉花，要是坐马车出行，一定吩咐把车篷支起。总而言之，这个人有一种恒久的、不可抗拒的心愿，力图用外壳把自己包围起来，就好比给自己制造一个套子，好让他与世隔绝不受外界影响。现实生活刺激了他，惊吓了他，使他总是处于恐慌之中；也许是为自己的胆怯和对现实生活的憎恶做辩解，他不遗余力地赞美过去，赞美从来也不存在的东西；他讲授的古代语言，对于他来说，实际上也是一双套鞋，一把伞，他借助它们回避现实生活。

“‘噢，希腊语多么悦耳，多么美妙！’他带着甜美的表情说道。为了证明自己说得有道理，他眯缝着眼睛，举起一个手指，

念道：'安特洛普斯！'

"别里科夫也极力把自己的思想藏在套子里。对于他来说，有发布什么禁令的政府告示和报纸社论，才是一目了然的。当有份告示禁止中学生在晚上九点过后上街，或是有篇报纸的文章鼓吹禁止性爱，他就觉得一清二楚，发出禁令——一了百了。他认为在一切的开禁和允许里，都包含着某种可疑的、说不清道不明的因素。而当有关部门批准在城里成立剧社，或是开设阅览室和茶座，他就摇摇头轻声说道：

"'这，当然，好倒是好，但怎么会不闹出点乱子来。'

"一切偏离章程、有点出格的事，都会让他垂头丧气，尽管这与他有何相干呢？如果有个同事没有准点参加祷告仪式，或是听说中学生调皮捣蛋，或是看到女教师晚上和军官在一起散步，他就会激动起来，反复说，这怎么会不闹出点乱子来。在学校的教务会上，他用自己的谨小慎微、神经过敏，以及他那类套子式的议论压迫着我们，他认为男校和女校的年轻人都行为不轨，教室里闹得不成体统，他说，这怎么会不传到上司的耳朵里去，啊喔，这怎么会不闹出点乱子来。他还说，如果把二年级的彼得洛夫、四年级的叶果洛夫开除了，倒是很好。结果怎么样？他用他的一声声叹息和哀怨，用他那副贴在小白脸上的黑眼镜——您知道，他的小脸活像黄鼠狼的脸——来压迫我们，我们只好让步，我们把彼得洛夫和叶果洛夫的操行分数压低，给他俩关了禁闭，而最后还是把彼得洛夫和叶果洛夫开除了事。他有个奇怪的习癖——常来我们宿舍走动。他到了一位教师家里，坐了下来，一言不发，像是要侦探什么似的。就这样一言不发地坐上一两个小时，然后走了。他把这称作‘与同事们保持友善关系’，但很明显，来看望我们，枯坐一两个小时，在他是件痛苦的事，他来探望我们仅仅是因为他觉得这是在尽一份同事的义务。我们这些教师都怕他，甚至校长也怕他。您倒是想想，我们这些教师都是有头脑的人，他们的品行受过屠格涅夫和谢德林的熏陶，而这个总是穿着雨鞋打着雨伞的人，却整整十五年把整个学校捏在自己的手心里！学校算得了什么？整个城市都被他捏在手心里！我们的妇女到了星期六不敢举办业余戏剧演出，因为怕他知道。有他在场，神父不敢吃肉，不敢打牌。在别里科夫这类人的影响下，最近十年到十五年的时间里，我们这个城市的居民变得害怕一切。害怕大声说话，害怕邮寄书信，害怕结交朋友，害怕阅读书籍，害怕接济穷人，害怕学习文化。”

伊万·伊万内奇咳嗽了一声，想说点什么，他先吸了口烟，看了看月亮，然后才抑扬顿挫地说道：“是啊，有头脑、有品行的人，读着谢德林的书、屠格涅夫的书，还读勃克尔等名家的书，可是却忍气吞声，服从管制……事情就是这样。”

“别里科夫和我是邻居。”布尔金继续说，“同一层楼房，门对门，我们常常见面，我知道他的家庭生活。家里也是这一套：睡衣，睡帽，门闩，百叶窗，种种禁忌，种种忌讳，还有——这怎么会不闹出点乱子来！吃素有害，而吃荤又不行，因为怕别人说别里科夫不持斋，于是他要吃用奶油炸过的小鲈鱼，这虽然不是素菜，但也不能说是荤腥。他不用女仆，怕别人说他闲话，就雇了阿法纳西来当厨子。阿法纳西是个六十岁的老头，爱喝酒，头脑不清醒，以前当过勤务兵，多少能烧点菜。阿法纳西经常站在门口，手臂交叉在胸前，总是唉声叹气，反复嘟囔这样一句：

"'现在像他们这样的人有的是！'

"他的卧室很小，像个木头匣子，床上挂着蚊帐。他上床睡觉总是用被子裹着脑袋，房里又热又闷，风吹打着紧闭的房门，炉子也嗡嗡作响；从厨房里传来叹息声，那是不祥的叹息声……

"他躺在被子里头感到恐惧。他担心会闹出点什么乱子来，担心阿法纳西会宰了他，担心会有小偷破门而入。于是他做了一夜的噩梦，早上我和他一起去学校，一路上他脸色苍白，郁郁寡欢。看得出来，他要去的那所人声鼎沸的学校，让他恐慌与厌恶。和我结伴同行，对于他这个生性孤僻的人也是件苦事。

"'我们学校的教室里太闹了，'他这样说，像是要为自己的沉闷心情找到原因，'太不像话。'

"您倒是想一想，这位希腊语教师，这位套子里的人差一点结了婚。"

伊万·伊万内奇迅速瞅了瞅板棚说道：

"您是在开玩笑！"

"真的，差一点结了婚，不管这有多么奇怪。我们学校来了一位新的史地教员，名叫米哈依尔·萨维奇·柯瓦连克，是乌克兰人。他不是一个人来的，他的姐姐瓦莲卡也跟来了。他年轻，皮肤黝黑，个头很高，手掌很大，从他的长相就能猜想他用低音说话，他的嗓音的确像是从木桶里传出来的：'嘭嘭嘭'……而她已经不年轻，有三十岁了，但身材也很高，长得丰满，黑眉毛，红脸蛋——一句话，不是女人，是水晶软糖。她是那么活泼、机敏，总是哼唱乌克兰民歌，总是笑声朗朗。她动不动就发出爽朗的笑声：'哈哈哈！'和柯瓦连克姐弟的第一次真正相识，是在校长的命名日聚餐会上。在一群严肃的、老气横秋的、把参加命名日聚餐都看成应付差事的教师中间，我们突然看到一位新的阿佛洛狄忒浮出了水面：她两手叉腰来回走动，她笑着，唱着，跳着……她带着感情唱了《风之歌》，然后又唱了支歌，然后又是一支歌，她把我们所有的人，甚至包括别里科夫在内，都迷住了。别里科夫坐到她跟前，堆着甜蜜的笑容，说：'乌克兰语的柔和与悦耳能让人联想到古希腊语。'

"这话满足了她的虚荣心，于是她开始带着感情、用肯定的口吻对他说起她家在加德雅契县有个庄园，她妈现在就住在庄园里。那里有多么好的凤梨、多么好的甜瓜、多么好的卡巴卡呀！乌克兰人管南瓜叫卡巴卡，管小酒店叫什恩卡，他们用红颜色的甜菜和青菜熬出来的菜汤'非常好吃，简直是好吃死了'！

"我们听着听着，突然间在我们脑子里浮现出一个相同的念头。

"'让他们结成夫妻，倒也很好。'校长太太轻声对人说。

"我们大家终于想到，我们的别里科夫还是个单身汉。我们开始感到奇怪，我们到现在为止竟然没有发现，完全忽略了他生活中如此重要的一个细节。他对女人有什么样的基本看法，他如何为自己解决这个终身大事？早先这样的问题完全不会让我们感兴趣，我们甚至不会产生这样的想法：一个不管什么天气都要穿雨鞋上街，天天都挂着帐子睡觉的人会谈恋爱。

“‘他已经四十开外，而她三十岁……’校长太太说明自己的想法，‘我以为，她可以嫁给他。’

“在我们外省，由于寂寞无聊什么样的事情都做得出来！有多少不应该做的荒唐事！这是因为完全不做正经事！就说这个别里科夫吧，我们甚至无法想象他是个未婚夫，可我们为什么突然间要操心替他做媒？校长太太、训导主任太太和我们学校所有的女士全都活跃起来了，甚至变得标致了，好像一下子看见了生活的目标。校长太太在戏院里订了个包厢，瞧——在她的包厢里坐着瓦莲卡，她扇着扇子，喜形于色，她旁边是别里科夫，他蜷着身子，小得可怜，像是有人用钳子把他从家里夹到这里来的。我要举办游艺晚会，女士们便要求我务必把别里科夫和瓦莲卡请到。总而言之，机器开动了。而且我们发现，瓦莲卡也不反对嫁人。她和弟弟住在一起并不愉快，就知道整天争吵与对骂。您瞧这样一个场面：柯瓦连克在街上走，是个高个儿壮汉，穿着绣花衬衣，一缕头发从帽檐落在额头；他一只手拿着一包书，另一只手拄着一根多节的粗棍。姐姐走在他身后，也拿着一包书。

“‘米哈依里克，你没有读过这本书！’她大声争辩，‘我敢向你发誓，你压根没有读过！’

“‘而我要对你说，我读过了！’柯瓦连克大声喊道，用木棍敲打着人行道。

“‘米契克，我的上帝！你干吗发火，我们是在进行原则性的

对话。'

"'而我要对你说，我读过了！'柯瓦连克喊得更响了。

"而在家里，即便当着外人的面，也会互相吵骂。大概，这样的生活让她太厌倦了。她想要有个自己的家，而且也不能忽略年龄；现在已经不好挑三拣四，能嫁个人就行，甚至嫁给希腊文教师。对于我们大多数妇女来说，嫁给谁并不重要，要紧的是嫁出去。不管怎么样，瓦莲卡开始对我们的别里科夫表现出明显的好感。

"而别里科夫呢？他也常常去柯瓦连克家里，就像常常来看我们一样。他一到那里，就坐下来，一言不发。他一言不发，瓦莲卡则给他唱《风之歌》，或是用她那双黑眼睛瞧着他，要不就突然大笑起来：

"'哈哈哈！'

"在情爱方面，尤其是在婚姻上，诱导能起很大作用。所有的人——无论是同事们还是同事的太太们——都试图让别里科夫相信他应该结婚，除了结婚之外，在他生活中再没有什么要紧的事。我们都向他道喜，都用严肃的口吻讲着各种无聊的套话，不外乎婚姻是终身大事，况且瓦莲卡长得不错，也有品位，她还是五品文官的女儿，还有一处庄园，而更重要的是，她是头一个对他态度亲切的女人——他终于昏了头，觉得自己的确应该结婚。"

"应该把他的雨鞋、雨伞拿走才对。"伊万·伊万内奇这样说。

"你要知道，这是不可能的。他把瓦莲卡的照片放到了自己的书架上，他照样来我这里，谈论瓦莲卡，谈论家庭生活，谈论婚姻是终身大事，他也常去柯瓦连克家里，但他的生活方式依然如故。甚至相反，结婚的决定好像对他产生了负面影响，他人变瘦了，脸色更加苍白，他像是更深地陷进自己的套子里去了。

“瓦尔瓦拉·萨维什娜我喜欢，’他苦笑着轻声对我说，‘我也知道，每个人都应该结婚，但……您要知道，这一切来得过于突然……应该好好考虑一下。’

“‘还考虑什么？’我对他说，‘结婚就完事了。’

“‘不，结婚是终身大事。应当首先估量一下眼前的职责和义务……免得以后出什么乱子。这太让我担心了，我现在天天失眠。我得承认，我心里害怕：这对姐弟的思想很奇怪，他们的言论，知道吗，也很离奇，性格也很张扬。结了婚，少不了会遇到什么麻烦。’

“他没有求婚，一味地拖延，这让校长太太和我们的其他女士深感遗憾。他一直在估量眼前的职责和义务，与此同时他几乎每天与瓦莲卡出去散步，可能他以为处在他的地位必须这样行事。他也来看我，谈论家庭生活。如果没有出现一场轩然大波，很有可能他终于会求婚，从容不迫地完成一桩无聊而愚蠢的婚事——在我们这里，由于寂寞和无所事事而造就的这类婚事数以千计。应该指出，瓦莲卡的弟弟柯瓦连克从认识别里科夫的第一天起就憎恶他，忍受不了他。

“‘我不明白，’柯瓦连克耸耸肩，对我们说，‘我不明白，你们怎么忍受得了这个告密者，这副讨厌的嘴脸。哎嘿，先生们，你们怎么能在这里生活！你们这里的空气太压抑、太恶浊。你们难道是教书先生？你们是群小官僚！你们这地方不是科学的殿堂，而是衙门，而且散发着只有在警察局里才能闻到的臭气。不，兄弟们，我和你们再相处一阵就回自己的庄园，我将在那里捕鱼捉虾，教乌克兰的小孩读书识字。我会走的，让你们和自己的犹大留在这里，一起倒霉。'

"有时他哈哈大笑，笑得流出眼泪，或是粗声粗气，或是细声细气，或是用尖厉的嗓音，两手一推问我：'他到我家来干什么？他需要什么？他坐着，瞪着眼睛看着。'

"他甚至给别里科夫起了个绰号：'名副其实的蜘蛛。'可以理解，我们避免和他说起他姐姐正想嫁给这只'蜘蛛'。但有一次校长太太向他暗示说，要是能促成他姐姐和别里科夫这样体面、受人尊敬的男人结为夫妻也不失为一件好事，他便阴沉下了脸嘟囔道：

"'这不关我什么事，哪怕她嫁给一条蟒蛇。我不爱干涉别人的事。'

"现在请听以后发生的事。有个淘气鬼画了一幅漫画：别里科夫在走着，穿着雨鞋，卷着裤腿，打着雨伞，旁边走着瓦莲卡，两人手挽着手，下边有一行字：'恋爱中的安特洛普斯。'画家可能干了不止一个通宵，因为不管是男校或是女校，或是师范学校的教师们，以及各种官员们，人人都收到了这样一幅漫画。别里科夫也收到了一幅。这幅漫画使他苦不堪言。

"我们一道出了门。这天是礼拜日，恰好是五月一日，我们所有的老师和学生都约好在校门口集合，然后步行出城到一个树林子去。我们走出来的时候，他脸色铁青，比乌云还要阴沉。

“‘竟然有这样居心叵测的恶人！’他说，嘴唇在发抖。

“我甚至对他产生了怜悯。我们走着，突然间，您倒想想，柯瓦连克骑着自行车过来了，瓦莲卡在他身后，也骑着自行车。她满脸通红，很疲劳的样子，但兴高采烈，情绪极好。

“‘我们，’她喊道，‘在前面走！天气太好了，好得要命！’

“两个人影消失了。我的别里科夫的脸色由铁青变成惨白，人像是一下子僵住了。他停下来看着我……

“‘请问，这是怎么回事？’他问道，‘也许，是我的眼睛欺骗了我？难道中学教师和妇女骑自行车也合体统？’

“‘有什么不合体统的？’我这样说，‘就让他们骑个痛快好了。’

“‘这怎么可以？’他大声吼道，惊讶于我的平心静气，‘您在说些什么呀？！’

“他受到那样的震动，以至于不想再往前赶路，便返回了家中。

“第二天，他不住地搓手，身子也神经质地抖动着，从脸色看得出来，他也没有吃午饭。尽管还是夏天的天气，但晚间他穿得暖暖的，缓步来到了柯瓦连克家。瓦莲卡不在，他只是碰到了她弟弟。

“‘请坐。’柯瓦连克皱起眉头，冷冷地说。他睡眼惺忪，午饭过后刚打了盹儿，情绪极坏。

“别里科夫默默地坐了十分钟之后，说：‘我到您这儿来，是为了减轻我心中的负担。我很痛苦，很痛苦。有个爱造谣的家伙给我和一位你我都熟悉的女士画了幅漫画。我以为有责任向您申明，这与我毫不相干……我没有做出什么可以让人如此嘲弄我的事情。相反，我一直是像一个正派人的样子行事的。’

“柯瓦连克坐着，沉默着，心里火冒三丈。别里科夫停顿了一下，然后继续轻声地、伤感地说道：‘我还要对您说几句。我教书已有不少年头，而您才刚刚开始，所以我作为一个老教师认为有责任提醒您。您骑自行车，这种娱乐对于一个青少年教育工作者是绝对不合适的。’

“‘为什么呢？’柯瓦连克压低了嗓子问。

“‘这难道还需要解释，米哈依尔·萨维奇，难道这还不明白？如果老师能骑自行车，那么学生应该干什么？他们就可以两脚朝天，拿着大顶走道？既然行政当局没有颁布告示允许做，就不能做。我昨天真是大惊失色啊！当我看到您姐姐的时候，我眼前一片漆黑。一个妇女或者是一位姑娘骑在自行车上——这太可怕了！’

“‘您究竟是想要怎样？’

“‘我就需要做一件事——给您提个醒儿，米哈依尔·萨维奇。您是年轻人，您前程万里，您应该非常谨慎地行事才对，可您的行为是那样的不检点，那样的不检点！您穿着绣花衬衣出门，常常抱着些什么书本上街，现在又是骑自行车。校长早晚会知道您和您姐姐骑自行车的事，然后再传到督学那里……这会有什么好结果！’

“‘我和姐姐骑自行车，不关任何人的什么事！’柯瓦连克

说，脸涨得通红，‘而谁要是干涉我的家庭私事，我就让他滚得远远的。’

“别里科夫脸色煞白，站起身来。‘如果您用这种口吻与我说话，那我就不再往下说了。’他又说，‘但请您以后永远不要当着我的面这么议论上司。对待上级行政当局您应该有所尊敬。’

“‘我难道说了什么行政当局的坏话？’柯瓦连克问道，用憎恶的眼光瞧着他，‘我是个正大光明的人，我不想跟像您这样的先生交谈。我不喜欢爱告密的小人。’

“别里科夫张皇失措了，他急匆匆地穿上大衣，脸上露出惊恐的神情。要知道他这是平生第一次听到这样粗鲁的话。

“‘您可以想说什么就说什么，’他这样说，一边走出门厅朝楼梯口走去，‘我只是需要预先向您申明一下，可能有什么人偷听了我们的谈话。为避免有人曲解我们的谈话，再闹出什么乱子来，我应该把我们的谈话内容向校长如实报告——主要的内容。我必须这样做。’

“‘报告？去吧，去报告呀！’

“柯瓦连克从身后一把抓住他的衣领，猛地推了一下，别里科夫便连同他的雨鞋一起带着响声滚到了楼梯下。楼梯又高又陡，但滚下楼梯的别里科夫安然无恙。他站起身来，摸摸鼻子：眼镜是否完整无损？但就在他顺着楼梯往下滚动的时候，瓦莲卡带着两位女士回到了家里；她们在楼梯下站着，看着，这在别里科夫是最最可怕的了。看来，他宁肯摔断颈脖子和两条腿，也不当别人的笑柄。要知道，现在这件事会传得满城风雨，会传进校长和督学的耳朵里，啊嘿，这怎么会不闹出点什么乱子来！然后会有人画新的漫画，最后只有奉命辞职了事……

“当他站起身来，瓦莲卡认出了他，瞅着他可笑的面孔、他的皱巴巴的大衣、他的一双雨鞋。她不了解事情的原委，还以为是他自己不小心摔下了楼去的，便忍不住大笑起来。她的笑声响彻整个屋子：‘哈哈哈！’

“这一串银铃般的‘哈哈哈’的笑声把一切都了结了：了结了这门婚事，了结了别里科夫的人世生活。他已经听不见瓦莲卡说了什么，他也什么都看不见。回到自己家里，他做的第一件事是从桌子上撤去瓦莲卡的照片，然后躺下，从此再也没有起来。

“过了三天，阿法纳西来找我，问我是否应该去请医生，因为他主人的情况不妙。我去看望别里科夫。他躺在帐子里，蒙着被子，一声不吭；有话问他，他仅仅以‘是’与‘不是’作答，其他的话一句也不说。

“他躺着，愁眉不展的阿法纳西在他床边走来走去，深深地叹气，从他身上散发出像是从下等酒馆里散发出的酒气。

“一个月后别里科夫死了。我们所有的人——两所中学和一所神学院的人，都去给他送葬。现在他躺在棺材里，他的神情祥和、爽朗，甚至喜庆。好像他很高兴，终于被人放进了一个他永远不会从中走出的套子里。是的，他实现了自己的理想！天气也仿佛要对他表示尊敬，出殡的时候乌云密布，下起了雨，我们都穿着雨鞋，打着雨伞。瓦莲卡也参加了葬礼，当棺材送进墓穴的时候，她哭了几声。我发现，乌克兰女人要么哭泣要么欢笑，处于这二者之间的情绪状态是没有的。

“我要承认，埋葬像别里科夫这样的人是件十分愉快的事。从墓地归来，我们的脸色凝重；谁也不想表露这样愉快的心情——这样的心情我们很早很早以前就体验过，那时我们都还是孩子，大人出门了，我们可以到花园里去跑上一两个钟头，尽情享受那完全的自由。啊嘿，自由，自由！甚至仅仅是对自由的某种暗示，甚至是对自由的微小希望，都能给灵魂插上翅膀，难道不是这样？

“我们从墓地回来时的心情是舒畅的。但还没过一个星期，生活又回到了老路上，它还照样的严酷、沉闷、无序，这是没有明令禁止，但也没有完全开放的生活。生活没有变得好起来。也是的，别里科夫是被埋葬了，但像他这样的套中人现在还有多少，将来还会有多少！”

“问题就在这里。”伊万·伊万内奇说，他抽起烟来。

“将来还会有多少！”布尔金又重复了一句。

中学教师走出了板棚。这人个头不高，已经发福，完全谢顶，长长的黑须几乎齐到腰间。两只狗也跟他一块儿走了出来。

“月亮呵，月亮！”他这样说，两眼看着天空。

已是午夜。右边，可以看见整个村子，一条长街伸得很远，约莫有五里地。一切都沉浸在静静的、深深的梦里。没有动静，没有声音，甚至不能相信大自然会这样的宁静。当你在月夜里看到农村的长街，看到它的茅舍、草堆、入睡的垂柳，你的心也会变得平静。农村的长街笼罩在夜色苍茫之中，疏离了劳苦、忧愁和苦痛，在这份安宁里，它显得温柔和凄美，好像星星也在温存地看着它，好像恶已经从大地上消失，天下已经太平。左边，田野从林子的尽头伸展开去，远远地一直伸展到天边，这宽阔的田野沐浴在月光里，同样是没有动静，没有声音。

“问题就在这里，”伊万·伊万内奇又重复了一句，“而我们住在城里，空气污浊，拥挤不堪，写着无用的文章，玩着无聊的纸牌，这难道不也是套子？而我们终生周旋于俗人、庸人、蠢人和懒散的女人中间，自己说着和听着各种废话，这难道不是套子？好了，如果您有兴趣，我给您讲个很有教益的故事。”

“不，该睡觉了，明天再说。”布尔金说。

两人走进板棚，躺在干草堆上。他俩已经蒙上被子，昏昏欲睡，突然间听到了轻轻的脚步声：“嗒普、嗒普”……有个人在板棚旁边走动，走了一会儿停住了，过了一分钟又是“嗒普、嗒普”地响起来……狗也汪汪地叫起来。

“这是玛芙拉在走路。”布尔金说。

脚步声消失了。

“看着和听着人家说假话，”伊万·伊万内奇翻了个身说，“人家骂你是傻瓜，就因为你容忍了这些假话；面对侮辱与委屈，你忍气吞声，不敢直言自己是正派的自由人中的一员；你自己也说假话，还面露笑容，这全是为了一块面包，一个温暖的角落，为了分文不值的一官半职——不，不能再这样生活下去！”

“得了，您这是在借题发挥，伊万·伊万内奇，”教师说，“睡吧。”

过了十分钟，布尔金已经入睡。而伊万·伊万内奇还在不停地翻身，叹气，后来他站起身，又走到门外，坐在门口，抽起烟来。

一八九八年

关于爱情

第二天吃早饭，上了很可口的馅饼、龙须面和羊肉煎饼，正在用餐的时候，厨师尼卡诺尔上楼来问，客人们午饭想吃什么。他中等个儿，胖乎乎的脸蛋，眼睛很小，胡子刮得光光，好像他的胡子不是用刀刮掉的，而是用手拔掉的。

阿寥兴说，美女彼拉吉雅已经爱上了这个厨师，因为他爱酗酒，脾气也暴躁，所以她不想与他结婚，但愿意与他同居。厨师笃信上帝，他的宗教信仰不容许过未婚同居的生活，他要求她嫁给他，否则就不行。他喝醉了酒，就骂她，甚至打她。只要他喝醉了，她便躲到楼上来，哭泣，这个时候，阿寥兴和仆人们便不外出，以便在必要时能够保护她。

我们开始谈论幸福。

“爱情是怎么产生的？”阿寥兴说，“彼拉吉雅为什么不爱一个在内心与外表上与他更匹配的男人，却偏偏爱上了这个丑八怪（我们都叫他丑八怪）；而爱情对于个人幸福又何等重要——这些我们都不清楚，关于这些问题都是可以讨论的。迄今为止，关于爱情的说法，只有一条是无须争辩的真理，那就是：‘爱情是个巨大的谜’，至于其他的观点，不管是写在纸上的，还是口头说出来的，都还不是结论，而只是提出问题罢了。有一种解释，似乎能适用一种情况，但对于另外的十几种情况就并不适用，所以在我看来，最好的办法是，对每一个具体情况做具体解释，而不必去做整体性的概括，这就像医生所说的分别处理，对症下药。”

“完全正确。”布尔金表示同意。

“我们这些有教养的俄罗斯人，喜欢去追究这些尚未解决的问题，人们一般都把爱情诗意化，用玫瑰花和夜莺来点缀它，我们俄罗斯人都用这些宿命的问题来点缀我们的爱情。而且还选择一些最乏味的问题。当年我在莫斯科的时候，还是个大学生，有一个生活的伴侣，是个很可爱的女士，每一次当我把她搂在自己怀里的时候，她心里却在想我一个月会给她多少钱，现在一磅牛肉卖多少钱。我们也是这样，一旦我们谈上了恋爱，我们便不停地给自己提出问题，这是合乎道德的还是不道德的，这是聪明的还是愚蠢的，这份爱情会导致什么结局，诸如此类，不一而足。这样做是好还是不好，我不知道，但我知道这样会妨碍人家谈情说爱，会让人扫兴，让人气恼。”

看来，他想说点什么。独身的人，在心里总是装着点什么需要一吐为快的东西。在城里，单身汉喜欢上澡堂和餐厅，只是为了去聊聊天。有时他们会把一些很有趣的故事说给澡堂和餐厅的服务员听。在农村，这些单身汉便向外来的客人倾吐衷肠。现在，从窗口望出去，能看到灰蒙蒙的天空和被雨水淋湿了的树木，这样的天气，无处可去，只好留下来，或是自己讲故事，或是听别人讲故事。

“自从大学毕业之后，”阿寥兴开始讲，“我就住在索佛伊诺村，经营这座田庄已经很久。就我所受的教育而言，我是个不做粗活的人，就我本人的爱好而言，我是个坐办公室的人，但我一来到这个田庄，它就已经负债累累，而我父亲举债的部分原因，是为了支付我的学费，于是我决定留下来不走，一直在这里工作到还清债务为止。我做出了决定，也开始了工作，但我得承认，我内心还是有点懊恼的。这里的田地产量不高，要经营好田庄不亏本，就得雇用农奴或长工（二者也没有什么区别），或是学着庄稼人的做派，就是自己带着家人一起下田干活，中间道路是没有的。但我当时还没有悟出其中的奥妙，我没有让一块土地闲置着，我赶着邻村的所有男男女女来干活，我这儿出现了热火朝天的劳动景象，我自己也参与耕地、播种、收割。与此同时，我也感到无聊，我厌恶地皱起眉头，活像一只乡间的小狗，因为饥饿去偷吃果园里的黄瓜。我浑身酸痛，走路都能打瞌睡。起初，我以为自己能把这种体力劳动与我的书生习气协调起来。我想这只需在日常生活中保持一定的文明生活的外表就行。我住到楼上一间装修讲究的房子里，我关照仆人在早餐与午餐之后给我送上咖啡和甜酒，晚上临上床睡觉时，我要读一读《欧洲信使报》。但有一天来了我们的伊万牧师，他一下子把我的甜酒全喝光了，而《欧洲信使报》也被牧师的女儿们拿走了，因为在夏天，尤其是在收割季节，我来不及走到自己的床前，就在板棚里的雪橇上，或是在树林中守夜人的小屋里睡着了——哪还顾得上读报？慢慢地，我搬到了楼下来住，在公共的厨房里吃饭，从前的奢侈生活能保留下来的，只有当年侍候过父亲的仆人，我不忍心辞退他们。

“我在这儿住下的头几年，就被选为当地的荣誉调解法官，有机会去参加一些地区法庭与审判庭的会议，这让我很舒心。在乡间不动窝地住上两三个月，特别是在冬季，便不会再想念黑色的常礼服。而在地区法院里，就能看见常礼服、制服和燕尾服。所有的法官都是受过上好教育的人，很容易找到谈话的对象。在雪橇上睡过觉，在大厨房里吃过饭之后，坐到安乐椅上，身上穿着干净的衬衣，脚下蹬着轻便的皮鞋，胸前挂着金表链——这是何等的奢侈！

“在城里，人们热心地接待我，我也乐于交朋友。在所有我结识的人里，说句老实话，与我最投缘、最可亲的，是地区法庭副庭长卢加诺维奇。你们两位也认得他：他是位极其可爱的先生。有一次审理一宗纵火案，审了两天，审完之后大家都已疲惫不堪。卢加诺维奇看着我，说：‘怎么样？咱们上我家去吃饭！’

“这有点出乎意料，因为我与卢加诺维奇还只是初交，在业务上打过交道，还没有到他家去过。我只是回旅馆换了身衣服，就赶去吃饭。就这样，我有机会认识了卢加诺维奇的妻子，安娜·阿历克谢耶芙娜。那时她还很年轻，超不过二十二岁，半年前生下第一个孩子。事情已经过去很久，现在我很难说清，她到底有什么让我迷恋的非凡之处。但在那次吃饭的时候，我却心明眼亮，我看到了一个年轻、美丽、善良、有文化、有魅力的女人，这样的女人我还从没有见过。我立即从她身上捕捉到了令我感到亲切的特质，似乎她那张脸，她那双真诚而聪明的眼睛，我还在孩提时代就见到过，在母亲房里那个五斗柜上放着的相册里见到过。

“在这宗纵火案上，起诉了四个犹太人，把他们定性为一个犯罪团伙，但在我看来，是毫无根据的。吃饭的时候我很激动，也很痛苦，我已经记不得我究竟说了些什么，我只记得安娜·阿历克谢耶芙娜一个劲儿地摇着头对丈夫说：‘德米特里，怎么会是这样？’

“卢加诺维奇是个善良人，属于心灵单纯的那一类人，他们有一个信念：既然这个人被告上了法庭，就意味着他有罪过，如果要对判决的公正性提出异议，那也只能通过正规途径以书面形式提出，而不能在饭桌上，在私人的谈话中议论。

“‘我和您没有放火，’他温和地说，‘所以法庭不审判我们，也不把我们投进监牢！’

“他们两人，丈夫和妻子，尽力让我吃好、喝好。根据一些细节，比如，他俩是如何一起煮咖啡，他俩是如何只消说上半句话就能彼此心领神会，看得出来这是一对恩爱夫妻，他俩也乐于待客。午饭过后，他们两人四只手一起弹奏钢琴，后来天黑下来，我返回旅馆。这是早春时节。然后整个夏天，我都蜗居索佛伊诺村，我甚至没有空闲去想城里的事，但对于那个身材苗条、头发淡黄的女人的回忆，却一直留存在我心中。我没有刻意想她，但她那轻柔的倩影已经深藏在我的灵魂里了。

“深秋，城里举办慈善演出。走进省长包厢（是幕间休息时邀请我去的），我看到安娜·阿历克谢耶芙娜正坐在省长夫人旁边，她那美丽的身影和亲切的目光，又一次给我留下了不可抗拒、夺人魂魄的印象，又一次让我有了与之亲近的感觉。

“我们并排坐着，然后一起去了休息厅。

“‘您瘦了，’她说，‘您病过？’

“‘是的。我肩膀受了凉，阴雨天我睡不好觉！’

“‘您有点萎靡不振。春天您来吃饭那天，您显得更年轻，更精神。您那天意气风发，说了很多，非常有趣，我要承认，我甚至有点被您吸引住了。不知为什么，在夏天里我常常想起您，今天，当我准备上剧院来的时候，我觉得我能见到您。’

“她笑了。

“‘但今天您有点萎靡不振，’她重复了一遍，‘这让您显老。’

“第二天，我在卢加诺维奇家吃早饭。早饭过后，他们乘车去别墅，准备在那边过冬的事，我跟他们一起去了，又和他们一起回到了城里。半夜里，跟他们一块儿在宁静的家庭氛围里喝茶，壁炉烧着，年轻的母亲不时地去看一眼，她的女儿是否已经睡着。此后，我每一次进城，都要到卢加诺维奇家逗留。他们习惯了我，我也习惯了他们。我一般都是不经仆人通报就登堂入室，就像是自己人一样。

“‘谁在那儿？’从远处的房间里传来一句拖长了声调的问候，我觉得这声音很悦耳。

“‘是巴维尔·康斯坦丁内奇！’女仆或奶妈这样回答。

“安娜·阿历克谢耶芙娜出来迎我，脸色凝重，而且每次都要问：‘您为什么这么久不来了？发生什么事情了？’

“她的目光，她伸给我的那只美丽而可亲的手、她的家常便装、发式、嗓音、步履，每次都给我新鲜的印象，这在我的生活中是不平常的、重要的。我们谈了很久，也沉默了很久，各人在想着各人的心事，她有时也弹琴给我听。如果夫妇两人都不在家，我就留下来等待，与奶妈闲聊，逗孩子玩，或是躺在书房的土耳其沙发上读报，当安娜·阿历克谢耶芙娜回家，我就在前厅迎她，从她手中接过她买来的全部东西，不知为什么，我每次接过这些物品的时候，都是兴高采烈的，像个孩子一样。

“有句谚语：如果婆娘闲得慌，就买头猪来喂养。卢加诺维奇夫妇也闲得慌，就与我交上了朋友。如果我长久不进城，那就意味着我病了，或是我遇到了什么麻烦，他们两人便非常担心。他们担心，像我这样一个有学问的人，懂得几门外语，本来应该从事科学研究，或是文学创作，却住在乡间，像松鼠踩轮子似的瞎忙活，干得很多，却赚不到钱，他们觉得我一定很痛苦。如果我又说又笑，又大口吃饭，那是为了掩饰自己的痛苦；甚至在我很开心的时刻，我也能感觉到他们向我投来的关切的目光。他们最令人感动的时刻，是在我真正遇到困难的时候。那时债主来逼我还债，或者是期票已经到期，但我付不出利息，这时，夫妻二人会在窗户旁低声商量，然后丈夫走到我跟前，神情严肃地说：‘巴维尔·康斯坦丁内奇，如果您眼下急需用钱，那么我和妻子请您

从我们这里拿钱去，不要不好意思。’

“因为紧张，他的耳朵都涨红了。平时也是这样，夫妻二人在窗户旁低声商量过后，他走到我跟前，红着耳朵说：‘我和妻子恳请您把我们的礼物收下。’

“他给我一副袖扣、一个烟盒或一盏灯，我则回赠他们从乡下带来的野味、牛油和鲜花。顺便说一句，他们都是很富有的人。起初，我举债借钱，是不问对象的，从哪能借到钱，就到哪去借钱，但不管怎样我也不肯开口向卢加诺维奇夫妇借钱。啊，不说这个了！

“我非常不幸。在家中，在田野上，在板棚里，我都想念着她，我试图知道这个年轻、美貌又聪明的女人的秘密：她为什么要嫁给这样一个乏味的、几乎是个老头的人（丈夫已经四十多岁），还和他生了孩子；我也试图知道这个乏味的老好人的秘密：他开口议论，离不开枯燥的老生常谈，在宴会和晚会上，他总是和上了年岁的人站在一起，无精打采，温顺而无助，好像是有人把他领到这里来出售的。然而，他又相信自己有权成为一个幸福的人，有权与她结婚生子。我极力想弄明白，为什么她遇到的偏偏是他，而不是我，为什么在我们的生活中一定要出现这样可怕的错误。

“我进城来，每次都能从她的眼睛里看到，她是在等我，她自己也向我坦承，一清早她就有了一种特别的预感，她猜想我会来的。我们谈了很久，然后沉默，但彼此都不承认我们之间的爱情，反而胆怯地、警惕地把它掩盖起来。我们害怕一切将我们的秘密公开可能带给我们自己的后果。我温柔地、深深地爱着，但我在考虑，我要问问自己，如果我们没有足够的力量来克制这种爱情，我们的爱情会导致什么后果；我认为这将是不可思议的，如果我那忧伤的、静悄悄的爱情突然粗暴地破坏了她丈夫、孩子和全家的幸福生活，而这个家庭又如此地爱我，信任我，这样做道德吗？她当然会跟我走的，但走到哪里去？我能把她带到哪里去？如果我有体面而富有情趣的生活，如果，比如说，我是在为祖国的解放而斗争，或是一个著名的学者、演员、画家，那就是另一回事了。可眼下的情况是，这无异于把她从一种平庸的生活环境带到另一种平庸甚至可能更糟的生活环境中去。我们的爱情能够持久吗？一旦我病了，我死了，或者我们不再相爱，她如何是好？

"她大概也是这么考虑的。她想到她的丈夫，她的孩子，也想到她的母亲，她母亲爱她的女婿如同爱自己的儿子。如果她放任自己的感情，她就得说谎或是说实话，就她的处境而言，这两个办法一样的可怕和不现实。有一个问题在折磨着她：她的爱情能给我带来幸福吗？她是否会使我本来就很艰难、充满不幸的生活，变得更加不堪重负？她觉得，对于我而言，她已经不够年轻；为了开始新的生活，她也不够勤奋和精力充沛。她常常对丈夫说，我需要娶一个聪明的好姑娘，她可以做我的好主妇和好助手——但她立即又补充说，在全城也未必能找到一个这样的姑娘。

"时光年复一年地过去。安娜·阿历克谢耶芙娜已经有两个孩子。当我来到卢加诺维奇家，女仆笑脸相迎，两个孩子叫着巴维尔叔叔，搂住我的脖子不放，大家都很高兴。但他们不了解我的内心世界，他们以为我也很高兴。他们都把我看成一个品德高尚的人。大人和孩子都感觉到，有个品德高尚的人在房间里走动，这给他们与我的关系中注入了一种特殊的柔情，好像我的存在让他们的生活变得更纯洁和美妙。我和安娜·阿历克谢耶芙娜常一起去剧院，都是步行着去的，我们并排坐在椅子上，肩碰着肩，我默默地从她手里拿过望远镜，在这一时刻，我感到她与我很亲近，她是属于我的；可是出于一种不可思议的误会，我们一出剧院便匆匆告别和分手，像两个陌生人。城里已经有人在说我们的闲话，但他们说的全是瞎话。

“最近几年，安娜·阿历克谢耶芙娜常常出远门，或是去探望母亲，或是去看看妹妹；她的心情常常很糟，意识到自己的生活已经残缺，很不圆满，这时她就不想见到丈夫和孩子。她已经在治疗神经衰弱症。

“我们沉默着，一句话也不说，而当着外人，她对我表现出了一种奇怪的敌意：不管我说了什么，她总要反驳我；而如若我和什么人起了争执，她便帮着对方说话。当我往地上掉了一样什么东西，她就冷冷地说一句：‘我得恭喜您。’

“在我和她去剧院的路上，如果我忘带了望远镜，她过后就说：‘我就知道您忘带了。’

“也不知道是幸运还是不幸，在我们的生活中，没有一件事不是迟早要结束的。到了说分别的时候了，因为卢加诺维奇被任命为西部某个省份的法庭庭长。需要变卖家具、马匹和别墅。我们走出别墅，转过头去，最后一次看看那花园和绿色的屋顶，大家都很伤感。而我心里明白，已经到了不仅仅是和一处别墅告别的时刻了。已经做出决定，八月底我们送安娜·阿历克谢耶芙娜去克里米亚，是医生让她去那里的。稍后，卢加诺维奇带着孩子到那个西部的省份去。

“我们一大群人去给安娜·阿历克谢耶芙娜送行。她已经和丈夫及孩子们告别过了，离第三遍铃响就差一点点时间了，我跑进了车厢，来到她的身边，把她几乎忘了的一个篮子放到车架上；该告别了。当我们的眼睛在车厢里相遇的时候，一股精神的力量把我俩留住了，我抱住了她，她把面孔贴到了我的胸口，她的眼泪流了下来。我亲吻她的面孔、肩膀和被泪水浸湿了的双手——噢，我和她是多么的不幸！——我向她表白了爱情，我怀着心中的灼痛终于明白：所有那些曾经妨碍我们相爱的东西，是多么渺小，多么不必要，多么自欺欺人。我明白了，当你爱着，对于这份爱情，你就得超越所谓的幸福或不幸、罪孽或善行的世俗观念，去做更高层次的思考，或者干脆不思考。

“我最后一次亲吻了她，握了握手，我们分别了——永远地分别了。列车已经开动。我坐进旁边的一个车厢——那里正空着——我坐在那里哭泣，一直到了下一个车站，然后我步行回到了索佛伊诺……”

在阿寥兴讲故事的时候，雨停了，太阳也出来了。布尔金和伊万·伊万内奇走到阳台上，从这里可以看到花园和一条河流的美丽景致，那条河现在在阳光的照耀下闪闪发光，宛如一面镜子。

他们一面欣赏美景，一面也感到惋惜。这个长着一双善良而聪明的眼睛的男人，带着一颗纯真的心给他们讲了自己的故事，又在这个大田庄里忙碌起来，当真像一只踩轮子的松鼠。他不能去从事科学研究，或去做一些能使他的生活变得更欢愉的工作。他们也能想象得到，当他在车厢里与她告别，亲吻她的面孔和肩膀的时候，这个年轻女人的面容该是多么的忧伤。他们两人都在城里见过她，而布尔金甚至还与她相识，认为她是个美人。

一八九八年

出 诊

教授接到一份从里雅李科夫工厂发来的电报，请他赶紧过去出诊。从这份冗长而条理不清的电报中，只能看明白一点：一位名叫里雅李科娃的太太的女儿，也就是该厂的女继承人，生病了。教授本人没有去，而是指派自己的主治医生柯罗廖夫代他前往。

需要从莫斯科坐火车走出两站地，然后坐马车再走四里路。厂里派了一辆三驾马车来车站接柯罗廖夫。车夫头戴一顶插孔雀羽毛的帽子，对于所有的问题，他的回答就这么两句："不是！""是的！"嗓门很响，操着士兵的腔调。这是一个星期六的黄昏，太阳落山了，成群的工人从工厂里出来，朝车站走去，不断朝柯罗廖夫乘坐的三驾马车鞠躬施礼，黄昏、庄园、两旁的别墅、白桦树，以及周遭的宁静气息都让他感到陶醉。在这假日的前夜，那田野、森林和太阳，似乎也准备和这些工人一道休息，也许还一道祈祷。

他是在莫斯科降生和成长的，他不了解农村，不关心工厂，也从没去过那里，但他读过有关工厂的书，也到工厂主家里去做过客，与他们谈过话。当他从远处或近处见到一个什么工厂的时候，他总是会这样想，别看它外表是一派宁静和平的景象，内部却是工厂主无可救药的愚昧和顽固不化的自私，工人们枯燥乏味、有害健康的劳作、争吵、酗酒、灾害。现在当工人们谦恭地、胆怯地给马车让路的时候，他从他们的面孔上、帽子上、步履上发现了他们的肮脏、醉意、焦躁与无助。

马车驶进了工厂大门，工人住的矮房，女人的脸蛋，晾在门廊上的被子和衣衫从两旁掠过。“小心！”车夫喊道，他并没有勒紧马匹。这是个宽敞的院子，寸草不生。院子里有五间带烟囱的大厂房，彼此相隔一定距离，还有仓库和板棚，棚顶是灰蒙蒙的，像是布满了灰尘。这儿那儿，像是沙漠中的绿洲似的，点缀着几处小小的花园和工厂管理人员住房红绿色的屋顶。车夫突然勒住了马匹，马车在一个重新用灰漆粉刷过的房子前停了下来，这里有种着丁香花的花圃，花朵上蒙着一层灰尘，台阶上散发着浓重的油漆味。

“请进，医生。”从门廊和前厅传来好几个女人的声音，同时也能听到叹息声与轻轻的话语声，“请进，我们等您好久了……真是不幸，请从这边走。”

里雅李科娃太太是个上了年纪的胖女人，穿一身黑色的绸裙，衣袖的式样倒很时髦。但从她的面孔看，她很平庸，文化程度也不高。她忧心忡忡地瞧着医生，没有向他伸出手去，她不敢。她身旁站着一位留短发戴夹鼻眼镜的女人，她穿一件很花哨的短上衣，长得清瘦，也不年轻。

女仆称呼她赫里斯季娜·德米特里耶芙娜，柯罗廖夫猜想她就是家庭教师。显然，她作为全家最有学问的一个人，受托来接待这位医生。她迫不及待地陈述发病的原因，说得极其琐碎，但就是不说究竟是谁得了病，得的是什么病。

医生和家庭教师坐着，聊着，而女主人却一动不动地站在门口，等着。从谈话中柯罗廖夫了解到，是二十岁的姑娘丽扎病了，她是里雅李科娃太太的独生女，财产继承人。她早就病了，好几位医生给她看过病，从昨天晚上到清晨，她心跳得厉害，全家都没有睡觉，就怕她死了。

“她从小就多病，”赫里斯季娜·德米特里耶芙娜用一种歌唱般的声调说着，还不时地用手擦拭嘴唇，“医生们说她是神经有毛病，但她很小的时候，怕是人们把肺痨病菌传染给了她，我想她这病就是这么得的。”

他们到了病人跟前。她已经完全成年，身材高大，但像她母亲一样不漂亮，眼睛很小，脸的下方却宽大得不合比例。她头发蓬乱，被子盖到下巴，她给柯罗廖夫留下的印象是，这是一个不幸的、出身贫寒的女孩，只是出于怜悯才将她收养在此地，给她遮风挡雨，难以相信，她就是这五座大厂房的继承人。

“您好，我们是来给您治病的。”柯罗廖夫开始这样说。

他说出了自己的名字，握了她的手，这是一双很大、很冷，也不美丽的手。她坐了起来，看来，她早已习惯医生们的治疗，也不在乎把自己的肩膀和乳房裸露出来，让医生给她听诊。

“我心跳得厉害，”她说，“整夜都如此……我差点吓死了！求您给我开点什么药。”

“会开的，会开的！您放心好了。”

“心脏没有问题，”他说，“一切都正常，一切都很好。可能，神经稍稍有点小毛病，但这也不足为怪。应该认为，病的发作期已经过去，您安心睡觉就是了。”

这时，有人给卧室送来了一盏灯。病人在灯火下眯缝起了眼睛，她突然间用手抱住了脑袋，大声哭泣了起来。一个穷困而难看的女人的印象突然消失了，现在柯罗廖夫已经看不到那双小眼睛，也看不到宽大得不成比例的脸的下方，他看到了柔和的痛苦表情，这表情是如此的聪慧和动人，她整个人在他看来既匀称，又质朴，又充满女人味，他已经觉得为了让她平静下来，无须药物，无须告诫，而只需简单的、温存的话语。母亲抱住了女儿的头，把她搂在自己怀里。这个老妇人的脸上浮现着多少绝望，多少悲哀！她，一个母亲，喂养了女儿长大，毫不吝惜地把整个生命奉献了出来，为了让她学会法语，学会舞蹈、音乐，为她聘请了几十位教师、最好的医生，还把一位家庭教师请到家里住下。而现在她不明白，女儿为什么要流那么多眼泪，蒙受那么多痛苦，她不明白，她局促不安，她有了绝望的负罪感，觉得似乎疏忽了什么非常重要的东西，她还有什么事情没有做，还有什么人没有请，但究竟是谁，她也不知道。

“丽扎，你又哭了……你又，”她这样说，把女儿搂在怀里，“我亲爱的，我的好女儿，你说，你是怎么啦？你可怜可怜我吧，说呀。”

两个女人都伤心地哭了。柯罗廖夫坐在床沿上，握住了丽扎的手。

“得了，值得这么哭吗？”他亲切地说，“要知道世界上没有一件事情值得掉这么多眼泪。好了，咱们别哭了，不值得……”而他心里在想：

“她该嫁人了……”

“我们的厂医让她服溴化钾，”家庭教师说，“但我觉得这药越吃越糟，我认为若要治心脏病，得用药水……我忘了那药名了……铃兰草滴剂吧。”

又说了一堆琐屑的细节。她打断医生的思路，妨碍他说话，她的脸孔上显示着责任感，她自以为既然自己是这个家最有学问的女人，她就必须保持与医生不能有片刻休止的交谈状态，而且一定得谈论医学。

柯罗廖夫感到了厌烦。

“我不觉得有什么特别的，”他走出卧室对母亲说，“如果厂医对您女儿做这种治疗，让他治疗下去就是了。到目前为止，治疗方法都是正确的，我看不出有更换医生的必要。为什么要换医生？这病很普通，没有什么特别严重的……”

他一边从容不迫地说着，一边戴上手套，而里雅李科娃太太一动不动地站着，用含泪的目光看着他。

“离十点的那趟火车就差半小时了，”他说，“但愿我不会误了火车。”

"您不能在我家留下吗?"她问道,眼泪依旧在她脸颊上流着,"很不好意思麻烦您,但您发发善心吧……看在上帝的分上,"她继续压低了嗓门说,眼睛瞅着房门,"求您在我家留宿吧。她是我的……独生女……昨晚把我吓坏了,现在还没有缓过来……请您别走,看在上帝的分上……"

他想对她说,他在莫斯科还有很多工作,说家里还在等他回去,说他在并不必要的情况下留宿别人家是件极为痛苦的事,但他瞅了一下她的脸色,叹了口气,默默地脱下手套。

为了他,大小客厅的灯全点亮了,他坐在钢琴旁边,翻阅乐谱,然后欣赏挂在墙上的风景画和人物画像。那些风景画是油画,镶在金色的镜框里,表现的是克里米亚风光,汹涌的海浪上浮着一叶孤舟,一位天主教牧师拿着一个酒杯。画面表现得乏味,没有分寸感,缺乏才气……肖像画上也没有一个漂亮、有魅力的面孔,颧骨都很高,眼睛都很怪异。丽扎的父亲里雅李科夫的前额很窄小,有一张自鸣得意的面孔,粗壮的身躯上穿着一件很不合身的制服,胸前挂着一枚勋章和一个红十字章。房间里缺乏文雅的气息,精美的摆设也是孤立的,没有整体的构思和协调,就像那套制服一样。明晃晃的地板很刺眼,枝形吊灯也很刺眼,不知为什么竟然让人想起一个关于商人的故事,说他上澡堂洗澡也在脖子上挂了枚勋章。

从前厅传来窃窃私语声,有个人在轻轻地打鼾。突然,从院子里传来一阵尖厉的、时断时续的金属碰撞声,柯罗廖夫以前从来没有听到过这种声音,现在也猜不透那是什么声音,这声音刺激了他的心灵，让他觉得不舒服。

“看来，是无论如何也不应该在这里住下来的。”他这样想，继续翻阅乐谱。

“医生，请您吃点东西！”家庭教师压低了嗓音请他。

他走去吃晚饭。餐桌很丰盛，有很多小菜和葡萄酒，但用餐的只有两人——他和家庭教师。她喝了葡萄酒，吃得很快，透过夹鼻眼镜瞧着他，说：

“工人们对我们很满意。我们在工厂里每年冬天都组织戏剧演出，由工人们自己演，还借助幻灯片做读书讲座，还有很讲究的茶座，好像该有的都有了，他们对我们很忠诚，当他们知道丽扎病了，就安排做集体祈祷。他们尽管文化程度不高，但照样是有感情的。”

“好像你们家里没有一个男人。”柯罗廖夫说。

“没有一个男人。彼得·尼卡诺内奇一年半前去世了，就留下了我们。就我们三个人生活在一起。夏天在这里，冬天在莫斯科的波里雅卡大街住。我来了已经有十一个年头了，就像是自家人。”

晚餐上了鲟鱼、鸡肉煎饼和果汁，葡萄酒全是法国产的佳酿。

“医生，您别客气，”家庭教师说，她一边吃着，一边用拳头抹着嘴巴，看得出来，她住在这里十分舒坦，“请吃。”

吃过晚饭，有人把医生领到了为他准备的卧室。但他并不想睡，有点闷气，房间里弥漫着油漆味。他穿上大衣走了出去。

院子里有点凉意，天蒙蒙亮了，潮湿的空气中，那五座竖着高烟囱的厂房、仓库和板栅更显得轮廓分明。因为是假日，工厂没有开工，窗子里黑黑的，只有一个厂房里还烧着锅炉，两个窗子冒着紫红色的光，从烟囱里吐出的烟里间或也夹杂有几点火星。院墙外的远处能听到蛙鸣，能听到夜莺在歌唱。

他瞧着厂房和那些住着工人的板棚，他重新想起了他以前一见到工厂就会出现的想法。就算给工人演了戏，有幻灯片，有厂医，有各种各样的福利措施，但今天他从车站过来，一路上见到的工人，与他在儿童时代早就看到的那些工人没有什么两样，尽管过去还并没有给工人演戏和其他福利措施。他作为一个医生，能够正确地判断一些慢性疾病，它们的根本病因不明确，也没有治愈的良方，他把工厂也看成某种无法理喻的矛盾现象，也是原因不明，也没有化解这种矛盾的良策，他并不认为改善工厂的福利措施是多余的，但他还是把这视为无异于给无法根除的痼疾开药方。

“这是无法理喻的现象，当然……”——他瞧着冒着紫红色光的窗户想，“一千五百到两千个工人在这里无休止地劳作，生产质量粗糙的印花布，环境恶劣，半饥半饱，只能偶尔到小酒店里去借酒消愁；上百个人在当监工，这上百个人的全部生命都耗费在登记罚金，叱骂工人，做伤天害理的勾当；而只有两三个称作工厂主的人，尽管自己不劳动，也瞧不起低质的印花布，却独享工厂的全部收益。但这是什么样的收益，又是怎么享用这些收益的呢？里雅李科娃和她的女儿很不幸，看着她们都觉得可怜，心满意足的只有赫里斯季娜·德米特里耶芙娜，这个戴着夹鼻眼镜的、并不聪明的老处女。结果却是这样：这五座厂房生产出来的这些劣质印花布，拿到东方市场去销售，只是为了让这位家庭教师能吃到鲟鱼和喝到葡萄酒。”

突然间响起了一阵柯罗廖夫在晚饭前就听到了的奇怪声音。在一座厂房的附近，有个人在敲击着一块金属板，他敲一下之后，又立即阻住声响的扩散，因此出现了这种短促、刺耳的声音，像是“迪尔……迪尔……迪尔”。接着有半分钟的沉寂，然后在另一座厂房近旁发出了同样是不连贯也不悦耳的声音，不过声音更加低沉：“德雷……德雷……德雷……”响了十一次。显然，这是更夫在报时：已经十一点了。

从第三座厂房附近也传来了“扎克……扎克……扎克……”的声响。就这样，所有厂房周围全有了声响，随后在板棚和大厅后边也是如此。仿佛在这夜晚的宁静中，是这个长着紫红色眼睛的怪物自己发出了这些声音，是这个魔鬼自己既控制了厂主也控制了工人，同时也欺骗了他们双方。

柯罗廖夫走出院子，来到田野。

“谁在走动？”大门口有人用粗鲁的嗓门朝他喊道。

“像是在监狱里……”他想了想，没有回答。

在这里，夜莺和青蛙的叫声听得更清晰了，感受到了这是五月之夜。从车站方向传来火车的声响，还有几只尚未睡醒的公鸡在什么地方啼叫，这个夜晚还是宁静的，这个世界还在安眠。在离工厂不远的一个场地上，立着一个没有封顶的木房，里边堆放着一些建筑材料。柯罗廖夫坐在木板上，继续他的思考。

“这里只有家庭教师一个人感觉舒服，工厂在为她提供享乐的条件。但这只是表象而已，她在这里也只是个傀儡。主角是那个魔鬼，这里的一切都在为它效劳。”

他想着那个他并不相信的魔鬼，回过头去瞥了一眼那两扇闪着火光的窗子。他觉得，那个魔鬼用一对紫红色的眼睛在看着他，这就是那个制造着强者与弱者相互关系的神秘的力量，这就是那个眼下无法纠正的严重错误，需要强者来干扰弱者的生活，这是自然法则，但这只有在报纸的文章里或是在教科书里才说得明白，而在充斥着日常生活琐屑的混沌里，在编织着人与人之间复杂关系的迷阵里，这已然不是什么自然法则，而是逻辑上的荒诞，因为强者和弱者一样成了他们之间相互关系的牺牲品，一样会不由自主地屈从于某种来自生活之外、背离人性的神秘力量的驱使。

柯罗廖夫坐在木板上这样想着，他逐渐产生了一种强烈的感觉，似乎这个不可理喻的神秘力量就在近旁，盯着他。与此同时，东方变得越来越白，时间过得很快。周围没有一个人影，万籁俱寂，在清晨的灰色背景下，五座厂房连同它们的烟囱，呈现出了与白天迥然不同的奇怪形状。人会完全忘记，那里边有蒸汽发动机，有电气设备，有电话机，而是幻想着那些搭建在桩子上的建筑，幻想着上古的石器时代，感受到有一种粗暴的、无意识的力量存在……

又一次听到了声响：“迪尔……迪尔……迪尔……迪尔……”

响了十二下，然后静了下来，静了半分钟，声音又在院子的另一个角落响起了：“德雷……德雷……德雷……德雷……”

“太难受了！”——柯罗廖夫想。

“扎克……扎克……”这个声音在第三个地方响了起来，声音很尖厉，也是断断续续的，像是很气恼似的，“扎克……扎克……”为了给十二点报时，需要花费四分钟的时间，然后又沉寂了，又有了四周一片死寂的感觉。

柯罗廖夫又坐了一会儿才回到房里，但久久没有上床睡觉。隔壁的房间里有人在低声说话，还有拖鞋的声响和光脚走路的声音。

“莫非她的病又发作了？”柯罗廖夫想。

他出去看看病人。所有的房间都很明亮，微弱的阳光透过晨雾照到了客厅的墙壁和地板，光影在颤抖着。丽扎的房门是打开着的，她自己坐在床旁的一把安乐椅上，穿着宽松的长袍，披着披巾，头发没有梳理。窗帘垂了下来。

“您感觉如何？”柯罗廖夫问。

“谢谢您的关心。”

他摸她的脉搏，把她已经披到额头的头发理了理。

“您睡不着，”他说，“外边天气好极了，春天到了，夜莺在歌唱，而您却坐在黑暗中胡思乱想。”

她听着，看着他的脸；她的眼睛是忧伤的、聪慧的，看得出来，她很想对他说点什么。

“您经常这样？”他问。

她抖动了一下嘴唇，回答说：“经常这样。我差不多每天夜里都难受得厉害。”

这个时候，院子里的更夫在报时：两点到了，又听见了“迪尔……迪尔……”的声响，她颤抖了一下。

“这打更的声音让您不安？”他问。

“不知道。这里的一切都让我不得安宁，”她回答说，又想了一想，“一切都让我不得安宁。在您的声音中倒听出了同情，我看了您一眼，不知为什么觉得对您是可以把什么都说出来的。”

“您请讲。”

“我想向您说说我自己的想法。我觉得我没有病，而是心神不宁，我害怕，因为处在我的位置一定会是这样，不会有别的结果，即便是最健康的人，如果在他的窗下有个强盗来回走动，他也会心神不宁的。常常给我治病，”她继续说，瞧着自己的膝盖，不好意思地微笑着，“我当然很感激医生，也不否认医疗的效果，但我不想和一个医生谈话，而是想跟一个亲近的人谈心，跟一个能理解我的朋友谈心，他能让我相信，我是对还是不对。”

“您难道没有朋友？”柯罗廖夫问。

“我孤独。我有母亲，我爱她，但我还是孤独，生活注定是这样的……孤独的人书读得多，话说得少，听得也少，对他们来说，生活是很神秘的；他们都是神秘主义者，常常在没有魔鬼的地方，也能见到魔鬼。莱蒙托夫长诗里的塔马拉是孤独的，所以她见到了魔鬼。”

“您读了很多书？”

“很多。要知道从早到晚我有很多自由的时间。白天读书，到了晚上，脑子空空的，里边没有思想，只有一些阴影。”

“您在晚上看到了什么没有？”柯罗廖夫问。

“没有，但我感觉到……”

她又笑了，抬起头来看着医生，眼神是那样忧伤，那样聪慧。

他觉得，她是信任他的，愿意与他恳切地谈心，他觉得她与他的想法是一致的。但她沉默着，可能是等着他先开口。

而他知道该对她说些什么，他心里明白，她应该尽快摆脱这五座厂房和她可能继承的百万家产，应该摆脱那个每晚都监视着她的魔鬼，他同样明白，她自己也是这样想的，她只是等待着一个她信得过的人来挑明它。

但他不知道该怎么说。怎么说呢？人们总是不好意思问被判刑的人是因为什么判了刑，同样地，也不好意思去问有钱人为什么要有这么多钱，为什么这样不恰当地支配这些财富，为什么明知这些财富造成了自己的不幸还不肯抛弃它。而如果这样挑起话题，那么谈话一定会显得唐突、尴尬、冗长。

“怎么说呢？”柯罗廖夫想，“需要说吗？”

他没有直截了当地说出想说的话，而是用循循诱导的方式：“您处在工厂主和财富继承人的位置上，却并不开心，您不相信自己有这个权利，所以您睡不着觉。这当然要比您很开心，睡得香，以为一切都顺当好许多。您的失眠是令人尊重的，不管怎么说，这是个好兆头。说真的，像我们现在进行的谈话，在我们父母一辈人那里是不可想象的，他们晚间不说话，而是呼呼大睡；我们这一代人睡眠不好，备受折磨，要说很多话，总想要弄明白，我们做得对还是不对。而对于我们的子孙来说，这种对不对的问题已经不成问题。他们的眼光比我们敏锐得多。再过五十年，生活会是很好的，只可惜我们活不到那个时候了。要是能看一眼那时的生活该多好。”

“我们的子孙将做些什么？”丽扎问。

“不知道……大概是，丢掉一切，一走了之。”

“到哪儿去呢？”

“哪儿去？……哪儿都可能去，”柯罗廖夫说着，笑着，“一个聪明的好人随处可去。”他看了看表。

“太阳已经升起来了，”他说，“您该睡觉了。脱了衣服好好睡觉。能和您认识，我很高兴，”他握着她的手，继续说，“您是个很有情趣的好人，晚安！”

他回到自己房里，上床睡觉了。

第二天早晨，马车已经备好，所有的人都走到台阶上来送他。丽扎穿着节日般的白裙，头发上插了朵花，脸色苍白，面容憔悴，像昨天一样，她忧伤地、聪慧地看着他，她微笑着，说着话，依旧带着这样一种表情，好像要对他——就是对他一个人，说点什么特别的很重要的话。可以听到天上的云雀在歌唱，教堂的钟声在奏鸣，厂房的窗子闪烁着亮光。而当马车驶过工厂大院然后沿着大路朝车站驶去的时候，柯罗廖夫已经不再想起那些工人，那些桩子上的建筑，那个魔鬼，而是在想那个也许已经快临近了的时代，到那时，生活将像这个宁静的星期日的早晨一样光明和欢欣；他同时也想，在那样一个春天的早晨，乘着一辆漂亮的三驾马车出来，沐浴在阳光里，该有多么愉快。

一八九八年

醋栗

一清早，整个天空就被雨云笼罩。安静，不热，但令人烦闷，每当灰色的天空布满阴霾，乌云早就悬挂在大地上方，等着下雨，但雨却不来时，就会有这样的感觉。兽医伊万·伊万内奇和中学教师布尔金已经走累了，他们觉得那田野是没有尽头的。在遥远的前方，米罗诺辛茨基村的磨坊的风车隐约可见；右边，有一排土冈向远处延伸开去，在一个村子后边消失了。他们知道，那是条河岸，那里有草场、绿色的杨柳、庄园，而如果站在一座土冈上远眺，就能看到同样辽阔的田野、电线杆和远处像是爬行的毛毛虫一样的火车；如果遇上晴朗的好天气，甚至能看到城市。现在，在这个寂静的天气里，整个大自然显得很温顺，似乎陷入了沉思，伊万·伊万内奇和布尔金的心中泛起了对这片土地的爱，他们两人想，这个地方是何等的博大和美丽。

“上次我们在村长普罗柯菲耶家的板棚里，”布尔金说，“您是准备讲一个故事的。”

“是的，我那时想讲讲我弟弟的故事。”

伊万·伊万内奇深深地叹了口气，吸了口烟，准备开讲，可就在这个时候下起了雨。五分钟后雨下大了，很难预见什么时候天才能放晴。伊万·伊万内奇和布尔金站着想主意，淋湿了的狗也夹着尾巴站着，用让人感动的眼神瞧着他们。

“我们得找个地方去躲雨，”布尔金说，“咱们去阿寥兴家吧。很近。”

“咱们走。”

他们往旁边拐了个弯，顺着一片已经收割过的田野走去，时而直走，时而右拐，终于上了大路。很快就看到了白杨、花园、谷仓的红屋顶；河流闪闪发光，出现了一片宽阔的水域，连同一个磨坊和一个白色的浴棚。这就是阿寥兴家所在的索菲诺村。磨坊的机器声盖住了雨声；水堤在抖动。被雨水淋湿的马耷拉着脑袋，站在大车旁边，村民顶着麻袋走来走去。潮湿，泥泞，不舒服，河水也显得阴冷和不怀好意。伊万·伊万内奇和布尔金浑身上下已经湿透，弄得很脏，很难受，因为泥泞，脚也显得沉重，当他们走过水堤，走向地主家的谷仓时，都默不作声，好像彼此在赌气似的。

在一个谷仓里，扬谷器在轰鸣，仓门开着，灰尘就从门里往外飞扬。门口正好站着阿寥兴，这是个四十岁的男人，很高，很胖，长发，与其说像地主，还不如说像个教授或画家。他穿一件好久没有洗过的白衬衣，腰间系一根绳子，下身穿的是衬裤而不是长裤，靴子上也沾满了烂泥和稻草。鼻子和眼睛也被灰尘弄黑了。他认出了伊万·伊万内奇和布尔金，显然，他很高兴。

“欢迎，先生们，请进屋，”他微笑着说，“我马上就来。”

这是座很大的二层楼房。阿寥兴住在楼下的两间屋子里，有顶拱和小窗，管家以前在这里住过。这里陈设简单，散发着黑面包、便宜的白酒和马具的气味，楼上的正房他很少去，除了有客人在的时候。在家里迎接伊万·伊万内奇和布尔金的，是个女仆，长得很漂亮，两人一下子都愣住了，互相看了一眼。

“你们无法想象，看到你们我有多高兴。”阿寥兴走进屋，跟着他俩到了前厅。“真没有想到！彼拉吉雅，”他对那个女仆说，“给两位客人换换衣服。我也得换件衣服，但先得去洗个澡，从春天起，我就没有洗过澡。两位先生，你们想上浴池去吗？让他们先在这里安顿一下。”

美丽的彼拉吉雅很殷勤，看上去又那么温柔，她把床单和肥皂都拿了过来，阿寥兴和客人去了浴池。

“是的，我好久没有洗澡了，”他一边脱衣服，一边说，“这浴池很不错，是父亲建的，但总找不出时间来洗澡。”他坐在台阶上，洗自己的长发和脖子，他周围的池水就变成褐色的了。

“是的，老实说……”伊万·伊万内奇意味深长地瞧着他的头，说。

“我好久没有洗澡了……”阿寥兴不好意思地重复道，又一次洗了头，他周围的池水就黑得像墨水了。

伊万·伊万内奇走到外边，扑通一声跳进水里，在雨中游泳，他使劲张开双臂划水，身后翻起浪花，而白色的莲花也随着浪花摆动，他游到了水域的中央，潜入水中，一分钟后在另一个地方露出头来，他继续往前游去，几次潜入水中，尽力想摸到水底。“啊，我的天……啊，我的上帝。”他得意地重复着说。终于游到了磨坊，与农民们聊了一阵，再往回游，平躺在水面的中央，用自己的面孔享受雨水。布尔金和阿寥兴已经穿好衣服，准备回去，而他还在游泳和潜水。“啊，我的上帝……”他说，“啊，老天发发慈悲吧！”“别游了！”布尔金朝他喊道。

他们回到了家。楼上的大客厅点上了灯，布尔金和伊万·伊万内奇穿上了绸睡衣和软拖鞋，坐进了安乐椅，而阿寥兴本人也洗完澡，梳好头，穿上了新的常礼服，在客厅里踱步，享受着温暖、清洁、干净的衣服与轻便的皮鞋带给他的快感。这时美丽的彼拉吉雅静静地走在地毯上，露出微笑，用托盘给大家送来加果酱的茶，到了这个时候，伊万·伊万内奇才开始讲他的故事，而且看来，听他讲的不仅仅是布尔金和阿寥兴，还有一些年长或年轻的女人和军人，他们从金色的镜框里沉静而严峻地看着他们。

“我们是两兄弟，”他开始讲了，“我，伊万·伊万内奇，另一个是尼古拉·伊万内奇，他比我小两岁，我上了大学，做了兽医，而尼古拉十九岁那年就在省财政局当差了。我们的父亲奇姆沙-吉玛拉耶斯基本来是个小兵，后来当上了军官，给我们留下了世袭的贵族身份和一个小小的田庄。父亲死后，我们那个小田庄因为抵债被法院收走了，但不管怎样，我们的童年还是在农村的大自然里度过的。我们像那些农家子弟一样，一天到晚都泡在森林中、田野上，看守马群，剥树皮，钓鱼，等等。……而你们知道吗，一个人哪怕在一生中钓上过一条鲈鱼，或者在秋天里见过一次鸫鸟南飞，看到它们怎样在明朗和清凉的日子里，成群地在村子的上空飞过，他就不会再是个城里人，直到生命的最后一刻，他也会心向大自然。我的弟弟在财政局的办公室发愁。一年又一年过去了，而他老坐在一个地方，老是抄写着一样的公文，老是想着一个问题：怎么才能回到农村去。而这种苦恼渐渐地凝结成一个明确的愿望：渴望着在某处河边或湖边购置一个小小的庄园。

“他是个善良又温和的人，我喜欢他，但那种要把自己一辈子都关在自家庄园里的想法，我从来不认同。人们常说，一个人只需要三俄尺的土地。然而要知道，三俄尺的土地是死尸之所需，而不是活人的需求，现在人们又说，如果我们的知识分子爱好土地，渴望拥有一处庄园，这是好事。但要知道这样的庄园也是三俄尺的土地。离开城市，脱离斗争，躲避生活的喧闹，把自己藏进庄园——这不是生活，这是自私、懒惰，是一种特殊的修道生活，但那是没有崇高追求的修道生活。人需要的不是三俄尺土地，不是庄园，而是整个世界、整个大自然，在这个广阔的天地里，他可以尽情地展现他的自由精神的全部特长。

“我弟弟尼古拉坐在自己的办公室里，幻想着有一天能吃到自己的白菜汤，这汤怎么能使得满院飘香，他幻想着怎样在绿草地上进餐，在太阳底下睡觉，怎么一连好几个钟头在大厅外的长椅上坐着，欣赏着田野与森林。有关农业技术的小册子和日历上写着的种种农业知识，是他的宝贝，是他心爱的精神食粮。他也爱读报，但只关注一种广告，在什么地方出售若干亩庄稼地和草场，连同一处庄园、一条河流、一个花园、一座磨坊、一个活水池塘。于是在他的脑海里勾画出了几条通向花园的小路、花朵、水果、椋鸟、池塘里的鲫鱼，诸如此类，不一而足。这些想象，会因为他看到的广告内容的不同而有所不同，但不知为什么，在每一个他脑海里出现的画面中必定会有醋栗。他无法想象一个庄园，一处充满诗意的角落，竟然会没有醋栗。

"'乡村生活自有它的好处！'他说，'常有这样的情形，你坐在凉台上喝茶，而在池塘里，你的小鸭子正在游水，院子里散发着清香……而醋栗在生长。'

"他常勾画他的庄园设计图，每回的图纸上都有这几项——甲、主人的卧室；乙、仆人住房；丙、菜园；丁、醋栗树。他生活节俭，吃得少，喝得也少，天知道他穿的是什么衣服，像个叫花子，拼命攒钱，存进银行。他视财如命，我看着他挺难受的，平常也给他点钱，过年过节也要给他寄点什么，可他连这些也都藏了起来。要是一个人迷上了什么玩意儿，也就拿他没有办法了。

"过去了许多年，他调到另外一个省里去当差，他的年纪也超过了四十，但他依旧在读报上的广告和存钱，后来我听说他结婚了。而结婚也是为了自己能购置一处带有醋栗树的庄园。他娶了一个并不漂亮的老寡妇，毫无感情可言，仅仅是因为她手头有点钱，他和她一起生活照样节俭，让她处于半饥饿状态，把她的钱也存进了银行，在存折上却写着他的名字。她的第一任丈夫是个邮政局长，在他那儿吃惯了馅饼和甜酒，而在这第二任丈夫这里，连黑面包都不让吃够，她因此消瘦下来，过了三年就死了。当然，我的弟弟连一分钟都没有想过，她的死亡该由他负责。钱和酒一样，能将人变成怪物。我们城里有个商人死了，临死前他让人送来一盘蜜，他把所有的钱和彩票就着蜜吃进了肚里，为的是不让别人得到。有一次我在火车站上检查一队牲口，这时有个贩子跌倒在火车头下，轧断了一条腿，我们把他抬进了医务室，他血流如注，可怕极了，但他一再请求人们给他把那条轧断的腿找回来，因为断腿的靴子里藏有二十卢布，他怕丢了。”

“您已经跑题了。”布尔金说。

“妻子死后，”伊万·伊万内奇沉吟一会儿，继续说，“我弟弟开始给自己物色庄园。当然，就算你物色五年，也还是会出差错，最终买到手的完全不是你所盼望得到的。我弟弟尼古拉通过中介，买了一处银行抵押过的地主庄园，有一百一十二亩地，有主人卧室、仆人住房，有花园，但既没有果园，也没有醋栗树，也没有浮游着鸭子的池塘。河倒是有的，但河水的颜色像咖啡一般，那是因为庄园的一边是个烧砖的工厂，而另一边是一个专门处理兽骨的作坊。但我的尼古拉·伊万内奇并不气馁，他订购了二十棵醋栗树，栽种上，便开始过他的地主生活了。

“去年我去看望过他。去的时候想，我得看看他的生活状况。在来信中，我弟弟把自己的庄园称作楚姆巴洛克罗夫荒原，别称吉玛拉耶斯柯依。我是午后到的‘吉玛拉耶斯柯依’。很热，到处都是沟渠、栅栏、篱笆、栽了一排排的云杉，你不知道该怎么走进院子里去，得把马拴在什么地方。我往正屋走去，迎面走来一条红毛狗，肥得像一头猪。它想叫，但又懒得叫。从厨房里走出一个光脚的厨娘，胖得也像头猪，她说，老爷在午休。我走到弟弟跟前，他坐在床上，毛毯盖着双膝；他变老了，变胖了，是虚胖，面颊、鼻子和双唇都往前拱着——眼看着，他好像是要哼哼着钻进毯子里去。

“我们拥抱了，也哭了，因为高兴，也因为不无伤感地想到，我们曾经都很年轻，而现在两人都已经两鬓斑白，快要死掉。他穿好衣服，领着我去参观他的庄园。

“‘你过得怎么样？’我问。

“‘感谢上帝，我过得很好。’

“这已经不是从前那个羞涩的小官员，而是一个真正的地主老爷。他已经习惯于这种生活，并从中找到了乐趣，他吃得多了，在澡堂洗澡，长胖了，他已经和一个村社以及两家工厂打过官司，如果农民不叫他‘老爷’，他会非常生气。他像老爷那样关心自己的内心世界，即使做桩善事，也要摆出老爷的架子。都是些什么善事？用苏打粉和蓖麻油给农民治各种各样的病；他命名日的那天，在村子里举行一个感恩的礼拜仪式，然后抬出半桶白酒来供大家喝，他以为事情就该这么办。啊，多可怕的半桶白酒！今天，胖地主拉着农民到乡长那里去告发他们的牲口吃了他的庄稼，而明天在节庆日又摆出半桶白酒来，让他们喝酒，高呼万岁，让喝醉了的农民跪在他的脚下。生活变得好一点了，吃得饱了，悠闲了，俄国人心里便滋生出最可憎的自以为是。尼古拉·伊万内奇，这个当年在衙门里甚至不敢拥有自己观点的人，现在讲的全是真理，而且是以部长的口吻来说的：‘教育是必需的，但对于一般大众还为时过早。’‘体罚一般来说是有害的，但在有些情况下是有益的和必需的。’

“‘我了解老百姓，也善于与他们沟通，’他说，‘老百姓喜欢我。我只需摇动一下手指头，他们就能做我需要的一切！’

“请注意，这一切都是带着善良的微笑说出来的。他能一连说上二十次：‘我们是贵族’，‘我作为贵族！’很显然，他已经忘了，我们的祖父是农民，而父亲是士兵，甚至我们的奇姆沙-吉玛拉耶斯基这个姓，实际上是个不雅的姓，他现在也觉得朗朗上口，十分体面。

“但问题不在于他，而在我自己。我想和你们说说，在我到了他的庄园之后的不多的几个小时中，在我身上发生了什么样的变化，晚上，在我们喝茶时，厨娘端上满满一盘醋栗。这不是买来的，而是自产的醋栗，这是自从栽种之后第一次采摘下来的自己的醋栗。尼古拉·伊万内奇笑了，他默默地瞧了醋栗一分钟，含着眼泪——由于激动，他一时说不出话来，然后他把一颗醋栗放进嘴里，他看着我，像是一个孩子终于得到了自己心爱的玩具，得意地说：‘多么好吃！’

“他贪婪地吃了它，还一再重复道：

“‘啊，多么好吃！你也尝尝！’

“‘这醋栗很硬、很酸，但诚如普希金所说：‘崇高的欺骗比许多真理更令我们欣喜。’我看见了一个幸福的人，他的理想显然已经实现，他达到了生活的目标，得到了他想得到的，对自己的命运连同他自己，他都很满意。不知为什么，以前我一想到人的幸福，就会生发出一些惆怅来，而现在面对一个幸福的人，竟有一种近似绝望的痛感攫住了我。到了夜深时刻这种感觉更加沉重。他们在我弟弟卧室的隔壁房间，为我摆了张床，我听见他睡不稳觉，常下床来走到盛有醋栗的盘子跟前，一颗又一颗地拿醋栗吃。我意识到：世上有多少这样心满意足的幸福的人呀！这是一股何等威严的力量！您瞧瞧这生活：强者有闲而无耻，弱者愚昧无知，活得像牲口一样，到处都是赤贫、拥挤、退化、酗酒、虚伪、欺骗……与此同时，所有的房子里和街道上都是一番太平景象；在这个居住着五万人口的城市里，竟然没有一个人出来大声疾呼，没有一个人义愤填膺。我们看见，人们到市场去购买食物，白天吃饭，晚上睡觉，说废话，结婚，衰老，把自己家的死人稳当地送进坟墓，但我们却看不见、听不到那些痛苦着的人，那些发生在幕后的人生惨剧。到处都寂静无声，只有沉默的统计表在提出抗议：多少人发疯了，多少桶酒喝光了，多少儿童饿死了……这样的社会秩序当然是需要的，幸福的人自我感觉之所以良好，是因为不幸的人在默默地受苦受难，如果没有这样的沉默，幸福就没有可能。这是集体的麻木不仁。每一个幸福的人的门后，都应该站一个手持小铁锤的人，他不断地用锤子的敲击声来提醒人们，世上还有不幸的人，不管他多么幸福，生活早晚会对他露出真面目，苦难不可避免——疾病、贫困、亏损，到那时谁也不会理会他，就像他现在不理会别人一样。但拿小锤子的人是不存在的，幸福的人自顾自地生活着，小小的生活琐事只会稍稍使他激动，就如同微风吹拂着白杨——一切都平安无事。

“在那个夜晚我也终于明白，我自己也是一个心满意足的幸福的人。”伊万·伊万内奇站起身来，继续说，“我也在吃饭和打猎的时候，常常教育别人怎么生活，怎么信奉宗教，怎么管理自然。我也说什么知识是盏明灯，教育是必需的，但对于普通人来说，能识几个字就足矣。我也说，自由是福音，没有自由如同没有空气一样是不行的，但需要等待。是的，我这样说过，但我现在要问：为什么要等？”伊万·伊万内奇一边生气地瞧着布尔金，一边问道：“我问您，为什么要等待？出于什么样的考虑？有人对我说，凡事都不能一蹴而就，每一种理念都是逐渐地在生活中实现的。但这是谁说的？证明这是真理的证据在哪儿？你们引证说各种事物都有其自然规律，各种现象都有其合理性，但如果我这么一个活生生的有思想的人，站在一条裂缝前，明明我可以一跃而过，或是搭个便桥过去，却非要等待这条裂缝自行合拢，或是用淤泥将它填实，这算是什么规律和法则？为什么要等待？等到没有了生活的力量才算了结，然而人又是多么需要生活和渴望生活！

“我第二天一清早离开了弟弟，从此城市的生活让我难以忍受。寂静和安定压迫着我，我害怕看别人家的窗子，因为现在再没有比合家围坐在餐桌上喝茶的幸福家庭更让我心情沉重的了。我已经老了，不适于去做抗争了，我甚至连憎恨也不会了。我只能暗自伤感、生气、烦恼，到了晚上，就浮想联翩，难以入睡……啊，要是我能年轻一点就好了！”

伊万·伊万内奇激动地从一个角落走到另一个角落，重复着说："如果我能年轻一点就好了！"

他突然走近阿寥兴，握了他一只手，又握住另一只。

"帕维尔·康斯坦丁内奇！"他恳切地说，"别心平气和，别昏睡不醒！趁着还年轻，还有力量，还精力充沛，要及时行善！没有幸福，也不该有，如果生活中还有意义和目标，那么它们完全不在于我们的幸福，而在于某种更理智更宏大的事业中。行善吧！"

伊万·伊万内奇是带着可怜的、恳求的微笑说这些话的，好像他是为了自己的事在求人。

然后，三个人分坐在客厅不同角落的三张椅子上，沉默着。伊万·伊万内奇的故事不能让布尔金满足，也不能让阿寥兴满足。金色镜框里的将军们和太太们在暮色中像是活人，他们从镜框里倾听这个可怜的、吃醋栗的小官员的故事，想必也觉得乏味。真想说说和听听有关高雅的人和女人的故事。至于他们坐在客厅里，这里的一切——套子罩着的枝形烛架、安乐椅、脚下的地毯，都在说明，现在正从镜框里看着大家的人，当年曾在这里走过，坐过，喝过茶；而美丽的彼拉吉雅现在正在这里无声地走动——这胜过一切的故事。

阿寥兴困得要命，他凌晨两点钟就起床干活了，现在眼睛都睁不开了，但他生怕客人们会在他不在场的时候讲一些有趣的故事，所以他没有走开。伊万·伊万内奇所讲的是否聪明，是否有道理，他没有细想。客人们反正没有讲起麦子、干草以及焦油，总之所谈的跟他的生活没有直接的关系，他还巴不得他们就这样继续谈下去……

“不过，该睡觉了。”布尔金站起身来说，“请允许我祝你们晚安。”

阿寥兴告别之后下楼到自己的房间去，客人们留在了楼上。有人把他们领到一个很大的房间里过夜，房里有两张古色古香的雕花木床，角落里立着一个表现耶稣受难的象牙十字架。美丽的彼拉吉雅给他们铺上了宽大而清凉的被褥，新被单散发出清香。

伊万·伊万内奇默默地脱了衣服，睡到床上。

“上帝，饶恕我们这些罪人吧！”他说着，把头钻进了被单里。

从他放在桌子上的烟斗里，冒出一股刺鼻的焦烟味，而布尔金久久不能入睡，他一直在纳闷，这难闻的气味是从哪里来的。

雨水整夜敲打着窗户。

一八九八年

牵小狗的女人

一

听说，海边堤岸上出现了一张新面孔——一个牵小狗的女人。德米特里·德米特里奇·古罗夫在雅尔塔已经看惯了这个地方，他也对新面孔产生了兴趣。他坐在一家商亭里，看到一位年轻的金发女郎沿着堤岸走过，她个儿不高，戴着一顶无檐软帽，身后跟着一只白色的长毛小狗。

此后他每天都能碰到她几回，或是在城市的公园里，或是在街心花园里。她总是独自散步，总是戴着无檐软帽，牵着一只白色的长毛小狗。谁也不知道她是什么人，于是干脆叫她“牵小狗的女人”。

古罗夫寻思：“如果她身边没有丈夫和熟人，倒不妨和她交个朋友。”

他还不到四十岁，但已经有一个十二岁的女儿和两个上中学的儿子。他刚上大学二年级的时候，家里就给他成了亲，妻子现在看起来比他年长许多。这是个眉毛很浓的高个子女人，外表庄重，有气派，而且自以为有思想。她书读得很多，书写时故意漏掉硬音符号，丈夫德米特里到她的嘴里成了季米特里。而古罗夫在内心深处认为她是个浅薄的、狭隘的、缺乏风度的女人，他怕她，所以不爱待在家里，他早就背叛过她，常常背叛她，也许是这个缘故，他总是说女人的坏话，一旦有人当着他的面谈论女人，他便这样称呼她们：

“低贱的人种！”

他以为，凭借多年痛苦的生活经历所取得的教训，自己可以随便数落女人，但没有这些被他称作“低贱的人种”的女人，他连两天都无法生活。在男人堆里，他觉得乏味，不自在，无话可谈，冷若冰霜。而当他出现在女人中间，便感到自由自在，他知道该和她们说些什么，该如何表现自己，即使在她们面前一言不发，心里也觉得轻松。在他的外表、性格和整个气质里有一种不可捉摸的吸引着女性的诱惑力，他知道自己的魅力。同时，也有一种力量吸引着他投向女人的怀抱。

许多次的痛苦经验早就给了他教训：对于正派的男人，尤其是对于行动迟缓、优柔寡断的莫斯科人，一切与异性的亲密接触，尽管开头也能让生活多几分色彩，成为春风得意的奇遇，但随后必然会出现一堆大麻烦，最终背上一个大负担。然而，每当初识一个讨人喜欢的女人，这个痛苦经验便被忘得一干二净，他又热切地想过快活的日子，一切都显得那么自然和有趣。

终于有一天，黄昏时分，他在公园里用餐，而头戴无檐软帽的女士不慌不忙地走来，在邻近的一张桌子旁坐下来。她的神态、步履、裙衫、发式都在告诉他：她来自上流社会，已婚，头一回来雅尔塔，独自一人，她在这里闷得慌……关于此地有伤风化的传闻，有很多是不真实的，他厌恶这些桃色新闻，认为这些故事的编造者本身就是些喜欢寻花问柳的人。但当一位女士坐在离他三步远的桌子旁，他就想起了这些便捷的艳遇，这些做伴登山的休闲。一种与一个连名字都叫不出来的陌生女人搞个一夜情的念头充满诱惑，突然间控制住了他。

他亲切地逗引着这只长毛小狗，让它到自己身边来，但当它向他走近的时候，他又晃动着手指吓唬它。小狗吠叫起来，古罗夫照样吓唬它。女人瞧了他一眼，立即垂下了眼睛。

"它不咬人。"她说，脸孔红了。

"可以给它骨头吃吗？"当她点头做了肯定的回答，他便彬彬有礼地问："您到雅尔塔有几天了？"

"五天。"

"而我在这儿快两个星期了。"

两个人沉默了一会儿。

"时间过得真快，但这儿多么沉闷！"她这样说，眼睛没有看着他。

“大家都在说这里沉闷。一个住在类似别列夫或日德尔这样的小城市的小市民，一到这儿也说：‘多么沉闷！多大的灰尘！’好像他是从一尘不染的格林纳达岛来的。”

她笑了。然后两人继续用餐，默不作声，像是两个完全陌生的人。但饭后他俩肩并肩地走起来，于是开始了两人之间轻松愉快的交谈，那是两个自由的、惬意的人之间的交谈，往哪儿走、谈点什么都无所谓。他们一边散步，一边聊天，说到大海的色彩何等奇妙，海水呈青紫色，色调柔和而温馨，由于月亮的照射，海面上浮现出一条金黄色的光带。说到酷热的白天带来的烦闷。古罗夫说他是莫斯科人，大学里学的是文学专业，但现在在银行供职，曾经在一家私人歌剧团当过演员，后来不干了，在莫斯科他拥有两处房产……而从她口中得知，她是在彼得堡长大的，但嫁到了C城，已经在那里住了两年，她还要在雅尔塔待上个把月，她丈夫可能也要来，他也想散散心。她怎么也说不清自己丈夫究竟在哪儿当差——是省政府还是省地方自治会，这让她自己都觉得可笑。古罗夫还得知，她叫安娜·谢尔盖耶芙娜。

后来，在旅馆房间里他又想起了她，想到明天他可能还会遇到她。这是一定的。躺在床上，他想到，她不久前还是个中学生，像他现在的女儿一样在上学。他想到，她与陌生男人谈笑时显得那样的羞涩和不自然，可见这是她生平第一次独自出门，第一次经历这样的处境——好多人都追踪着她，与她攀谈，而人们这样做是带着什么样的隐秘动机，她不可能猜不到。他想到了她纤细的脖子，想到了她美丽的灰色眼睛。

“她身上总有点招人爱怜的地方。”他想着想着就睡着了。

二

相识之后，过去了一个星期。是个假日。房间里很闷，街道上的风卷起灰尘，能把帽子吹落。整天想喝点什么，古罗夫不时地来到商亭里，请安娜·谢尔盖耶芙娜喝果子露和冰奶。除此之外无处可去。

临近傍晚，风小了些，他们走上防波堤，去观看轮船进港的情景。码头上人头攒动，是来接人的，手里拿着花束。在这里，最惹人注目的是雅尔塔上流社会的两大特色：上了年岁的女人一身年轻女子的打扮，将军的数量可观。

因为海上起了风浪，轮船迟到了。太阳已经落山。在进港之前，轮船转了好几圈。安娜·谢尔盖耶芙娜拿着望远镜看轮船和旅客，像是要寻找熟人，而当她把脸转向古罗夫，她的眼睛放光了。她说了好多话，前言不搭后语地提出问题，刚刚问过一句，便随即忘记了。后来她把望远镜丢在了人群之中。

穿戴体面的人群散去了，夜幕即将降临，人的脸孔也变得模糊了，风也停息了，而古罗夫和安娜·谢尔盖耶芙娜还站在那里，好像是在等待还有什么旅客从轮船上下来。安娜·谢尔盖耶芙娜默不作声，闻着花束散发的芳香，目光没有投向古罗夫。

“晚上的天气好了许多，”他说，“我们现在上哪儿去？要不我们叫辆马车兜兜风？”

她没有搭话。

这时，他凝望着她，突然，他拥抱住她，吻了她的嘴唇，花朵的湿润的芳香把他陶醉了，他又立即恐慌地往四周瞧了瞧：不会有人看见了他们吧？

“我们上您那里去……”他轻声说。

两人快步走开了。

她的房间里很闷热，弥漫着她从一家日本商店买来的香水的气味。古罗夫看着她，想：“人世间有多少萍水相逢的机遇呀！”在他留存下来的往昔的记忆中，有悠闲的、善良的女人，她们因为得到了爱而欣喜，感谢他给予的幸福，尽管这幸福是短暂的。也有那样的——比方说像他妻子那样的女人，她们爱得不真诚，说起话来，添枝加叶，装腔作势，乃至歇斯底里，带着那样一种情绪，似乎这不是爱情，也不是欲念，而是某种更有意义的事物。还有那么两三个冷美人，在她们的脸上突然之间会流露出一种贪婪的表情。一种顽强的欲望，想要从生活中攫取生活无力给予的东西，这些女人已经不很年轻，她们任性、放肆、专横、缺乏智慧，当古罗夫对她们的热情冷却之后，她们的美貌激起了他的憎恶，她们内衣上的花纹在他心目中成了像鱼鳞一样的东西。

而眼前看到的，是一个青涩的青春生命的腼腆、无助和不自然，还有就是诚惶诚恐的感觉，好像生怕突然间听到一声敲门声似的。安娜·谢尔盖耶芙娜，这位“牵小狗的女人”，用一种很特别的态度对待已发生的事情，把它看得很严重，当作自己的堕落——就有这种感觉，这当然很奇怪，也不合时宜。她形容憔悴，两缕长发忧伤地垂挂在脸庞的两侧；她沉思着，神情沮丧，宛如一幅古画中戴罪的女子。

“这不好，”她说，“现在您会是第一个瞧不起我的人。”旅馆房间的桌子上放着一个西瓜。古罗夫给自己切了一小块，从容不迫地吃了起来。沉默的时间至少延续了半个小时。

安娜·谢尔盖耶芙娜是动人的，从她身上洋溢出一个涉世不深的女人纯洁与幼稚的气息。桌子上有一支孤单的蜡烛在燃烧，勉强能照清她的面孔，但看得出来，她心里很难过。

“我为什么会不再尊重你？”古罗夫问，“连你自己都不知道你在说什么。”

“让上帝原谅我！”她说，眼眶里充溢着泪水，“这很可怕。”

“你好像是在为自己辩解。”

“我用什么为自己辩解？我是个下贱的坏女人，我憎恨我自己，我不想为自己辩护。我不是欺骗了丈夫，而是欺骗了我自己。不是从现在开始的，我早就在欺骗。我的丈夫，可能是个忠诚的好人，但他是个奴才！我不知道他在衙门里都干些什么，我只知道他是个奴才。我嫁给他的时候才二十岁，好奇心吸引着我，我希望有更好的日子过；我对自己说，总会有一种别样的生活的呀。想生活！生活，生活……好奇心把我燃烧了……您理解不了这个，但我，我向上帝发誓，我已经无法控制住自己，有样什么东西把我激活了，已经再也不能把我拉住，我对丈夫说，我病了，就来到了这里……到了这里，我四处游荡，像个疯子……就这样我变成了一个下贱的女人，变成了一个所有人都可以鄙视的坏女人。”

古罗夫听烦了，这种幼稚的口吻，这种突如其来的、不合时宜的忏悔让他气恼；如果不是她眼睛里饱含眼泪，他会以为她这是在开玩笑，或是在作秀。

“我不明白，”他轻声说道，“你到底想要什么？”

她把脸蛋埋在他的怀里，偎依着他。

“请相信我，我求您了……”她说，“我爱真诚的、纯洁的生活，我厌恶罪恶，我自己都不知道我在做什么。老百姓常说：魔鬼缠住了人。我现在也可以这样来说自己：魔鬼缠住了我。”

“够了，够了……”他嘟囔道。

他凝望着她那双发呆的、恐慌的眼睛，他吻着她，说着温柔的话，她的心绪有了好转，又快活起来，两个人一起欢笑。

后来，他们一起走了出去，海堤上已经见不到人影。这座城市，连同那些柏树，都显得死气沉沉，但大海还在喧闹，还在冲击着海岸；一条舢板在海浪中摇摆，舢板上有一盏灯，发出昏昏沉沉的微光。

他们雇了一辆马车，朝奥林安达驶去。

“我刚才在旅馆大堂知道了你的姓：在黑板上写着封·季杰利茨，”古罗夫说，“您丈夫是德国人？”

“不，他的祖父可能是德国人，他本人是东正教徒。”

在奥林安达，他们坐在离教堂不远的一张长椅上，俯瞰着大海，默不作声。透过晨雾，雅尔塔隐约可见，在高高的山顶上，飘着朵朵白云，静止不动。树上的叶子也不摇动。蝉声阵阵，而从岸底传来的单调、低沉的海涛声，在诉说寂静和等待着我们的永续的长梦。当这个海边还没有雅尔塔和奥林安达的时候，大海就在喧哗，现在它还在喧哗，而当我们已经不在人间的时候，大海照样还会发出喧哗的声响，淡漠而低沉。而在这种永恒不变中，在这种对于我们每个人的生死的冷漠态度中，也许正蕴藏着永恒救赎的保证，人类生活不断前进与不断完善的保证。古罗夫坐在一位年轻女人身旁，这位女人在晨曦中显得更加楚楚动人，面对这童话般的景象——这海，这山，这云彩，这辽阔的天空，古罗夫神清气定，飘飘欲仙。他暗想，如果我们认真想想，那么从本质上说，在这个世界上一切都是很美好的，只是我们所想的和所做的不是太好，因为我们忘记了生存的最高目标和自己的尊严。

有个人——可能是更夫——走过来看了他们一眼，又走开了。这个小小的插曲也显得神秘而美丽。他们看到有一艘轮船从菲奥杜辛雅开来，轮船已经熄了灯，船身沐浴在黎明的霞光中。

“草上有露水了。”安娜·谢尔盖耶芙娜沉默之后说。

“是的。该回去了。”

他们回到了城里。

这之后，他们每天中午都在堤岸上见面，一起吃早饭，吃午饭，一起散步，一起欣赏海景。她抱怨睡眠不佳，抱怨心律不齐，她提出的问题都是同样的，她的苦恼或是出于嫉妒，或是源于恐惧——怕他对她不够尊重。在街心花园或是在公园里，每当四周无人，他常常突然将她拥进怀里，给她一个热吻。这样的优哉游哉，这样的在阳光下避人耳目的接吻，这样的炎热，还有海水的气味，还有在他眼前川流不息的、饱食终日的红男绿女，所有这一切让他变成了另外一个人，他夸奖安娜·谢尔盖耶芙娜光彩照人、风情万种，他狂热地爱着，寸步不离自己的所爱；而她呢，却常常陷入沉思，还一个劲儿地要他承认，他并不尊重她，一点也不爱她，而只是把她看成一个低俗的女人。几乎每天傍晚，他们都要坐上马车出城，到奥林安达，或是去看瀑布；这样的郊游都很顺利，留下的印象总是那样美丽和神圣。

一直在等待她丈夫的到来，却接到了他的来信，他在信里说得了眼病，央求妻子赶紧回家。安娜·谢尔盖耶芙娜赶忙上路。

“我走了，这很好，”她对古罗夫说，“这是命运。”她坐着马车去车站，他去给她送行，他们在路上走了一整天。待她坐进了特快列车的车厢，第二遍铃声响起的时候，她说：

“让我再看您一眼……再看一眼。就这样。”她没有哭，但很忧伤，像是得了病的样子，她的面孔在颤抖。

“我会想念您的……想念，”她说，“上帝保佑您。您好好留在这里。我有什么做得不对，您多多包涵。我们就要永别了，因为我们没有必要再见面。好了，上帝保佑您。”

火车开得很快，车上的灯火也很快消失了。过了一分钟，火车的声音也听不到了，好像是串通好了似的，为了要尽快了断这场疯狂的春梦。古罗夫独自站在月台上，看着黑暗的远方，听着山雀的鸣叫和电报线的声响，仿佛觉得自己刚刚从睡梦中醒来。

他想，在他的生命中又增添了一桩风流韵事或是奇遇，而这奇遇已经终结，仅仅留下了回忆……他感动，忧伤，还略有懊悔，因为这个他从此再也见不到的女人并没有从他这里得到幸福，尽管他待她很礼貌，很热情，但在与她的交往中，在他对她的亲昵中，在他的弦外之音里，总有些淡淡的嘲弄的影子，露出一个幸福男人居高临下的骄矜，何况他的年纪比她几乎要大一倍。而她一直说他是个善良的人，是个出类拔萃的人，是个高尚的人，这显然不是他的真实面目，说明自己在无意之间欺骗了她……

车站上已经有了秋天的气息，晚上已经有了凉意。

“我也该北上了，”古罗夫想着，走出了月台，“该走了！”

三

在莫斯科的家里，已经有了过冬的样子。壁炉烧着了，早晨孩子们吃茶点，准备上学的时候，天还黑着，保姆还要把灯点亮一会儿。严寒来临了。当下起第一场雪，第一次坐上雪橇，看见白色的大地，白色的屋顶，心里是很愉快的，呼吸也变得顺畅了、柔和了，这个时刻能让人回想起青春岁月。被冷霜染白的老菩提树和白桦树，厚道而诚恳，它们比柏树和棕榈树更让人感到亲切；一到它们身边，就不再去想那些山和海了。

古罗夫是莫斯科人，他在一个晴朗的冬日回到了莫斯科，当他穿上皮大衣，戴上皮手套，漫步在彼特罗夫卡的街头，当他在星期六的晚上听到教堂的钟声，他最近的那次旅行和他游历过的地方对他便失去了全部魅力。他渐渐地沉潜到莫斯科的生活中去了，每天都要如饥似渴地阅读三份报纸，但他又说不是本着原则读莫斯科的报纸。他乐此不疲地上餐厅和俱乐部，参加各种宴请和纪念会，一些著名的律师和演员来他家做客，他在医生俱乐部里和一个教授玩过牌，并因此得意扬扬。他已经能够吃下一整份白菜炖肉了……

他以为，再过上一个月，安娜·谢尔盖耶芙娜在他的记忆里就会被一层迷雾笼盖，只会偶尔像其他人一样进入他的梦乡，重现她动人的微笑。可是，已经过去了一个多月，隆冬已到，一切都还历历在目，好像他只是在昨天才与安娜·谢尔盖耶芙娜分了手。而且这记忆越来越鲜明。不管是在傍晚的寂静中，孩子备课读书的声音传到了他的书房，还是在餐厅里听到抒情歌曲和风琴声，或是在壁炉里听到风暴的呼啸声，他的记忆里便立即重现了过去的一切：码头上的景象，山顶上的晨雾，从菲奥杜辛雅开来的轮船，还有接吻。他久久地在房间里踱步，回忆着，微笑着，然后他的回忆便成为幻想，过去与未来便掺杂到了一起。安娜·谢尔盖耶芙娜没有进入他的梦境，却与他如影随形。只消一闭上眼，他就能看见她，她像个活生生的人，比过去的她更美丽，更年轻，更温柔；他也觉得自己比在雅尔塔时的自己更优秀。每当傍晚，她从书架上，从壁炉里，从墙角处窥视着他，他能听到她的呼吸，她的衣裳的亲切的窸窣声。走在街头，他扫视着过往的女人，想看看有没有一个长得像她的……

有一个强烈的愿望折磨着他，他很想把自己这段美好回忆说给什么人听。然而，在家里不能透露自己的爱情，在外边也没有可以说心里话的人。总不能跟邻居或是银行里的同事说吧。而且，又有什么可说的呢？他难道当真爱她吗？在他与安娜·谢尔盖耶芙娜的关系中，果真有什么美好的、诗意的，或是有启迪意义的，或是有点什么情趣的内容吗？他只好语焉不详地说说女人，说说爱情，自然谁也猜不透他究竟在说些什么，只有他的妻子皱起浓密的眉毛，说：

“季米特里，你完全不适合扮演花花公子的角色。”

有一天夜里，他和牌友一起从医生俱乐部走出来，便忍不住说了这句话：

“如果您能知道我在雅尔塔认识了一位多么迷人的女人！”

这位官员坐上雪橇上路了，可他突然转过身来，喊道：

“德米特里·德米特里奇！”

“什么事？”

“昨天您说对了：那盘鲟鱼已经发臭了！”

不知道为什么，这句平平常常的话突然惹恼了古罗夫，他觉得这话是带有侮辱性的，是不干不净的。多么野蛮的人品，多么丑陋的嘴脸！多么无聊的夜晚，多么乏味的白天！豪赌，贪食，狂饮，车轱辘话，无益的工作，老生常谈式的闲聊，耗蚀了一生中最好的时光与精力，到头来剩下了残缺不全的生命，一片狼藉，悲从中来，躲不开，逃不掉，就像是被禁锢到了疯人院或是流放营中！

古罗夫一夜没有合眼，满腔怒火，第二天头痛了一整天。晚上又睡不好，坐在床上想心事，或是在房间里来回踱步。孩子让他厌恶，银行也让他厌恶，哪都不想去，什么都不想说。

利用十二月份的假期，他准备远行，告诉妻子说他要到彼得堡去为一个年轻人张罗一件事——他去了C城，为什么去？自己也说不好。他想见见安娜·谢尔盖耶芙娜，跟她谈谈，可能的话就与她约会。

他早晨到C城，在旅馆里订了高档房间，整个地板都铺着灰色的军用毛毯，桌子上摆着一瓶墨水，瓶子蒙着灰色的尘土，瓶上雕着一个骑士，他手举着帽子，但脑袋已经脱落。旅馆的听差给他提供了有用的信息：封·季杰利茨住在老贡察尔大街的一处私宅——离旅馆不远，他有钱，生活富裕，家里养着马，全城的人都认得他。这位听差把他叫作德雷特利茨。

古罗夫不慌不忙地来到老贡察尔大街，找到了那所房子。房子正对面延伸着一道灰色的、长长的围墙，墙的上端钉着钉子。

“这样的围墙能把人吓跑。”古罗夫想着，一边看看窗子、看看围墙。

他想，今天是休息日，丈夫大概在家。无论如何，今天贸然闯到她家里去打扰，总是不明智的。要是送封信去呢，信也许会落到她丈夫手里，事情会更糟。最好是见机行事。他顺着街道在围墙近旁来回走着，等待机会来到。他看到有个乞丐走进门去，有几只狗朝他扑去。过了一个钟头他听到了钢琴声，琴声细微，听不太清。大概是安娜·谢尔盖耶芙娜在弹。突然，大门洞开，走出一个老太婆，身后跟着那只熟悉的白毛小狗。古罗夫想叫唤那只狗，可是他心跳得厉害，在激动之中他想不起小狗的名字。

他来回走着，越发憎恶这道围墙，而且气恼地想道：安娜·谢尔盖耶芙娜大概已经忘记他了，也许已经另觅新欢——这对于一个年轻的、从早到晚被迫看着那道该死的围墙的女人，是再自然不过的了。他回到了旅馆的房间，在沙发上坐了很久，不知如何是好，然后吃了午饭，睡了一个长觉。“这一切是多么的愚蠢和烦心呀，”他醒来，瞧着黑暗的窗子，已经是晚上，“睡够了，晚上我该干点什么呢？”

他坐在床上，床上的被单灰不溜秋，不值几个子儿，跟医院病房里铺的差不多。他烦躁地骂起了自己：

“你倒好，找了个牵小狗的女人……来了一档子风流韵事……现在只能坐在这儿。”

这天早上，他在火车站上看到了一张醒目的海报：新剧《盖依莎》首演。他记起了这个，便去了剧院。

“很可能她也会去看首演。”他这样想。

剧院满座。像所有省城里的剧院一样，枝形灯架上方烟雾缭绕，楼座里人声鼎沸，在开演之前，当地的花花公子们在第一排站着，手抄在背后；省长包厢里，省长的女儿围着毛皮围巾，坐在前排，省长本人倒谦逊地退居帘布之后，仅露出一双手；大幕摇晃着，乐队在反复调音。当观众进了剧院，寻找座位的时候，古罗夫用眼睛急不可耐地搜索着。安娜·谢尔盖耶芙娜也走进了剧院。她坐在第三排，古罗夫一看到她，心都缩紧了；他清楚地意识到：现在在这个世界上对于他来说，再没有哪一个女人比她更亲近、更珍贵、更重要了；这个娇小的女人，手里拿着一个庸俗的带柄眼镜，没有一点非凡之处，遗落在外省的芸芸众生之中，现在却占据了他的整个生命，成了他的痛苦、他的欢乐、他此刻唯一希望获得的幸福；在粗俗的小提琴声中，在不入流的乐队的演奏中，他想道：她是多么美好啊。他思索着、幻想着。

跟安娜·谢尔盖耶芙娜一起进来，坐到她身旁的，是一个留着络腮胡子的青年男子，他个儿很高，有点驼背，他每走一步就晃动一下脑袋，好像不断地在鞠躬。显然，这就是她的丈夫，就是那个在雅尔塔时，被极度痛苦的她称作奴才的人。而说实话，他那高高的身躯，他那络腮胡子和微秃的头顶，还果真有点奴才的媚相。他的笑容甜得发腻，他衣襟上别着的一个什么徽章，就像听差的号牌一样。

幕间休息，丈夫出去抽烟，她没有走。同样坐在池座里的古罗夫，走到她跟前，强作微笑，用颤抖的声音说："您好。"

她看了他一眼，脸色发白，然后又恐慌地看了他一眼，不敢相信自己的眼睛，两只手紧紧捏住扇子和带柄眼镜，显然，她是在竭力支撑住自己，不要昏倒。两人都沉默着。她坐着，他站着，被她的不知所措吓住了，不敢坐到她旁边去。调好音的提琴和笛子开始演奏，他忽然害怕起来，觉得仿佛所有包厢里的人都在看他们。她站起来，迅速往出口走去；他跟着她，顺着走廊，上楼下楼，慌不择路，从穿着法官、教师和各级文官制服的人们的眼前走过，这些人的胸前全都佩戴着徽章。在他们眼前掠过的，还有许多女人和挂在衣架上的皮衣。挟裹着烟草味的穿堂风吹了过来。古罗夫的心猛烈地跳动着，他想："上帝呀！何必要有这些人，这个乐队……"

这时他猛地想起，在那个晚上，在车站为安娜·谢尔盖耶芙娜送行的时候，他曾经暗想，这层关系到此为止，他们再也不会相会。哪里知道，离结局还遥远得很！

在一条狭窄幽暗的楼梯上，标着"剧场入口"的字样，她站住了。

"你可把我吓坏了！"她喘着粗气说，脸色惨白，惊恐万状，"哟，你可把我吓坏了！把我吓死了。你为什么到这里来？为什么？"

"安娜，你要明白，你要明白……"他急促地轻声说道，"我求求你，你要明白……"

她看着他，怀着恐惧，怀着祈求，怀着爱情。她凝视着他，要把他的容貌牢牢地印刻在自己的记忆里。

"我多么痛苦，"她继续说，不理会他的话，"我时刻想的就是你，我沉醉在对你的思念中。我想忘记，忘记你，你为什么要来呢？"

在他们上方的楼梯口，有两个中学生在抽烟，眼睛在朝下看，可是古罗夫毫不在意，他搂住安娜·谢尔盖耶芙娜，吻她的脸和手。

"您干什么呀，您干什么呀！"她大惊失色，把他推开，"我和您都疯了。您今天就回去，现在就走……我用上帝的名义恳求您……有人来了！"有人上楼了。

"您应该走……"安娜·谢尔盖耶芙娜继续轻声说，"德米特里·德米特里奇，您听到没有？我到莫斯科去看您。我从来没有幸福过，现在我也不幸福，我永远也不会幸福了，永远！不要让我更痛苦了！我发誓，我一定会到莫斯科去的。而现在让我们分手吧。我可爱的、善良的、宝贵的人，我们现在分手吧！”

她握了一下他的手，快步下楼，几次转过身来看看他，从她的眼睛里，可以看出她的确不幸福……古罗夫稍稍在原地站了一会儿，侧耳倾听，然后，等到一切都平静了下来，他在存放衣服的架子上取下了自己的大衣，走出了剧院。

四

安娜·谢尔盖耶芙娜开始常来莫斯科看他。每两三个月就从C城来一次，她对丈夫说：她要去向一位教授咨询自己的妇女病——丈夫像是相信又像是不相信。一到莫斯科，便下榻斯拉夫商场旅馆，立即派一个头戴红帽子的人去找古罗夫。古罗夫便来看她，在莫斯科谁也不知道这件事。

一个冬天的早晨，他照样去看她（昨晚信差去找过他，却没碰上）。他女儿与他一起走着，他送她去上学，正好同路。正遇上大雪纷飞。

“现在是零上三度，但是却在下雪，”古罗夫对女儿说，“但这只是地球表层的温度，上层空间的气温就完全不同了。”

“爸爸，为什么冬天不打雷呢？”

他也把这解释了一下。一边讲着，一边却在想着：他正要去和一个女人幽会，没有一个人知道这件事，大概，永远也不会有人知道。他有两种生活：一种是公开的，谁都能看到和知道的，只要他有这个兴趣。这种生活充满着约定俗成的真实和虚假，这种生活和他的熟人们、朋友们的生活完全一样。另一种生活是在暗中流淌着的。由于机缘的奇异巧合，一切在他看来是重要的，有趣的，必不可少的，他真心感应的，没有欺骗自己的，因而构成了他的生命之核的，都是要避人耳目的；而那些他用来掩饰自己，掩盖真相的虚伪外壳，比如，他在银行的差使，他在俱乐部里的争辩，他关于“低贱的人种”的宏论，他同妻子在纪念会上的亮相——所有这些都是公开的。他根据自己的经验来判断别人，便不再相信自己眼见的东西，而永远意识到，每一个人都在秘密的掩护下，犹如在黑夜的掩护下，过着他们真正的、最有趣的生活。每一个个体的真实存在，都包裹在秘密之中。也许正因为这样，文化人才如此情绪激动地呼吁尊重个人隐私。

把女儿送到学校后，古罗夫向斯拉夫商场旅馆走去。他在大堂脱去了皮大衣，上了楼梯，轻轻敲了敲门。安娜·谢尔盖耶芙娜身穿那件她心爱的灰色衣裙，由于路途劳顿和苦苦等待而面有倦色，她从昨晚起就开始等他。她脸色苍白，瞧着他，但没有露出笑容。他一进门，她就扑进他的怀里。似乎他们已经分别了两年似的，他们相拥而吻，吻得很长，很久。

“你在那边生活得怎么样？”他问，“有什么新闻？”

“等等，我现在就告诉你……我受不了啦。”

她说不出话来，就哭了。她背过身去，用手绢擦眼泪。

“行啊，就让她哭吧。我先坐一会儿。”他想，坐到一把椅子上。然后他按铃，吩咐给他上茶。当他喝着茶的时候，她依然站在那里，面孔朝着窗子……她哭是因为她激动，因为她悲伤地意识到，他们的生活是如此可悲：他们只能偷偷地相会，避开外人，像做贼一样！他们的生活难道不是已经破碎了吗？

“行啦，别哭了！”他说。

他看得很清楚，他们的爱情不会很快完结，也不知何时完结。安娜·谢尔盖耶芙娜越来越眷恋他，崇拜他，对她说这段感情终归要完结是没有意义的，而且她也不会相信。

他走近她，拉住她的肩膀，抚爱她，说幽默的话，就在这个时候，他在一面镜子里看见了自己。

他的头发开始白了。他感到奇怪，在最近几年里，他竟变得这么老态，这么难看。他扶住的双肩散发着温暖，还微微地颤抖着。他对这个生命产生了悲悯之情，这个生命这样温暖，这样美好，但很可能，它离苍白与凋零之日也相去不远了，就像他自己一样。她爱他什么呢？在女人的眼睛里，他总是跟自己的本相不同。她们爱的不是他本人，而是她们的想象所创造出来的，被她们在一生中追寻多年的男人。此后即便她们发现了自己的错误，她们照旧爱着他。与他交往过的女人没有一个幸福过。时过境迁，他与女人们从相识到相处到分手，周而复始，只是他从来没有爱过一次。可以有种种说法，但不是爱情。

只是到了现在，当他的头发已经白了，他才真正用心爱上了一个人——这是他平生第一遭。

安娜·谢尔盖耶芙娜和他互相爱恋着，像一对很亲近的人，像夫妻一样，像心心相印的朋友一样；他们觉得是命运在安排他们相逢，他们不能理解，为什么他已经娶了妻子，而她已经嫁了人；他们就像是两只候鸟，一公一母，被人抓住，硬是关在两个单独的笼子里。他们互相宽恕，宽恕了他们过去所做过的使他们羞愧的事情，也宽恕了他们眼下所做的一切，他们感觉到，这爱情把他们两个人都改变了。

以前，每当忧伤袭来，他总是用自己能想得到的人情世故来宽慰自己，现在他不去思考那些人情世故了，他体验到深深的悲悯，他希望做个真诚而温柔的人……

“别哭了，我亲爱的，”他说，“你哭一哭，也就够了……现在咱们来谈谈，想想有什么办法。”

然后，他们商量了很久，说到他们怎样才能不再躲躲闪闪，不再欺瞒，不再两地分居、难得一见。他们怎样才能从这些无法忍受的桎梏中解脱出来。

“怎么办呢？怎么办呢？”他抱着头，问：“怎么办呢？”

似乎再过一会儿，就会找到办法了，新的美好的生活就要开始了。但他们两人心里都清楚：距离幸福的目的地还很遥远，最复杂和困难的路程才刚刚开始。

一八九九年

在圣诞节庆日

一

“要写什么？”叶戈尔将笔蘸过墨水，问。

瓦西丽莎已经有四年没有见过自己的女儿。女儿叶费米娅婚后与丈夫一起去了彼得堡，来过两封信后就销声匿迹了。不管是清早挤牛奶，或是生炉子，或是晚上打盹，老太婆都惦记着一件事：叶费米娅在那边怎么样了，她还活着吗？得写封信去，但老头不会写字，也请不到人来代笔。

但现在圣诞节庆日到了，瓦西丽莎忍不住了，便到饭店里去找叶戈尔，他是饭店老板娘的弟弟，自从退役之后，一直坐在饭店里，无所事事。据说他信写得非常好，只要报酬能让他满意。瓦西丽莎在饭店里先找厨娘说了说，再和老板娘谈了谈，最后才和叶戈尔直接沟通，他们谈妥了十五戈比的酬金。

现在——这是节庆假日的第二天，在饭店的厨房里，叶戈尔手握钢笔，坐在桌子后。瓦西丽莎站在他面前，想着想着，脸上现出担惊受怕的愁容。她的丈夫彼得陪她一起来了，这是一个身材瘦高的老头，头顶上有块棕褐色的秃斑。他站着，一动不动，眼睛直望着前方，像是一个瞎子。炉子上放着一口锅，正在煮一块猪肉，肉在锅里吱吱作响，像是在说话："勿留——勿留——勿留。"很闷。

"要写什么？"叶戈尔又问一次。

"怎么的！"瓦西丽莎说，用生气和疑惑的目光看着他，"别催我！放心，你不会白白写这封信的，会给钱的！好了，你就写吧。给我们亲爱的女婿安德烈·赫里桑费奇和我们亲爱的独生女叶费米娅·彼得洛芙娜，致以深深的一鞠躬，并送上来自父母亲的永世不变的爱心与祝福。"

"写了。再往下说。"

"我们还要向他们祝贺圣诞节，我们活得很健康，希望你们也这样，求主保佑……上帝。"瓦西丽莎想了想，和老头交换了眼色。

"希望你们也这样，求主保佑……上帝……"她又重复了一遍，她哭了。

她再也说不出什么来了。而从前，当她夜里想女儿的时候，要说的话就是十封信也装不下的，自从女儿跟着丈夫走了之后，像有许多许多的河水流进了大海，老两口孤苦伶仃地活着，一到晚上就连声叹气，好像他们已经把女儿埋葬了。而在这段时间里，村子里发生了多少变化啊，多少新人成婚，死了多少老人，度过了多少漫长的冬天！多少漫长的夜！

“太热！”叶戈尔一边解开背心，一边说。得有七十度，“还要写什么？”他问。

两个老人沉默了。

“你女婿干什么的？”叶戈尔问。

“他当过兵，老弟，这你知道。”老头低声回答，“他是和你一起退役的。现在在彼得堡一家水疗医院上班。医生用水给病人治病。他兴许在那儿当门房。”

“这上面写着……”老太婆从头巾里取出一封信来，说，“这是叶费米娅寄来的，寄来好久好久了，兴许他们都不在这世上了。”

叶戈尔稍稍想了想，便开始快速地往下写了。

“现在，”他写道，“你的命运已经框定在军事领域，那么我们建议你看一看军队纪律规范和军人惩处条例，你从中可以了解到军官文明道德规范。”

他写了这些，又把这些出声地念了出来，而瓦西丽莎想到还得把去年家里的难处写一写，去年的口粮他们甚至不能维持到圣诞节，于是不得不把一头奶牛卖了。还得要点钱，还得写上，老头子常常生病，估计很快就要把灵魂交给上帝了……可是这该怎么个写法呢？先写什么后写什么呢？

“请注意，”叶戈尔继续写道，“在军规第五册里写明，士兵是个一般的名称，也是个荣誉的名称。头等士兵是将军，末等士兵是列兵……”

老头抖动了一下嘴唇，轻声说：“看一眼外孙就好了。”

“什么外孙？”老太婆问，气呼呼地瞅了他一眼。

“也许就没有外孙！”

“外孙？也许就有。谁知道！”

“所以你可以断定，”叶戈尔赶紧往下写，“谁是外部的敌人和谁是内部的敌人。我们最大的敌人就是酒。”

钢笔尖发出吱吱的声响，纸上画出了几个花体字，活像鱼钩。叶戈尔写得很快，每写一句要读几遍。他坐在一个凳子上，两腿在桌子下劈开；他饭量大，身体壮，大脸盘，红脖梗。他本身就俗气、粗鲁且傲慢，还以自己生在长在饭店为荣。瓦西丽莎很明白，这就是俗气，但她不能用言语表达出来，只能气愤地瞧着他。因为他的嗓音，他的不知所云的词语，以及炎热与气闷，她头都发涨了，思想都紊乱了，她什么也不说了，什么也不想了，只等着他把这封信涂写完毕。而老头却带着信任的目光瞧着。他信任带他到这里来的老太婆，信任叶戈尔，也信任刚刚提到的水疗医院，从他的面孔可以看出，他既相信这个医院，也相信水疗的功效。

写完之后，叶戈尔从头到尾又把信读了一遍。老头没有听读，但他信服地点点头。

“不错，很通顺……”他说，“上帝赐你健康，不错……”

在桌子上放下三枚五戈比的硬币，两位老人走出了饭店，老头一动不动，眼睛直望着前方，像是一个瞎子，完全信任的神情写在了他的脸上，而瓦西丽莎走出饭店，向一条狗挥舞着手，生气地说：“呜，祸害！”

老太婆一夜没有合眼，种种思虑让她不得安宁，第二天一早就起了床，祷告之后去了车站，把信发了。

从家到车站有十一里地。

二

莫捷列维泽尔医生的水疗医院新年也工作。像平日一样，只是门房安德烈·赫里桑费奇穿上了镶有新的金银边饰的制服，他的皮靴更加闪闪发光，他对每一个过路人都要说一声“新年新喜”。

这是一个早晨。安德烈·赫里桑费奇站在大门旁读报。十时整，一位将军进来了，他是这家医院熟识的常客，而他身后跟着一个邮差。安德烈·赫里桑费奇替将军脱下大衣，说：“新年新喜。大人！”

“亲爱的，谢谢。也祝你新年新喜。”

将军往楼梯上走，朝一个旁门点点头，问（他每天都要问，后来又每次都忘了）：

“这是什么房间？”

“按摩室，大人。”

当将军的脚步声消失了，安德烈·赫里桑费奇检视收到的信件，找到一封写给他自己的信。他拆开信封，读了几行，然后不慌不忙地一边读报一边走向自己的宿舍房间，这房间就在楼下，走廊的尽头。他的妻子叶费米娅坐在床上给孩子喂奶，另一个最大的孩子站在旁边，将长着一头鬈发的脑袋枕在她的膝盖上，老三则睡在床上。

走进自己的房间，安德烈把信交给了妻子，说：“大概是从乡下寄来的。”

然后他迈出房门，眼睛没有离开报纸，站在离自己房门不远的走廊上。他能听得到叶费米娅是怎样地用颤抖的声音读这封信的前边几行的。她念了这几行就念不下去了，对她来说，信里的这几行就已经足够了，她流淌着眼泪，抱着自己最大的孩子，吻着他，开始说话，无法判断，她是在哭还是在笑。

“这是外婆和外公寄来的……”她说，“是从乡下寄来的……天上的皇后，侍候上帝的圣徒。现在雪都要堆到房顶上了……树是雪白雪白的。孩子们坐在小雪橇上……而秃顶的老外公坐在炉子上……小狗是黄颜色的……都是我的亲人！”

安德烈·赫里桑费奇听到这个，想起来，曾经有过三次或四次，妻子把信交给他，让他寄到乡下去，但当时有些什么重要的公事把他缠住了，他没有把信发出去，信也不知丢到哪儿去了。

“兔子在田野上奔跑，”叶费米娅说着，哭着，亲吻着自己的孩子，“外公文静，善良，外婆也善良，有同情心。村里的人和睦相处，敬畏上帝……村里有个小小的教堂，农民们在唱诗班里唱歌。天上的皇后，天母娘娘，把我们从这里带走吧！”

安德烈·赫里桑费奇回到自己的房间，趁没有来人抽一会儿烟，这时叶费米娅突然不再出声，把眼泪擦了，只是她的嘴唇还在抖动。她非常怕他，啊，是多么怕他呀！只要听到他的脚步声，看到他的眼神，她就发抖，就魂不附体，在他面前，她一句话都不敢说。

安德烈·赫里桑费奇抽了支烟，这时恰好楼上响起了铃声。他掐灭了烟卷，摆出一副严肃的样子，跑到大门口自己的岗位上去了。

将军从楼上走下来，洗过澡后红光满面，神清气爽。

“这是什么房间？”他指着一个房门问。

安德烈·赫里桑费奇挺直身子，大声报告：“法兰西淋浴室，大人！”

一九〇〇年

未婚妻

一

已是晚间十点钟左右，一轮望月在花园上照耀。在舒明家的房子里刚刚结束奶奶玛尔法·米哈伊洛芙娜吩咐做的彻夜祈祷。娜佳来到花园里稍待一会儿，此刻她看见大厅里正在摆桌，准备吃点心，穿着华丽绸衣裙的奶奶在忙碌着。大教堂的司祭长安德烈神父正在同娜佳的母亲尼娜·伊万诺芙娜谈着一件什么事情。这时候在夜晚灯光下隔窗望去，不知道为什么，母亲显得很年轻。安德烈神父的儿子安德烈·安德烈伊奇站在一旁，留心地听着。

花园里静悄悄的，挺凉爽，地面上铺着一些昏暗宁静的阴影。

可以听到，在远处一个什么地方，大约是在城外，不少青蛙在鸣叫。感觉得到五月的气息，可爱的五月！可以深深地呼吸了。她不禁想到：并非在这里，而是别的什么地方，在天空之下，在树木之上，在城市的远郊，在田野上，在树林里，春天的生机正在蓬勃展开——神秘、美好、丰富和神圣的生机，脆弱而造孽的人所不能理解的生机。不知为什么真想哭它一场。

她，娜佳，已经二十三岁了。从十六岁起她就热望出嫁，现在终于成了安德烈·安德烈伊奇的未婚妻，他正站在窗子那一边。她喜欢他，已经定在七月七日举行婚礼，可是她并不感到高兴，夜间睡不好觉，快乐心情不知去向……厨房位于正房的地下室，从敞开着的窗户里听得见那儿的人都在忙，笃笃笃地在用刀子剁着，而单元屋的房门在“嘭嘭”作响，飘出一股烤鸡和醋渍樱桃的气味。不知为什么她觉得，似乎一生都会这么下去，没有变化，没有结局！

这时有个人从屋里出来，在台阶上站住。这人叫亚历山大·季莫费伊奇，或者，随便一些，叫萨沙，是约莫十天前从莫斯科来的客人。很久以前，奶奶有个远亲玛丽亚·彼得罗芙娜，一个贵族出身的穷寡妇，个头儿矮小，瘦弱多病，常来找奶奶请求周济。萨沙就是她的儿子，不知为什么提到萨沙时大家都说他是个出色的画家。他母亲去世后，奶奶为了拯救自己的灵魂把他送进莫斯科的科米萨罗夫斯基学校去读书。两年后他转入绘画学校，在那儿待了差不多十五年，勉勉强强从建筑系毕业，可是他并未从事建筑工作，却在莫斯科一家石印厂里做事。他几乎每年夏天都到奶奶家来，总是带着重病，在这里休息和调养。

此刻他穿着一件扣上纽扣的常礼服和一条旧的底边已经磨损的帆布裤，他的衬衫没有熨过，周身上下显出没精打采的样子。他很瘦，眼睛大大的，手指头又长又细，蓄着胡子，皮肤黝黑，但仍旧很漂亮。他已经惯于跟舒明一家相处，就像同亲人在一起似的，在他们家里他觉得像在自己家里一样。他在这儿所住的一个房间早已叫作“萨沙的房间”。

他站在台阶上，看见了娜佳，就向她走去。

“你们这儿真好。”他说。

“当然好啦。您应该在这儿住到秋天。”

“是的，大概会这样。也许，我在您这儿要住到九月份。”

他莫名其妙地笑起来，在她一旁坐下。

“我坐在这儿看妈妈，”娜佳说，“从这儿看去，她显得多么年轻！不错，我妈妈有许多弱点，”她沉默了一会儿补充说，“但她毕竟是一个不寻常的女人。”

“是的，是一个好人……”萨沙同意地说，“您的母亲，就她自己的特点来说，当然，还是一个善良的、很可爱的女人，可是……该怎么对您说呢？今天一清早我偶然走进你们的厨房，四个女仆干脆就睡在地板上，没有一张床，没有被褥，只有一些破烂，气味难闻，还有臭虫、蟑螂……仍是二十年前的那种情形，没有丝毫变化。讲到奶奶，求上帝保佑她，她总归是奶奶。可是您的妈妈，她恐怕还会讲法国话，还参加演戏。看来，她似乎是该明白的。”

萨沙讲话时常常在听话人面前伸出两根瘦长的手指头。

“由于不习惯，这儿的一切总使我觉得奇怪，”他接着说，“鬼知道，这儿任何人都不干事。妈妈整天玩，像个公爵夫人似的，祖母也是什么事都不做，您呢，您也是这样。您的未婚夫，安德烈·安德烈伊奇，也是啥事都不干。”

娜佳去年就听到过这些话，似乎前年也听到过，她知道萨沙不会议论别的东西。以前这些话使她感到好笑，而现在呢，不知为什么，她听着却觉得烦恼。

“这都是一些老话，早听厌了，”说着她站起来，“您该想出一些比较新鲜的东西来。”

他笑了，也站了起来，两人一道走向正房。她个儿高高的，美丽，匀称，现在同他并排站着显得非常健康和华丽。她感到了这一点，她可怜他，而且不知为什么感到不自在。

“您总说许多废话，”她说，“喏，刚才您就讲到了我的安德烈，可是要知道，您并不了解他。”

“‘我的安德烈’……去他的吧，您的安德烈。我为您的青春感到惋惜。”

他们走进大厅时，人们已经就席吃饭了。奶奶，或者按家里人对她的称呼，好奶奶，胖墩墩的，不漂亮，两道眉毛浓浓的，还有唇髭，说话声音很响。单凭她说话的声调和口气就可以看出，她在这里是一家之长。集市上好几排店铺和一幢古老的、有圆柱和花园的房屋都是属于她的，可是她天天早晨要流着眼泪做祷告，求上帝保佑她别破产。她的儿媳妇，娜佳的母亲尼娜·伊万诺芙娜，是一个长着金黄色头发的女人，她总将腰带束得紧紧的，戴着一副夹鼻眼镜，每个手指上都戴着钻石戒指；安德烈神父是个掉了牙的瘦老头，他脸上总有一种表情，似乎他打算说一件很有趣的事情；他的儿子安德烈·安德烈伊奇是娜佳的未婚夫，他丰满、漂亮，一头鬈发，像是一个演员或者画家——这三个人正在谈催眠术。

“在这儿住上一个星期你身体准会复原，”好奶奶转向萨沙说，“不过你得多吃点儿。瞧你像个什么啦！”她叹口气说，“你面色可怕！真的，你真成了一个浪子了。”

“把父亲赠予的资财挥霍一空后，”安德烈神父两眼含着笑意慢慢地说，“该死的他就同一些无头脑的牲口一块儿放牧[1]……”

“我喜欢我的爸爸，”安德烈·安德烈伊奇碰一碰父亲的肩膀说，“他是个可爱的老人，善良的老人。”

大家沉默了一阵。萨沙突然笑起来，他用餐巾捂住嘴。

“这么说来，您相信催眠术？”安德烈神父问尼娜·伊万诺芙娜。

“当然，我不能肯定说我相信，”尼娜·伊万诺芙娜做出一种十分认真甚至严厉的样子回答说，“可是我必须承认，自然界有许多神秘的不可解的东西。”

“我完全同意您的说法，不过我还要加上一句：宗教信仰为我们大家缩小了神秘事物的范围。”

这时端上来一只肥大的火鸡。安德烈神父和尼娜·伊万诺芙娜继续谈着。钻石在尼娜·伊万诺芙娜的手指上闪光，后来泪水

1 《圣经》中的《路加福音》里讲到的一个浪子。

在她眼睛里发亮，她激动起来了。

“虽然我不敢跟您争论，”她说，“不过您会同意，生活里有许许多多解决不了的谜！”

“一个也没有，请您相信。”

晚饭后，安德烈·安德烈伊奇拉小提琴，尼娜·伊万诺芙娜弹钢琴为他伴奏。十年前他从大学文学系毕业，可是没有在任何地方做过事，不曾有过固定工作，只是偶尔参加一些具有慈善性质的音乐会，城里人因此就称他为演员。

安德烈·安德烈伊奇在演奏，大家默默地听着。桌上的茶炊在轻轻地沸滚，只有萨沙一个人在喝茶。后来时钟敲了十二下，小提琴上突然断了一根弦，大家笑了，一个个都忙乱起来，开始告辞。

送走未婚夫后娜佳回到了楼上自己的房间。她同母亲都住在楼上（奶奶占用着底层）。楼下大厅里的灯火开始熄灭，而萨沙还坐在那儿喝茶。他喝茶的时间一向很长，像在莫斯科一样，一喝就要喝上七大杯。娜佳解衣上床后好久还听见楼下女仆们在收拾房间，还听见奶奶在发脾气。终于一切都静下来了，只是偶尔可以听见萨沙在楼下他自己的房间里低沉地咳嗽。

二

娜佳醒来时大概是两点钟光景，天开始破晓。在远处一个什么地方有守夜人打更。她不想睡了，躺在床上觉得软绵绵的，不舒服，就像在以往的五月之夜那样坐在床上思忖起来。可是她想到的还是昨夜想到过的那些事情，单调，没意思，令人腻烦，想到了安德烈·安德烈伊奇追求她、向她求婚的情景，想到了她怎样同意，后来她又怎样渐渐看清了这个善良而又聪明的人的优点。可是现在，离举行婚礼的日子不过一个月的时间，不知为什么她却开始感到恐惧和不安，像是有什么模糊的、艰难的东西在等着她似的。

"滴克——笃克，滴克——笃克……"守夜人懒洋洋地敲着，"滴克——笃克……"

从古老的大窗户里望出去，可以看见花园以及远处盛开着的丁香丛，花由于寒冷显得萎靡和无生气，白白浓浓的迷雾缓缓地向丁香丛飘去，要把它遮掩。远处的树上有几只昏昏欲睡的白嘴鸦在啼叫。

"我的上帝啊，为什么我这么难过？"

也许，每个未婚妻在结婚前都有这种心情。谁知道呢！莫非这是受了萨沙的影响？可是几年来他一直说这几句话呀，就像背书一样，而且他说话时让人觉得幼稚和古怪。可是为什么萨沙仍然萦回在她脑际？为什么？

守夜人早已不打更了。鸟雀开始在窗下和花园里喧闹，迷雾已从花园消散。四周的一切都被春天的阳光照亮，好像洋溢着微笑似的。很快整个花园苏醒过来了，太阳照暖了它，阳光抚爱着它，钻石般的露珠在树叶上闪光。古老的荒芜已久的花园在这个早晨显得十分年轻和华丽。

奶奶已经醒了。萨沙粗声粗气地咳嗽起来。可以听见楼下已经准备了茶炊，还听见搬动椅子的声音。

时钟走得很慢。娜佳早已起床，已在花园里散步好久，而早晨却还在慢慢地延续。

尼娜·伊万诺芙娜出现了，她泪痕斑斑，手里拿着一杯矿泉水。她在研究招魂术和顺势疗法，她读了很多书，喜欢谈她易于产生的种种怀疑。在娜佳看来，所有这一切似乎都含有深刻而又神秘的意义。此刻娜佳吻了吻母亲，同她并排一起走。

“你哭什么，妈妈？”她问。

“昨晚临睡前我开始看一部中篇小说，写的是一个老人和他的女儿。老人在某个地方工作，上司爱上了他的女儿。我没有读完，但小说中有这么一个地方，读了它难以忍得住眼泪，”尼娜·伊万诺芙娜说着，从杯子里呷了一口水，“今天早晨我想起了这一段描写，又哭了。”

“这些天我心里很闷，”娜佳沉默了一会儿说，“为什么我夜里睡不着觉呢？”

“我不知道，亲爱的。而我每逢晚间睡不着觉时，就把眼睛闭得紧而又紧，喏，就是这个样子，想象安娜·卡列尼娜，想象她怎么走动和怎么说话，或者想象古代历史上的某一件事情……”

下午两点钟，他们坐下来吃午饭。那是星期三，是斋日，因此给奶奶端上的是素的红甜菜汤和鳊鱼粥。

为了揶揄奶奶，萨沙既吃他的荤汤，也吃素的红甜菜汤。吃饭时他一直说着笑话，可是他的笑话显得笨拙，总打算劝人为善，所以就完全不可笑了。每当他在说俏皮话前举起细长的死人般的手指时，每当想到他病得很重，也许会不久于人世时，人们就会为他难过得流泪。

饭后，奶奶回自己房间休息。尼娜·伊万诺芙娜弹了一会儿琴也走了。

“啊，亲爱的娜佳，”萨沙开始了例行的饭后闲谈，“如果您能听我的话，那就好了！那就好了！”

她坐在一把古老的深圈椅里，闭上了眼睛。他在房间里慢慢地踱步。

“如果您出去学习，那就好了！”他说，“只有文明的、崇高的人才是有意思的，而需要的也正是这种人。要知道，这种人越多，天国就会越快地来到人间。到那时，你们的城市就会慢慢地彻底毁灭，一切都会底儿朝天，一切都会变样，像是施了魔法似的。到那时这里就会有宏大华美的房屋，有奇妙的花园，有罕见的喷泉，有卓越的人……然而这并不是主要的。主要的是，我们所谓的芸芸众生，像现在这种样子的芸芸众生——这一不幸现象，到那时将不会再有了，因为每个人都会有信仰，每个人都会知道他为什么而活着，而且不会有一个人到芸芸众生中去寻找支柱。亲爱的，好姑娘，快走吧！您该向大家表示，对这种一潭死水似的灰溜溜的造孽生活已经厌恶了。您至少该向自己表明这一点！”

“不行，萨沙。我要出嫁了。”

“唉，算了吧！根本没有必要！”

他们走进花园，一起溜达了一会儿。

“不管怎么样，我亲爱的，应该好好想一想，应该明白，你们这种游手好闲的生活非常不干净，非常不道德，”萨沙继续说，“您要了解我的意思，就打一个比方来说吧，如果您、您的母亲和您的好奶奶什么事情都不做，那就意味着有别人在为你们干活，你们吞食着别人的生命，这难道干净吗？难道不肮脏吗？”

娜佳想说：“是的，这话实在。”她想说，她明白这一点，可是她的眼睛里涌出了泪水，她突然默不作声了，整个身子瑟缩起来，她回自己的房间去了。

傍晚时分，安德烈·安德烈伊奇来了，他像平常一样拉了很长时间的小提琴。他并不健谈，也许，他之所以喜欢拉小提琴，是因为在演奏时可以不说话。十点多钟了，已经穿上大衣准备离去的他抱住娜佳，开始贪婪地吻她的脸、肩膀和手。

“宝贝儿，我亲爱的，我的美人！”他喃喃地说，“啊，我多么幸福！我高兴得发疯了！”

她觉得，这种话她早已听见过，很早就听见过，要不就是在书里读到过……在一部旧的、撕破了的、早就被遗忘的长篇小说里读到过。

大厅里萨沙坐在桌旁喝茶，五只长长的手指托着茶碟；奶奶在用纸牌占卦；尼娜·伊万诺芙娜在看书。火苗在圣像面前的长明灯里爆响，一切似乎都宁静平安。娜佳告辞后上楼回到自己的房间里，她一躺下就睡着了。可是如同昨夜一样，天刚破晓，她已经醒了。她不想睡觉，感到心里不安和难过。她坐着，把头放在两个膝盖上，想着未婚夫，想着婚礼……不知为什么她想起，她母亲并不爱已故的丈夫，现在她一无所有，生活上完全依赖她的婆婆，就是奶奶。娜佳左思右想，怎么也弄不懂：为什么一直到现在她总认为母亲有什么特别和非凡的地方？为什么她没有看出这是一个普普通通、平平常常的不幸女人？

楼下的萨沙也醒着，可以听见他的咳嗽声。娜佳暗想：他是个古怪而天真的人，在他的幻想里，在他讲的奇妙的花园和罕见的喷泉里，都使人觉得有一种荒唐的东西；然而，不知为什么，他的天真，甚至他的这种荒唐却又非常美好，以至于她一想到该不该出去学习，就有一股凉爽之气沁透她的整个心胸，使她感到欢悦和兴奋。

“不过还是不想为好，还是不想为好……”她小声说，“不该想这种事情。”

“滴克——笃克……”守夜人在一个远远的地方打更，“滴克——笃克……滴克——笃克……”

三

六月中旬萨沙突然感到无聊起来，他打算回莫斯科去。

“我不能住在这个城里，”他阴郁地说，“没有自来水，也没有下水道！我吃饭感到腻味，厨房里脏得令人不能忍受……”

“再住一阵吧，浪子！”奶奶不知为什么小声说，“婚期就在七号！”

“我不想再等了。”

“你本来打算在我们家住到九月份呢！”

“可是现在我不想再住下去了。我要工作！”

这年的夏天潮湿和阴冷，树都是潮乎乎的，花园里的一切都显得无精打采，单调凄凉，人确实不由得想工作。楼上和楼下的房间里响起了好几个陌生女人的说话声，奶奶的房间里有人在踏缝纫机——这是在赶制嫁妆。光是皮大衣就为娜佳准备了六件，据奶奶说，其中最便宜的一件也值三百卢布！这种忙乱惹萨沙生气，他坐在房间里发怒；可是大家仍然劝说他留下，他答应七月一日走，不会提前。

时间过得真快，圣彼得节那天吃过午饭后，安德烈·安德烈伊奇同娜佳一起上莫斯科大街去，再细看一次租下来准备供新婚夫妇使用的房子。这是一幢两层楼房，可是目前还只装修好了二楼。大厅里有明亮的地板，漆成了细木精镶的样子，有几把维也纳式的椅子，有一架钢琴，有一个小提琴乐谱架。房内弥漫着油漆气味。墙上挂着一张装在金边镜框里的大油画，画面上是一个裸体女人，她身边有一个断了手柄的淡紫色花瓶。

“一幅妙不可言的画，”安德烈·安德烈伊奇说，出于尊敬他还嘘了一声，“这是画家希什马切夫斯基的作品。”

大厅过去是客厅，厅内有一张圆桌、一张长沙发和几把蒙着蓝色套子的圈椅。长沙发上方挂着安德烈神父的大照片，戴着法冠，胸佩勋章。接着他们走进了置有餐柜的饭厅，而后又进入卧室，在这里，在幽暗中并排放着两张床，好像在布置卧室时人们就认定：将来这儿会永远美满，不可能会是别的样子。安德烈·安德烈伊奇领着娜佳观看各个房间，他一直搂着她的腰；她呢，感到虚弱、惭愧，她憎恨这些房间、床铺、圈椅，而那个裸体女人更使她恶心。对她来说，已经一清二楚的是：她不再爱安德烈·安德烈伊奇了，或者是她，也许，从来就没有爱过他。可是，这话该怎么说出口，该向谁说，为了什么去说——对此她并不明白，而且也不可能明白，虽说她整天整夜想着的就是这件事情……他搂着她的腰，语气十分亲切、温雅，他在自己这个寓所里走来走去，感到十分幸福；可是她处处看到的却只是庸俗，那愚蠢、浅薄得使人受不了的庸俗。就连他那只搂着她腰的手，她也觉得像是一个铁箍，又硬又凉。她随时都可能逃跑、号啕大哭并从窗口跳出去。安德烈·安德烈伊奇把她领进了浴室，他在这里用手触动了一下安在墙内的水龙头，水突然流了出来。

“怎么样？”他说着哈哈大笑起来，“依照我的吩咐在阁楼放了个水箱，可以装一百桶水，喏，我和你现在就有水用了。”

他们在院子里散步，然后走到街上，雇了一辆出租马车。路上尘土飞扬，就像浓重的乌云一样，看样子，一场雨就要来了。

“你不觉得冷吗？”安德烈·安德烈伊奇问，尘土使他睁不开眼睛。

她不作声。

“你记得吧，昨天萨沙责备我，说我什么事也不做，”他沉默片刻后说，“是的，他说得对，极其对！我是什么事也不做，我也不会做。我亲爱的，这是为什么？我甚至一想到有朝一日我会戴上帽徽去机关干差事，心里就会十分厌恶，这是为什么？我一见到律师、拉丁语教师或者市参议会委员，就会非常不痛快，这是为什么？啊，亲爱的俄罗斯！啊，亲爱的俄罗斯，你背负着的游手好闲、毫无用处的人太多啦！压在你身上的像我这样的人太多啦，多灾多难的俄罗斯！”

他对他什么事也不做这一点做了概括，认为这是时代的特征。

“等我们结了婚，”他继续说，“我们一起到乡下去，亲爱的，我们将在那儿干活！我们买上一块不大的土地，要有花园，有河，我们将一起劳动，一起观察生活……啊，这会有多好啊！”

他脱掉帽子，风把他的头发吹得飘动起来。她一边听他说话一边想：“上帝啊，我要回家！上帝啊！”就在快要到家的当口他们赶上了安德烈神父。

“瞧，我父亲来了！”安德烈·安德烈伊奇高兴地挥动起帽子来，“我喜欢我的爸爸，真的，”他一边付钱给车夫一边说，“他是个可爱的老人，善良的老人。”

娜佳走进屋子，她气冲冲的，一脸病容，心中想着整个晚上会有客人，她得接待他们，得面带笑容，得听小提琴演奏，得听各种荒诞无稽的谈话，还得专门谈谈婚礼。奶奶在茶炊旁边坐着，她自尊自大，穿着华丽的绸衣，目空一切，在客人面前她好像总是这样。安德烈神父走进来，露出令人费解的笑容。

“看见您非常健康，我深感愉快和宽慰。”他对奶奶说。很难弄明白，他这是在开玩笑还是认真说的。

四

风敲打着窗子和屋顶，不断地响着“嗖嗖嗖”的声音。家神[1]在火炉里凄婉忧郁地唱歌。是夜里十二点钟了，屋里所有的人都已经躺下，可是谁也没有睡着。娜佳总觉得楼下似乎有人在拉小提琴。听到一个刺耳的声音，该是一块百叶窗脱落了。过一会儿尼娜·伊万诺芙娜只穿着一件衬衫走了进来，手中拿着一支蜡烛。

“是什么东西在砰砰响，娜佳?”她问。

母亲把头发扎成了一条辫子，她神色怯懦，在这个风雨之夜显得苍老、难看、矮小。娜佳想起，不久前她还认为母亲是个不寻常的女人，听母亲说话时她还感到自豪。可是现在她却怎么也想不起母亲说过的话，而还记着的是一些非常无用和无力的话。

火炉里像响起了好几个男低音的歌声，还仿佛听到了“唉，唉，我的上帝”的声音。娜佳在床上坐起来，突然牢牢抓住自己的头发号啕大哭起来。

“妈妈，妈妈，”她说，“我的亲妈，要是你知道我怎么啦，那就好了！我请求你，我恳求你，让我走吧！我恳求你！”

1　俄罗斯人信仰的守护家园的神。

“到哪儿去？”尼娜·伊万诺芙娜莫名其妙，她问道。她在床上坐下，“到哪儿去？”

娜佳哭泣了很长时间，一句话也说不出来。

“让我离开这个城市吧！”娜佳终于说，“不该举行婚礼，也不会有这个婚礼，您得明白！我不喜欢这个人……我连谈都不愿意谈到他。”

“不，我的宝贝儿，不，”尼娜·伊万诺芙娜吓坏了，她急忙说，“你安静一下，这是由于你情绪不好。这会过去的。这种情形是常有的。大概是你跟安德烈吵嘴了吧，不过，相爱的人吵架只是寻开心。”

“得了，您走吧，妈妈，您走吧！”娜佳痛哭起来。

“是啊，”尼娜·伊万诺芙娜沉默一会儿后说，“不久前你还是个孩子，是个小姑娘，可是现在已经是未婚妻了。自然界的新陈代谢是不间断的。你会不知不觉就成为母亲和老太婆，你也会像我一样，有这么一个倔强的好女儿。”

“我亲爱的好妈妈，您聪明，您不幸，”娜佳说，“您很不幸。为什么说这些庸俗的话呢？求求您，告诉我，为什么要说呢？”

尼娜·伊万诺芙娜想说些什么，可是她未能说出一个字来，哽咽一声就回自己房间去了。火炉里又响起了“呜呜呜”的声音，突然使人感到可怕。娜佳从床上跳下，迅速走到母亲的房间里。泪痕满面的尼娜·伊万诺芙娜躺在床上，盖着一条浅蓝色的被子，手里拿着一本书。

“妈妈，您听我讲完！”娜佳说，“我恳求您好好想一想，恳求您理解我！您得明白，我们的生活多么低级庸俗，多么有损尊严。我眼睛亮了，我现在什么都看得清清楚楚了。您的安德烈·安德烈伊奇是哪号人呢？要知道，他并不聪明，妈妈！主啊，我的上帝！您得明白，妈妈，他愚蠢！”

尼娜·伊万诺芙娜霍地坐起身来。

“你和奶奶都折磨我！”她啜泣了一声说，“我要生活！生活！”她说着用小拳头捶了两下胸口，“给我自由吧！我还年轻，我要生活，而你们却使我成了一个老太婆！……”

她痛苦地哭起来，躺了下去，在被子里蜷起身子，显得十分弱小、可怜、愚蠢。娜佳回到自己的房间里，穿好衣服，坐在窗边等待黎明的来到。她坐着想了一整夜，外面有个什么人一直在敲打百叶窗和吹口哨。

早晨奶奶发牢骚，说夜间大风把花园里的苹果全都吹落了，折断了一棵老李树。天色灰蒙蒙，阴沉沉，令人觉得凄凉，只好点起灯来。大家都在抱怨天冷，雨点在敲打着窗子。喝过早茶后，娜佳走进萨沙的房间，一句话也不说就在墙角的圈椅旁跪下，双手蒙着脸。

“怎么啦？”萨沙问。

“我不行了……”她说，“从前我怎么能生活在这种地方，我不明白，我弄不懂！现在我看不起未婚夫，看不起自己，看不起这游手好闲、空虚无聊的整个生活……”

“哦，哦……”萨沙说，他还不明白这是怎么一回事，“这没什么……这挺好。”

“我憎恨这种生活，”娜佳继续说，“在这里我一天也待不下去了。我明天就离开这个地方。看在上帝的分上，您把我带走吧！”

萨沙惊讶地看了她一会儿。他终于明白了，像小孩子一样十分高兴。他挥动双手，用便鞋踏起拍子来，高兴得好像是在跳舞似的。

“好极了！”他搓着手说，“上帝啊，这太好了！”

她的两只大眼睛爱慕地看着他，一眨也不眨，像是着了魔似的，期待着他马上会对她说出一些意义无限重大的话来。他什么话都没有说，但她已经觉得，在她面前展开了一种她从前不知道的、崭新的、远大的情景，她充满期望地看着他，决心面对一切，甚至不惜一死。

“我明天动身，”他想了想说，“您上车站去送我……我把您的行李装进我的箱子，我替您买好车票，第三遍铃响时您就进车厢，我们就一起走了。您陪我到莫斯科，然后您一人去彼得堡。您有身份证吗？”

“有。”

“我向您担保，您绝不会遗憾，也绝不会后悔，”萨沙津津有味地说，“您走吧，去念书，往后就听凭命运安排吧。如果您能把您的生活翻个底朝上，那一切都会改变。主要的是把生活翻个底朝上，其余一切都无关紧要。那么，我们明天一起走？”

“啊，对！看在上帝的分上！”

娜佳觉得，她十分激动，她心头从未这么沉重过，她觉得，从现在到起程前她会一直难过，会痛苦地思忖；可是，她刚上楼回到自己的房间里，刚在床上躺下，就立刻睡着了，而且睡得非常香，脸上带着泪痕和笑容，一觉睡到傍晚。

五

派人去叫出租马车了。已经戴上帽子和穿好外衣的娜佳走上楼去，她要再看一眼母亲，再看一眼她自己的一切。她在自己的房间里，在还有余温的床铺旁站了一会儿，向四周环顾一番，接着就轻轻地走去看母亲。尼娜·伊万诺芙娜还在睡觉，房间里静悄悄的。娜佳吻了一下母亲，理了理她的头发，站了两分钟光景……接着她不慌不忙地回到楼下。

外面下着大雨。支起车篷的出租马车停在门口，上上下下都湿淋淋的。

“你同他一起坐不下，娜佳，”奶奶在女仆开始搬箱子上车时说，“这种天气去送行，何苦呢！你留在家里吧！瞧，雨可真大呀！”

娜佳想说些什么，但没能说出口，这时候萨沙把娜佳扶上了车，用车毯盖住她的腿，接着他自己在她一旁坐下。

“一路平安！求上帝保佑你！”奶奶在台阶上喊道，“你呀，萨沙，从莫斯科给我们来信！”

“好啊！再见，好奶奶！”

“求圣母保佑你！”

“啊，这天气！”萨沙说。

这时娜佳才哭出来。现在她已经清楚：她是走定了，而在她向奶奶告辞和在她看望母亲的时候，她对这一点还是不相信的。别了，这座城市！突然间她想起了一切：想起了安德烈、他的父亲、新寓所、裸体女人画像、花瓶——所有这一切都已不再使她惊骇和苦恼了，而只是显得幼稚和渺小。这一切都过去了，越离越远。当火车开动，他们在车厢里坐好的时候，过去的一切，原本是那么重大那么严肃，现在已缩成一小团，而一直到目前尚不显眼的宏大而又宽广的未来却在她面前展示开来了。雨点敲打着车厢的窗子，眼前只看见绿油油的田野，电线杆上的鸟儿纷纷闪过。突然间一种欢悦的心情使得她喘不过气：她想起她这是在走向自由，是去学习，而这就像很久很久以前人们说的“外出做一个自由的哥萨克”一样。她哭着，笑着，祈祷着。

“没关系！”萨沙得意地微笑着说，“没关系！”

六

秋天过去了，随后冬天也过去了。娜佳已经忧愁得厉害，她天天想念母亲，想念奶奶，想念萨沙。家里的来信都是平静和善的，似乎一切都已经得到宽恕，一切都已经被忘却。五月间考试完毕后，健康而欢乐的她动身回家，中途她在莫斯科逗留了一下，看望萨沙。他还是去年夏天那个样子：留着胡子，头发蓬乱，穿的还是那件常礼服和那条帆布裤子，眼睛仍然很美很大；可是他面色不健康，一副疲惫不堪的样子，又老又瘦，不时地咳嗽。不知为什么娜佳觉得他粗陋土气。

“我的上帝啊，娜佳来了！”他说着快活地大笑起来，“我的亲人，好朋友！”

他们在石印车间里坐了一会儿，那里烟雾腾腾，而浓重的油墨和颜料气味使人气闷。接着他们来到他的房间里，那儿也是烟雾腾腾，痰迹斑斑，桌上有一个已经凉了的茶炊，旁边摆着一只破盒子，上面放着一小块黑纸，桌子上和地板上有许多死苍蝇。从这里的一切可以看出，萨沙把他的个人生活安排得十分马虎，他随随便便过日子，不讲究舒适。如果有人同他谈起他的个人幸福，谈起他的个人生活，谈起他的爱，他会一窍不通，只是一笑了之。

“没什么，一切都顺当，”娜佳匆匆地说，“秋天妈妈到彼得堡看过我，她说奶奶不再生气，但常去我的房间，对着墙壁画十字。”

萨沙看上去挺高兴，但他不时地咳嗽，而且声音嘶哑。娜佳一直仔细地观察着他，她弄不明白：是他真病得厉害，还是只不过她觉得如此。

“萨沙，我亲爱的，”她说，“您该不是病了吧！”

“不，没什么。是有病，可是不太厉害……”

“啊，我的上帝，”娜佳焦急不安地说，“您为什么不就医？您为什么不保重身体呢？我宝贵的亲爱的萨沙。”她说着泪珠簌簌落下。这时不知为什么在她的脑海里浮现出安德烈·安德烈伊奇、裸女画、花瓶以及她过去全部的生活，而这过去的生活现在看来似乎像童年时代一般遥远了。她哭了。因为她觉得萨沙已经不像过去那么新奇，那么有见识和有意思。“亲爱的萨沙，您病得很厉害。我不知道该怎么做才能使您不这么苍白消瘦。我太感激您啦！您简直想象不出来，您为我做了多少事情，我的好萨沙！实际上您现在是我最贴心最亲近的人。”

他们在一起坐了一会儿，谈了一阵子。现在，自从娜佳在彼得堡度过了一个冬天之后，她觉得，萨沙本人、他说的话、他的笑容、他的整个形象——都有着一种衰颓、陈腐的味道，他的美好时光早已过去，或许已经进了坟墓。

“后天我会去伏尔加河沿岸旅行，”萨沙说，“嗯，过一阵我去喝马乳酒[1]。我想喝点儿马乳酒。和我同行的还有一个朋友和他的妻子。他妻子是个极好的人，我一直在怂恿她，劝说她，要她出去学习。我要她把她的生活翻个底朝上。”

他们谈了一阵后就去火车站。萨沙请她喝茶吃苹果。火车开动时，他笑吟吟地挥动手帕。就从他那双腿也可看出：他病得很厉害，未必会活得长了。

娜佳在中午抵达故城。从车站回家的一路上，她觉得街道很

1　当时人们相信马乳酒对治疗肺结核有效。

宽阔，房屋却又小又矮，街上没有人，只遇见一个德国籍钢琴调音师，他穿着一件棕黄色的大衣。所有的房屋都好像蒙上了一层尘土似的。奶奶已经衰老，还像以前一样胖胖的，不好看，她伸出双臂搂住娜佳，把脸靠在娜佳的肩膀上哭了好久，不能脱开。尼娜·伊万诺芙娜也老了许多，变丑了，好像消瘦了，可是她仍像从前那样束紧腰带，钻石戒指仍在她手指上闪亮。

“我亲爱的！”她说话时全身颤抖，“我亲爱的！”

后来她们都坐着默默地哭泣。看得出来，奶奶和母亲都感到过去的日子已经一去不复返了：已经没有了社会地位和昔日的荣耀，已经没有资格邀请客人。这情况就像是：在轻轻松松无忧无虑地过日子的时候，警察突然在夜间光临，搜查一通，原来这家的主人盗用了公款，制造了伪币，于是永别吧，轻松的无忧无虑的生活！

娜佳上了楼，看到了原来那张床，原来那些挂着的白窗帘。她摸了摸桌子，摸了摸床，坐下思忖了一会儿。她吃了一顿丰盛的午饭，喝了拌上可口多脂的凝乳的茶，但总觉得好像缺了点什么，在房间里觉得空虚，就连天花板也低矮了。晚上她躺下睡觉，盖上被子，可是不知为什么她觉得躺在这暖和柔软的床上挺可笑。

尼娜·伊万诺芙娜走进来稍待一会儿。她畏畏缩缩、小心翼翼地坐下，就像是个有过错的人一样。

“怎么样，娜佳？”她沉默了一会儿问道，“你满意吗？很满意，是吗？”

“我满意，妈妈。”

尼娜·伊万诺芙娜站起身来，在娜佳胸前和在窗上画十字。

“你瞧，我成了个信教的人，”她说，“你知道，现在我在研究哲学，一直在思考，思考……现在对我来说，有许多事都变得清清楚楚，像白昼一样。我觉得，首先要像透过三棱镜那样来度过整个一生。”

“告诉我，妈妈，奶奶身体怎么样？”

“似乎不错。那一回，你同萨沙一起走后，收到了你的电报，奶奶一读完就倒下了，她一动不动地在床上躺了三天。后来她一直祈祷上帝，老是哭哭啼啼。现在她还行。”

妈妈站起身来，在房间里走动。

“滴克——笃克……”守夜人在打更，“滴克——笃克，滴克——笃克……”

“首先应该让一生像透过三棱镜那样来度过，”她说，“换句话说，那就是应该让生活在意识中分成一些十分单纯的因素，就好像分成七种原色一样，应该对每种因素分别进行研究。”

尼娜·伊万诺芙娜还说了些什么，她又是在什么时候离开的——这一切娜佳全都没有听见，因为她很快就入睡了。

五月过去了，六月来临。娜佳在家里已经习惯了。奶奶忙着张罗茶炊，深深地叹气；尼娜·伊万诺芙娜每到晚上就讲她的哲学，而在家里她仍同以前一样，像寄人篱下似的，每个二十戈比的银币都得向奶奶讨要。屋里苍蝇很多，房间里的天花板似乎越来越低了。奶奶和尼娜·伊万诺芙娜都不出门，为的是避免遇上安德烈神父和安德烈·安德烈伊奇。娜佳在花园里散步，也上街去溜达，她看着房屋，看着灰色的围墙，觉得城里的一切都早已衰老，都不过是在等待着结局，或者是在等待着一种崭新的、充满活力的生活的开端。啊，让这光明的新生活快些来临吧，到那时人就可以勇敢地正视自己的命运，意识到自己没有错，做一个快快乐乐自由自在的人！这样的生活迟早会到来！可不是吗，总会有一天，到那时奶奶家的房子会不留痕迹地消失，会被人忘掉，没有人会记起它来，而现时那里的情况却是：四个女仆只能住在地下室，住在一个肮脏的房间里。只有邻院的几个小男孩能使娜佳开心，当她在花园里散步的时候，他们就敲打着板墙，笑着招惹她说：

"未婚妻！未婚妻！"

萨沙从萨拉托夫寄来一封信。他用活泼的歪歪扭扭的笔迹写道：他在伏尔加河一带旅游很顺遂，可是在萨拉托夫他有点儿不舒服，嗓音变哑了，躺在医院里已经有两个星期。娜佳明白这些话的意思，一种近于确定的预感困扰了她。但她感到不快，因为这预感以及有关萨沙的想法不像以前那样使她激动。她热切地想生活，热切地想去彼得堡，以至于她觉得她和萨沙的交往虽是亲切的，但已是遥远的过去！她彻夜没有合眼，早晨她在窗旁坐下仔细倾听。楼下果真响起了说话的声音，不安的奶奶开始焦急地询问着一件什么事情，又听见有人哭了起来……娜佳走到楼下时，泪流满面的奶奶正在墙角里祈祷，桌子上放着一份电报。

娜佳在房间里来回走了好久，听着奶奶哭泣，后来她拿过电报来读。

电报上说的是：亚历山大·季莫费伊奇，或者按小名称呼，萨沙，昨天早晨在萨拉托夫因患肺痨病去世。

奶奶和尼娜·伊万诺芙娜去教堂安排做安魂祭。娜佳又在几个房间里走了好长时间，边走边想。她清清楚楚地意识到，她的生活已经翻了个底朝上，而这正是萨沙想看到的。现在她在这儿觉得孤独寂寞，格格不入，谁也不需要她，而她也不需要这儿的一切，以前的一切已经同她脱离，消失了，好像是被烧毁了似的，连灰烬也随风飘散了。她走进萨沙的房间，在那儿站了一会儿。

“别了，亲爱的萨沙！”她想道。在她面前显现出一种崭新的、宽广自由的生活，这种生活，尚模模糊糊神秘玄妙的生活，正在招引她，诱惑她。

她到楼上自己的房间里收拾行李。第二天早晨她辞别了家人，生气勃勃、高高兴兴地离开了这个城市，像她所认为的那样，永远地离开了。

一九〇三年